KB082064

# 내가 히틀러라니!

글 슈타인호프

2

길찾기

| 목차 |

# 13장
# 약, 약을 가져와! 〈후편〉

날이 밝은 뒤 집계한 전과는 어마어마했다. 먼저, 1차로 환영행사를 열었던 대공포대가 14기를 잡았다. 그리고 놈들의 밑으로 숨어든 Bf110들이 36기를 잡았고, 쾰른 상공에서 대공포와 야간전투기가 합동으로 27기를 떨어트렸다. Bf110들이 귀로에 오른 폭격기대를 두 번째로 타격했을 때는 42기를 격추했다. 쾰른 상공에서 손상을 입은 데다 승무원들이 지쳐 있어서 더 격추가 쉬웠던 것이다. 다만 대공포대의 오인사격으로 격추된 아군 전투기도 7대 있었다.

800기가 넘는 폭격기가 2천5백 톤에 달하는 폭탄을 퍼부은 만큼 쾰른 시내는 불바다가 되었다. 거의 역사에서 입은 피해와 별 차이가 없을 만큼. 하지만 하룻밤 사이에 119기나 되는 폭격기를 격추시킨 것은 엄청난 전과였다. 도버 해협을 넘어온 900여 기의 폭격기만 따지면 거의 13%를 넘는 폭격기가 격추된 것이다.

엄청난 피해에 질린 영국 공군 수뇌부는 그 뒤로 독일 내륙에 대한 수백 대 규모의 대규모 폭격을 시도하지 않고 있다. 그리고 하나의 목표에 대한 대폭격 대신 여러 개의 도시에 동시에 폭격대를 보내서 아군 야간전투기를 분산시키고, 방공망이 엷을 수밖에 없는 항구도시를 주로 폭격하여 피해를 주려고 했다.

크릭스마리네가 보유한 가장 강력한 주력함들이 집결하고 있는 생나제르가 가장 폭격을 많이 받은 것은 당연하고, 유보트 생산시설이 있는 본토 도시들도 맹폭격을 당했다.

허구한 날 폭탄 세례를 받다 보니 대양전대는 수리하면 파손되고 수리하면 또 파손되는 나날이 계속되었다. 유보트 생산시설도 피해가 컸지만, 시설을 분산하고 모듈식 생산을 강화한 결과 생산에 큰 지장은 받지 않았다. 운하망을 이용하면 해안에 있는 항구도시 뿐 아니라 내륙에도 생산시설을 둘 수 있어서 폭격 피해를 줄일 수 있었다.

놈들이 유보트 생산시설을 폭격하는 이유는 당연히 영국의 목줄을 쥔 결정적인 전선, 대서양 전투 때문이다. 대서양 전투 전개상황을 생각하자마자 나는 두 손으로 이마를 짚고 앓는 소리를 내었다.

## *6*

독일의 승리, 아니 영국을 주저앉혀 무승부를 이끌어내기 위해 꼭 이겨야 하는 결정적인 전선이 대서양 전선이다. 하지만 위의 세 전선을 모두 합친 것보다 더 중요한 가치를 가진 이 전선의 전황은 현재 독일에게 매우 불리했다.

물론 잘 풀린 부분도 있다. 실제 역사에서 연합군의 울트라 작전으로 인해 유보트를 쫓는 연합군의 최대 무기가 되었던 암호 해독은 시그마 체계의 도입으로 완전히 무력화되었다.

사실 시그마 암호는 기존 에니그마 암호에 회전자를 하나 추가한 것

뿐이었지만, 이 정도만 해도 연합군의 암호 해독이 1년 정도는 중단될 게 분명했다. 수학적인 암호 해독이란 결국 수수께끼 풀기가 아니라 데이터 싸움이니까, 데이터를 축적해야 해독할 것 아닌가. 그리고 내년에 영국군에게 데이터가 쌓일 때쯤 또 회전자를 추가하면 되는 것이고.

하여튼 배치 및 이동에 대한 암호 정보가 새나가지 않게 된 데다 슈노켈을 장비하여 은밀함이 강화된 우리 잠수함들은 디젤 기관을 가동하면서도 캐나다와 아이슬란드에서 출격하는 미국제 리버레이터 대잠초계기의 감시를 쉽게 피할 수 있었다.

게다가 가동 가능한 잠수함을 북대서양 항로에 집중적으로 배치하면서 선단 하나를 습격하는 울프팩의 수를 최대 12척까지 투입할 수 있게 되었다.(실제 역사에서는 기껏해야 5~6척에 그쳤다.) 이 정도 숫자의 유보트를 한 번의 습격에 투입한다면 호위하는 군함을 포함해서 선단 자체를 완전히 전멸시킬 수도 있었다.

유보트를 대서양 항로에 이렇게 대규모로 배치할 수 있었던 근본 요인은 저쪽 세계와는 달리 미국에 선전포고를 하지 않았기 때문이었다. 미국과 전쟁상태가 아니니만큼 실제 역사에서 대전과를 올렸던 미국 연안에 잠수함을 배치할 수 없었고, 반독감정을 부풀리지 않기 위해서 중립국인 카리브 해와 남아메리카 연안에서조차 잠수함 작전을 막았다.

실제로 브라질 선박의 연속 격침이 브라질 참전을 초래했음을 생각하면, 고작 선박 몇 척 더 격침하겠답시고 중립국 선박에 대한 무제한 잠수함작전 따위를 펼치는 것은 스스로 함정에 걸어 들어가는 꼴이다. 그런 노력에도 불구하고 미국 정부는 내 선의를 무시했고, 거기서 모든 문제가 비롯되었다.

미국 해군은 일본 해군과 싸우느라 주력을 태평양으로 보냈고 대서양에는 매우 축소된 함대만 있는 상황이었다. 하지만 미국 정부는 이에 아랑곳하지 않고 '영국 정부가 용선한 미국 상선과 그 승무원을 보호하기 위해서'라는 이유로 수시로 호송선단에 미 해군 함선을 참가시켰다. 심지어 대서양을 완전히 횡단해서 영국에 도착할 때까지 호송하기도 했다.

미국이 정식으로 독일에 선전포고한 것이 아닌 만큼 미국 해군 호위함들은 우리 유보트에 직접 발포하지는 않았고, 호위함대의 지휘체계에 정식으로 편입되지도 않았다. 그 대신 미국 군함들은 호송선단 내외를 마음대로 쏘다니면서 선단 주변에 있는 우리 잠수함들의 위치를 파악했다.

능동형 음파탐지기와 레이더를 아낌없이 가동하며 돌아다니던 미군 함정이 우리 잠수함의 위치를 파악하면 즉시 추적정보를 호위함대에 알렸고, 정보를 제공받은 영국 해군 호위함은 곧바로 달려와서 포탄이나 폭뢰를 퍼부었다.

미국 주재 우리 주재무관은 미국 해군부를 뻔질나게 드나들면서 선단 호위에 미국 해군 함정을 참가시키지 말라고 요청했다. 비록 미국 함정들이 성조기를 계양하고 있기는 하나 야간에 호송선단을 공격하는 과정에서 오인사격이 벌어질 가능성은 언제나 있으며, 추적정보를 제공하는 것 자체가 사실상의 참전행위였기 때문이다. 하지만 미국 해군에서는 대통령의 명령인 이상 어쩔 수 없다고 대답할 뿐이었다.

대서양에서 미국 해군이 하는 짓에 대한 보고서를 넘기려니 새삼 속이 터졌다. 영국에 렌드리스[1]로 물자를 대주는 것까지는 참겠는데, 우리가 주는 일본관련 정보는 뒤에서 신나게 받아 챙기면서 다른 한편

---

1 1권에 설명된 무기대여법으로 제공되는 물자 및 행위를 지칭.

으로는 호송선단에 참가하기까지 하는 건 너무 하지 않은가!

하지만 그래도 참아야 했다. 되니츠는 미국 호위함에 그냥 어뢰를 쏴 버리게 해달라고 뻔질나게 요구했지만 그래도 미국 군함에 대한 공격을 허락할 수는 없었다.

원래부터 미국인들은 우리보다 영국에 훨씬 호의적이었던 데다가 일본에게 선제공격을 받고 후끈 달아올라 있기까지 한데, 우리 잠수함이 대놓고 미국 군함을 공격하면 무슨 일이 벌어질지 눈에 선했다.

결국 우리 잠수함대는 항공기와 호위함에 육안으로 관측될 위험을 무릅쓰고 주간공격을 주로 하게 되었다. 야간공격은 미군에 피해를 입힐 가능성이 높았기 때문이다.

이렇게 제약이 많다 보니 실제 역사에서 유보트들이 올린 것보다 전과는 훨씬 적었다. 1942년에 아군 잠수함대가 올린 전과는 904척으로, 실제 독일군이 1322척을 격침시켰던 데 비하면 대략 70%밖에 안 된다. 사냥터가 좁아지다 보니 어쩔 수 없는 일이긴 했지만 이 정도 가지고는 영국을 말려 죽이기에는 턱도 없었다.

진주만 기습이라는 스팀팩을 맞은 미국은 1942년에 접어들면서 본격적으로 "Show me the money!"를 외치며 대대적으로 군수산업을 확장시켰고, 실제 역사에서처럼 막대한 양의 물자와 이 물자를 실어 나를 배를 쏟아내기 시작했기 때문이다. 그리고 유럽 전선에 당장 뛰어들 필요가 없어지면서 미군 내에서 소요되는 물자의 양이 내가 아는 역사보다 적어졌는데, 그만큼 영국과 소련에 넘어가는 물자의 양이 늘어났다.

"총통, 이제라도 미국 배를 공격해야 합니다! 미국 연안, 카리브 해, 남아메리카 연안 등 여기저기서 잠수함을 사용해 배를 격침시켜야 적의 대잠전력을 분산시키고 격침 전과를 증대시킬 수 있습니다!"

되니츠가 내게 보고서를 보낼 때마다, 그리고 나를 대면할 기회가 있을 때마다 줄기차게 미국을 공격하자고 주장하던 것이 생각났다. 제기랄, 자기가 무슨 카토[1]라도 되는 줄 아나?

전쟁은 안 풀리고, 되니츠는 난리를 치고…. 양쪽에서 치이는 신세라는 생각이 들자 미칠 지경이었지만 어떻게 방법이 없었다. 나는 맥이 풀린 한숨 끝에 연필을 집어던지고 모든 서류더미를 책상 위에 팽개쳐 둔 채 소파에 가서 누워버렸다.

## *7*

누워 있으려니 창문 밖으로 노란 달이 보였다. 아, 색깔이 꼭 호떡 같다. 달을 보니 갑자기 호떡이 먹고 싶은데 1943년의 베를린에서는 호떡 먹을 데가 없겠지. 생각해 보니 지금이 아니라 2016년의 베를린에서도 직접 만들지 않는 한 호떡은 먹을 수 없었겠군.

하지만 나 스스로도 호떡 따위를 생각하며 현실도피를 해 봐야 상황이 나아지지 않는다는 것은 알고 있었다. 지금 소련군은 스탈린그라드를 함락하고 A집단군을 완전히 쫓아내면서 기세가 한껏 올라 있었다. 그리고 소련군이 공세를 펴는데 절대적으로 유리한 겨울은 아직 두 달은 족히 남아 있었고, 이는 어딘가가 또 돌파될 수 있다는 이야기였다.

가장 먼저 내 뇌리를 친 건 하리코프, 우크라이나어 이름으로는 하르키우였다. 지금 한껏 기세가 오른 소련군은 소련에서 3번째로 큰 공

**1** 포에니 전쟁 시기 로마 정치가인 마르쿠스 포르키니우스 카토. 대(大) 카토라고도 한다. 원로원에서 하는 모든 연설 마무리를 "그러므로 나는 카르타고를 멸망시켜야 한다고 생각합니다."라는 말로 마무리한 행동으로 유명하다.

업도시인 이 대도시를 탈환하고자 분명히 공세를 가할 것이다.

하지만 이쪽 문제는 만슈타인에게 재량권을 주면 잘 해결할 테니까 크게 걱정이 되지는 않았다. 실제 역사에서도 히틀러의 사수명령을 씹어 먹고 하리코프를 포기, 병력을 보존한 SS기갑군단장 파울 하우서와 기동방어를 펼친 만슈타인의 협조 플레이 덕에 독일군이 소련군을 개박살내고 하리코프를 다시 확보할 수 있었으니까. 다만 그때까지 기세가 오른 소련군에게 계속 밀리기야 하겠지만 동계 전선의 특성상 어쩔 수 없는 일이라고 생각하기로 했다. 회복할 수 있는 선 이상으로 밀려나지 않기를 바랄 수밖에.

물론 동부전선에서도 우려되는 일만 있는 건 아니었다. 일단, 민간인에 대한 독일군의 잔학행위를 최대한 억제한 결과(미친놈들이 한둘이 아니다 보니 아예 근절시키는 것은 불가능했다) 1941년과 42년 두 해 동안 확보한 점령지역 주민들의 민심이 비교적 우리 편에 머물러 있게 되었다. 하지만 당연히 하지 말았어야 할 나쁜 짓을 하지 않았다는 이유만으로 소련인들이 독일 편이 될 리가 있겠는가? 당근 없이 움직이는 말은 없다.

우리는 증오의 대상인 집단농장을 해체해서 농장원들에게 토지를 재분배함으로써 농민들에게 일차적인 지지를 얻었고, 유대인들을 무일푼으로 추방하면서 몰수한 재산을 반유대주의 성향을 가진 도시 주민들에게 나눠주어 물질적 이득을 안겨줌과 동시에, 그들을 유대인 박해의 공범으로 만들었다. 행정면에서도 자치권을 주어 시 이하 행정단위에서는 현지인들이 스스로 행정권을 갖도록 하고 독일인은 감독만 맡도록 했다.

여기에 벨로루시, 우크라이나, 발트3국 등 점령지의 상당수 주민들이 기를 쓰고 우리 편을 들게 할 마법의 주문 한 마디가 있었다.

〈스탈린이 돌아온다!〉

이 한 마디는 스탈린으로부터 해방된 수백만 명의 소련인들에게 벼락에 맞는 것과 같은 충격을 주었다. 수백만의 인명을 앗아간 대기근, '홀로도모르'와 대숙청의 기억은 지금도 전 우크라이나인의 뇌리에 선명하게 박혀 있었고, 벨로루시인들도 대숙청을 잊을 수는 없었다.

리투아니아, 라트비아, 에스토니아인들에게 이르러서는 말할 필요도 없다. 바로 몇 년 전까지 존재했던 자신들의 독립국을 빼앗아간 장본인이 스탈린이다. 게다가 독일군에 밀려 철수하면서 그 과정에서 수십만의 인명을 학살했다. 그러한 원수의 귀환을 좌시한다는 건 두 눈을 뜨고 있다면 도저히 참을 수 없는 일이었다.

물론 이 지역에도 공산주의자, 친스탈린주의자는 있었다. 소비에트 연방에 합병되기 전부터 볼셰비키 사상을 가지고 있던 자들도 있고, 소비에트 연방이 성립된 뒤에 태어나 교육을 받음으로써 우크라이나인, 벨로루시인이라기보다 소련인이라는 자기정체성을 가진 젊은 세대도 있었다.

이런 친소주의자(타도해야 마땅한 악마들의 집단인 소련을 지지하는 놈들에 대한 호칭 치고는 점잖은 것이다.)들 중 소련군의 철수 행렬에 묻어가지 못한 자들은 점령군에 대한 사보타주나 빨치산 활동을 통해 어떻게든 소련군을 도우려고 발악했다. 이들을 가장 잘 잡아낼 수 있는 것이 현지의 동조세력임은 굳이 말할 필요가 없을 것이다.

가장 최근에 병합된 발트 지역에서는 말할 것도 없고, 우크라이나와 벨로루시에서도 모병소의 문이 미어터지도록 민병대 지원자들이 밀려들었다. 소비에트 체제 자체에 불만을 품은 이들이 대부분이었지만, 이들 중 상당수는 대숙청과 대기근 때에 가족과 친지를 잃고 복수심에 불탄 이들이기도 했다.

문제는 이 친독파 민병대들이 복수를 하겠다고 날뛰다 보니 무고한 민간인을 대상으로 강간, 방화, 약탈, 학살 등 잔혹행위를 벌이는 경우가 허다했다는 거다. 당연히 이런 만행은 새로운 피해자가 된 다른 주민들이 복수심에 불타서 빨치산에 가입, 다시 보복에 나서게 만드는 피의 연쇄반응을 불러일으켰다. 점령지역 도처에서 친독 민병대와 친소 빨치산 간에 피로 피를 씻는 혈투가 되풀이되니 독일이 현지 주민들에게 〈평화로운 해방〉을 안겨주었다고는 도저히 말하기 힘든 형편이 되었다.

이렇게 점령지 소련인들 사이에서 갈등이 폭발하는 상황이 되자 또 한 가지 계획이 어그러졌다. 나는 점령지가 안정화되면 소련인들을 대대적으로 모병해서 보조전력으로 전선에 투입할 생각이었다. 대부분 알보병으로 밖에는 쓸 수 없겠지만, 그래도 수십 개 사단은 모을 수 있을 테니 전선에서 얼마나 큰 도움이 되겠는가 말이다. 헌데 이 계획이 완전히 망가진 것이다.

먼저, 빨치산이 소규모라고는 해도 준동하는 이상 후방 치안을 위해 빨치산 숫자보다 훨씬 많은 민병대를 후방에 유지해야 했다. 단 열 명의 빨치산이 숲속에 숨어 있다고 해도 이 망할 놈들을 잡으려면 수백 명의 토벌대가 숲을 훑어야 하는 것이다.

두 번째로 놈들이 서로의 조직에 침투작전을 벌이고 있다는 점이 치명적이었다. 민병대와 빨치산은 정보를 얻고 서로의 조직을 와해시키기 위해 기회만 있으면 상대 조직에 끄나풀을 침투시켰다. 기존의 현지 민병대를 독일군에 편입시키건, 아예 외인부대로 보조병을 모집하건 친소주의자 프락치가 독일군에 침투할 위험을 완전히 배제할 수는 없었다.

소련군 포로 중에서 직접 뽑은 의용병인 히비가 이런 면에서는 차라리 안전했다. 히비는 의도적으로 입대하는 것도 아닌데다 말 그대로 보조전력으로서 이등병 역할만 맡지만, 현지인 〈협조자〉 중에서 선발한 보조부대원은 책임 있는 장교 지위까지 오를 수 있기 때문이다. 이런 위험성에 비하면 대규모 전술훈련이 미비하다는 것 정도는 사소한 단점에 불과했다.

결국 벨로루시, 우크라이나, 러시아 지역 출신 민병대에게는 치안 유지 이상의 임무를 맡길 수 없었다. 이들에게 지급한 장비도 1941년과 42년에 대량으로 노획한 소련제 장비였고, 그나마 중화기는 거의 제공되지 않았다.

반면 재조직한 발트 지역 국방군은 싸우고자 하는 의지도 있고 신뢰성도 높았기에 치안유지 임무 이외에 일찌감치 전선에도 투입되었고, 막대한 전과를 올렸다.

독일에 직접 협조하는 자들의 상황이 이런 만큼, 공들여 결성한 블라소프의 러시아 해방군도 상황이 별로 좋지 못했다. 러시아 해방군의 규모는 스탈린그라드가 포위된 시점에서 10만 명 정도 되었는데, 이들은 사단 단위로 동부전선 각지에 흩어져서 전선에 난 구멍을 틀어막는 역할을 하고 있었다.

블라소프는 러시아 해방군이 반스탈린주의 해방군의 대표로서 독자적인 목소리를 낼 수 있으려면 단순히 독일군의 총알받이 역할을 할 게 아니라 최소한 집단군 단위의 편성과 독자적인 작전권이 필요하다고 요청했다.

하지만 블라소프의 요구에 대한 국방군 최고사령부의 대답은 거절이었다. 그것도 참모본부 전체가 일치단결한 거부였고, 사실 나도 동감이었다. 집단군이라는 거대한 규모로 뭉친 러시아인들을 어떻게 믿으란 말인가?

블라소프는 분명 유능한 장군이고, 아마도 반스탈린주의자일 것이다. 하지만 지금 보이는 모습이 전부라고는 누구도 장담할 수 없으며, 스탈린 일당이 적절한 수단으로 회유에 나설 경우 휘하의 집단군을 통째로 들고 스탈린에게 돌아가지 않는다고 누구도 100% 장담할 수 없다. 설령 블라소프 자신은 다시 배반할 마음이 없다고 해도, 역시 전향자들인 블라소프의 부하들 중 일부가 돌아서지 않는다고 누가 장담을 한단 말인가?

'러시아 해방집단군' 참모부와 소속 사단 지휘관 중 일부라도 배반하여 이적행위에 나선다면 집단군은 우왕좌왕하다가 붕괴될 것이고 그 결과는 파멸이다. 사단 단위의 구멍은 옆 사단과 예비대로 막을 수 있지만, 집단군 단위로 구멍이 뚫린다면 방법이 없다. 돌파한 소련군은 말 그대로 지쳐서 쓰러질 때까지 진격할 수 있을 거다. 그런 위험을 무릅쓰고 러시아인 부대를 집단군 규모까지 확장시켜줄 수는 없었다.

이런 판국인데 미국놈들은 실제 역사에서라면 자기들이 사용했을 군장비까지 렌드리스로 영국과 소련에 퍼주고 있으니….

소련군은 정말 끝도 없이 쏟아져 나오고 있다. 벨로루시와 우크라이나, 발트 지역을 빼앗았지만 소련에는 아직 러시아와 시베리아에 수천만의 인적자원이 남아 있다. 구름처럼 모인 러시아인들이 풍족한 미제 물자로 장비하고 밀려오는 모습을 떠올리니 정말 미칠 것 같았다. 만슈타인이 하리코프를 탈환해 봐야, 상황은 전혀 좋아질 게 없다. 그 뒤에는 몰락의 낭떠러지, 쿠르스크 전투가 기다리고 있을 뿐이니까!

여기까지 생각이 미치자 도저히 더 자리에 누워 있을 수가 없었다. 나는 용수철처럼 소파에서 튕겨 일어나 손에 잡히는 대로 소파 위의 쿠션과 방석 따위를 집어던지며 허공에 욕지거리를 퍼부었다.

"개새끼들! 씨팔 스탈린! 좆같은 처칠! 병신새끼 루즈벨트! 왜 날 가만 두질 못해! 씨발 좆같은 전쟁 따위 그만 끝내자고, 여기서 멈추자고 그 새끼들이 한 마디만 하면 다 끝낼 수 있는데! 난 씨발 관두고 싶어! 관두고 싶단 말이야!"

전쟁을 계속하면 언젠가는 분명히 미국이 참전한다. 미국이 참전하면 필히 초래될 독일의 패망을 피하려면 전쟁에서 빠져나가는 수밖에 없다.

나는 중립국인 스웨덴과 스위스를 통해서, 그리고 미국 정부를 통해서 비밀리에 영국과 소련에 종전 제안을 계속 해보았다. 하지만 늙은 제국주의자 처칠 돼지새끼는 내 평화 제안을 들은 척도 하지 않았다. 스탈린은 반응하긴 했지만 대신 1941년 6월 22일의 국경선 회복이라는 조건을 내세웠다.

내가 스탈린의 제안을 받아들인다면, 그 뒤를 따라올 것은 파멸뿐이다. 소련은 '배신자들'을 처단하고 힘을 회복하는 즉시 보복전쟁을 벌일 것이고 미국의 지원은 계속될 것이다. 게다가 '이기고 있는' 전선에서 점령지를 내주고 철수하라는 명령을 받은 군대는 이를 도저히 받아들이지 못할 것이다.

독일군은 이미 1차 세계대전에서 '이기고 있었는데' 후방에서 등을 찔려 패했다는 인식을 가지고 있다. 내가 만약 소련과 휴전협정을 체결하고 철수명령을 내린다면, 분노한 부하들이 나를 암살하고 신정권을 수립해서 전쟁을 계속할지도 모른다. 더군다나 내가 스탈린과 휴전한다고 해도 처칠이 전쟁을 끝낼 리가 없으니, 끝없는 전쟁이 계속될 것이다.

부하들의 총부리를 피하기 위해 스탈린의 제안을 거부하고 전쟁을 계속하는 길을 택한다고 해도 문제다. 공세는 도저히 무리고 방어전을 해야 하는데, 그러자면 전선을 직선화해야 하므로 쿠르스크 공세를 벌일 수밖에 없다.

그럼 언제 공세를 펼쳐야 하나? 진짜 히틀러처럼, 판터가 신뢰성을 가지고 충분히 양산될 때까지 기다리나? 아니면 현재의 전력만으로 라스푸티차가 끝나자마자 밀어야 하나?

실제 역사에서 소련에 정보를 흘린 붉은 오케스트라 놈들은 내가 알고 있는 대로 모조리 잡아우슈비츠에 처넣었지만 내가 모르는 다른 라인이 또 있을 거다. 독일에서 좌익세가 원래 얼마나 강했는지 생각한다면 또 다른 첩자 놈들이 있을 가능성은 매우 높고, 정보는 결국 샐 것이다.

그렇다고 독일이 쿠르스크를 공격하지 않으면 소련군이 그 돌출부에서 치고 나온다. 아직 미국이 정식으로 유럽 전선에 참전하지 않았고 영국이 점점 지쳐가는 이 때, 독일의 군사력을 강화하기 위해서라도 소련에 대한 대규모 승리는 꼭 필요했다. 그런데 그래서 공세는 언제 펼쳐야하느냔 말이다.

아무리 생각해도 정말 답이 없었다. 나는 밤새도록 정리한 메모를 모조리 발기발기 찢어버린 다음 손아귀에 쥔 종이 부스러기들을 모조리 집무실 바닥에 흩뿌렸다. 머리가 깨질 것만 같은 두통을 느끼면서 그대로 책상 위에 쓰러졌다.

## *8*

잠시 몽롱해졌던 의식을 되찾았을 때 창문 밖에는 아직도 어둠이 깔려 있었다. 시계를 보니 현재 시각은 아침 6시. 밤새 서류더미를 들여다보며 고민하느라 잠도 자지 못했고, 나흘째 거의 굶고 있으니 몸에 힘도 들어가지 않았다.

잠시 멍하니 앉아 무력감을 곱씹으며 창밖 어둠 속을 쳐다보던 중에 갑자기 한 가지 생각이 떠올랐다. 나는 떨리는 손으로 인터컴 스위치를 눌렀다.

"귄셰, 거기 있나?"

주간에는 대부분 엘사나 베르타가 대기하고 있지만 야간 당직은 닥치고 남자다. 오늘 당직을 맡은 부관은 오토 귄셰였다. 곧 대답이 돌아왔다.

– 예, 총통!

"오늘 당직 의사가 누구지?"

– 하셀바흐 박사입니다, 총통.

내가 이 자리에 앉았을 때 제일 먼저 내린 명령이 뭐였는지 기억하는가?

총통으로서 내가 제일 처음 내린 명령은 주치의 중 한 사람인 돌팔이 의사 테오도어 모렐을 해임한 것이었다. 문제는 모렐 이외의 주치의들은 기술적인 면에서는 모렐보다 훨씬 낫지만 의사로서 갖춰야 할 마음가짐에 있어서는 죄다 모렐만도 못한 개쓰레기들이라는 점이다. 칼 브란트, 칼 게프하르트를 필두로 해서 히틀러의 주치의들은 죄다 강제수용소 수감자들을 상대로 한 생체실험과 T4프로젝트에 가담한 인간쓰레기들이었다.

나는 모렐을 해임한 뒤, 이 작자들을 모조리 동부전선에 최일선 군의관으로 보내버렸다. 하셀바흐 박사는 그중 유일하게 더러운 일을 하지 않은 히틀러의 주치의였으므로 그대로 남겨두었다.

"박사에게 당장 집무실로 오라고 해. 페르비틴 가지고."

– 페, 페르비틴 말씀이십니까? 총통께서 일전에 그딴 건 다 치워버리라고….

"가져오라면 가져올 것이지 무슨 잔말이 많나! 하셀바흐 박사나 오라고 해!"

– 아, 알겠습니다!

권세가 서두르긴 서둘렀는지, 아직 잠에서 덜 깬 한스 칼 폰 하셀바흐 박사가 내 집무실에 나타난 것은 단 4분 뒤였다.

나는 아무 말 없이 손을 내밀었고, 하셀바흐 박사는 송구스러운 표정으로 내 손바닥 위에 하얀 알약 두 알을 내려놓았다. 구차한 변명 따위 하고 싶지 않았던 나는 그냥 손을 내저어 하셀바흐 박사를 내보냈다.

잠시 손 위의 알약을 내려다본 나는 미친놈처럼 혼자 낄낄거렸다. 씨발 이렇게 내가 약을 하는구나. 탁자 위 물병에는 아직 물이 남아 있었다. 나는 컵에 물을 따라 입에 머금고, 페르비틴 알약 두 알을 입에 털어 넣었다. 납작한 원반형 알약이 목구멍을 넘어가는 감촉을 느끼자 나는 그대로 소파에 누워 천정을 바라보았다.

잠시 시간이 흐르자 약기운이 슬슬 도는지, 천정의 전등이 흔들리는 듯 보였고 정신이 노곤해지는 몽환적인 기분을 느낄 수가 있었다. 그리고 온갖 환상이 눈앞에 펼쳐지기 시작했다.

맨 먼저 우크라이나 평원에 일렬로 늘어선 레오파드2A7[1] 1개 소대

---

**1** 현 독일 육군 주력전차 레오파트2의 최신 개량형.

가 몰려오는 스탈린 전차 1개 연대를 주포인 120mm 활강포로 저격하여 전차연대 전부를 한 대씩 고철로 만들었다. 그 옆에 있는 시가지에서는 전차가 배치되지 않은 틈을 노려 소련군 T-34가 침입하자 아군 보병들이 침착하게 판저파우스트3를 날려 박살냈다.

이들이 적을 난타하는 상공에서는 철십자를 단 토네이도[1]와 유로파이터[2]가 함께 하늘을 가르며 영국 공군의 폭격기들을 도륙했다. 바다에서는 212급 잠수함[3]들이 샤른호르스트를 쫓는 영국 전함에 유도어뢰를 날려 격침시켰다.

이 세상에 존재할 수 없는 환상적인 풍경들이 떠오르는 것을 보며 나는 흡족하게 웃었다. 아, 이래서 힘든 일이 있는 사람들이 약에서 도피처를 찾는 거구나. 나 의외로 약이 잘 받는 체질인가 보네? 이거 정말 좋…은 게 아니잖아! 젠장! 약효가 반대다! 내가 먹은 페르비틴은 사람을 느긋하게 만드는 아편계가 아니야! 각성제 라인인 암페타민, 말 그대로 '뽕'이라고!

나는 순식간에 눈을 번쩍 뜨고 그대로 소파에서 튀어 올랐다. 암페타민 파워를 받은 머리가 미친 듯이 돌아가며 온갖 새로운 생각을 쏟아내기 시작했다. 그래! 그래서 진짜 히틀러도 약빨로 전쟁을 지도했던 거야! 상식적으로 독일은 절대 답이 나오는 상황이 아니었으니까!

"푸핫핫핫!"

내가 갑자기 큰 소리로 웃자 놀란 권세가 부관실로 통하는 문을 열고 들어왔다. 나는 권세에게 나가라고 손짓한 뒤 10여 분을 미친 듯이

---

**1** 영국, 독일, 이탈리아가 공동으로 개발하여 1984년부터 1992년까지 생산한 전투/공격기.

**2** 영국, 독일, 이탈리아, 스페인이 공동으로 개발하여 2003년부터 배치한 전투기.

**3** 독일 해군이 보유한 최신 잠수함. 한국 해군이 보유한 214급은 212급 기술이 적용되어 있다.

혼자서 웃어댄 다음, 펜과 종이를 잡고 머릿속에 떠오른 것들을 홀린 듯이 적어내려가기 시작했다. 그래, 기왕 시작한 거 진지하게 약 빨고 막장으로 나가보자. 까짓 거, 약으로 망가지건 말건 내 몸도 아닌데 뭐 어때? 썅, 어차피 바뀐 세상이야!

# 14장
# 엿 먹어라, 처칠!

## 1

페르비틴이라고 하면 잘 모르는 사람이 많겠지만, 까놓고 말해서 이거 필로폰이다, 순도 낮은 필로폰. 제 3제국에서는 순도 낮은 것만 믿고 이걸 그저 몸에 해롭지 않은 각성제 취급해서 말 그대로 수천만 정이나 만들어 병사들에게 뿌렸다. 프랑스 진공 때는 선두 기갑사단 전 장병이 페르비틴으로 버티면서 72시간 동안 한숨도 자지 않고 진격하기도 했었다. 하지만 아무리 순도가 낮아도 마약은 마약이고, 그동안 나는 절대 페르비틴에 손을 대지 않았었다.

결국 내가 약에 손을 대게 만든 건 과도한 스트레스, 그리고 도저히 뚫고 나갈 길이 보이지 않는 데서 나오는 절망감, 노력해 봤자 비참한 종말을 피할 수 없으리라는 무력감이었다. 제기랄, 입 밖에 내놓고 보니 결국 패배자의 변명일 뿐이군.

내가 이 몸을 얻은 뒤로는 약을 하지 않았지만 본래 히틀러는 주치의인 테오도어 모렐에게 다종다양한 향정신성 의약품을 처방받고 있었다. 약에 절어 있던 히틀러의 몸이지만 신기하게도 모렐을 해임한 뒤에도 별다른 금단증상은 없었다.

약 배합이 절묘해서였는지, 아니면 혼이 바뀐 데 따라서 육체적 영향도 약화되었는지, 아니면 전쟁 지도 과정에서 받은 지극히 심한 스트레스 때문에 금단증상 발현이 그냥 은근슬쩍 넘어가 버렸는지…, 나도 모르겠다.

여하튼 일단 약을 먹으니 확실히 머리가 돌아가는 게 달랐다. 각성제 계열인 페르비틴은 두뇌가 돌아가는 속도를 두 배 이상 빠르게 해준다. 이틀 동안 잠도 자지 않고 식사도 거른 채 전 전선에 걸친 작전 지도를 할 수 있을 정도였다. 피로도 전혀 느끼지 않았다.

물론 이게 다 약발일 뿐, 실질적으로 몸의 피로를 회복시켜주는 게 아니며 이면에서 내 체력을 깎아먹고 있다는 건 나도 알았다. 그리고 페르비틴, 아니 뽕이 중독성 쩔고 부작용이 심각하다는 것도 알고 있다.

독일군용 페르비틴 정제는 순도가 낮아 그나마 위험성이 덜하다고 할 수는 있지만 아무리 순도가 낮아도 마약은 마약이다. 계속 먹다 보면 중독이 될 것이고 나는 말 그대로 약쟁이, 혹은 뽕쟁이가 되고 말리라.

하지만 나는 결심했다. 절대 약에 넘어가지 않을 거라고! 절대 중독되지도 않을 거고, 약을 찾아 폐인이 되지도 않겠다고! 그리고 나는 내 의지를 확실히 하기 위해서 집무실 책상 위에 페르비틴을 한 박스 올려놓았다.

왜냐고? 그걸 정말 몰라서 묻는 건가? 당연히 내 의지를 과시하기 위한 것 아니겠나? 눈앞에 약이 있어도 나는 내 스스로의 의지에 따라 페르비틴 복용을 통제할 수 있다고 만천하에 증명하기 위해서! 바로 그것 때문에 책상 위에 페르비틴 상자를 놓아두는 거다. 나는 이미 죽은 괴링처럼 의지가 박약한 모르핀 중독자가 아니란 말이다!

아참, 오늘밤에도 밤새 일을 해야 할 것 같으니 일단 두 알만 먹고.

## *2*

페르비틴으로 고양된 상태기는 했지만, 동부전선의 전황을 다시 한 번 면밀히 살펴보니 절망에 빠지기는 아직 이르다는 것을 알게 되었다.

북부, 중부 전선은 실제 역사에서도 별 문제 없이 교착상태가 유지되었다. 특히 중부에서는 르제프 일대에서 모델이 소련군을 아주 말 그대로 갈아버림으로써 전선을 훌륭하게 안정시켰다. 남부 전선에서 소련군에게 계속 밀리기는 했지만, 이쪽도 만슈타인에게 자유 행동권을 주고 지휘권을 완전히 일임해둔다면 별다른 탈은 없을 것이다. 물론 전선이 상당거리 후퇴하기는 하겠지만.

"건강 문제가 발생했다고 하는 A집단군 사령관 리스트 원수를 해임하고, 카스피해로 진격하는 과정 및 A집단군 철수 작전 과정에서 성공적으로 지휘하는 모습을 보여준 제1기갑군 사령관 클라이스트 상급대장을 원수로 승진시켜 후임 A집단군 사령관에 임명한다. 만슈타인 원수가 지휘하는 돈 집단군을 남부집단군으로 개칭하며, A집단군 소속 1기갑군과 4기갑군은 정식으로 남부집단군으로 전속시킨다. 대신 A집단군은 크림 반도 방어에 주력하라."

카스피해에 도달하여 이란을 통하는 렌드리스 루트를 차단할 수 있으리라는 희망이 완전히 사라진 이상, 치르 강 전선을 비롯한 코카서스 쪽 점령지는 완전히 포기했다. 소련군이 기세를 탄 이상 괜히 방어선을 고수하느라 피해를 입을 필요가 없었다. 순차적으로 물러설 수 있도록 후방에 예비 방어선을 계속해 구축하고, 적을 끌어들여 소련군에게 피해를 강요하도록 했다.

하리코프건 뭐건 고수할 필요 없다, 원하는 선까지 철수하면서 마음껏 부대를 움직여도 좋다는 내 지침을 받은 만슈타인은 문자 그대로 등에 날개를 단 듯 날뛰었다.

자, 이쯤 하면 됐다. 나는 동부전선을 장군들에게 맡겨 놓고 나서, 처칠에게 엿을 먹이기 위한 정치공세 준비에 착수했다. 수많은 성명서 초안을 썼다가 지우고, 각 분야에 종사하는 관료와 교수들을 호출해서 자문을 받고, 각국 점령지에 유지되고 있는 피점령국 정부 인사들을 불러다가 점령지 주민들이 가지고 있는 상황에 대한 설명을 들었다.

"총통, 진심으로 이 방법이 통하리라고 생각하십니까?"

내 성명서 작성을 돕던 괴벨스가 마땅치 않은 태도를 보였다.

"총통께서 이런 성명을 통해 저 전쟁에 미친 늙은 제국주의자에게 평화의 손길을 내미신다고 해서 받아들일 리는 절대로 없습니다. 3년 전에 영국군이 대륙에서 막 쫓겨났을 때도 총통께서 자비를 베풀어 화평을 제안하셨지만 저 자들은 그대로 무시하지 않았습니까?"

"그땐 그랬지."

나는 작성 중이던 성명서를 내려놓고 의자에 등을 기댔다.

"1940년에 내가 화평 제안을 했을 때 영국인들은, 아니 수상 처칠은 확실히 받아들이기를 거부했네. 내가 판단하기에, 영국인들이 내 첫 번째 화평 제안을 거부할 수 있었던 것은 그 시점에서 영국군이 군사적으로는 패배했을지언정 치명상을 입지는 않았기 때문이었어. 영국 대륙원정군은 아군이 펼친 기만전략에 말려들어 참패하고 덩케르크에서 거지가 다 되어 돌아갔지만, 병력은 온존할 수 있었네. 게다가 우리 독일군이 도버 해협을 건너 영국에 발을 올리는 것은 자기네 해군이 남아 있는 한 거의 불가능하다는 것도 알고 있었지. 그렇다면 평화 협상이라고는 해도 실질적으로는 항복을 요구하는 것에 더 가까운 평화 협상 제안에 대해 영국인들이 극렬한 거부감을 표하는 것도 당연하지 않겠나."

"그건 그렇습니다."

"만약 일선 지휘관들이 요구한 대로 덩케르크를 향해 기갑사단을 진군시켰다면, 그렇게 해서 전차부대가 다소 손실을 입는 것을 각오하고서라도 영불 연합군이 해상으로 탈출하는 것을 저지하고 놈들을 모조리 포로로 잡았다면 또 상황이 달라졌을 걸세. 주력 지상군을 완전히 상실한 영국인들은 정말로 싸울 의지를 잃었을 가능성이 크고, 협상 테이블로 불러내기도 쉬웠을 거라고 생각하네. 기갑사단들에게 멈추라고 지시했던 건 정말로 큰 나의 실책이었어."

그 명령을 내린 건 내가 아니다. '히틀러'지. '과거의 나'를 비판하려니 비판하는 대상이 '지금의 나'와는 별개의 혼을 가진 명백한 타인이라는 것을 알면서도 뭔가 거울 속을 보면서 욕을 하는 기분이었다. 왠지 기분이 나빠져서 더 심하게 욕하려던 것을 그만두었다.

설마 진짜 히틀러에게 점점 일체감을 느끼게 되었다거나 한 건 아니겠지, 제기랄. 하여튼 하던 말은 마무리해야지.

"하지만 지난 3년, 아니 정확하게 말하면 영국에 대한 우리 루프트바페의 항공 공격이 실패로 돌아간 뒤로 2년 반 동안 영국이 수많은 희생을 치렀다는 점을 생각해 보게. 그동안 죽은 영국인들은 무엇을 위해 죽어갔지? 영국이 세계를 정복하기 위해서? 아니야. 수십만의 영국인이 죽은 것은 〈독일의 침략을 저지하기 위해서〉였네. 그런데 영국인들이 막아내고자 한 〈침략〉이 어디일까? 그건 서유럽이야! 그리고 중부 유럽 일부 지역이지! 대부분의 영국인들에게 소련은 지켜줄 대상이 아니란 말일세. 처칠 그 작자도 원래 얼마나 극렬한 반공주의자였는지 선전부 장관도 알 거라고 생각하네."

"그렇긴 합니다만, 처칠은 '독일이 지옥을 침공한다면, 사탄을 지지하는 연설도 할 수 있다'고 선언했던 적도 있는 인간이 아닙니까. 도저히 입장을 바꿀 여지가 없는, 구제불능인 작자입니다."

괴벨스가 하는 말을 듣고 나는 웃음을 터트렸다.

"선전부 장관! 나는 처칠이 생각을 바꾸게 만들 의도가 전혀 없어! 이미 말하지 않았던가? 내 의도는 처칠이 아니라 영국 정부 및 군부에서 전쟁에 지친 일부 인사들이 생각을 바꾸게 만드는 것이야. 그리고 영국 대중에게 반전여론을 불러일으켜 전쟁에 비협조적으로 나오게 만드는 거지. 영국인들이 전쟁에 대한 열의를 잃으면 영국 정부로서도 지금처럼 독일을 적대시하는 정책을 일관되게 유지할 수 없을 것이고, 유화적인 태도로 나올 수밖에 없을 걸세."

괴벨스는 여전히 마땅치 않은 듯 했지만 더 이상 내가 하고자 하는 바를 대놓고 반대하지는 않았다. 그리고 마침내 베를린 시간으로 1943년 3월 31일 정오, 나는 라디오 생방송 및 녹음 준비가 된 연설대 앞에 섰다. 전 세계를 향해 내 목소리(안타깝게도 진짜 내 목에서 나온 미성이 아닌 히틀러의 카랑카랑한 목소리지만)가 전파를 타고 퍼져나가기 시작했다.

## *3*

《나 제3제국 총통 아돌프 히틀러는 평화를 사랑하는 현명한 영국인들에게 호소한다! 독일인과 영국인은 같은 게르만의 피를 물려받은 동족이므로, 우리가 상호간에 싸움을 지속하는 것은 어리석은 일이다. 영국을 세운 주류민족인 앵글로색슨인이 어디에서 왔는지 생각해 보라! 이들이 온 땅은 다른 곳이 아닌 바로 독일이다. 앵글인은 독일 북부에 있는 앙겔른에서 유래했고, 색슨인은 곧 작센인이다. 작센은 엄연히 현 독일의 일부이다!

같은 조상을 가지고 있는 혈족으로서, 세계 최고로 우수한 국가인 우리 독일과 영국이 전쟁을 지속하는 것은 어느 한 쪽이 멸망하는 결과를 초래한다. 영국이 망하건, 독일이 망하건 이는 곧 현재의 세계질서가 무너짐을 뜻한다!

야만적인 슬라브족이 가하는 위협으로부터 문명을 수호하는 방파제 역할을 하고 있는 독일이 망한다면, 피에 굶주린 볼셰비키들이 중앙 유럽을 넘어 파도처럼 서쪽으로 밀려올 것이다. 영국을 제외한 전 유럽대륙이 일순간에 야만인들의 지배하에 들어가게 될 것이고, 머지않아 영국도 마찬가지 운명에 처하게 될 것이다. 이러한 위협, 볼셰비키들이 주는 위협이야말로 영국과 미국이 맞서야 할 진정한 적이다!

영국이여, 그리고 영국을 돕고 있는 미국이여! 그대들은 지금 우리 제3제국을 적대시할 여유가 없다. 만약 그대들이 내린 오판으로 인해 제3제국이 붕괴하면 쾌재를 올릴 이는 스탈린 하나뿐이다. 피에 굶주린 코민테른의 악마들은 곧바로 저들의 이념인 공산주의를 세계 전역에 침투시키기 위한 온갖 음모와 책동을 시작할 것이다. 이번 전쟁으로 지친 영국 사회를 완전히 무너뜨리려는 봉기와 혁명이 잇따를 것이고 미국에서도 같은 위기가 초래될 것이다. 하지만 지금, 바로 지금 우리가 힘을 합쳐 볼셰비키들의 소굴인 소비에트를 말살한다면 서구 사회는 그런 야만적인 사상의 위협에서 완전히 벗어날 수 있다.

전쟁을 계속한 끝에 독일이 승리한다면, 그때는 어떤 결과가 나타나리라고 생각하는가? 나로서는 이 길 끝에도 처절한 비극이 기다리고 있을 뿐이라고 말할 수밖에 없다.

만약 협상에 의한 종전이 아니라 독일의 완승으로 전쟁이 끝난다면 대영제국은 무너질 수밖에 없다. 세계를 지배하는 대영제국이 붕괴된다면 아시아, 아프리카에 산재해 있는 여러 식민지에서는 엄청난 혼란이 초래될 것이다.

무지하고 열등한 아프리카인과 아시아인들이 영국의 패배 및 제국의 권위가 무너지는 모습을 보면서도 조지 6세의 왕관에 대해 바치는 충성을 계속 유지하리라 생각하는가? 절대 그럴 리가 없다. 저 저열한 야만인들은 오직 영국인들이 자기들보다 힘이 강하다고 생각하기 때문에 영국이 자신들을 다스리는 것을 인정하고 있을 뿐이라는 사실을 잊어서는 안 된다.

영국인들이 약하다는 사실을 확인한 아프리카인들은 줄줄이 문명을 거부하고 정글과 야만으로 돌아갈 것이고, 현지에 있는 영국인 부녀자들은 해방의 기쁨으로 미쳐 날뛰는 야만인들에게 딱 좋은 먹잇감이 될 것이다. 영국군의 무력함을 본 아시아인들은 영국인 대신 같은 아시아인인 일본인들과 힘을 합치는 길을 택할 것이다. 일본군의 인도 진격에 맞춰 3억 명의 인도인들이 몽둥이 하나씩만 들고 일어서도 한 줌 밖에 되지 않는 인도 주둔 영국군은 쫓겨나고 말 것이다. 이런 대규모 소요사태가 발생했을 때 인도인 부대가 영국 편에 서리라는 기대는 영국 식민당국과 영국인들에게 허망한 실망감만 안겨줄 것이다.

나는 독일 국가를 지배하는 총통으로서, 우리들의 사촌인 영국인들이 세계를 지배해 온 능력에 경의를 표한다. 또한 세계제국으로서 영국이 가지는 위상이 앞으로도 영원히 계속되기를 바란다. 하지만 이 전쟁을 계속한다면 영국은 지금 확보하고 있는 지위를 유지해 나갈 수 없을 것이다.

물론 처칠 수상을 비롯한 영국 정치가 제씨는 독일, 즉 히틀러만 무찌른다면 세계를 이끄는 강국으로서의 지위가 영속적으로 이어질 것처럼 여러분께 말하고 있을 것이다. 하지만 생각해 보기 바란다. 영국이 지난 대전에서 승리한 뒤, 영국 국민 여러분께 행복이 찾아왔는가? 아버지와 남편과 아들과 형제들을 전장에 바치고, 여러분이 손에 쥔 것은 무엇이었는가? 오직 미국에 갚아야 할, 정부가 진 부채에 대한 청구서 이외에 무엇이 그대들에게 남았단 말인가!

이번 전쟁 역시 다를 것이 없다. 지금 영국은 스스로의 힘으로 전쟁을 치르고 있는가? 그렇지 않다. 영국 정부는 국민들에게 전쟁 공채를 팔고 미국 국민들이 낸 세금을 빌려다가 독일과의 전쟁을 치르고 있다. 이런 부담을 얼마나 더 계속할 수 있는가? 다대한 희생 끝에 영국이 전쟁에서 이긴다 한들, 무슨 여력이 있어 세계를 계속 지배할 수 있단 말인가?

나는 이 자리에서 분명히 밝히고자 한다. 이 전쟁에서 영국이 얼마나 많은 것을 잃고 있는지 말이다! 수십만 영국 청년의 목숨과 수십억 파운드의 돈이 프랑스의 평원과 북아프리카의 사막에서, 노르웨이의 설원에서 사라졌다. 대서양에서 유보트와 싸우다 죽은 수병들의 목숨, 유럽의 하늘에서 루프트바페에게 격추된 조종사들의 목숨은 무엇을 위해 희생된 것인가?

폴란드? 폴란드는 그대들의 희생을 받을만한 나라가 아니다! 폴란드는 과거 한때 독립을 잃었다는 핑계로 지난 20년 동안 주변국 모두를 상대로 싸움을 걸었던 깡패국가였을 뿐이다. 체코슬로바키아가 분할될 때 폴란드가 무슨 행동을 하였는지 그대들은 기억하는가? 폴란드 정부는 체코슬로바키아를 도우려는 생각조차 하지 않았다. 폴란드, 헝가리, 슬로바키아는 체코슬로바키아를 함께 분할한 우리의 동료였다.

우리 독일은 그런 폴란드에 무엇을 요구했던가? 우리는 단지 지난 전쟁 이전 우리 영토에 속해 있었던 단치히라는 도시 하나를 돌려줄 것, 그리고 독일 본토에서 분리된 동프로이센을 편리하게 오가기 위해 폴란드 회랑을 자유롭게 통과할 수 있는 권리를 요구했을 뿐이다. 심지어 단치히는 국제적으로 폴란드령이라고 공인받은 것도 아니고 국제연맹의 위임통치령이었다.

그럼에도 오만한 폴란드인들은 회랑을 통과할 권리를 인정하는 것조차 거부했을 뿐더러 우리 독일에 대한 기습공격을 감행하기까지 하였다. 1939년 8월 31일 밤 폴란드군이 벌인 침략행위는 증거가 명백하다. 우리 국방군은 폴란드군이 벌인 명백한 선제공격에 맞서서 자위를 위해 대폴란드전을 개시한 것이다.

노르웨이? 나는 이 자리에서 감히 밝히고자 한다. 노르웨이를 먼저 침공하려 한 것은 사실 독일이 아니라 영국이었음을!

헤르 처칠[1]은 중립국 스웨덴이 역시 중립국인 노르웨이 영토를 거쳐 우리에게 철광석을 수출하는 데 대해 불만을 품고, 스웨덴이 독일과 무역을 하지 못하게 하는 주권 침해 행위를 할 목적으로 〈윌프레드 작전〉이라는 암호명으로 북부 노르웨이에 대한 침공을 계획했다. 심지

---

**1** Herr : 영어에서 Mister. '헤르 처칠'은 '처칠 씨'가 된다.

어 이곳을 거점으로 하여 스웨덴이 보유한 키루나 철광산을 파괴할 계획까지 세우고 있었다. 이 얼마나 끔찍하고 무서운 일인가?

우리 독일은 중립국인 미국이 자기 영해 바깥에 안전선을 설치한 것조차 존중하여 서부 대서양에서 영국 해군을 공격하지 않고 있다. 헤르 처칠은 노르웨이와 스웨덴이 약소국이라고 하는 이유로 상대가 가진 자주권을 무시해도 좋다고 여기는가? 이래서야 지난 전쟁에서 해군대신으로 재직할 때 터키가 주문한 전함을 강탈하여 분노한 터키 정부가 독일 편으로 참전하도록 등을 떠밀던 때와 달라진 것이 무엇이란 말인가?[1]

헤르 처칠이 이 계획을 처음 세웠을 때는 소련의 침략에 맞서는 핀란드[2]를 돕는다는 핑계로 파병할 작정이었다. 하지만 노르웨이, 스웨덴 두 나라 정부는 현명하게도 영국군이 자국을 지나는 것을 거부했다. 만약 이들이 핀란드에게 도움이 될 수 있으리라는 헛된 기대로 영국군에게 문을 열어주었다면, 다시는 내보낼 수 없었을 것이다. 그리고 중요한 국가자원인 철광산과 항구를 그대로 파괴당했을 것이다.

하지만 영국군이 파견되기 전에 핀란드가 무릎을 꿇자 헤르 처칠은 계획을 변경했다. 그냥 대놓고 노르웨이와 스웨덴을 침공하기로 한 것이다!

---

**1** 1차 세계대전 당시 오스만 터키는 그리스와 해군력 경쟁을 벌이느라 영국에 전함 2척을 주문해 놓고 있었다. 국민성금까지 모아 구입한 이 배들은 개전 직전에 완공되었고 대금도 완납했으며 터키 해군 승무원들이 인수를 위해 승선까지 한 상태였는데, 당시 해군대신이던 처칠은 독일 해군을 압도하려면 배가 한 척이라도 더 필요하다고 판단하고 어떤 사전양해나 보상 지불도 없이 이 배들을 압류해버렸다. 터키 조야는 분노로 들끓었고 터키 정부 내 친영파는 입지를 잃었으며, 터키는 급격히 친독으로 기울어졌다. 결국 이 사건은 터키가 독일 편에서 참전하는데 큰 역할을 했다.

**2** 소련은 핀란드 영토를 강탈하기 위해서 1939년 겨울에 핀란드를 공격했다. 소련의 눈치를 본 주변국들 중 누구도 핀란드를 돕지 않아서 결국 핀란드는 영토를 내주고 휴전협정을 맺는다. 이를 '겨울전쟁'이라고 하며, 이때 빼앗긴 영토를 되찾기 위해 핀란드가 독일과 함께 소련을 공격한 사건을 핀란드에서는 겨울전쟁의 후속이라는 의미에서 '계속전쟁'이라고 부른다.

독일 화물선이 통과하지 못하도록 노르웨이 영해에 기뢰를 부설하고, 노르웨이 북방에 있는 나르빅 항구에 영불 연합군을 상륙시킨 다음 육로를 통해 스웨덴으로 진군한다는 헤르 처칠의 미친 계획을 알았을 때 내가 무엇을 할 수 있었으리라고 영국 국민 여러분은 생각하는가?

미리 정보를 제공한다고 해도 노르웨이군의 전력으로는 영국군의 침략행위를 저지할 수 없었고, 우리 독일이 제공한 정보를 노르웨이 정부가 신뢰하지 않을 수도 있었다. 나는 노르웨이를 영국의 침략으로부터 보호하고 우리 독일이 자원을 들여오는 경로를 보호하기 위하여 노르웨이를 선제 점거하는 수밖에 없었다.

작전 수행 과정에서 기밀 유지 문제 및 사소한 실수로 인해서 노르웨이 국왕 및 정부에 대해서 상세한 정보 제공 및 상황에 대한 설명을 하지 못한 것은 지금도 유감스럽게 생각한다. 비록 지금은 국왕을 비롯한 상당수 노르웨이인들이 반독일적인 입장을 취하고 있으나, 만약 내가 의도적으로 독일군의 출동을 늦추어 영국이 먼저 노르웨이를 침공하도록 방관했다면 노르웨이는 지금 그 자신의 선택에 의하여 추축 동맹군의 편에 있었을 것이다.

우리 제3제국은 지금 유럽을 뒤덮고 있는 불길을 초래할 의도가 없었다. 우리가 원한 것은 그저 폴란드 회랑의 통과권과 단치히를 회복함으로써 우리 독일 민족의 선천적 권리 일부를 보호하고자 하는 것, 그리고 장래 볼셰비키 타도의 발판을 확고히 구축하고자 한 것뿐이었다. 아무 문제없이 넘어갈 수 있었던 사소한 요구들이 영국과 프랑스의 과민반응으로 인하여 작금의 큰 전쟁이 된 것이다.

영국과 프랑스가 섣부르게 선전포고를 하지 않았다면 폴란드 전역은 폴란드 정부에게 항복을 받고 대전 전 독일 영토였던 일부 지역을 할양받는 것으로 그쳤을 것이며, 유럽에는 평화가 돌아왔을 것이다. 하지만 영국과 프랑스가 전쟁을 선포한 이상 후방의 안전을 위해 우리 독일은 소련과 잠시 동맹을 맺고 폴란드 전토를 소련과 분할하여 장악하고 통제할 수밖에 없었다. 영국과 프랑스가 선전포고를 하지 않았다면 우리는 일찌감치 소련을 향해 진격하여 볼셰비키를 박멸하기 위한 성전을 1년 일찍 시작할 수 있었을 것이다.

지금 우리는 두 가지 사실을 명백히 알고 있다. 전쟁이 아무리 길어진다고 해도 독일 국방군이 도버 해협을 건너 런던에 진입할 가능성은 거의 없다는 것이 그 하나고, 영국 육군이 만의 하나라도 베를린에 입성하려면 전 유럽을 폐허로 만들고 수많은 영국과 독일의 아들들이 피를 흘린 뒤에나 가능하리라는 것이 그 둘이다.

이에 나 독일 민족의 총통 아돌프 히틀러는 평화를 사랑하는 영국 국민들에게 다시 한 번 명예로운 강화를 호소한다. 조건 없이, 배상 없이 명예로운 강화를 체결하자. 우리 독일은 전쟁을 끝내는 데 대한 보상으로 영국 정부에 대해서 어떤 영토나 식민지 할양도, 배상금도 요구하지 않겠다. 지난 전쟁에서처럼 어느 일방에게 굴욕과 분노를 주어 복수하겠다는 원한만 품게 만드는 가짜 평화는 가치가 없다. 복수 없는 즉각적 강화만이 반복되는 비극을 중단시킬 수 있다.

강화조약이 체결된다면 우리 독일 정부는 노르웨이, 덴마크, 네덜란드, 벨기에, 룩셈부르크, 프랑스 등 현재 점령중인 각 국가의 정통 정부에 곧바로 통치권을 반환할 것이다. 만약 영국이 계속 싸우는 길을 선택한다면 이 국가들과 개별적으로 강화조약을 체결할 의사도 있다. 강화조약을 체결한다 해서 해당국이 독일과 동맹을 체결하고 영국 및 소련과 전쟁을 선포해야 하는 것은 아니다. 원한다면 강화조약 체결국이 전열에서 이탈하여 중립국으로 돌아가도록 지원할 용의도 있다.

현재 영국에 망명 중인 노르웨이 및 네덜란드 국왕은 귀국하는 즉시, 국내 체제 중인 덴마크와 벨기에 국왕과 룩셈부르크 대공은 강화조약의 잉크가 마르기도 전에 전적인 통치권을 다시 행사할 수 있게 될 것이다. 프랑스는 정통성을 가진 페탱 원수의 프랑스 국가[1]가 전 국토에 대한 통제권을 다시 장악할 것이나 이른바 '자유 프랑스' 인사들의 참여도 가능할 것이다. 물론 프랑스 국가에 대한 충성서약을 새로이 해야만 할 것이다.

영국인들이여, 그리고 미국인들이여! 그대들에게는 지금 동양에 또 다른 전선이 있다. 독일 국방군이 볼셰비키를 박멸하는 성전에 몰두하고 있는 것과 달리 직접적으로 그대들이 살고 있는 가정을 위협하고 있는 일본과의 전선 말이다.

저 동양의 살인귀들은 귀국의 식민지를 직접 위협하고 있으며 수많은 미군, 영국군 포로와 민간인 억류자들을 차마 필설로 형용할 수 없을 지경으로 학대하고 있다. 백인의 공통된 명예를 위하여, 마땅히 힘을 합쳐 사악한 일본인들을 벌해야 하지 않겠는가!

유럽에서 전쟁을 지속하는 것은 유럽이 유지해오던 질서가 무너지는 날을 앞당길 뿐이며, 질서가 무너지게 되면 남는 것은 혼란스러운 틈을 이용한 볼셰비키의 침략과 야만인들의 득세가 있을 뿐이다. 이에 본인은 유럽이 살아남기 위해서 이만 전쟁을 끝낼 것을 제3제국의 총통 자격으로서 제안하며, 본인의 평화 제안에 대한 영국 정부의 책임 있는 논의를 바란다.

---

1 l'État français. 비시 프랑스의 정식 명칭.

평화를 수립하고자 하는 나의 성의를 입증하기 위하여 우리 독일 국방군은 전 전선에서 내일부터 1주일간 영국에 대한 어떤 공세도 취하지 않을 것임을 나의 이름으로 선언한다. 영국 본토에 대한 폭격도, 대서양 호송선단에 대한 공격도 없을 것이다. 아프리카 전선에서도 영국군의 공격에 대한 자위 차원의 응사는 있겠지만 독일국방군의 선제 공격은 없을 것이다. 영국 국민 여러분이 현명한 판단을 내리기를 기대한다.》

내가 쓴 연설문을 보면서 키득거리고 웃고 있으려니, 내가 미친놈이 된 것 같은 기분이 들었다. 약 빨고 쓴 연설문이기는 해도 이정도면 꽤 명문인 것 같지 않은가?

처음에는 새 달이 시작되는 4월 1일에 발표할 생각이었지만 다시 생각하니 만우절이었다. 내 나름대로는 고심해서 내보내는 평화 제안인데 만우절 농담 취급받으면 곤란하다 싶어서 하루 당겨서 3월 31일에 내보냈다. 중립국인 스웨덴과 스위스, 미국 언론은 평화를 원하는 내 연설을 신나게 기사로 내보냈고 일본은 배신감에 펄펄 뛰었다. 뭐, 펄펄 뛰거나 말거나 어차피 나한테 보탬도 안 되는 놈들인걸. 게다가 난 일본이 정말 싫고 말이지.

영국이 이 제안을 받고 강화에 응하면 더할 나위 없이 좋은 일이다. 하지만 영국이 응하지 않아도 내 입장에서 손해 볼 건 없다. 다른 데서는 아무 소용이 없다고 해도, 최소한 스탈린이 자기를 버리고 단독 강화를 맺을까봐 영국을 의심하게 만드는 효과는 있을 테니까. 푸하핫!

## *4*

"총통, 우리가 힘들여 정복한 영토를 그렇게 한 번에 돌려준다면 장병들이 반발할 겁니다."

미국, 영국이 반응하기 전에 먼저 독일군 내부에서 불만이 터져 나왔다. 성명을 발표한 바로 다음날인 4월 1일, 육해공 3군 사령관들이 모이는 최고 수뇌회의에서였다.

"우리 병사들은 서유럽으로 진격하면서 많은 피를 흘렸습니다. 그리고 피의 보상으로 얻은 영광과 영토를 자랑스럽게 생각합니다. 하지만 피와 땀으로 얻은 영토를 아무 대가도 없이 내주라고 한다면 장병들의 사기가 떨어질 겁니다. 게다가 소련과 전쟁을 치르는 데 있어서 프랑스, 네덜란드, 노르웨이 등 점령지는 매우 중요한 역할을 하고 있습니다. 자원병 모집은 물론 부대 재편성과 훈련을 하고, 물자와 장비를 조달하는 데 있어서도 이들 국가의 역할은 결정적입니다. 이걸 포기한다는 말씀이십니까?"

"그뿐만이 아닙니다. 전쟁 수행을 포기하지 않는 영국과 싸움을 계속하려면 점령지 전역에 해군 및 공군이 기지를 확보해야 합니다. 그런데 총통께서 말씀하신 것처럼 이 나라들과 평화조약을 맺고 통치권을 반환한다면 우리 스스로 우리 군이 행동할 수 있는 자유를 제약하게 됩니다. 강화조약 체결에 대한 방침을 재고해 주셨으면 합니다."

나는 느긋하게 뒤로 기댄 다음 장군들의 걱정에 찬 얼굴을 하나씩 훑어보았다. 내 의도를 파악하지 못한 이 가엾은 작자들을 불쌍하게 여기면서.

"귀관들은 내 성명을 좀 더 꼼꼼하게 읽어야 할 것 같군. 내가 성명서 어디에서 주둔중인 독일군도 철수시키겠다고 했나? 나는 통치권을 반환하겠다고 했을 뿐, 주둔군을 철수시키겠다고 하지 않았어."

나는 차분하게 가슴 위에서 두 손으로 깍지를 끼었다.

"만약 우리가 점령지에서 곧바로 물러나 버린다고 하면, 서유럽은 거의 군사적으로 공백 상태에 처하게 될 걸세. 프랑스만은 페탱 정부가 일부 군사력을 유지하고 있지만 다른 나라들은 일부 치안 유지 병력을 제외하면 모든 군사력이 소멸한 상태일세. 아, 덴마크도 군대를 유지하고 있긴 하지."

장군들은 아무 말 없이 내 설명을 듣고 있었다. 나는 내 견해를 계속 이야기했다.

"즉, 아무 조치 없이 독일군이 점령지에서 철수하면 그 빈틈을 노린 영국군이 진주해도 이 나라들 스스로의 힘으로는 막을 수가 없지. 따라서 평화조약 체결에는 독일이 해당국을 군사적으로 지원, 보호한다는 내용이 필수로 들어가야 할 것이야. 중립국으로 남겠다고 한다면 그것도 좋아. 영국군이 해당 국가의 영토, 영해, 영공을 침범해서 중립을 침해하지 못하게 하려면 독일군을 주둔시켜 도와야 하지 않겠나?"

"그런 조건을 받아들이겠습니까?"

레프 원수가 의구심이 가득 찬 얼굴로 질문했다. 나는 간단히 웃어 넘겼다.

"받아들이건 말건 저들의 자유다. 이 조건으로 평화 제안을 받아들이면 받아들이는 대로 좋고, 거부하면 지금 상황이 유지될 뿐 아닌가? 전쟁에서 먼저 빠져나갈 것인가 말 것인가로 연합군 진영이 내홍을 겪기만 하면 우리로서는 충분한 이득이다."

장군들은 아직 이해할 수 없다는 표정이었지만 나는 상관없었다. 크게 웃는 내 웃음소리가 회의실을 채웠다.

## *5*

발표하면서 기대했던 대로 내 평화 제안은 미국과 영국을 포함한 전 연합국에서 큰 논란을 불러일으켰다. 연합국 뿐 아니라 일본에서도 대소동이 일어났다. 내 연설을 듣고 꼭지가 돈 일본 정부가, 4월 3일자로 삼국동맹을 폐기하고 독일 역시 일본의 적이라고 선포했다. 그리고 외교관을 포함해서 일본에 머무르고 있는 모든 독일인을 체포해서 수용소에 처넣었다. 외교관이 갖는 면책 특권이고 뭐고 신경 쓰지 않는 똥배짱에 전 지구가 또 한 번 뒤집어졌다.

하지만 뭐 지구 반대편에서 일어난 일을 내가 어쩌겠는가. 나는 깔끔하게 일본의 선전포고를 무시해 주었다. 그리고 몇 년 전에 독일로 귀국해 있던 욘 라베에게 독일인을 대표하여 인류의 명예를 지킨 공으로 훈장을 수여하도록 지시한 뒤 일본이 400년 전부터 저지른 온갖 악행들에 대하여 강력히 성토했다. 그 뒤는 괴벨스가 알아서 대응할 일이다, 저 정도는.

아무튼, 실제 역사보다 조금 늦게 열린 4월 5일의 카사블랑카 회담에서도 내 평화 제안에 따른 논란의 결과가 확실히 나타났다.

독일의 강화 제안에 대해 영국 내 언론에서는 전혀 보도하지 않았으나(다들 알고 있다시피 처칠은 언론을 완전히 장악하고 있다) 중립국 뉴스를 접할 수 있는 일부 사람들, 우리가 프랑스 영토에서 내보내는 선전용 라디오 방송, 적십자를 통해서 들어가는 영국군 포로들의 편지 등이 내가 내놓은 평화 제안에 대한 소식을 전했던 것이다. 여기에 공군 특별기(난 폭격을 하지 않겠다고 했지 삐라를 뿌리지 않겠다고는 안 했다)를 통한 전단 살포도 한 몫을 했다.

〈당신의 아들들이 이렇게 되기를 원합니까?〉

우리가 살포한 전단 전면에는 아프리카 전선에서 파괴된 영국군 전차와 전차 주변에 쓰러져 있는 전차병들, 그리고 격추된 영국군 전투기 잔해를 찍은 사진이 실렸다. 그리고 전쟁에 지쳤으며 이제 그만 집에 가고 싶다고 호소하는 영국군 포로들이 쓴 편지도 인용해서 게재했다.

〈어머니, 아버지. 저 존이에요. 다행히 다친 데는 없어요. 하지만 두 분을 만나려면 전쟁이 끝나야 해요. 아직 겨울인데, 아버지가 앓고 계신 관절염은 심해지지 않았나요? 2년 동안 군대에 있었더니 집에서 먹던 음식 맛이 기억이 나질 않아요. 전쟁만 끝난다면, 내일이라도 집에 돌아가서 어머니가 만들어주신 크리스마스 플럼 푸딩이 먹고 싶어요.〉

대략 이런 것들을 수천 장씩 뿌려댔다. 그리고 맨 하단에는 이렇게 적었다.

〈우리는 이것을 무찌르기 위해 싸우고 있습니다.(뒷면)〉

뒷면 상단에는 카틴 숲에서 찍은 폴란드 포로들의 시체더미와 우리가 입수한 소련의 굴라그를 촬영한 사진, 우크라이나 대기근 때의 사진과 소련군이 우리 독일군 포로를 학살한 현장 등을 촬영한 사진이 큼지막하게 들어갔다.

혐오감을 주는 끔찍한 사진 밑에는 공산주의 타도를 위해 전 유럽에서 모인 국방군 및 무장친위대 소속 외인부대의 부대마크가 찍혔다.

물론 이 속에는 영국군 포로 중에서 자원자를 받아 편성한 영국 자유군단의 마크도 포함되어 있었다. 후면 최하단에 실은 영국 자유군단 소속 리처드 해리슨 소위의 인터뷰가 가져올 충격파를 기대하며 나는 혼자 낄낄거렸다.

〈영국 국민 여러분! 나는 처칠 수상의 졸렬한 전쟁 지휘 때문에 크레타에서 포로가 되었습니다. 그리고 독일 땅에서 독일과 소련이 싸우는 모습을 보면서 깊이 생각했습니다. 나는 왜 여기 있는가, 과연 우리가 진정으로 싸워야 하는 적은 누구인가? 결론은 금방 나왔습니다. 우리 앞에 있는 진짜 적은 볼셰비키입니다! 우리가 독일과 싸워 봐야 아무런 이득도 없습니다. 우리는 이 무익한 싸움을 당장 중단하고 우리 몸을 추슬러야 합니다. 처칠 수상, 우리 보고 스탈린을 위해 죽으라고요? 거절하겠습니다! 우리는 대영제국을 수호하기 위해 군인이 되었지, 소비에트 러시아를 지키기 위해 군인이 되지 않았습니다!〉

이런 전단을 뿌리지 않은 프랑스에서도 자유프랑스의 입지가 갈수록 좁아졌다. 〈메르 엘 케비르의 배신자들〉과 손잡은 집단이었을 뿐더러, 쓸데없는 레지스탕스 활동으로 일반 프랑스인들에게 피해만 끼치는 자들이다…라는 것이 나와 괴벨스가 줄기차게 퍼뜨린 자유 프랑스의 이미지였다.

내가 확립한 프랑스 레지스탕스 활동에 대한 대처 원칙은 인질에 대한 보복행위 따위를 절대 금지하는 것이었다. 독일군의 활동은 자위를 위한 자체 보호에만 집중하도록 하고, 〈테러를 일삼는 빨갱이 범죄자들〉인 레지스탕스에 대한 추적과 체포, 처벌은 비시 프랑스 당국에 전적으로 맡겼다. 비시 정부군은 영국군이 남프랑스를 침공할 경우에 대비하고 있었으므로 이런 치안 활동은 경찰과 친독 민병대, 밀리스가 주로 맡았다.

물론 아예 손을 뗀 건 아니다. 게슈타포가 비시 프랑스 경찰과 밀리스의 활동에 '자문' 역할로 참여하기는 했다. 어쨌든 치안 유지 활동을 프랑스인들에게 전적으로 맡긴 결과 프랑스인들은 친독과 반독으로 나뉘어 서로 죽이느라 정신이 없게 되었다. 애초에 프랑스도 좌우 대립이라면 한 몫 하던 나라 아닌가?

연합군의 중요한 축 중 하나인 중화민국, 중국 국민당은 아예 열렬한 친독파로서의 입장을 계속 유지하고 있었다. 실제 역사에서도 중국 국민당은 독일과 깊은 교류를 가지고 친독 성향을 띠었다. 일본과 동맹을 맺기 전에는 장개석 직계인 중앙군 수십만이 독일제 장비로 무장할 수 있을 정도로 물자를 판매하기도 했다. 비록 전쟁 중에 미국이 한 것처럼 무기와 장비를 공짜로 퍼주지는 못했지만.

게다가 히틀러는 1차 세계대전에서 용명을 떨친 영웅 중 한 사람, 알렉산더 폰 팔켄하우젠 장군을 장개석에게 고문관으로 보내 1934년부터 1938년까지 4년 동안 중국에 머무르게 했다.

한스 폰 젝트의 후임으로 중국에 간 팔켄하우젠은 장개석이 이끄는 중앙군을 독일식으로 훈련시켜 중일전쟁에서 상당한 전과를 올렸지만, 히틀러가 일본과 동맹관계를 강화하면서 독일로 소환당하고 말았다.

나는 이 친분관계를 되살리기 위해서 일본이 진주만을 공격하자마자 재빨리 조치를 취했다. 엄선한 고문관들을 팔켄하우젠 장군과 함께 이탈리아군이 보유한 장거리 비행정에 실어 1942년 2월에 중경으로 보낸 것이다. 싸가지 없는 스틸웰 이하 미국이 보낸 고문관들은 이때 대부분 버마 전선에 가 있었고, 장개석은 자신과 친밀하게 지냈던 팔켄하우젠이 중경에 도착하자 쌍수를 들어 환영했다.

그 뒤로 장개석을 사이에 놓고 팔켄하우젠과 스틸웰이 벌인 드라마는 장개석을 미청년으로 만든 뒤 두 장군을 TS해서 라노베 시나리오를 써도 될 지경이었다. 중국을 싫어하는 스틸웰은 장개석이 자기 말을 듣지 않으려고 하면 멱살을 잡아끌 듯한 태도로 나왔고, 팔켄하우젠이 점잖게 제지하면 갖은 협박을 퍼부었다.

다행히 미국과 독일은 정식으로 교전상태에 돌입하지 않았고, 아직까지는 외교관계도 유지하고 있다. 이 때문에 스틸웰도 팔켄하우젠에게 직접적인 위해를 가하지는 않았다. 만약의 경우를 대비해 고문관들에게 꼭 중국 쪽 고위 인사와 함께 움직이도록 지시하기는 했지만.

우리가 열세일 수밖에 없는 부분은 물적 지원이었다. 스틸웰은 미국에서 오는 원조물자를 분배할 권리를 무기로 삼아 장개석을 자기 마음대로 움직이려고 했고, 미국처럼 물자와 장비를 제공할 수 없는 독일로서는 행사할 수 있는 영향력이 제한적이었다. 점잖고 품위 있는 팔켄하우젠은 스틸웰이 무기와 장비를 쥐고 부리는 온갖 진상짓을 진득이 참아야 했다.

반면 미국 정부도 장개석 정권이 친독 성향을 보인다 해서 그들에 대한 물자 지원을 완전히 끊을 순 없었다. 미국으로서는 일본군 다수를 붙들어놓고 있는 중국을 동맹으로서 유지해야만 했고, 대일전에 대한 정보 지원을 받고 있는 독일에게도 어느 정도는 협력해야 했기 때문이다. 장개석에 대한 지원을 아예 중단해서 일본이 중국을 정복하게 만들거나, 팔켄하우젠을 해쳐서 독일로부터 받는 정보가 끊어지면 미국 입장에서도 곤란했다.

중국에서 이런 상황이 벌어지는 동안 선전부는 미국에서도 활용할 수 있는 기회란 기회는 다 활용하면서 대대적인 선전공세를 벌였다. 아직 미국과 진짜로 전쟁을 시작하지 않은 이상, 우리 독일도 미국 언론에 우리 측의 주장을 내보낼 수 있었으니까 말이다.

게다가 미국 내 고립주의자들은 아직도 유럽에서 벌어지는 전쟁에 끼어들기를 거부했고, 반공주의자들은 소련과 같은 편에 서기를 원하지 않았다. 괴벨스가 심혈을 기울여 만들어낸 선전물들은 여기에 기름을 부었다.

영국에 뿌린 전단들은 사실 종이 한 장에 불과한 요약본, 말 그대로 찌라시였다. 하지만 미국에서 선보인 선전물은 영국에서 배포한 것과는 아예 수준이 달랐다. 소련 정권이 지난 10여 년 동안 벌인 온갖 만행에 대해서, 백과사전 한 권 분량으로 제작한 자료집이 4월 2일자로 출판되었던 것이다.

〈스탈린의 업적〉이라는 반어적인 제목을 달고 세상에 나온 이 책으로 인해 독일군이 갖는 반공 십자군으로서의 이미지는 확실히 강화되었다. 루즈벨트 대통령은 어떻게든 미국을 참전시키려고 하고 있지만, 과연 국민들이 순순히 따라 줄까? 이 전쟁이 갖는 대의에 공감해서 대서양을 건너와 독일군에 입대하는 독일계 미국인들도 상당수인 판에 말이다. 미국에서 대서양을 건너 친독 중립국인 스페인에 도착하기만 하면, 프랑스로 들어와 독일군에 입대하는 건 누워서 떡먹기였다.

이런 상황에서 카사블랑카 회담이 열렸으니 원래 역사에서처럼 추축국에 대한 무조건 항복 요구 따위 나올 수가 없는 것은 당연했다. 결국 이 회담에서는 41년의 대서양 선언('주민에 의한 정체(政體)의 자유로운 선택권을 존중하고 강탈된 주권 및 자치권의 반환을 희망한다.')과 42년의 연합국 공동선언(모든 자원을 추축국에 대한 전쟁 수행에 사용할 것, 추축국인 나치 독일, 이탈리아 왕국, 일본 제국과는 다른 평화 교섭을 진행할 것과 각국이 단독으로 휴전하거나 강화하지 않을 것)을 준수한다는 맥 빠진 목소리가 나왔을 뿐이었다.

하긴 지금 상황을 가지고는 어느 누구도 명쾌한 판단을 내리지 못할 거다. 영국과 소련이 동맹을 맺고 독일과 싸우고, 영국과 미국과 중국이 동맹을 맺고 일본과 싸우고 있는데 중국은 독일과도 동맹을 맺은 관계인 셈이다. 이에 일본은 또 독일과 싸움을 시작할 판이며 독일은 또 미국과 거래를 하고 있고 일본은 소련과 거래하고 있다. 과연 누가 이 상황을 명쾌하게 정리할 수 있을까?

## *6*

"내 평화 제안을 저들이 아예 무시한 이유가 뭐라고 생각하나?"

내가 선언한 휴전 기간 1주일 동안 신나게 대서양을 질주한 호송선단은 별개로 하고, 영국 공군은 1주일 내내 유럽을 폭격했고 아프리카 전선에서는 독일군 방어선을 돌파하려는 치열한 공세가 벌어졌다. 내 책상 앞에 선 리벤트로프는 송구하다는 표정을 지으며 고개를 숙였다.

"명분상으로는 폴란드 등 동유럽 국가들을 어떻게 처우할지에 대한 언급이 없다는 점을 문제로 삼은 듯합니다. 이번 전쟁은 폴란드 전역으로 시작된 바, 폴란드 문제에 대해서도 명확한 언급을 하라 이거겠지요. 유고슬라비아나 그리스 쪽도 문제고 말입니다."

내가 지난번 성명문에서 동유럽 국가들의 원상회복에 대해 거의 언급하지 않은 것은 사실이다. 하지만 이를 핑계로 평화협상 제안을 무시하는 행동은 처칠이 협상 테이블에 나올 의사가 없음을 보여줄 뿐이었다.

"좋아, 부족한 부분이 있으면 당연히 채워 줘야지. 동유럽 국가들에 대한 처우를 규정한 두 번째 성명서를 준비하게."

"예, 초안은 다 되어 있습니다. 지난번에 주신 지침에 따라 준비했으니, 총통께서 읽어보신 뒤 수정할 부분을 확인해 주시면 곧바로 교정본을 준비하겠습니다."

초안 내용을 확인한 나는 곧바로 수정할 부분을 체크해서 돌려보냈다. 며칠이 지난 4월 13일, 내 이름으로 나가는 두 번째 평화 제안이 마침내 전파를 탔다.

《14일 전의 지난 성명에서 나는 독일이 주도하고 있는 현재의 서유럽 통치는 전쟁이 지속되는 한 그 필요가 제기되는 불가피한 조치이므로, 평화조약이 체결되는 즉시 프랑스, 네덜란드, 덴마크 등 서유럽 제국(諸國)의 완전한 주권이 회복될 것임을 천명한 바 있다. 그러나 영국 정부는 본인이 동유럽 제국의 처우에 대하여 언급하지 않았다는 이유로 본인의 평화 제안을 묵살하였다. 이에 본인은 지난 3월 31일에 발표한 평화 제안이 일부 미비하였음을 겸허히 인정하고, 동유럽 제국에 대한 우리 독일 제3제국의 입장을 전하고자 한다.

먼저 이번 전쟁의 원인이 되었던 폴란드공화국에 대한 처치를 발표한다. 폴란드는 이번 전쟁이 일어나게 만든 직접적인 책임자로서, 마땅히 전 유럽이 입은 손해에 대한 책임을 져야 한다. 폴란드 정부 및 군부의 책임 있는 당국자들 중 아직 심판을 받지 않은 이들은 지구 끝까지 도망치더라도 붙잡혀 그들이 일으킨 이번 전쟁이 인류에게 끼친 해

악에 대한 합당한 대가를 치를 것이다.

그러나 나와 우리 나치당은 폴란드 국가의 해체 및 소멸이 전쟁의 원인을 제공한 데 대한 합당한 처벌이라 생각지는 않는다. 용맹한 폴란드 국민은 그 자신의 나라를 가질 권리가 있으며, 본 총통은 독일의 이웃으로서 우리와 우호적 관계를 유지하며 건전한 국가 체제를 가지고 공산주의의 위협으로부터 자유로운 폴란드 국가가 존속되기를 강력히 희망한다.

개전의 책임을 완전히 해소한 뒤에 수립될 새 폴란드 국가는 공산주의자를 제외한 모든 정치세력의 정치 참여가 허용되며 영국에 망명중인 자칭 폴란드 정부 인사들의 참여도 허용될 것이다. 소련이 빼앗아간 영토는 폴란드에 반환될 것이고, 벨로루시와 우크라이나 지역의 영토 일부가 폴란드에 부여될 것이다.

단, 이를 위해서는 전제조건이 있다. 지난 세계대전 이전에 독일 제2제국의 영토였고 이번 전쟁 이후 제3제국에 합병된 일부 폴란드 영토는 영구히 독일로 귀속될 것이다. 이 영토 할양은 폴란드가 이번 전쟁을 일으킨 데 대한 최소한의 배상이며 폴란드가 치러야 할 대가이다.

유고슬라비아는 본래 우리의 동맹국이었다. 국왕의 숙부 파블레 대공은 섭정 자격으로 독일과 동맹조약을 체결하였다. 영국에 망명중인 페타르 왕이 파블레 대공이 맺은 독일-유고슬라비아 간의 동맹조약을 승인하고 본국으로 복귀한다면 우리는 페타르 왕에게 통치권을 돌려 줄 것이다. 또한 혼란스러운 유고슬라비아 국가 내에서 질서를 회복하고 혼란을 유발하는 자들을 진압하는데 도움을 줄 것이다.

그리스 역시 마땅히 자주권을 되찾아야 할 것이다. 그리스인들은 우리 독일이 그리스와 전쟁을 할 의사가 전혀 없었으나 본의 아니게 말려들어갔다는 점을 이해하리라 믿는다. 그리스가 먼저 나서서 영국군을 진주시키지 않았다면 왜 독일이 그리스로 진공했겠는가? 그리스 정부가 원한다면 우리는 즉시 평화조약을 체결하고 주권을 반환할 것이다.

헝가리, 루마니아, 불가리아, 핀란드는 명백히 주권을 가지고 우리와 함께 볼셰비키를 무찌르고 있는 동맹국들이므로 굳이 언급하지 않는다.

다만 볼셰비키에 대해서는 어떤 타협도 존재하지 않는다. 사악한 볼셰비키들의 정권이 붕괴하고 스탈린이 축출되는 그날까지 전쟁은 계속될 것이다.

이상의 성명에 대해 영국 측이 진지하게 고민할 수 있도록 4월 7일부터 재개된 영국에 대한 공격을 오늘부터 다시 7일간 중단할 것임을 선언한다.》

이 성명이 나간다고 해서 그리스나 유고슬라비아 망명정부가 독일과 평화조약을 체결하겠다고 나서지는 않을 거다. 사실 노르웨이나 네덜란드 망명정부도 별다른 교섭 같은 걸 시도하러 오지 않았거든.

문제는 다른 쪽이었다. 잘 데리고 있던 덴마크와 비시 프랑스, 룩셈부르크, 벨기에가 평화조약을 체결하고 중립국으로 남을 테니 독일군을 철수시키라고 요청해 왔다. 넷 다 국가원수와 '정통 정부'가 국내에 머무르고 있다는 공통점이 있었고, 개중에 비시 프랑스 쪽은 영국군이 목전에 다가와 있음을 강조하여 철군 요구를 회피할 수 있었지만 덴마크와 벨기에는 좀 난감했다.

독일에 아예 합병해 버린 룩셈부르크도 마찬가지였다. 이 녀석들이 내 말을 정말로 믿고 평화조약 체결을 요구할 거라고는 생각지도 못했다. 당연히 구라라고 여길 줄 알았는데 말이지.

"총통, 벨기에에서 군을 철수시킨다는 건 말도 안 됩니다. 벨기에 해안에 설치된 방공 경계망은 대체가 불가능합니다. 만약 벨기에에 설치된 레이더 기지 및 전투기 기지를 프랑스나 네덜란드로 이동시킨다면 우리 방공망에 큰 구멍이 뚫릴 겁니다. 게다가 지금도 영국군 소속 파괴공작요원들이 수시로 프랑스, 벨기에 해안을 통해 잠입하고 있습니다. 만약 우리가 벨기에 영토에 대한 방어를 완전히 벨기에 정부에 맡긴다면 밤낮으로 줄지어 상륙하는 영국 스파이들을 보게 될 겁니다."

"시간을 끌어! 독일군이 주둔하면서 벨기에 방위를 맡을 것, 그리고 영국군이 침입할 시 대응할 수 있는 권리를 보장한다는 내용을 담은 방위협정을 체결하기 전에는 기존에 체결한 전면 항복을 취소할 수 없다. 벨기에 주둔 부대가 영국 공격에 투입되지 않을 거라는 약속 정도는 해 줘도 된다."

어차피 당장 국권을 반환하겠다고 한 것도 아니니까, 영국이 뭔가 반응할 때까지 일단 시간을 끌라고 해두었다.

자아, 이제 이 나라 저 나라가 흔들리는 중에 영국에서는 어떤 반응이 나올까? 아마 우리가 벨기에와 정식으로 〈평화조약〉을 맺고 벨기에가 중립을 선언하더라도 영국에서는 인정하지 않겠지? 하긴, 나라도 영국군이 주둔한 나라가 중립국이라고 선언하면 중립 따위 인정하지 않고 때려 부술 테지만 말이다. 뭐, 영국이 벨기에를 폭격하거나 공작원을 침투시키면 나로서는 벨기에에 계속 주둔군을 둘 명분이 생기는 셈이니 환영할 일이다.

어쨌든 내가 제안한 1주일이라는 시간이 지난 뒤에도 분명 영국은 내 평화 제안에 응하지 않을 가능성이 크다. 나는 그날을 위해 성대한 축포를 준비해 두고 있다. 아마 영국인들은 평화를 거부한 정부를 저주하게 되리라.

사실 이 평화 제안 성명서 원고를 쓰면서도 그렇고, 스탈린과도 협상의 여지를 남겨 두는 편이 좋지 않을까 하는 생각을 요즘 하기 시작했지만 나는 마음을 다잡았다. 일단 내가 '히틀러로서' 명목상 내세우고 있는 제3제국의 이념으로도 스탈린과의 타협은 안 될 일이었고, 내 마음 속에 품고 있는 비밀계획을 위해서도 불가능한 일이었다.

잊지 말자! 나는 히틀러가 아냐! 나는 나라고!

# 외전 1
# 다우닝 가 10번지의 우울

## *1*

다우닝 거리 10번지. 오늘 여기는 간만에 찾아온 집주인과 그 일행들로 인해 상당히 소란스러웠다. 폭격이라도 맞을 경우 그대로 박살날 만큼 허약한 일반 주택이라 거의 거처하지 않던 주인이 모처럼 찾아온 날이었다.

"오늘은 여기 머무르시겠습니까?"

"어차피 요즘 런던에는 놈들이 보낸 폭격기가 오지 않으니까, 굳이 환기도 잘 안 되는 지하 지휘소로 갈 필요가 없지."

영국 수상 윈스턴 처칠은 무거운 몸을 안락의자에 깊이 묻었다. 입에 문 여송연에서 구름 같은 연기가 피어올랐다.

"히틀러 놈이 발표한 새 성명서, 가져와 봐."

보좌관이 급히 영어로 번역된 서류 몇 장을 가지고 와서 내밀었다. 독일어를 할 줄 모르는 처칠은 아무 말 없이 종이를 넘겨 가며 히틀러가 새로 발표한 성명문을 읽었다.

아무 말 없이 끝까지 읽은 처칠은 종잇장들을 한 손에 잡더니 북 하고 찢어버렸다. 그리고 반쪽으로 찢은 종잇조각들은 바닥에 던져버렸다.

잠시 사무실 안에 정적이 흘렀다. 보좌관은 아무 말도 꺼내지 못하고 진땀만 흘리면서 보스의 눈치를 살피고 있었다.

"외무대신을 불러오게."

마침내 떨어진 한 마디는 낮았지만 무거운, 무서운 목소리였다. 보좌관은 냉큼 눈앞에서 사라졌다. 자칫하면 자신이 억울하게 불벼락을 덮어쓸지도 모르니까. 그 근원이 뭣이든 간에.

## *2*

"부르셨습니까, 수상."

수상 관저 안에서 대기하던 외무대신 앤서니 이든이 나타났다. 체임벌린 내각에서 이미 한 번 외무장관직을 수행한 후, 두 번째로 앉은 외무대신 자리를 벌써 2년 반 가까이 지켜오고 있는 사람이었다.

지금 전쟁 중인 영국의 사정으로 보면 외교는 매우 중요했다. 물론 가장 중요한 나라는 전쟁물자를 제공하는 미국, 피를 흘려 대신 싸워주는 소련이다. 이 나라들은 처칠이 직접 관리했다. 하지만 나머지 다른 나라들과의 관계는 이든이 사실상 전담하고 있었다.

"이 쓰레기 같은 제안에 대해 어떻게 생각하시오?"

처칠은 턱짓으로 방바닥에 흩뿌려진 종잇조각들을 가리켰다. 이미 그 종이가 무슨 내용인지 알고 있는 이든은 굳이 그게 뭐냐고 물어보지 않았다. 독일어를 원어민 수준으로 구사하는 이든은 이미 그 연설문을 토씨 하나까지 분석하며 다 읽은 뒤였다.

"제가 내린 판단으로는, 일고의 가치도 없다고 생각합니다."

"이유는?"

"그 약속을 한 사람이 아돌프 히틀러이기 때문입니다."

이 말을 하는 이든의 표정은 평온했다. 숙련된 외교관인 이든은 각국 지도자들이 가진 성격과 습관을 거의 다 정확히 파악하고 있었다. 히틀러까지도.

"저는 히틀러와 직접 만난 적이 있습니다. 과거에 히틀러는 많은 약속을 했지요. 우리와 해군협정[1]을 맺었고, 폴란드와 불가침조약을 맺었으며, 뮌헨에서는 주데텐란트만 병합할 수 있다면 체코슬로바키아 공화국이 보유한 나머지 영토는 보장하겠다고 약속했습니다."

전쟁 전에 히틀러가 내놓은 요구들은 끝이 없었다. 이번 요구만 들어주면 평화가 유지되리라고 약속하고는 달성되면 곧바로 다른 요구를 들이밀었다. 영국과 프랑스는 그렇게 라인란트를 내주고 오스트리아를 내주었다. 체코슬로바키아가 넘어가고서야 정신을 차렸다.

"전쟁이 터진 뒤에도 히틀러는 노르웨이, 덴마크, 네덜란드, 벨기에, 룩셈부르크에는 중립을 존중하겠다고 약속했습니다. 한때 죽일 듯이 서로를 비난하던 소련과는 불가침조약을 맺었습니다. 그리고 그 모든 약속을 어겼습니다."

할 말을 마친 이든이 슬쩍 웃어 보였다. 처칠이 무슨 생각을 하고

---

1 1935년 체결한 영독해군협정을 말한다. 1차 세계대전 이후 체결된 베르사유 강화조약은 한때 영국에 이어 세계 2위였던 독일 해군을 유명무실한 수준으로 억제했는데, 히틀러 집권 이후 부활한 독일을 억제하기 위하여 영국은 독일 해군이 영국 해군의 35%까지 함선을 증강해도 좋다는 내용으로 협정을 맺었다. 이로써 독일은 합법적으로 재무장을 시작할 수 있게 되었고 공동으로 독일을 견제하려던 영국/프랑스/이탈리아 등 구 연합국의 연합전선이 붕괴되었다. 이탈리아는 아예 이 사건을 계기로 에티오피아 침공, 스페인 내전 개입 등의 과정을 거쳐 독일 편으로 넘어가게 된다.

있을지 뻔히 알 수 있었기 때문이다. 과연 처칠은 무겁게 고개를 끄덕였다.

"체임벌린 전 수상은 좋은 사람이지만, 히틀러를 너무 부드럽게 대하는 실수를 범했네. 마땅히 두들겨 패고 총으로 쏘아버려야 할 미친개를 귀여운 테리어 사냥개처럼 대했으니까."

이든 역시 동감이었다. 이든은 수년 동안 체임벌린 정권에서 외무장관으로 있었지만, 히틀러에게 지나치게 유화적으로 나가는 체임벌린에게 반발해서 사퇴하고 말았다. 히틀러에게 속는 사람은 체임벌린 하나면 충분했다.

"우리로서는 히틀러가 진심으로 평화를 원한다고 믿을 근거가 없습니다. 과거에도 히틀러는 여러 차례 '평화를 원했'지만 스스로 그 평화를 깨트렸습니다. 그런 주제에 평화 제안이라니…뻔뻔하기 짝이 없습니다."

이든의 신랄한 비난을 들은 처칠은 아무 말 없이 자리에서 일어나 방 안을 몇 바퀴 맴돌았다. 입을 다문 이든은 조용히 수상이 내놓을 다음 말을 기다렸다.

"맞네. 분명히 히틀러가 내놓은 약속은 신뢰성이 없어. 하지만 문제는 늘 같아. 그 헛된 약속에 기대를 걸고 희망을 갖는 멍청이들이 늘 있거든. 불쌍한 우리 체임벌린 씨처럼 말이야."

잠시 방안을 맴돌던 처칠은 딱히 이든에게 들으라는 것도 아닌 독백을 했다. 이든이 냉소적인 표정으로 받았다.

"히틀러가 영혼이 바뀌어 다른 사람이 되기라도 하지 않는 한 불가능한 일입니다."

"맞아. 확실히 그자의 인성을 생각하면 불가능하지. 하지만 히틀러가 새 영혼을 얻을 리는 없으니 그쪽에 기대를 건 불쌍한 인생들이 존재하는 현실을 인정할 수밖에 없지 않겠나."

자리에 돌아온 처칠은 의자에 앉았다. 그리고 이든을 향해 방향을 돌렸다.

"이런, 앉으라는 말도 하지 않았군. 자네도 거기 앉게. 그리고 이야기를 좀 해 주게. 히틀러 놈이 낸 첫 번째 성명 이후, 망명정부들은 지금 어떻게 돌아가고 있지?"

처칠의 책상 너머 의자에 앉은 이든은 우울한 표정을 지으며 한숨을 쉬었다.

"짐작하시겠지만, 일단 자유프랑스의 드골은 눈도 깜짝하지 않고 있습니다. 독일에 굴복한 페탱 정부에 항복하다니, 그런 일은 있을 수도 없고 있어서도 안 된다는 주의입니다. 다를랑 제독이 암살[1] 되고 지로 장군이 인기를 얻지 못하는 게[2] 확실해지니 요즘 신이 나 있습니다."

"그 작자라면 당연한 반응이지. 당연한 놈은 넘어가고, 다른 나라들 동향을 알려줘."

"다른 망명정권들도 딱히 동요하는 기색은 없습니다. 노르웨이나 네덜란드 망명정부는 국왕이 워낙 항전의지가 강한지라, 저들이 위협한다고 해서 넘어갈 걱정은 없습니다."

위협이라는 단어를 들은 처칠이 코웃음을 쳤다.

"그래, 놈들이 위협하긴 했지. 국왕이 돌아오지 않으면 선거를 거쳐 왕정을 폐지하고 공화국을 선포해 버리겠다고 말이야. 그게 말처럼 쉬

---

**1** 비시를 배신하고 연합군에 붙은 다를랑은 왕당파 출신 청년에게 암살당했다. 이 암살 덕분에 경쟁자가 사라진 드골은 물론, 다를랑의 친독 협력 경력 때문에 곤란하던 연합군 측도 득을 보았다.

**2** 앙리 지로(1879~1949)는 프랑스 장군으로 드골과의 주도권 경쟁에 패해 들러리가 되었다.

운 줄 아는 모양이지! 우리도 못 한 거라고!"

이든도 살짝 웃었다. 그리고 처칠이 먼저 한 질문에 답했다.

"나치를 지지하는 정치세력에게 표를 줄 만한 유권자는 두 나라 모두 10%도 안 됩니다. 어차피 선거 결과는 조작될 테니 아무 의미가 없는 수치겠지만요. 히틀러가 두 나라에 새 정부를 구성해 봐야 결국 괴뢰정부일 뿐이고, 국민들은 망명정부를 지지할 겁니다."

"음, 좋아. 그럼 벨기에는 어떤가?"

이든이 곤란한 표정을 지었다.

"망명중인 벨기에 정부는 항전하고 싶어 합니다만, 국왕인 레오폴드 3세가 본국에 머물러 있으면서 독일에 협조적인 태도를 취하고 있어서 고충이 큽니다."

깜짝 놀란 처칠이 목소리를 높였다.

"뭐야, 그 깡도 없는 젊은 놈이 무슨 짓을 하고 있기에?"

### *3*

1940년에 벨기에가 중립을 유지하겠다고 누차 선언했는데도 불구하고 독일은 벨기에를 침공했다. 국왕인 레오폴드 3세는 벨기에군 총사령관으로서 전군을 이끌고 침략군에게 맞서 싸웠다. 하지만 근본적인 전력 차이는 어쩔 수 없었고, 결국 3주도 버티지 못하고 항복해버렸다.

"지 애비가 가진 만큼의 깡도 없는 못난 풋내기 같으니. 자기 정부 관료들에게는 한 마디 의논도 없이 저만 항복해 버린 쓸모없는 놈이 지금 히틀러와 붙어먹고 있다는 건가?"

"그렇습니다. 히틀러는 독일 국내로 끌려갔던 벨기에 국왕을 브뤼셀로 송환했고, 왕궁에서 전쟁 전처럼 지내게 해주었습니다. 런던 정부를 대신할 새 정부를 국왕이 구성해서 내정도 수행하게 했고, 군사 문제만 빼면 모든 국사를 자유롭게 해결하도록 허락하고 있습니다."

"멍청한 애송이!"

69세인 처칠 입장에서는 42세인 레오폴드 3세도 아직 젊은이로 볼 수 있었다. 46세인 이든은 처칠이 가한 비난에 대해 아무 말도 하지 않았다.

"아무튼 벨기에 내에서는 독일이 요구하는 대로 얼른 평화협정을 체결하고 중립선언을 하자는 움직임이 있습니다. 만약의 경우입니다만, 수상께서는 히틀러가 정말로 벨기에 국왕과 평화조약을 맺고 독일군을 벨기에에서 철수시킨다면 벨기에를 중립국으로 존중하시겠습니까?"

긴장된 표정을 지으면서 내민 질문에 처칠은 코웃음을 쳤다.

"독일군 철수라니, 그런 일은 절대로 일어나지 않아. 히틀러가 자기 발로 점령지에서 물러나는 모습을, 자네는 지난 10년간 단 한 번이라도 본 적이 있나?"

없었다. 단 한 번도 없었다. 히틀러는 국내 정치에서도, 대외적으로도 단 한 번도 물러나지 않았다. 늘 공세에 나서겠다면서 블러핑을 날렸고 언제나 성공했다. 이든은 그동안 히틀러가 무솔리니를 제외한 어느 지도자에게도 양보하는 모습을 본 적이 없었다.

"그리고 말이야. 독일과 평화조약을 맺은 벨기에는 중립국이 아니라 적성국으로 간주해야 한다고 보네. 지금 벨기에가 말 그대로 중립국이 된다면, 어떤 일이 벌어질 것 같은가? 벨기에는 독일 본토를 가로막는 장벽이자 독일이 필요한 물자를 들여오는 창구가 될 거야."

실제 1차 세계대전 당시 중립을 유지하던 네덜란드는 해상봉쇄를 당하고 있는 독일에게 하나의 돌파구였다. 연합국은 네덜란드가 수입한 물자를 독일에게 재수출하지 못하게 하려고 했지만, 독일이 침공할 가능성에 위협받는 네덜란드로서도 이는 생존이 걸린 문제였다.

"우리가 엄격한 교역 제한을 가했는데도 불구하고 결국 네덜란드는 독일과 전략물자를 거래했지. 벨기에는? 아직 침략당하지 않은 네덜란드도 독일이 두려워서 물자를 넘겼는데, 한번 점령당했다가 해방된 벨기에가 독일에 맞설 수 있을까? 분명히 호구가 될 거야."

처칠은 지친 표정을 지었다. 평생을 앓아온 심한 우울증 때문에, 타인이 보내는 시선을 신경쓸 필요가 없는 자리에서는 종종 이렇게 얼굴에서 힘이 빠지곤 했다.

"벨기에 국왕이야 자기 나름대로는 조국을 구한다고 노력하는 중이겠지요."

"애송이의 한계지. 선대 국왕이었다면 그런 속임수에 속지 않았을걸."

선대 벨기에 국왕인 알베르 1세는 정말 손바닥만 한 영토밖에 남지 않은 상황에서도 끝까지 빌헬름 2세의 군대를 맞아 싸웠다. 그리고 그 작은 영토를 기반으로 끝내 승리를 얻어냈다. 물론 다른 연합국이 없었다면 불가능했겠지만, 소국인 벨기에로서는 대단한 결과였다.

"제가 알기로는 현 국왕도 그렇게 허약한 사람은 아닙니다. 하지만 히틀러가 국왕을 알프스에 있는 자기 별장으로 초대해서 정중히 대접하면서, 영국과 평화조약만 맺어지면 독일군은 철수할 거고 벨기에는 다시 평화로운 일상을 누릴 거라고 구워삶은 모양입니다."

"정식으로 초대를 했다고?"

"중립국 외교관들 사이에 파다하게 퍼진 소문이라고 합니다."

처칠은 앉은 지 얼마 되지도 않은 의자에서 다시 일어나 무거운 걸음으로 방 안을 돌았다. 만약에 벨기에가 진심으로 히틀러와 평화조약을 체결한다면? 고민되는 문제였다.

"그렇다 해도 바뀔 건 없어. 독일 놈들이 벨기에와 평화협정을 맺었다고 주장하건 말건, 우리는 유럽 대륙 전체가 나치의 압제에 놓여 있다고 간주하고 군사작전을 계속한다. 어차피 독일군은 벨기에에서 철수하지 않을 거고, 벨기에 인들은 곧 자기들이 속았음을 알게 될 거야."

"물론입니다."

히틀러가 약속을 지킬 리 없다. 처칠과 이든 두 사람은 그 점에 대해서는 확실히 의견이 일치했다. 무엇보다 히틀러 스스로가 무너뜨린 신용이 이를 뒷받침했다.

"벨기에가 어떻게 움직이든, 우리 전쟁 수행에는 어떤 지장도 주지 못하네. 그보다 중요한 게 이 오늘 나온 두 번째 성명, 아니 개소리란 말이야. 어떤가, 오늘 개소리에는 어떤 반응들이 있을 것 같은가? 우리 편에 서 있는 동유럽 꼬마들 말이야."

## *4*

이든은 답하기에 앞서 잠시 목소리를 가다듬었다.

"폴란드는 걱정할 필요가 없습니다. 비록 독일이 폴란드에 자치정부를 수립했지만, 폴란드 국민은 절대적으로 망명정부를 지지합니다. 비록 카틴 사건 때문에 소련에 대해서는 강한 적대감을 가질망정 우리를 원망하지는 않습니다. 속으로야, 뭐 모르지요."

"속으로 원한을 품건 말건 무슨 상관인가. 드러내지만 않으면 돼."

처칠은 다시 의자에 앉았다. 동맹국 중 어느 하나가 이탈할지 아직 확실하지도 않은데 설레발을 칠 필요는 없었으니까.

"그러면 남은 나라는 체코슬로바키아와 유고슬라비아, 그리스입니다. 세 나라 모두가 처해 있는 상황이 제각기 다르므로 반응이 다르리라 판단됩니다."

"가장 편을 갈아탈 가능성이 높은 나라는?"

"제 판단으로는 유고슬라비아 왕국입니다."

"어째서 유고슬라비아인가?"

이든이 차분하게 설명했다.

"유고슬라비아는 애초에 독일과 동맹을 맺은 사이였음은 수상께서도 알고 계시지 않습니까? 그런데 정권을 잡고 있던 왕의 숙부와 군부 장군들 사이에 권력다툼이 일어나면서 이쪽으로 넘어왔죠. 딱히 저들은 자유와 권리를 위해 우리 편에 선 게 아닙니다."

잠시 침묵이 흘렀다. 처칠이 아무 말도 하지 않고 생각에 빠진 모습을 보이자 이든이 유고슬라비아 사정에 대한 설명을 보탰다.

"만약 국왕이 베오그라드로 돌아가 독일과 손을 잡는다면, 산 속에 틀어박혀 있는 미하일로비치[1]와 그가 이끄는 체트닉[2] 수십 만 명이

---

1 미하일로비치는 티토가 이끄는 파르티잔과 계속해서 대립하다가 전쟁 후반에는 추축국과 협력했고, 이 문제 때문에 전쟁이 끝나고 티토가 집권하자 반역자 및 전쟁범죄자로서 처형되었다.

2 유고에서 독일군은 게릴라에게 피해를 입으면 무고한 민간인을 상대로 수십 배 이상 보복했다. 이런 피해에 겁을 먹은 체트닉은 독일군과 전투를 회피했지만, 공산주의자 티토가 이끄는 파르티잔은 보복을 무시하고 독일군을 공격했다. 독일군이 보복으로 민간인을 학살해서 분노한 생존자들이 파르티잔에 가입해서 독일군에게 복수를 하면 또 독일군이 보복에 나서고 분노한 피해자가 늘어나는 악순환이 계속되었다. 당연히 가만히 있는 미하일로비치보다 독일군과 싸우는 티토가 인기를 끌었고, 외부에서도 티토를 더 주목하게 되면서 서방 연합국은 차츰 본래 한편이었던 미하일로비치가 아닌 티토와 손을 잡게 되었다(스탈린은 애초에 티토를 지지). 외톨이가 된 미하일로비치는 파르티잔으로부터 살아남기 위해서 추축국과 손을 잡고 말았다. 애초에 사상의 차이도 있어서 양 세력은 서로를 독일군보다 더한 적으로 여겨 싸워온 데다가, 서로 독일에게 동맹 제안을 넣기에 이르러 있었다.

당장 산에서 내려가 그 앞에 무릎을 꿇을 겁니다. 놈들은 애초에 왕의 귀환만 기다리고 있으니까요."

유고슬라비아 왕국 육군 대령 출신으로 독일에 맞선 게릴라 지도자인 드라자 미하일로비치는 철저한 왕당파였다. 그가 이끄는 체트닉은 영국 정보부로부터 물자만 받아 챙길 뿐 아무리 독일군과 싸우라고 재촉해도 아직 때가 아니라는 이유로 꼼짝도 하지 않았다.

미하일로비치는 열세인 전력으로 당장 독일에 맞서 싸워 희생을 내기보다 훗날을 기약했다. 그는 독일이 완전히 수세에 몰리고 국왕 페타르 2세가 돌아오면 일거에 봉기할 계획이었고, 그때를 위해 전력을 보존하며 독일군 대신 적대세력인 공산주의 파르티잔이나 잡고 있었다.

사실상 혼자 독일과 싸우고 있는 영국으로서는 미칠 지경이었다. 체트닉이건 파르티잔이건 독일군을 상대로 싸워 줘야 독일이 약화되고 영국군이 유럽으로 진격할 수 있다. 그런데 저 멍청이들은 영국군이 와야만 싸우겠다며, 손도 까딱하지 않고 있었다.

"체트닉이 돌아서면, 적어도 30만에 달하는 병력이 독일 편으로 넘어갑니다. 질은 낮지만 후방 치안 유지 정도에는 쓸 수 있을 거고, 독일군은 발칸에서 수십 개 사단을 절약할 수 있습니다. 발칸 반도 전체에서 적이라고는 티토가 이끄는 빨치산 수천 명밖에 남지 않겠지요."

처칠이 한숨을 쉬었다.

"방법은 하나로군. 유고 국왕이 엉뚱한 짓을 하지 못하도록 철저히 감시하게. 숙소 밖으로 한 발짝을 나서더라도 다 우리가 알아야 해."

"알겠습니다."

"벨기에, 유고슬라비아…분명 별 가치 없는 작은 돌이지만, 이탈을 용납할 수는 없어. 지금 시점에서 우리에게는 더 이상 연합군을 잃을 여유가 없으니까."

처칠은 계속해 침착함을 유지했다. 잠시 연기를 내뿜던 처칠이 다시 질문했다.

"체코슬로바키아 망명정부는?"

"체코인들은 충분히 끈기가 있습니다. 설마 우리가 나치와 타협하리라고는 생각하지 않고 있지요. 다만 체코 본국에서는 히틀러가 체코인을 '명예 독일인'으로 선포하고 독일인과 같은 급으로 우대하면서 친독일 분위기가 조금씩 고조되고 있습니다."

"그건 문제가 있군. 심각한 문제가 될 수 있어. 문제는 싹부터 잘라버려야 하지."

처칠은 눈살을 찌푸렸다.

"작은 돌들이 헛된 희망을 갖지 않도록, 당장 오늘 밤에 히틀러 놈에게 답장을 보내야겠네. 놈이 가진 지성이라면 고상한 말을 써 봐야 못 알아 처먹을 테니 행동으로 확실히 보여주지."

"행동이라시면…."

이든의 얼굴이 굳어졌다. 처칠이 씩 미소를 지었다.

"베를린을 폭격하는 거야. 놈이 평화협상을 제안한 날, 휴전을 선언한 날에 콧수염쟁이놈 머리 위에 폭탄을 떨어트리는 행위만큼 놈이 내놓은 제안이 우리에게 값어치 없음을 보여주는 방법이 어디 있겠나?"

"확실히 그렇습니다. 다만 독일과 그만 강화하기를 바라는 사람들에겐 타격이 될 겁니다. 휴식을 기대하고 있던 장병들이나 시민들도 실망할 테고요."

이든은 기껏 얻은 휴전 기간을 낭비하고 싶지 않았다. 독일은 지난번 휴전 제안도 성실히 수행했다. 이번에도 1주일 동안 휴전이 시행된다면, 육해공 각 군은 휴식을 취하고 부대를 정비하며 전력을 보충할 수 있다.

"전쟁 중에 어설프게 여유를 갖다간 도리어 쓴맛을 보게 돼. 잠깐 휴전하는 데 맛들이다가 히틀러에게 유럽을 내줄 참인가? 흔들리는 갈대들이 확실히 이쪽 편에 남아 있게 하려면 단호해야 해. 3년 전 프랑스를 상대로 캐터펄트 작전[1]을 했을 때처럼."

이든이 한숨을 쉬었다.

"예, 메르 엘 케비르 사건에서 우리는 유럽에 남아 있던 마지막 친구를 잃었지요. 대신에 우리가 끝까지 싸울 작정임을 확실히 의심할 여지없이 전 세계에 알렸습니다. 아마 오늘 밤 베를린 폭격도 그렇게 될 겁니다."

"당연히 그래야지. 이봐, 보좌관! 공군 총사령관에게 전화를 연결해!"

---

**1** 프랑스 바깥에 기항하고 있던 프랑스 해군 함선들이 독일군 손에 들어가지 않도록 영국 해군이 출동하여 모조리 나포 또는 격침시키려고 시도한 사건. 영국, 이집트 등에 기항하고 있던 모든 프랑스 함선이 영국군에게 나포되었고 프랑스 식민지에 있던 함선들은 다수가 격침되었다. 이때 영국에 대한 배신감을 느낀 비시 프랑스 정부가 반영으로 확실히 돌아서게 된다.

# 15장
# 킬 잽, 킬 잽, 킬 모어 잽!

## 1

참, 그러고 보니 태평양에서는 상황이 어떻게 전개되고 있는지 상세한 이야기를 한 번도 하지 않은 게 생각났다. 그럼 시계를 뒤로 좀 돌려서 진주만 이후 태평양 전선이 어떤 상황을 연출하고 있는지 잠깐 살펴보자. 사실 그쪽이 여러분한테는 더 직접적인 관심사이기도 하니까 말이야. 그리고 나도 좀 여유 있게 이야기할 수 있고.

진주만 기습이 어떤 배경으로 시작되어 어떻게 전개되었는지 굳이 자세하게 이야기할 필요는 없으리라고 본다. 내가 도조 히데키나 히로히토 혹은 야마모토 이소로쿠가 됐으면 모를까, 난 히틀러가 됐잖아? 당연히 태평양 쪽 이야기를 많이 하기는 힘들고, 할 필요도 없다.

하지만 한국이 어떻게 되고 있는지 알아보자면 태평양 쪽에서 벌어지는 일에 대한 이야기를 해야 하고 진주만 공습이 초래한 결과를 아예 빠트리고 넘어갈 수도 없으니, 이 작전으로 빚어진 결과와 그 이후

스토리를 간략하게 정리해 보자.

하와이에 주둔하고 있던 미국 태평양함대 및 미 육군항공대는 일본 해군 항공부대가 감행한 대대적인 기습공격으로 재앙에 가까운 대타격을 받았다.

먼저 해군 쪽을 보면 격침된 전함 5척만 따져도 15만 7천 톤이 진주만에서 가라앉았고, 대파된 전함 3척만 따져도 배수량이 10만 톤에 달했다. 그 외에도 경순양함, 구축함 등 추가로 파손된 함선 8척을 합치면 손상된 함선 총톤수는 15만 톤에 가까웠다.

하와이 주둔 육군항공대는 보유하고 있던 항공기 중 188기 완파, 155기 손실이라는 역시 끔찍한 손실을 입었다. 미국 육해군이 낸 인명 피해를 합하면 사망 3581명, 부상 1247명.

민간에서 난 인명과 재산 손실은 일단 별개로 하고, 일본군 특공대가 가한 손실은 태평양 중부에서 미군이 작전할 수 있는 여지를 완전히 없애버렸다. 하와이 주둔 미군이 입은 피해를 회복하고 잔여 전력을 추스르는 사이, 일본군은 내가 아는 역사 그대로 필리핀과 동남아시아를 휩쓸었다.

이미 앞에서도 언급했다고 생각하는데, 나는 최초 1년은 일본이 설치고 다니는 대로 놓아두었다. 미국이 충격을 크게 받아야 우리가 도움의 손길을 내밀었을 때 그만큼 절실하게 받아들일 테니까. 그리고 일본군이 보유한 전력에 대해서 잘 모를 때 좀 많이 깨져 놔야 일본에 대한 증오가 더 커질 테니까 말이다.

다만 정말로 태평양을 방치한 것은 아니다. 일단 나는 독일인들을 이끄는 지도자니까 최소한의 노력이라도 해야 하지 않겠는가. 나는 남태평양 일대에 소수 나가 있는 성직자, 농장주 등 독일 민간인들에게 모두 주재하고 있는 장소가 전장이 되기 전에, 정확하게 이야기하면 일본군이 들어오기 전에 철수하도록 명령을 내렸다.

가능하면 일본군이 들어오기 전에 가까운 오스트레일리아로 보내버리고 싶었지만 그쪽은 명색이 적국이다 보니 응급상황이라면 모를까 사전에 대비시키기는 좀 곤란했고, 대개는 미국으로 들어갔다. 이렇게 한 덕에 나중에 실제 역사에서 일본이 벌인 독일 민간인에 대한 학살행위를 다소나마 줄일 수가 있었다.

그럼 다시 미국과 일본이 벌인 전투 이야긴데…. 아무리 내가 팝콘 모드로 들어가기로 결심했다고 해도 미드웨이 해전을 눈앞에 두고도 아무 말도 안 하기는 좀 힘들었다. 그런데 또 이 전투는 내가 별다른 힌트를 주지 않아도 미국 혼자 힘으로도 잘 이긴 싸움이란 말이다.

미국은 산호해 해전도 잘 버텼고, 내가 별다른 조언을 하지 않아도 가능한 전력을 모조리 동원해서 미드웨이에서 일본군을 격파했다. 나는 미군이 승리를 거둘 때마다 미국 대사에게 축전을 보냈다. 비열한 일본군을 쳐부순 데 대한 축하의 의미로 말이다.

## *2*

지구 반대편에서 벌어지는 미국과 일본의 전투는 그 싸움 한편에 강제로 동원된 한국인들이 끼어있다는 점만 잊는다면 내게는 정말로 강 건너 불구경이었다. 구경한다는 소리는 별 관심이 없다는 것과 같은 이야기다.

1942년 동안 줄곧 내 발등에 떨어진 불은, 코앞의 영국 및 소련과의 대결이었다. 스탈린그라드 함락 후 아스트라한 레이스에 몰두하느라 일본 문제에 대해 잠시 관심이 멀어졌던 어느 날, 이미 언급한 적이 있는 그 소식이 들어왔다.

"총통! 일본이 미국에서 소련으로 가는 렌드리스 물자를 무제한 통과시키겠다고 발표했습니다. 일반 물자뿐 아니라 군장비 및 군수품까지도 통과시키겠다는 겁니다!"

"뭐라고! 그냥 넘어갈 수 없다. 당장 혼을 내 줘야겠다!"

이날이 1942년 10월 13일이었지. 이때 셸렌베르크를 통해서 미국대사관 주재무관에게 넘어간 첫 정보는 해당 시점에 과달카날에 주둔하고 있는 일본군의 정확한 규모, 장비와 작전계획이었다. 과달카날 주둔 미군은 당시 일본군에 대해 충분한 정보를 확보하지 못했고, 일본 함대와 폭격기가 매일 퍼부어대는 포탄과 폭탄에 신나게 두들겨 맞고 있었다. 아니, 두들겨 맞고 있음을 나는 알았다. 그리고 이 정보를 받은 미국인들이 처음엔 몰라도 나중에는 호들갑을 떨 것임을 짐작할 수 있었다.

"대외정보국장께서는 어떻게 현지 시간으로 지난 13일에 일본해군 전함 공고와 하루나가 과달카날을 포격하고 있다는 사실을 알고 계셨습니까? 그리고 과달카날 주둔 일본군에게 지원군을 수송하러 오는 수송선단이 섬 서쪽 해변에 정박할 예정이라는 것까지 어떻게!"

미국 대사관에서 정보관을 겸하고 있는 주재무관 대령이 몸이 달아 셸렌베르크를 만나러 온 것은 정확히 첫 대면으로부터 1주일 뒤였다. 과달카날 주둔 일본군이 어떤 상태인지 내게 잘 교육받은 셸렌베르크는 충분한 정보를 준비해 놓고 침착하게 상대를 맞이했다.

"그야, 우리 쪽에서도 일본의 동향에 대해서 주의를 기울이고 있으니까요. 게다가 본관은 명색이 제국보안본부 소속 대외정보국장 아닙니까? 그 정도 정보를 알아내는 것은 어렵지 않습니다."

셸렌베르크는 한껏 점잔을 뺐다. 회견 장소인 제6국 소속 안가가 어느 누구도 감히 엿볼 수 없는 곳이라서 관중이 없는 것이 안타까울 뿐이었다.

"우리 제3제국은 일본에 대해 많은 정보를 가지고 있습니다. 자랑은 아니지만 우리 독일은 요 근래 이탈리아와 더불어 일본과 가장 가까운 나라였으니까요. 하지만 우리 제3제국이 일본과 가깝게 지냈던 것은 일본이 대소련 포위망을 구성하는데 있어서 꼭 필요한 나라였기 때문이지, 일본이 벌이는 침략정책을 옹호해서가 아닙니다. 일본은 몇 백 년 동안 독립국이었던 한국과 중국을 연달아 침략해서 정복하고 서양 열강이 동남아시아 지역에 확보하고 있는 식민지도 빼앗으려 하고 있습니다. 순 날강도가 아니겠습니까."

"그렇게 말씀하시는 건 독일은 일본처럼 타국의 영토를 탐내지 않는다는 말씀입니까?"

무의식적으로 반문한 주재무관은 아차, 했지만 이미 뱉은 말을 주워 담을 수는 없었다. 셸렌베르크는 재밌다는 듯한 표정을 지었다.

"대령께서는 우리 독일이 영토를 넓히려는 욕심으로 전쟁을 치르고 있다고 판단하십니까?"

"아, 아닙니다. 어쩌다 그만 실언을 했습니다."

주재무관은 급히 수습하려 시도했다. 셸렌베르크가 나중에 털어놓기를, 상대가 스스로 한 말을 어떻게든 얼버무리려고 하는 태도가 재미있어서 더 다그쳤다고 했다.

"대령, 유감입니다. 우리 제3제국은 무의미한 영토 확장이 어떤 비극을 초래할 수 있는지 지난 전쟁에서 아주 확실하게 깨달았습니다. 지난

대전이 벌어진 이유 자체가 영토에 대한 욕심 때문이었으니까 말이지요. 물론 한 세르비아인 젊은이가 이중제국 황태자를 향해 방아쇠를 당긴 탓이 제일 크기는 합니다만, 이중제국이 세르비아가 반대하는데도 보스니아-헤르체고비나를 합병하지 않았다면 그 젊은이가 암살범이 되었겠습니까?"

"그야 그렇겠습니다만."

"불이 번진 배경도 결국 영토욕입니다. 과거 제2제국과 영국, 프랑스는 아프리카와 태평양에서 보다 많은 식민지를 얻으려고 서로 갈등하고 있었습니다. 이런 대립관계가 폭발한 결과가 바로 지난 세계대전이었지요. 우리 제3제국은 과거와 같은 식민지 쟁탈전은 국익에 아무 도움이 되지 않는다는 사실을 잘 알고 있습니다. 석유, 고무, 주석이 필요하다면 무역을 통해 자유롭게 손에 넣으면 되는 것을, 타국이 가진 영토를 무력으로 빼앗아야 할 이유가 있습니까?"

"맞는 말씀입니다. 누구에게도 방해받지 않고 자유롭게 무역을 하는 것은 미합중국이 건립되기 이전부터 미국인들이 추구해 온 가치였습니다. 영국 정부가 우리들이 무역하는 것을 방해하지 않았다면, 굳이 영국 정부와 대결해 가면서 독립할 이유가 없었겠지요."

"하하! 그러게 말입니다. 사실 솔직하게 말하자면 식민지는 매우 값비싼 정원입니다. 보기 좋게 만들려면 비싼 급료를 주고 솜씨 좋은 정원사를 고용해야 하고, 잔디를 깔끔하게 관리하면서 희귀한 정원수가 병에 걸리거나 말라죽지 않도록 세심하게 보살펴야 합니다. 하지만 멋진 정원을 가지고 있어 봐야 기분만 좋을 뿐이지 그 정원에서 돈이 나오지는 않지요. 그래서 오토 폰 비스마르크 후작은 식민지 따위에 관심을 갖지 않았습니다. 식민지를 갖기보다, 식민지를 가지고 싶어 하는 자들이 필요로 하는 물건을 만들어 파는 편이 재정적으로 훨씬 유리합니다. 우리 현명한 제3제국은 식민지 따위 필요로 하지 않습니다."

미국 주재무관은 다소 의아한 표정을 지었다. 독일 국내에서 영국에게 승리한 뒤 영국과 프랑스가 가진 아프리카와 동남아시아 소재 식민지 일부, 적어도 1차 세계대전 이전 독일이 보유하고 있던 식민지는 다시 받아내야 한다는 움직임이 있음을 자신도 알고 있었기 때문이다. 셸렌베르크가 하는 이야기는 자신이 알고 있는 바와 차이가 있었다.

"대외정보국장께서 하신 말씀은 참으로 좋은 말씀입니다. 이미 주인이 있는 땅을 얻으려 하는 행위는 분쟁을 유발할 뿐이죠. 하지만 독일 내에서는 그렇게 생각하지 않는 사람도 많은 것으로 알고 있습니다. 이를테면 과거 독일이 합법적으로 보유하고 있던 아프리카와 태평양 지역 식민지 말입니다, 그것들을 돌려받을 생각도 없으신 겁니까?"

"물론입니다."

셸렌베르크는 강하게 고개를 끄덕였다. 나는 이 문제에 대해서 셸렌베르크에게 명확한 지침을 주었다.

"독일민족을 이끄는 영도자, 총통께서는 최근 식민지 문제에 대해서 명확한 결론을 내리셨습니다. 우리 독일은 그깟 식민지 없이도 번영할 수 있으며, 독일민족에게 필요한 영토는 예로부터 독일인들이 살아온 땅을 지키는 것으로 족하다고 말입니다. 간혹 우리 제3제국이 유럽 전역을 정복하려 한다고 오해하는 미국인들이 있는데, 혹시 기회가 된다면 대령께서 주변 사람들에게만이라도 해명을 해주시면 고맙겠습니다. 우리는 유럽을 정복하기 위해서 전쟁을 하는 게 아니라 볼셰비키를 쳐부수기 위해서 전쟁을 하고 있다고 말입니다."

"그렇다는 말씀은 독일이 만약 전쟁에서 승리한다면 지금 확보하고 있는 점령지에서 모두 철수하겠다는 말씀이십니까?"

"물론입니다. 아직 공개적으로 언명할 수는 없지만 우리 제3제국은 볼셰비키를 타도하고 영국과 평화협정을 체결하기만 하면 현재 점령중인 모든 국가로부터 물러날 의사가 있습니다. 소련 영토 역시 단 한 조각도 차지하지 않을 것입니다. 볼셰비키를 타도한 뒤에는 볼셰비키에게 억압받던 모든 민족이 자유를 찾을 것이고, 소비에트 전역에 살고 있는 각 민족들은 저마다 독립된 조국을 가지게 될 겁니다. 우리 제3제국은 야만스러운 볼셰비키로부터 벗어난 이 젊은 국가들과 자유롭고 평화로운 관계를 수립해 나갈 것입니다."

주재무관은 예상하지 못한 대답에 감명을 받은 듯 고개를 끄덕였다.

사실 이 때는 아직 공식적으로 점령지 해방을 선언하기 5개월 전이었고, 독일의 유럽 정복이 가능할거란 기대를 포기하기 전이기도 했다. 그래서 이때 셸렌베르크가 총통의 뜻이라면서 미국 주재무관에게 전한 말은 짜고 만든 구라였다. 이때는 전혀 사실이 아니었는데 일이 어떻게 되려고 그랬는지 5개월 뒤에는 사실이 되고 말았지만.

"알겠습니다. 독일이 향후 전쟁 목표를 어디에 두고 있는지, 국장께서 그렇게 상세한 이야기를 해 주신 이상 저도 꼭 보고하도록 하겠습니다. 사실 그 문제도 매우 중요한 문제입니다만, 오늘은 다른 문제에 대한 이야기를 하고 싶습니다. 저기…, 과달카날에 대한 추가 정보가 필요합니다."

약간 우회해서 표현할까 망설이던 주재무관은 상대가 '독일인'이라는 것을 상기했는지 방문 목적에 대해 돌직구를 날렸다.

"지난번에 일본군이 상륙을 기도했을 때, 귀국이 제공해 준 정보는 완벽하게 들어맞았습니다. 앞으로는 일본군이 어떻게 움직일지, 일부라도 좋으니 정보를 제공해 주실 수 없겠습니까?"

"물론입니다. 마땅히 알려드려야지요. 다만, 저희도 완벽한 존재가 아니니 모든 정보를 입수할 수 없다는 점은 알아주시기 바랍니다. 또한 저희가 제공한 정보에 일부 부정확한 부분이 있을 수 있다는 것도 말이지요."

"그야 감수해야 하지 않겠습니까."

이런저런 요건들이 달라져 이쪽 역사가 바뀌면서, 원래 세계의 일본이 했던 행동들을 기반으로 정보를 제공 하는 것는 어쩌면 무리 일지도 모른다. 사실 그 돌대가리들이 가진 성향을 생각하면 딱히 바뀔 것이 없을지도 모르나 만의 하나 면피할 구석은 만들어 놓을 필요가 있지 않은가.

"그럼 급한 것부터 알려드리겠습니다. 놈들은 지금 총공격을 준비하고 있습니다. 지난번 차단작전으로 물자와 장비는 많이 잃었지만, 이미 상륙한 일본군 2사단이 가진 병력은 아직 고스란히 남아 있기 때문입니다. 사흘 뒤인 23일, 그리고 24일에 핸더슨 비행장에 대한 일본군 총공격이 시작될 것이니 해병대에게 방어 준비를 철저히 하라고 이르십시오."

"그렇게 큰 손실을 입고도 공격 준비를 한단 말입니까? 추가 물자나 병력을 기다리는 게 아니고요?"

일본군이 하는 행동이 도무지 이해가 안 되는 사람은 주재무관 뿐이 아니었다. 사실 알려준 대로 전하는 셸렌베르크도 납득을 못 하는 건 마찬가지였다.

"물자가 완전히 떨어지기 전에 전투를 끝내려는 속셈입니다. 그리고 일본군 총사령부에서 파견한 특별 참모가 과달카날 전선에 있는 현지

사령부에 대한 작전 통제권을 쥐고 있으니, 귀군은 그 참모장교를 특별히 주의해야 합니다."

"음, 알겠습니다. 그 참모장교를 꼭 해치워서 일본군 지휘계통에 혼란을 일으켜야 한다는 말씀이신 거지요?"

질문을 받은 셀렌베르크가 고개를 내저었다.

"아니오, 절대 아닙니다. 그 장교가 높은 자리에 앉아서 계속 지휘권을 행사하도록 해야 합니다. 그 츠지 마사노부라는 참모는 모든 것을 개인적인 출세를 위한 발판으로만 여기는 쓰레기 같은 놈입니다. 무리한 작전 구상을 무조건 실행하라고 강요하고, 실패한 작전은 무조건 실행자에게 책임을 돌립니다. 자기 마음에 들지 않는 사람은 모함을 포함한 온갖 모략으로 축출해 버립니다. 필리핀에서 벌어진 〈죽음의 행진〉도 그놈이 독단으로 내린 명령 때문에 일어난 사태였습니다. 그런 쓰레기 같은 작자를 제거한다면 어떤 유능하고 합리적인 자가 그 자리에 올라 일본군을 정상적으로 움직일지 알 수 없으니, 귀군에서는 그 자가 계속 자리를 지킬 수 있도록 해주셔야 합니다. 절대 죽여서는 안 됩니다."

셀렌베르크가 충고하자 주재무관은 뜨악한 표정을 지었다.

"아니, 그런 자가 어떻게 고위직에 올라가서, 자리를 계속 유지할 수 있습니까? 당연히 해임되어야 하는 것 아닙니까?"

미국 주재무관이 이런 반응을 보이는 게 당연했다. 츠지 마사노부에 대해 알고서도 그런 놈이 출세하는 게 당연하다고 생각할 인간이 어디 있겠는가?

"그래서 일본이 망해야 하는 나라라는 겁니다. 에크하르트 장군이 언급한 것[1]처럼, 멍청하고 부지런한 놈은 조직에 해가 되니 당장에 쫓

1 에크하르트는 바이마르 공화국 시기 독일군 장성으로 장교의 4가지 유형에 대해

아내야 합니다. 하지만 일본군은 바보들이 모인 집단이라 정상인이 아닌 그런 쓰레기도 줄만 잘 탄다면 얼마든지 출세를 합니다. 동맹으로 둘 가치가 없는 놈들임이 확실하지요."

"음, 알겠습니다. 혹시 그 츠지라는 자가 어디 있는지, 소재를 파악하게 되면 절대 공격하지 않도록 현지 부대에 정보를 전달하겠습니다. 무엇보다도, 그 츠지란 놈을 꼭 산 채로 법정에 세워서 바탄 반도에서 항복한 우리 전우들을 학살한 데 대한 책임을 물어야겠습니다."

주재무관이 이 말을 할 때, 두 눈에서 불길이 타오르는 듯 형형한 빛이 잠시 일었다. 아마 형제나 친구 중 바탄 반도에 나가 있던 사람이 있었던 모양이라고 셸렌베르크는 추측했다.

"마땅히 그러시는 편이 좋을 겁니다. 그게 더 많은 일본군을 해치울 수 있는 방법이니까 말이지요. 아, 그리고 일본 해군도 과달카날 근해로 접근하고 있습니다. 즈이호, 쇼가쿠 등 항공모함으로 구성된 제3함대가 접근하고 있으니, 과달카날 해역에 있는 미국 항공모함들에게 반격 준비를 갖추도록 하십시오. 또한 전장 주변에 일본군 잠수함이 활동하고 있으니 전선에서 다소 물러나게 해서라도 항공모함을 보호해야 할 겁니다."

"알겠습니다. 그럼 어서 돌아가서 오늘 알려주신 정보를 워싱턴에 전달하겠습니다. 다음에 또 뵙도록 하지요."

"네, 그럼 대령께서도 가는 길 조심하십시오."

의외로 긴 시간 동안 이어진 접선이 드디어 끝났다. 미국 주재무관이 탄 차가 어두운 베를린 밤거리로 사라지자 셸렌베르크도 안가 밖으로

---

언급했다. "똑똑하고 부지런한 장교는 참모에 적합하며, 똑똑하고 게으른 장교는 어떤 상황이든 대처할 수 있으므로 지휘관에 적합하다. 멍청하고 게으른 자들은 시키는 일은 제대로 한다. 하지만 멍청하고 부지런한 자들은 조직에 위해를 끼치므로 신속하게 제거해야 한다!"

나와 차에 올랐다.

"총통 관저로."

## 3

열흘 뒤. 나는 카나리스로부터 뜻밖에 놀라운 소식을 접했다.

"뭐? 솔로몬 제도 인근에서 일본 해군이 미 해군을 대파했다고?"

"그렇습니다. 우리 아프베어가 방수한 미 해군 무전에 따르면 미 해군 항공모함 호넷 호가 일본 해군항공대에게 대파된 후 견인되던 중에 일본 함대가 추격해오자 포기되었습니다. 일본군이 불타고 있는 호넷을 발견하기는 했는데, 견인 불가능이라고 판단하고 격침시켜버린 모양입니다. 다른 항모인 엔터프라이즈 호는 대파되어 수리에 들어갔습니다."

"거참, 그렇게 될 거라고 미리 알려주기까지 했는데 막질 못해?"

"예? 뭐라고 하셨습니까?"

"아, 아닐세."

카나리스는 약간 의아한 표정을 지었지만 더 캐묻지는 않았다. 나는 보고를 마친 카나리스를 내보낸 다음 부관실로 통하는 인터폰을 눌렀다.

"셸렌베르크 불러."

— 예, 총통!

한 시간 뒤 셸렌베르크가 집무실에 나타났다.

"어떻게 된 거지? 왜 미국이 참패한 건가?"

"저, 그것이, 말씀드리기 상당히 난감합니다만…."

진땀을 흘리던 셸렌베르크가 눈을 한 번 질끈 감더니 입을 열었다.

"정보부서를 통해 들어간 우리 정보가 루즈벨트에게까지 보고가 되었습니다. 그랬더니 루즈벨트가 '잽스들과 한패인 독일이 제공한 정보를 어찌 믿을 수 있느냐'면서 묵살하고 현장 부대에 전달하지 말라고 명령했답니다. 게다가 베를린 주재 대사관에 독일 정보기관과 접촉하지 말라는 명령까지 내렸습니다."

어처구니없는 일이었다. 아니 소아마비 걸린 그 병…, 아니 장애인을 비하하면 안 되지. 하여간 그 몸과 마음이 건강하지 못한 빨갱이 물이 든 병…, 아 자꾸 나오네. 하여간 그 새끼가 왜 사람이 선의를 베풀겠다는데 믿지를 못하는지 모르겠다. 제기랄, 중국에 우리가 팔켄하우젠 보내서 장개석 돕고 있는 것도 뻔히 아는 놈이 왜 우리가 보낸 일본군 정보를 못 믿는 거야?

"귀관이 생각하기에는 루즈벨트가 우리 정보를 안 믿는 이유가 뭐라고 판단하나?"

"영국이 우리와 싸우고 있기 때문 아니겠습니까? 미국은 영국을 최고 우방으로 간주하는 만큼, 영국과 싸우고 있는 우리는 기본적으로 적국으로 자리매김할 수밖에 없습니다. 게다가 루즈벨트 주변에 해리 홉킨스와 같은 친소주의자들이 잔뜩 자리를 차지하고 있다는 점도 생각하셔야 합니다. 미국과 독일 사이에 하루빨리 전쟁이 터지기만을 바라는 친소주의자들은 어떻게든 독일이 미국과 가까워지지 못하게 하려고 기를 쓰고 있습니다. 독일 정보를 믿지 말라는 것도 이들이 벌이는 대표적인 이간질이라고 생각합니다."

"확실히 그럴법한 이야기야."

나는 자리에서 일어서서 집무실 안을 목적 없이 여기저기 걸어 다녔다. 이때는 아직 스탈린그라드 방면에서 소련군이 반격을 개시하기 전이라서 '남의 싸움'인 태평양 방면 전황에 신경을 쓸 여유가 있었다.

"셀렌베르크, 우리는 미국이 태평양 전선에 몰두하도록 만들어야만 한다. 루즈벨트가 의심을 하건 말건 우리가 가진 정보는 가짜가 아니야. 일본이 실제로 계획했거나 실행에 옮긴 것들만 알려주고 있단 말이다. 그리고 놈들은 우리가 미리 파악한 그대로 움직이고 있다."

"말씀하신대로입니다, 총통."

"미국이 태평양에서 공세로 나가려면 내년 여름은 되어야 한다. 그래야 진주만 이후 건조에 들어간 군함들이 전선에 나갈 준비가 이루어지지. 미국이 일단 준비를 완료하고 나면 우리가 주는 정보가 없어도 일본군을 간단히 쳐부술 수 있다. 그 전에 가능한 많은 은혜를 팔아 두어야 해. 미국 주재무관과 다음 회견은 언제인가?"

"사흘 뒤입니다. 다행히 주재무관은 우리가 주는 정보를 신뢰하고 있어서, 대사관 내에 있는 국무부 쪽 직원들 눈길을 피해 소관을 만나러 오고 있습니다."

"루즈벨트 지지파인 대사관 직원들로부터 음해를 당할 각오를 하고 조국을 위해 정보를 얻으러 오다니, 정말 대단한 애국자로군. 11월 중순까지 일본 해군이 계획하고 있는 해상작전에 대한 정보를 잘 전달하도록 하게. 아무리 꽉 막힌 루즈벨트라고 해도, 계속해서 정확한 정보가 들어오면 버티지 못하겠지."

"루즈벨트가 거부하려고 해도 미국 해군 수뇌부가 가만히 있지 않을 겁니다. 녀석들도 정보부가 독일로부터 정보를 얻고 있다는 사실은 알고 있을 테니까 말입니다."

셀렌베르크가 음흉한 미소를 지었다. 나 역시 셀렌베르크와 시선을 마주하며 흡족하게 웃었다. 미국이 우리 정보를 가지고 일본과 신나게 싸울수록 유럽 전선에서 부담이 덜해질 테니까 말이다. 그리고 일본이 조금이라도 더 빨리 망하겠지.

## 4

11월에도 루즈벨트는 정보부서가 독일과 접촉하지 못하게 했다. 베를린 주재 미국 주재무관은 비공식 접촉을 통해 얻은 정보를 필사적으로 군 정보부에 전달하려 했지만 정식 통신선을 활용할 수 없으니 제때 도달시킬 수가 없었다. 중립국인 스위스 주재 대사관 주재무관을 통해 본국으로 보내니 아무래도 시간이 걸렸고, 간신히 도착한 정보도 때가 늦기 일쑤였다.

대체적으로 유리한 전황 때문에 참고 있던 미국 해군 수뇌부가 폭발한 계기는 11월 30일에 벌어진 타사파롱가 해전이었다.

다나카 라이조 제독이 인솔하는 구축함 8척으로 구성된 일본 함대가 과달카날에 접근하리라는 예고는 분명히 11월 중순에 셸렌베르크를 통해 미국으로 전해졌다. 접근 경로, 탑재한 화물 분량, 각 함명, 미군과 접촉했을 때 취할 전술까지. 하지만 해군 작전부장 어니스트 킹 제독이 이 모든 정보를 받은 것은 12월 3일, 타사파롱가 해전이 벌어져 미국 해군이 개망신을 당한 사흘 후였다.

"장관님! 대통령께 말씀드려 해군 정보부가 독일 정보부로부터 일본에 대한 군사정보를 얻는 데 대한 허락을 받아내 주십시오. 대통령께서는 독일이 다른 의도를 가지고 있다고 의심하시는 모양이지만 지금 독일과 일본은 사실상 적대관계입니다. 독일은 중국군에게 군사고문단을 파견했으며, 장개석은 우리 고문단보다는 독일 고문단이 해주는 조언을 더 따르려고까지 하고 있습니다. 일본을 쳐부순 뒤에 독일과 전쟁을 하게 될지는 저로서는 모르겠습니다만, 일본과 싸우는 동안은 독일이 제공하는 정보가 필요합니다."

미국 해군은 타사파롱가 해전에서 겨우 일본군 구축함 1척을 격침시킨 대신 중순양함 1척을 완전히 상실하고 3척이 대파당하는 등의 막대한 손실을 입었다. 추태를 벌인 현지 지휘관들과 정보를 손에 쥐고 있으면서도 전달하지 않은 관련 부서, 양자 모두에게 격분한 킹 제독은 당장이라도 백악관으로 달려갈 듯 펄펄 뛰었다.

"영국을 돕기 위해 대서양에서 유보트를 쫓는 일을 거부할 생각은 없습니다. 하지만 대서양은 대서양이고, 태평양은 태평양입니다. 독일이 왜 우리가 일본과 싸우는 일을 도우려 하는지는 모르겠지만, 일단 이용할 수 있는 조건은 이용할 수 있도록 해주시기 바랍니다."

"하지만 독일이 뭔가 함정을 파고 있다고 생각하는 게 정상 아닌가? 독일 입장에서는 우리가 유럽 전선에 뛰어들지 못하도록 해야 할 텐데, 그렇다면 우리가 태평양에서 일본과 싸우느라 허우적거리고 있어야 할 것 아닌가? 나로서는 독일이 보내는 정보를 믿을 수 없네. 대통령께서 하시는 바가 옳다고 봐."

킹 제독은 분통을 터뜨렸다.

"장관님! 물론 논리적으로 생각하면 독일이 우리를 도울 리가 없겠지요. 하지만 지금까지 확인된 바로는, 지난 두 달 동안 베를린 주재 대사관을 통해 들어온 일본군에 대한 정보는 모조리 적중했습니다. 과달카날에서 일본 육군이 계획한 공세 규모와 방향, 일본 해군이 육군을 지원하기 위해 함대를 보내는 방향과 규모 및 날짜, 이 모든 것이 독일로부터 들어온 정보와 일치했습니다. 우리는 이 정보를 활용해야만 합니다!"

해군장관 프랭크 녹스는 킹 제독이 제기하는 불만을 무시할 수 없었다. 하지만 루즈벨트를 설득해서 독일 정보기관과 정보 교류를 할 수 있는 허락을 받으려면 독일이 정말로 미 해군을 도우려고 한다는 근거가 필요했다.

"이보게, 킹 제독. 상식적으로 생각해 보라고. 대가 없는 정보제공이 어디 있나? 영국이 독일 암호에 대한 정보를 우리에게 주는 건 우리가 자신들을 돕기 때문에, 앞으로도 도와주리라고 믿기 때문에 하는 거야. 독일은 왜 우리에게 일본군 정보를 주는가? 내가 생각하기에, 독일은 대서양에서 우리가 물러나기를 바라는 걸세. 지금도 워싱턴 주재 독일 무관은 수시로 날 찾아와 대서양 호송선단에서 우리 군함들을 빼내 달라고 요구하고 있어. 귀관은 독일이 대서양 전선에서 우리 군함들을 철수시킬 생각으로 정보를 제공하고 있다고 생각하지는 않나? 나는 분명히 그런 의도가 있다고 생각하네."

"우리 군함들을 철수시킨다고요?"

"그래! 만약 우리가 독일이 주는 정보에 대일전을 의존하게 되면, 놈들이 정보를 미끼로 해서 우리에게 영국과 소련에 대한 지원을 중단하라고 요구할 수 있어. 지원을 아예 중단하라고 하지는 않더라도 호송선단에서 빠지라고 요구할 수도 있겠지. 우리 보고 영국을 버리라는 건데, 자네 생각에는 대통령께서 영국과 소련, 두 나라를 버리실 것 같으냐 이 말이지. 아무리 일본과 싸우기 위해서라고 해도 대통령께서 그렇게 하실 리가 없네."

"영국을 버린다, 거 괜찮은 선택이군요. 아니, 당연히 버려야 한다고 봅니다. 우리가 지금 전쟁을 하고 있는 대상은 일본이지 독일이 아니지 않습니까? 소관은 기꺼이 대서양에 있는 모든 군함을 철수시켜 태평양으로 가라고 명령할 의사가 있습니다."

팔짱을 낀 킹은 냉소적으로 내뱉었다. 평소 태평양 제일주의를 내세워 일본군 격파를 우선해오던 킹으로서는 일본군을 쳐부술 정보를 얻기 위해 대서양 호송선단을 포기하는 거래가 아주 구미가 당겼다. 하지만 정치적인 문제를 신경 써야 하는 녹스 장관으로서는 그렇게 할 수가 없었다.

"제독, 물론 우리는 일본 하나만 상대로 전쟁을 하고 있어. 하지만 독일이 유럽을 정복하게 내버려 두었다가 무슨 일이 일어날지 알겠는가? 우리는 자유로운 민주주의 국가로서 영국을 지원해야 할 의무가 있네. 독일이 어떤 의도를 숨기고 있을지 모르는 거래를 받아들일 수는 없어."

녹스 장관이 단호하게 거절했지만 킹도 고집을 꺾으려고 하지 않았다.

"하지만 장관님! 이제까지 독일은 자기들이 제공한 정보에 대해서 어떤 요구도 내놓지 않고 있습니다. 설사 놈들이 영국을 버리라는 요구를 내놓는다고 한들, 우리가 대서양에서 함대를 철수시키지 않으면 그만입니다. 우리가 거래에 응하지 않는데 실망한 독일이 정보 제공을 중단한다고 해도 우리가 손해를 볼 것은 없지 않습니까? 놈들이 허위 정보를 제공하기 시작한다면 그대로 관계를 끊으면 되고, 더 이상 독일에서 정보를 얻을 수 없게 되더라도 괜찮습니다. 모든 것이 원래대로 돌아갈 뿐입니다."

"독일놈들을 등쳐먹자는 건가?"

"우리가 편하고 안전하게 얻을 수 있는 정보를 이용하자는 것뿐입니다."

녹스 장관은 아무 말 없이 손가락으로 톡톡거리며 책상을 두드렸다.

"대통령께서는 나치와 거래하는 것 자체를 혐오하고 계시네. 아무리 우리에게 이득이 된다고 해도 말이야. 더구나 놈들이 노리는 바를 전혀 알 수 없다면 더욱 그렇지. 놈들이 정보를 주는 대신 요구하는 게 없다는 사실이 더 의심스럽지 않나? 이미 이야기했지만, 대가 없는 행동은 없어. 분명히 독일 놈들은 일본군 정보를 넘기는 대신 바라는 게 있을 거고, 독일 놈들이 노리는 목표를 확실히 알아야 우리가 대통령께 '이러저러한 요구에 대해 요렇고 저렇게 대응하겠으니 접촉을 승인해 주십사' 할 수 있단 말이네."

"장관님, 꼭 모든 것을 사실대로 대통령께 고할 필요는 없지 않습니까? 독일 내에 있는 반 나치 조직으로부터 입수된 정보라고 둘러대면 넘어갈 수 있을 겁니다. 독일 내에도 반 나치 성향을 가지고 레지스탕스를 벌이는 조직이 있기는 있는 것으로 알고 있는데, 그런 조직 중 하나가 접촉해 온 것으로 합시다. 문제가 생기면 독일 놈들이 펼친 공작에 제가 속아 넘어간 걸로 처리해도 좋으니까, 일단은 접촉하게 해주십시오."

정보 교환 문제에 있어서 킹은 고집불통이었다. 한숨을 쉰 녹스 장관이 마지막으로 한 번 더 킹을 진정시키려고 시도했다.

"킹 제독, 독일 정보가 없어도 우리는 이길 걸세. 그건 불을 보듯 뻔한 사실이야. 지난 11월에 독일 정보 없이 치른 대부분의 해전에서도 우리가 이겼어. 시간이 좀 더 걸릴 수는 있겠지만, 독일 놈들의 협조 없이도 우리는 이길 수 있어. 그런데 왜 독일 정보를 얻는데 그렇게 집착하는 건가?"

"간단합니다. 우리 미합중국 청년들의 목숨을 하나라도 덜 잃어야 하니까요. 독일 정보를 제대로 활용해서 작전을 짤 수 있다면, 사흘 전에 있었던 해전에서 우리는 단 한 척도 잃지 않고 놈들을 완전히 전멸시켜 버릴 수 있었을 겁니다. 잽스들을 완전히 짓뭉개 버리려면 앞으로도 많은 전투를 치러야 합니다. 일본을 때려잡으면서 우리 미국 청년들의 피를 한 방울이라도 아낄 수 있다면, 히틀러가 주는 정보를 얼마든지 받아들일 수 있습니다."

녹스 장관은 한숨을 쉬었다.

"…알겠네. 대통령께 허락을 구해 보지. 하지만 허락하실 거라고 확신하지는 말게. 대통령께서는 영국을 도와야 한다는 의무감을 가지고 계시니까. 그리고 나치를 타도해야 한다고 굳게 결심하고 계시지. 나치가 공산주의를 타도하자고 외치는 열성만큼이나 대통령께서 나치를 쓰러트리겠다고 결심하고 계시는 의지도 굳으니까 그 점을 잊지 말게."

"알겠습니다. 장관께서 중간에 말씀을 잘 드려 주시기만 바라고 있겠습니다."

킹 제독이 경례를 하고 나가자 녹스 장관은 소파 등받이에 몸을 기대고 영혼이 빠져 나갈듯한 깊은 한숨을 쉬었다.

아아, 군사적인 문제밖에 신경 쓰지 않는 킹 제독과 정치적 문제를 배려하지 않을 수 없는 루즈벨트 사이에서 조율을 맡으려니 죽을 맛이었다. 잠시 생각하던 녹스 장관이 비서를 불렀다.

"대통령께 가야겠다. 채비를 해 주게."

"예, 장관님."

## 5

미국 쪽에서 무슨 일이 있었는지 몰라도 12월 중순부터 마침내 미국 주재무관이 공공연히 셸렌베르크를 만나고, 얻은 정보도 자유롭게 군

정보부로 보낼 수 있게 되었다. 어떻게 상황이 달라진 걸 아느냐고? 그야 주재무관이 자기 입으로 이야기했으니 알지.

"드디어 워싱턴으로 곧바로 전문을 보낼 수 있게 되었습니다. 그동안 베른과 마드리드를 거쳐 외교행낭으로 해군본부에 보내려니 얼마나 시간이 걸렸는지…."

"축하드립니다. 앞으로는 저희도 한층 더 고차원적으로 활용할 수 있는 전략정보를 제공해 드리겠습니다. 일본군이 움직이는 데 맞춰 전술적으로 대응하는 데서 벗어나, 전략적으로 큰 틀을 먼저 짤 수 있도록 말이지요."

"감사합니다. 그런데…, 여쭙고 싶은 게 있습니다."

"무엇입니까?"

셸렌베르크가 친절하게 미소를 지었다. 잠시 머뭇거리던 주재무관이 간신히 입을 열었다.

"그동안 생각해 봤지만, 독일이 미국을 위해 정보를 제공하는 근본적인 이유가 무엇인지 모르겠습니다. 혹시 아돌프 히틀러 총통께서는 정보 제공에 대한 대가로 대서양 선단호송에서 미국 해군이 물러나기를 바라십니까?"

"그렇지 않습니다. 우리 제3제국 정부는 이러한 정보 제공에 대해서 어떤 대가도 원하지 않으며, 총통께서는 제가 귀하와 접촉하는 것도 알지 못하고 계십니다. 지금 저는 순전히 미국에 대한 제 개인적인 선의와 침략자인 일본인들에 대한 혐오 때문에 정보를 제공하고 있음을 알려드리는 바입니다."

"총통께서는 모르신단 말이지요…. 알겠습니다. 호의에 감사드립니다."

나와는 상관없는 일이라고 셸렌베르크가 보장했음에도 딱히 그 말을 믿는 투는 아니었다. 하긴 이런 상황에서 국가 원수가 시킨 일이라고 사실대로 고백하면서 동맹국에 대한 정보를 적대진영에 넘겨주면 그게 멍청이지. 상대가 그걸 정치적으로 어떻게 이용할 줄 알고 그런 사실을 함부로 발설한단 말인가.

셸렌베르크가 해준 보장에도 불구하고 주재무관에게서는 영 불안해하는 기색이 엿보였다. 사실 소금 먹은 놈이 물켠다고, 미국 쪽에서 우리 정보를 제공받으면서 불편해하는 건 당연한 일이다. 뼛속까지 거지 근성에 물든 새끼라면 모를까, 정신줄이 제대로 박힌 사람이나 국가라면 상대가 호의를 베풀 때 일부라도 갚지 않고 받아 처먹기만 할 생각을 할 수가 없기 때문이다. 형편에 따라 어느 정도라도 답례를 해야 한다는 부담을 느끼는 게 정상이다.

더구나 미국은 진주만 기습 이전부터 독일에 대해 노골적으로 적대 행위를 지속해오고 있지 않냐 말이다. 만약 독일이 미국에게 똑같은 대우를 했다면 미국은 벌써 선전포고를 했을 것이다. 독일의 〈호의〉에 대해 미국이 곧이곧대로 받아들이지 못하는 게 당연한 일이다.

"본인이 바라는 것이 하나 있다면, 태평양 지역에서 야만적인 일본군을 피해 미국 영토로 피난한 우리 독일 시민들이 편안히 지낼 수 있도록 신변을 보호해 주십사 하는 것입니다. 보호를 받고자 찾아간 이들을 미합중국 정부가 박대하지는 않으시리라 생각합니다."

"그야 물론입니다. 그런데 피난민들을 독일 본국으로 데려가지는 않을 생각이신가요?"

"데려오고야 싶지요. 하지만 무엇으로 데려오겠습니까? 독일 배는 바다를 건널 수 없고, 미국 배는 바다를 건너오다가 영국 해군에게 임검 당해 승선 중인 독일인이 모조리 붙잡히게 만들 텐데요. 지금도 워싱턴에 있는 우리 대사관에 인원이나 물자를 보내려면 얼마나 복잡한 경로를 거쳐야 하는지 뻔히 아는 분께서."

셸렌베르크에게 뼈가 있는 말을 들은 미국 주재무관은 입을 다물었다. 개전 이래 대서양을 건너 미국 항구에 닻을 내린 독일 배는 한 척도 없었기 때문이다.

프랑스로, 또는 아프리카로 가는 미국 배를 이용해서 독일로 돌아오려고 했던 독일인들은 모조리 중도에 영국 해군에게 체포되었다. 독일인들에 대한 승선 정보를 누가 영국 해군에게 넘겼는지는 굳이 의심할 필요도 없다는 사실쯤은 주재무관도 알고 있을 것이 아닌가.

"자, 그런 이야기는 그만 하고 본래 용건으로 돌아가죠. 설마 자유로운 민주국가인 미국 정부가 적대국이라면 모를까, 적대국도 아닌 독일 국민들을 강제수용소에 처넣는다거나 하진 않을 것 아닙니까? 그러고 보니 말이 나온 김에…, 일본인 수용소에 수용된 일본인은 전부 몇 명이나 됩니까?"

"제 담당 업무가 아니다 보니 정확한 숫자는 모릅니다만, 대략 12만 정도 되는 일본계 미국인이 수용된 것으로 알고 있습니다."

"상당한 숫자군요. 만약 독일과 미국이 교전하게 된다면, 독일계 미국인들도 같은 운명을 맡게 되는 겁니까?"

셸렌베르크에게 질문을 받은 주재무관은 희끗희끗한 머리카락을 흔들며 고개를 저었다.

"그런 일은 결코 일어나지 않을 겁니다. 미국 인구 중 영국계 다음, 어쩌면 영국계보다 숫자가 많은 집단이 독일계입니다. 육군에서 아이젠하워 장군, 해군에서 니미츠 제독 같은 사람들이 죄다 독일계인데 어떻게 일본인을 대하듯 할 수 있겠습니까. 독일계 미국인들이 수용소에 감금될지 모른다는 걱정 같은 것은 하실 필요가 없습니다."

"그렇습니까. 알겠습니다. 자, 그럼 가장 중요한 본래 용건으로 돌아가죠."

셸렌베르크는 서랍 속에서 연달아 필요한 서류를 꺼냈다. 주재무관은 안경을 고쳐 썼고, 두 사람은 책상 위에 펼쳐진 서류들을 들여다보며 질문과 답변을 주고받기 시작했다.

## *6*

제대로 정보가 전달되기 시작하자 과달카날 섬 서쪽 해역은 곧바로 일본 해군의 무덤이 되었다. 킹 제독이 독일에서 전달되는 극비 정보를 직접 관리한다고 들었는데, 아마 출처가 독일 정보기관이라는 사실은 태평양함대 수뇌부 극히 일부에게만 알려주지 않았을까.

사실 원래 역사에서도 미국은 현지에서 직접 파악한 정보와 일본군 암호를 해독해서 얻은 정보를 활용해서 일본 해군을 박살내고 과달카날에 남아있는 일본 육군을 모두 굶주린 거지 떼로 만들어 버렸다. 하지만 우리가, 아니 정확히 말하면 내가 제공한 정보와 대응전술 덕분에 더 빨리 효율적으로 일본군 보급선을 차단하게 된 것은 사실이었다.

원래 역사에서 일본군은 과달카날에서 물러날 때 성공적인 기만작전을 펼쳤다. 신규 병력 1개 대대를 파견해서 새로운 공세를 준비하는 것처럼 위장했고, 함대와 항공기를 대규모로 파견해서 맹공격을 가했다. 여기 넘어간 미군은 잔여 일본군을 섬멸하기 위해 준비하던 공세를 중단하고 방어로 전환했고, 이 틈을 타 일본군은 2월 7일까지 모조리 철수해 버렸다.

하지만 이쪽 세계의 미군은 일본군이 펼친 기만전술에 넘어가지 않았다. 기만공세를 위해 급히 달려오던 1개 대대부터가 매복하고 있던 미군 어뢰정들에게 공격당해 절반 이상 가라앉았고, 맹렬한 일본군 공습 덕분에 중순양함 시카고를 잃었으면서도 미국 해군은 방어 태세로 전환하지 않았다. 미군이 지상군으로 공세를 펼치면서 해상봉쇄를 풀지 않자 일본군은 결국 병력을 빼내지 못한 채 과달카날을 포기할 수밖에 없었다.

1943년 2월 3일, 남북으로 나뉘어 진군하던 미국 육군 제25사단과 해병 2사단이 과달카날 섬 서쪽 끝 에스페란스 곶 해안선에서 마침내 손을 잡았다. 모든 해안선이 봉쇄되면서 아직 철수하지 못한 일본군 17군 전 병력이 지치고 굶주린 상태로 섬 안에 포위되었다. 기억이 정확하다면, 육군과 해군을 합쳐서 그 숫자는 약 1만 3천. 하지만 보급로 차단이 실제 역사보다 더 철저했던 만큼 생존한 일본군 숫자는 더 줄었을 것이 분명했다.

포위가 완료된 뒤 포위망 내에 있는 일본군을 소탕하는 건 미군이 알아서 할 일이므로 나는 관심을 껐다. 그리고 아직 남아 있는 다른 전역을 위한 정보 제공을 시작했다. 이제 미군이 공세로 나가야 하는데, 그러자면 많은 정보가 필요하지 않은가. 일본군 배치 지역 및 공격 전술에 있어서 내가 알려줄 것은 무수히 많았다.

멍청한 일본군 수뇌부는 내가 미국 정부에 자기네 군사정보를 넘기고 있다는 사실은 꿈에도 상상하지 못했겠지만, 남양 군도에 있던 독일인들이 모두 미국 쪽으로 빠져나간 것을 알고 뭔가 수상하다는 눈치는 챘던 모양이다. 게다가 이때쯤 장개석에게 내가 군사고문단을 보내고 있다는 사실이 일본 측에 알려졌다.

분노한 일본인들은 자기들 영역 내에 남아 있던 나머지 독일인들을 모조리 자택에 연금했고 자산을 동결했다. 대사관까지 봉쇄되었다는 보고를 받자 나도 잠깐 갈등하긴 했다. 하지만 일본에 대한 전략적 압박을 포기할 수는 없었다. 3월 31일, 여러분이 이미 내용을 알고 있는 내 성명서가 예정대로 발표되었다.

내 성명을 접하고 격분한 일본 정부가 독일에 선전포고를 했다는 사실도 이미 앞에서 말한 바 있다. 어제까지 동맹국 국민이던 일본 내 독일인들은 일본 정부가 선전포고를 하기도 전에 모조리 체포되어 강제수용소에 수감되었다. 대사 이하 외교관들까지 투옥하는 만행을 보고 중립국인 스위스, 스페인, 스웨덴 대사관에서 일제히 항의에 나섰으나 미친 일본 쪽발이들에게는 씨알머리도 먹히지 않았다.

뭐, 내가 먼저 열심히 일본 뒤통수를 치고 있었으니 따지고 들면 할 말은 없었다. 하지만 명색이 독일 국가원수인데 독일 국가와 국민이 일본에게 공개적으로 당한 모욕에 대해 가만히 있을 수는 없는 법이다.

나는 도리를 아는 인간이므로, 독일 내에 체류 중인 일본 민간인에 대해서는 손을 대지 않았다. 하지만 독일 내에 있는 일본 정부 및 기업 소유 자산은 일본 정부가 했듯이 나 역시 모조리 몰수했고, 몰수한 일본 자산으로 중국 파견 군사고문단에 들어가는 비용을 충당하도록 지시했다. 체류하고 있던 일본인들 중 일본으로 돌아가고 싶어 하는 이들과 외교관들은 모두 스페인으로 추방했다. 스페인에서 일본까지 어떻게 갈지는 내 알 바 아니고.

하여튼 이런저런 일로 바쁘게 돌아가고 있던 4월 초, 난데없는 손님이 찾아 왔다.

"총통, 중국에서 돌아오는 비행편으로 방문객이 왔다고 합니다."

"방문객?"

권세가 보고하는 소리를 들은 나는 서류를 넘기다 말고 고개를 들었다. 지금 중국 주재 군사고문단은 3개월마다 1회씩 오가는 이탈리아 공군 특별 비행정으로 본국과 연락을 하고 있었다. 무전으로 보내기 곤란한 지령문이나 보고서 송달, 꼭 필요한 일부 물자 수송, 치료와 휴식이 필요한 고문관들을 본국으로 송환하는 등 여러 임무에 교통편이 꼭 필요했기 때문이다. 그런데 이 비행편으로 방문객이 오다니?

"누가 와? 장개석 총통이 특사라도 보낸 건가? 혹시 티거라도 몇 대 보내달라는 요청이면 그냥 거절하게. 3개월마다 3기씩 가는 비행정으로는 소총 3백 자루도 보내기 힘들다는 거 자네도 알지 않나."

나는 미소도 짓지 않고 시큰둥하게 대답했다. 권세 역시 불청객에 대해 그다지 중요하게 여기는 태도는 아니었다.

"장개석 총통이 보낸 특사도 아닙니다. 중경에서 국민당에게 더부살이를 하고 있는 한국 망명정부 고위 인사인데, 총통께서 국민당만 지원하실 것이 아니라 자신들에게도 직접 도움을 주었으면 좋겠다면서 총통께 직접 청을 드리기 위해 날아왔다고 합니다. 만나보시겠습니까? 아니면 다음 정기편으로 그냥 돌려보낼까요?"

"뭐라고!"

나는 그대로 의자에서 벌떡 일어섰다. 중경에 있는 대한민국 임시정부에서 나를 만나러 사람이 왔다니! 도대체 누가, 누가 수천 km나 되는 그 먼 길을, 도중에 격추되거나 사고로 추락할 수 있는 위험을 무릅쓰고 날아온 거지?

# 16장
# 충칭에서 온 손님

## *1*

"충칭에 있는 한국 망명정부에서 날 만나보겠다는 사자가 왔다고?"

"그렇습니다. 만나보시겠습니까?"

대한민국 임시정부라는 정식 명칭을 권세가 제대로 알고 있을 리는 없다. 아니, 권세 말고 총통관저에 근무하는 녀석들을 탈탈 털어도 아마 한국이 어디 있는지 아는 녀석이라고는 하나도 없으리라. 일본이 어디 붙어 있는지 모르는 녀석들도 허다할 판에, 한국이라는 나라에 대해 이름인들 들어봤겠는가.

누군지는 모르지만, 찾아온 방문자는 분명 자기 직책과 이름을 상세히 밝혔을 것이다. 하지만 보고 라인에 있는 어느 누구도 생전 처음 보는 동양인, 그것도 한국이라는 듣보잡 동네 출신 떨거지가 말하는 이름 따위 새겨듣지 않았으리라.

물론 독일이다 보니 상대가 말하는 내용을 기록은 했겠지만, 누구도 그 내용을 기억하지는 못하겠지. 제대로 통역이나 되긴 했을지, 그것부터 심히 의심스럽다. 나도 모르게 목소리가 떨렸다.

"그 한국인은 언제 독일에 도착했지? 지금 베를린에 와 있나?"

"연락은 전화로 왔습니다. 어제 비행정이 콘스탄차에 도착했으므로 아직 독일까지는 오지 못했고, 지금 열차를 타고 베를린으로 오는 중일 겁니다. 현재 위치는 확인해 보아야 합니다."

"…머나먼 중국에서 나를 만나겠다고 찾아왔다니, 대단한 열의야. 좀 빨리 만나보고 싶군. 권셰, 그 한국인이 지금 어디까지 왔는지 확인해 보고 기차에서 내려서 근처에 있는 가장 가까운 비행장으로 가라고 해. 도착한 비행장에 내 전용기를 보내서 태워오도록."

내 지시를 받은 권셰가 약간 당황했다.

"총통, 전용기는 아무나 태우는 연락기가 아닙니다. 오직 총통께서 이동하실 때만 사용하는 것입니다만…. 그냥 다른 비행기 편을 마련하겠습니다."

"갑자기 비행기가 구해지겠나? 시간낭비하지 말고 내 전용기를 보내. 내 전용기라고 해야 어차피 요즘은 비행기를 잘 타지 않아서 템펠호프에서 낮잠이나 자고 있지 않나."

"알겠습니다. 준비시키겠습니다."

고개를 숙인 권셰가 나가자 나는 곧바로 자리에서 일어서서 초조하게 방 안을 이리저리 돌아다녔다. 아아, 이 세계에 오고 나서 처음으로 한국인을 만난다. 분명 이 세계에서도 유학생이라든가 망명객이라든가 해서 안익태처럼 유럽에 체류 중인 한국인이 있을 거다. 하지만 한국과 '어떤 인연도 없는' 내가 한국인을 특별히 불러다가 따로 대화를 나눈다거나 하면 이상해 보일 것이 분명하므로, 나는 지난 2년간 단 한 명도 한국인을 만나 대화를 나누지 못했다.

두근거리는 가슴을 간신히 진정시키고 있는데, 갑자기 나를 찾아온 사람이 과연 누구일까 하는 궁금증이 들었다. 나는 곧바로 책상 앞에 앉아 연필을 들고 백지 위에 내가 아는 임시정부 요인들 이름을 죽 적기 시작했다. 도대체 누가 날아온 건지 궁금해서 견딜 수가 없었다.

오늘은 1943년 4월 5일…. 이때쯤까지 아직 살아 있고, 임시정부에서 한 자리 차지하고 있을 양반들이 누가 있을지 기억을 되살리며 쓰다 보니, 한글로 사람 이름 적는 게 의외로 힘들었다. 2년 가까이 한국어를 쓰지 않다 보니 뇌도, 손도 굳어버렸나 보다.

일단 김구는 적었다가 곧바로 줄을 그어 버렸다. 임시정부가 독일에게 도움을 받아야겠다는 결론을 내렸다고 해도, 성사 여부도 확실하지 않은 협상에 나서기 위해 70이 다 되어가는 노인이 직접 날아와야 할 정도로 시급한 일이 아니다. 게다가 그 노인이 대한민국 임시정부를 이끄는 주석이라는 입장이라면 더더욱 말이다.

김구 주석이 다른 세력에게 의지하려는 생각을 거의 안 하는, 자주성이 무척 강한 사람이라는 점을 감안하면 가능성은 더욱 낮아진다. 이승만이라면 혹시 모를까. 이쪽 세계에서 김구가 베를린까지 날아올 여유가 있다면, 저쪽 세계에서는 진즉에 워싱턴에 다녀왔을 걸.

게다가 김구 주석이 나선다고 하면 임시정부 자체가 친독으로 방향을 전환하여 독일과 동맹을 맺겠다고 선언하는 것과 마찬가지가 된다. 이미 독일에 와서 유대인 타도를 위해 열심히 활동하고 있는 예루살렘의 대 무프티, 알 후세이니처럼 말이다.

그러고 보니 김구와 완전히 똑같은 사례로 〈자유인도임시정부〉 주석인 인도 출신 독립운동가 수바스 찬드라 보스가 있다. 이 양반도 김구처럼 무력으로 식민종주국 영국을 타도하려고 계획하고 있으니까. 다만 찬드라 보스는 김구처럼 어디 한 곳에 터를 잡고 있는 게 아니라 영국과 싸우고 있는 독일, 일본 등지를 찾아다니면서 자기를 도와달라고 요청하고 있다.

사실 진짜 히틀러도 이 양반을 딱히 중요하게 여기진 않았다. 찬드라 보스가 주창한 영국군에 소속되어 있던 인도인 포로들을 전향시켜 인도 독립군을 창설한다는 계획은 나쁘지는 않았지만, 인도인 부대라는 것이 선전용 이상으로는 별 가치가 없는 것도 사실이었으니까. 그러다 보니 1941년 4월에 베를린에 도착한 찬드라 보스가 면회를 원했지만 히틀러는 단 한 번도 찬드라 보스를 만나주지 않았다. 내가 봐도 인도인 부대를 앞세워 인도까지 진격한다는 건 허황된 꿈에 불과한데 진짜 히틀러나 독일군 참모본부가 보기에는 안 그랬겠는가.

나한테도 하도 만나달라고 조르기에 작년 5월에 이 양반을 한번 만나긴 했는데, 한참 동부전선 하계공세 준비에 바쁠 때라 뭐라고 지껄이건 제대로 듣지도 않고 시큰둥하게 넘겨버렸다. 그랬더니 많이 실망했는지 일본으로 가서 일본과 함께 영국에 대항해서 싸우겠으니 도와달라고 하더라. 나로서야 아쉬울 것도 없으니 유보트에 태워서 인도양으로 보내 주었다.

실제 역사보다 두 달 빨리, 내가 일본을 비난하는 성명서를 내기 직전에 일본에 도착한 찬드라 보스는 곧바로 이미 편성되어 있던 인도국민군을 인수받아 그 지도자로서 영국과 싸울 준비를 시작했다. 도착한지 이제 한 보름쯤 됐을 텐데, 그 뒤에 어떻게 됐는지 하는 건 나도 모르겠다. 뭐 역사대로 인도국민군 이끌면서 나름 열심히 노력하고 있겠지.

하여튼 대한민국 임시정부는 장개석과 국민당이라는 확실한 스폰서가 있다 보니 굳이 정부 차원에서 친독 성향을 노골적으로 드러내면서 독자적으로 활동하기는 힘들고, 그럴 필요도 없다. 게다가 중국과 함께 대일전에 나서려면 미국, 영국과도 협조해야 하는데 이 둘은 명백히 나치에 맞서는 입장이다. 그런데 정부 주석이 나치랑 협력하러 베를린으로 가면 미국과 영국이 임시정부를 어떻게 보겠는가. 부주석 김규식 선생이 온다고 해도 마찬가지다.

김구와 김규식, 두 사람을 제쳐놓고 나니 정치지도자 중에는 딱히 떠오르는 사람이 없다. 임시정부 관계자야 많지만, 그중에 독일이 좋아서 날아올 만한 사람이 딱히…, 없을 것 같군. 독일 유학 경력도 있는 안호상이라면 올 수 있겠는데, 이 사람은 지금 충칭이 아니라 한반도 안에 있을 거라서.

게다가 너무 듣보잡인 사람이 오면 독일 측, 구체적으로 말하자면 '히틀러 총통'에게 실례를 범하는 격이 될 테니 공식적으로 보내는 사자라면 분명히 어느 정도 지위가 있는 사람일 거다. 게다가 군사 협력을 논하기 위해서라면 더더욱 일반 정치인이 아니라 군 관계자가 와야 할 터. 아마도 정치 지도자보다는 광복군 고위 지휘부 중에서 누가 왔으리라.

광복군이야 병사보다 장교가 더 많은 집단이라 후보가 널려 있긴 하지만, 그 중에서 가능성 높아 보이는 후보를 뽑아 보자면 역시 세 사람 중 하나일 것 같다.

일단 광복군 총사령관 이청천, 아니 지청천. 광복군 총사령관으로서 명실상부한 임시정부 내 최고 군사지도자다. 만약 임시정부가 독일과 군사적으로 협력하고 싶다면 대표로 내세우기에 가장 적합한 인물이기도 하다. 하지만 광복군이 아무리 선전공작 외에 실제적으로 하는 일이 많지 않다고 해도 명색이 총사령관인데 자리를 비우기는 힘들 거다.

두 번째는 광복군 부사령관이자 1지대장 김원봉. 그가 조선의용대를 이끌고 임시정부에 합류한 게 1942년이니까, 가능성은 있다. 하지만 임시정부를 주도하는 김구 이하 민족주의 우파 세력과 갈등상태에 있는 데다가 근본적으로 사회주의 성향을 가지고 있는 김원봉이 나치와 협력하기 위해 베를린에 올 리가 없었다. 모스크바로 간다면 혹시 모를까.

세 번째 후보는 광복군사령부 참모장 이범석. 음…, 우파적인 경향이 강했고 파시즘 성향을 가지고 있었던 점을 생각하면 이범석이 왔을 가능성이 크다. 해방 이후 정국에서 이범석은 반대파로부터 〈조선의 군국주의자〉라는 비난을 받았고, 이범석이 조직한 조선민족청년단(족청)은 〈이범석 유겐트〉라는 호칭을 얻었다. 이 양반이라면 충분히 나… 아니, 히틀러를 만나겠다고 베를린으로 날아오고도 남을 위인이다.

"총통, 확인했습니다. 한국 망명정부에서 보낸 사자는 철도 사정 때문에 아직 부쿠레슈티에 머무르고 있다고 합니다."

"그래? 그 한국인의 직책과 이름은?"

어느새 돌아온 귄셰는 사자가 현재 있는 위치에 대해 보고했다. 추측이 맞는지 확인해보고 싶은 마음에 나는 다급하게 물어봤다.

"동양인 이름이라 낯설긴 하겠지만, 가능하면 정확히 말해 보게. 궁금하니까."

"이범석, 이범석이라고 했습니다. 직책은 한국 망명정부군 참모장이라고 했고요."

역시! 나는 몸에 힘이 빠지는 것을 느끼며 의자에 몸을 묻었다. 드디어, 드디어 일본에 대한 무장투쟁을 이끈 독립 지도자를 내 눈으로 만나게 되다니! 청산리 전투에서 용명을 떨치고, 그 뒤로도 20여 년 동안 굴복하지 않고 투쟁해 온 영웅을!

그런데 문득 만난 뒤가 걱정이 되었다. 이범석 장군은 독일어를 제대로 할 수 없을 것이고, 내가 한국어를 한다면 부하들이 이상하게 여길 것이다. 게다가 내가 아는 한국어는 21세기 한국어이니 1940년대 사람이 구사하는 '조선말'을 제대로 알아듣지 못하고 세부에서 대화가 엇나갈 가능성도 컸다.

이런 문제가 나타나지 않게 하자면 우리 두 사람 사이에서 통역을 맡아 줄 사람이 필요했다. 총통 히틀러로서 거느리고 있는 부하들 중에는 당연히 한국어 구사자가 없다. 지금 독일에 체류하고 있을 한국인 중에 내 머리에 확실히 떠오른 사람은 딱 하나였다.

"권셰, 리하르트 슈트라우스를 보조하는 보조 지휘자 중에 안익태라는 한국인이 있을 거다. 데려와서 통역을 맡게 해. 그 이범석이라는 한국인이 베를린에 도착하는 건 언제쯤인가?"

음악에 별 관심이 없으니 만날 일이 없다고 생각했던 안익태도 또 이렇게 만나게 되었다. 거참 뭐라고 해야 할지. 권셰가 자세를 바르게 했다.

"오늘 바로 비행기를 보내면 내일 오후에는 베를린으로 돌아올 수 있습니다."

"그럼 내일 저녁 6시로 회견 시각을 잡지. 안익태도 그 시각에 맞춰서 부르도록."

"알겠습니다, 총통."

내 말이 끝나자 권셰는 뒤꿈치를 붙이며 경례를 했다. 권셰가 밖으로 나가자 나는 두 손을 마주잡고 심호흡을 하면서 기분을 가라앉혔다. 아아, 이번에 만나는 상대는 정말 귀하게 대접하고픈 인물이다. 유럽에 있는 그 누구도 존중할 필요가 없었던 나지만, 청산리 전투에서 분전했던 영웅인 이범석 장군을 홀대한다는 건 상상할 수도 없었다. 만난 자리에서 무슨 말을 하면 좋을지 벌써부터 고민이 밀려왔다.

## 2

"방문을 허락해 주셔서 감사합니다, 총통."

이범석과 만나는 자리는 식당이었다. 먼 길을 온 손님에게 저녁식사를 대접하고 싶은 의도도 있었고, 자칫 긴장으로 딱딱해질 수 있는 대화가 조금이라도 부드러워졌으면 했기 때문이다. 나는 이 식사 자리에 외무장관 리벤트로프와 국방군 총사령부 작전부장 요들 두 사람을 합석시켰다. 통역을 맡은 안익태를 포함하면 다섯 명이 식탁에 앉은 셈이었다.

"지구 반대편에서 오신 손님께 대접이 초라해서 유감일 따름이오. 베를린은 처음이시오?"

"그렇습니다."

"베를린에서 좋은 추억 만드시기를 바라오. 자, 마음껏 드시오."

내가 손짓을 하자 음식이 나오기 시작했다. 식사가 웬만큼 진행되는 동안은 중국에서 독일까지 오는 길에 대한 이야기를 나눴다. 도중에 소련군 전투기를 만나 꽁지가 빠지게 도망쳐야 했던 이야기를 듣고 나와 내 부하들은 유쾌하게 웃었다. 접시 위에 놓인 돼지고기 덩어리를 나이프로 썰면서 나는 자연스럽게 화제를 바꾸었다.

"나는 한국에 대해서 머릿속으로…는 제법 알고 있지만, 이런저런 사정이 있다 보니 직접 가보지는 못하고 있소. 풍경도, 사람도 아름다운 나라라고 하더군. 언젠가 한번 방문해 보고 싶을 뿐이오."

물론 내 머릿속에 떠오른 건 1943년 지금 시점의 한반도가 아니다. 내가 가고 싶은 한국은 2016년, 내가 살던 시기의 한국이었다. 이범석은 상상도 못 할…. 그는 나와 같지만 다른 풍경을 떠올리며 씁쓸하게 내 질문에 답했다.

"총통께서 어떻게 한국에 대해 알고 계시는지는 모르겠습니다만 한국은 정말 아름다운 나라입니다. 하지만 지금 우리는 침략자 일본 때문에 그 아름다운 강산을 우리 것으로 누리지 못하고 있습니다. 참으로 통탄할 일입니다."

안익태가 떨떠름한 표정으로 이범석이 하는 탄식을 통역하고 있는 모습을 보니 갑자기 나도 기분이 묘했다. 분명 저 양반이 대한민국 애국가를 작곡한 사람이고 한국을 사랑했던 것도 분명해 보이지만, 실상 친일파 논란에서 자유롭지 못한 사람이라는 것도 알고 있기 때문이다. 하지만 뭐, 지금 그걸 따질 수는 없는 노릇이니.

"한국이 겪고 있는 고난에 대해서는 나도 어느 정도 알고 있소. 지난 올림픽에서 마라톤 경기 우승자가 손기정이라는 한국인이었지? 그 친구와 악수를 할 때 눈빛이 매우 슬퍼 보이더군. 마땅히 자랑스러울 자기 나라 깃발이 아닌 식민지 지배국 깃발을 달고 올림픽에서 우승했으니 얼마나 슬펐겠소."

"그렇습니다! 우리 민족은, 우리 한국 민족은 4천 년이 넘는 세월을 대지에 두 발을 딛고 눈을 들어 하늘을 보며 떳떳하게 살아왔습니다. 하지만 지난 30여 년 동안 우리는 일본 때문에 무릎을 꿇고, 허리를 숙이고, 고개를 짓눌린 채 살아야 했습니다. 두 손과 발로 대지를 접했으되 그 대지는 우리 것이 아니었고, 우리 것이었던 하늘은 쳐다볼 수도 없는 존재가 되었습니다. 우리 임시정부는 이를 되찾고자 싸우고 있습니다."

나는 음식에는 더 손을 대지 않고 와인만 홀짝이며 고개를 끄덕였다. 안익태는 얼굴이 붉게 상기된 채 통역을 계속했고, 요들과 리벤트로프는 내 눈치를 살짝 보기는 했지만 이범석이 하는 이야기는 그저 귓등으로 흘리며 나이프로 고기를 신나게 썰었다.

내가 고기를 잘 소화하지 못하는 히틀러의 몸에 들어앉아 있다 보니, 어쩔 수 없이 식사 메뉴가 채식이 되는 경우가 많아서 고기가 메인인 저녁 만찬은 오랜만이었기 때문이다.

"강한 적과 맞서는 독립운동은 힘든 일이오. 임시정부 휘하 광복군은 규모가 얼마 되지 않는다고 들었소. 기껏해야 2백 명도 안 된다고 들은 것 같은데."

"그보다는 많습니다. 지금은 4백여 명 정도입니다."

"그렇소? 내가 알기보다는 좀 많군."

내가 숫자를 잘못 기억했나 보다. 조선의용대에서 합류한 인력이 내가 기억하는 수보다 많은 모양이네. 이범석이 광복군 구성에 대한 설명을 계속했다.

"독립운동을 위해 조국을 떠나 중국으로 찾아온 이, 중국에서 태어났지만 조국을 잊지 않고 싸움에 동참한 이, 강제로 일본군에 끌려왔지만 침략자의 개 노릇을 할 수 없기에 탈영한 이들 등이 계속해서 광복군에 참여하고자 군문에 들어오고 있습니다. 하지만 중경으로 오는 길이 워낙 험난하다 보니 무사히 도달하는 이들이 많지 않습니다. 게다가 공산당이 길을 막고 있어서 기껏 중경으로 발걸음을 향한 이들 중에서도 도중에 강제로 공산당에 편입되는 이들이 적지 않습니다."

"공산당이 길을 막고 있다고?"

절로 얼굴이 찌푸려졌다. 공산당도 항일투쟁에 나선 건 사실이지만, 일단 나는 공산주의에 별로 호감을 가지고 있지 않다. 게다가 여기서 나는 〈반공 십자군〉을 이끄는 우두머리 아닌가. 이범석이 우울한 표정으로 고개를 끄덕였다.

"한국에서, 혹은 일본군을 탈영해서 임시정부가 있는 중경까지 오려면 모택동이 이끄는 중국공산당 지배구역을 통과해야 할 때가 많습니다. 헌데 중국공산당에는 한국인 공산주의자들이 많고, 이 못된 자들은 중경으로 오는 광복군 지원자를 붙잡으면 위협과 감언이설로 중국공산당 휘하 한국인 부대에 편입시켜버립니다. 놈들이 내세우는 명분은 '중경에 있는 자들은 싸우지 않고 안전한 곳에 숨어 있을 뿐이니, 조국 광복을 위해 총을 들고 왜놈과 직접 싸우는 공산군에 가담하라'는 겁니다."

공산당에 대해 이범석이 내린 평가는 매우 좋지 않았다. 하긴 이범석 본인이 우익에 철저한 반공주의자이니 어련할까마는…. 나는 잠자코 더 들어보기로 했다.

"광복군이 제대로 싸움을 하지 못하고 있는 건 사실입니다. 하지만 우리가 싸우지 못하는 건 안전을 구해서가 아닙니다! 우리에게는 인원이 없고, 장비가 없습니다. 중경으로 오는 길은 멀고도 험한데다가, 이미 말씀드렸듯 공산당 놈들이 우리 지원자를 가로채고 있습니다. 그리고 총 한 자루도 제대로 얻을 수 없습니다. 있는 총조차 마음껏 쏠 수 없습니다."

"총 한 자루도 얻을 수 없다니? 맨주먹이란 말이오?"

그래도 광복군이 어느 정도 기본적인 무장은 갖추고 있는 것으로 알고 있었던 나는 깜짝 놀랐다. 이범석이 허탈하게 웃었다.

"맨주먹은 물론 아닙니다! 인원수대로 소총 정도는 가지고 있습니다. 지금 광복군은 장 총통이 이끄는 국민당으로부터 자금과 무기를 제공받고 있습니다만, 장 총통은 우리 광복군을 자기 휘하 국민혁명군에 예속된 보조부대 정도로 간주하고 있습니다. 임시정부는 자기 휘하에 있는 일개 정치부서 정도로 취급하고 있고요. 우리는 우리가 가진 얼마 안 되는 병력조차 마음대로 움직일 수가 없고, 모든 것을 국민당에게 통제 받고 있습니다."

술잔을 든 이범석이 부들거리며 손을 떨었다. 그는 술잔에 든 와인을 단숨에 목구멍으로 넘겼다.

"우리가 장 총통에게 의존하지 않을 수 있다면, 우리는 우리 뜻에 따라 투쟁할 수 있습니다. 과거 20여 년 전, 청산리에서 일본군을 격파했을 때도 그렇습니다. 우리 동포들이 피땀 흘려 모아 준 돈으로 체코슬로바키아 군단에게 무기를 샀고, 우리 동포들이 제공한 숙소와 식량이 있었기에 중국 정부가 우리에게 별다른 간섭을 하지 못했습니다. 하지만 지금 우리 임시정부는 만주와는 너무도 멀기에 동포들의 도움을 받기가 힘듭니다. 게다가 장 총통을 제외하면, 어느 나라의 도움도 받지 못하고 있습니다. 우리로서는 장 총통의 통제 하에 있지 않으면 이 빈약한 무력조차 가질 수가 없습니다."

비통한 감정이 북받쳤는지, 이범석은 잠시 말을 멈췄다. 입술을 닦은 리벤트로프가 조용히 끼어들었다.

"총통, 장 총통은 자국 내에서 외국인 무장단체가 활개 치는 상황을 좋아하지 않을 겁니다. 일본과 맞서 싸우는 동지라고는 하나, 자기 영토 안에 자기 말을 듣지 않는 무장세력이 존재하는 상황을 반길 통치자는 없습니다. 우리 역시 블라소프 군을 철저하게 분리시켜 관리하고 있지 않습니까."

맞는 말이다. 고개를 끄덕여 동의를 표하자 리벤트로프가 몇 마디를 더 보탰다.

"제 기억으로는 한국 망명정부는 일본과 제대로 맞서 싸운 적도 없습니다. 알 후세이니가 유대인들을 상대로 한 만큼도 투쟁하지 못했습니다. 가끔 한국인 한 명이 목숨을 걸고 폭탄을 던져 암살작전을 펼치는 정도가 한국인들이 시도한 한계입니다. 찬드라 보스를 무시하셨듯이 그냥 무시하시는 편이 좋겠습니다. 찬드라 보스는 영국과 싸울, 아니 영국에 대한 선전에 활용할 수 있는 인도인 부대를 조직해 주기라도 했습니다만 저 한국인은 우리에게 아무 것도 주지 못합니다. 이보시오, 헤르 안! 내 말은 저 사람에게 통역하지 마시오!"

"아, 알겠습니다."

안익태가 급히 고개를 숙였다. 다소 비굴해보일 정도였지만 뭐, 총통과 외무장관 앞이니 저렇게 굽실거리는 것도 무리는 아니겠지.

안익태에게서 시선을 돌린 나는 요들이 어떤 생각을 하고 있는지 문득 궁금해졌다. 고개를 돌려 요들을 보니, 요들은 그저 아무 말 없이 음식을 입에 집어넣고 있을 뿐이었다. 지금 오가는 화제에 별로 끼어들 생각이 없는 듯해서 나는 다시 이범석 쪽을 보았다.

내가 리벤트로프와 이야기하는 동안 와인을 채운 술잔만 연신 들이켜고 있던 이범석은 나와 시선이 마주치자 술잔을 내려놓고 이야기를 다시 시작했다.

"이미 말씀드렸듯이 우리 광복군은 싸우고 싶어도 싸우다 죽을 수조차 없는 상황입니다. 저, 한국광복군 참모장 이범석은 독일 민족을 이끄는 위대한 지도자 아돌프 히틀러 총통께 간곡히 부탁드립니다. 우리 한국 민족이 독일 민족처럼 하나가 되어 위대해질 수 있도록 도와주십시오. 어떤 방법으로든 좋습니다. 독일이 우리 한국을 도와준다면, 우리 한국은 자손 대대로 독일이 보여준 우의를 잊지 않고 독일과 친구로 남을 것입니다. 공통된 적과 함께 싸우며 피를 흘린 자가 갖는 유대야말로 가장 강한 유대가 아니겠습니까? 일본은 독일과 한국, 모두의 적이니까 말입니다!"

나는 잠시 고민에 빠졌다. 생각 같아서야 당장이라도 임시정부를 돕겠다고 외치고 싶다. 군대를 파병해서 일본군을 쳐부수고, 광화문 앞에 태극기를 꽂게 해주고 싶다. 하지만 현실적으로 불가능한 일을 약속할 수는 없었다. 부하들이 반대할 가능성도 크고.

"우리 독일이 지금 일본과 적대관계임은 사실이오. 하지만 지구 반대편에서 전쟁을 치르고 있는 한국을 돕는 게 쉬운 일이 아니라는 사실은 그대도 알 거요. 미국 정도로 산업능력을 갖춘 나라나 할 수 있는 일이지. 영국 및 소련과 양면전쟁을 치르고 있는 우리 제3제국으로서는 거의 불가능한 일이오."

나는 솔직히 답했다. 리벤트로프는 당연한 대답이라는 듯 엄숙한 표정을 지으며 고개를 끄덕였고, 요들은 헛걸음이 될 줄 알면서도 지구 반대편까지 도움을 청하러 다니는 한국인들이 답답한 듯 나지막하게 한숨을 쉬었다. 안익태에게 내 말을 전해들은 이범석은 창백한 표정으로 고개를 수그렸다.

"하지만, 한국 국민들이 처해 있는 노예 상태에 대해서는 나 역시 잘 알고 있소. 루즈벨트나 처칠이 알고 있는 이상으로 잘 알고 있고, 장개석 총통이 관심을 갖고 희망하는 이상으로 한국이 해방되어 자주적인 독립국가로 거듭나기를 바라오. 일단 숙소로 가서 쉬고 계시도록 하시오. 어떻게 임시정부를 도울 방법이 있을지, 방안을 연구해 보도록 하겠소."

"감사합니다! 감사합니다!"

이범석은 연신 허리를 숙여 내게 고맙다고 인사를 했다. 내가 그 자리에 있으면 인사가 끝나지 않을 것 같아 피로하다는 핑계로 내가 먼저 자리에서 일어섰다. 리벤트로프와 요들에게는 내일 낮 전략회의에서 이 문제를 논의하겠다고 지시하고, 곧바로 침실로 가서 옷을 입은 채 침대 위에 그대로 쓰러졌다. 베르타가 급히 따라 들어와 내 옷을 벗겨 주려고 했지만 고개를 저어 내보냈다.

불도 켜지 않고 침대 위에 누워 있으려니 어릴 적 사촌형이 컴퓨터 앞에 앉아 비꼬듯이 흥얼거리던 건전가요 후렴구가 머릿속에 아스라이 떠올랐다. 어느새 내 입이 그 노래를 따라 부르고 있었다. 내가 어릴 적에 이미 TV에 나오지 않게 된 그 노래를.

"아아, 우리 대한민국. 아아, 우리 조국. 아아, 영원토록 사랑하리라…."

## *3*

"한국 망명정부를 실질적으로 지원할 방법이 있는지 생각하기 전에, 한국 망명정부에 지원해 줄 만한 가치가 있는가를 먼저 생각해야 합니다."

리벤트로프는 아주 열렬히 임시정부 지원을 반대했다. 그 모습이 얼마나 건방져 보이는지, 당장이라도 의자에서 일어나 한 대 걷어차고 싶을 지경이었다.

"어제 총통께서도 망명정부군 참모장이라는 자에게 직접 들으셨지만, 한국 망명정부가 보유한 병력은 대대 규모도 안 됩니다. 게다가 스스로가 보유한 병력을 마음대로 움직일 수 있는 지휘권도 없고, 무기와 자금도 전적으로 장개석 총통이 아량을 베푸는 데 의존하고 있습니다. 병력을 보충할 수 있는 희망도 없고 말입니다. 이런 자들을 우리가 사력을 다해 도와준들, 어떤 결과를 이루어 낼 수 있습니까? 지원 방안을 모색하는 것조차 낭비라고 생각합니다."

출장을 마치고 베를린에 돌아와 있던 해군 총사령관 되니츠 제독(이쪽 세계에서는 바렌츠해 해전[1]에서 전과를 꽤 올렸다. 당연히 아무 질책이 없었음에도 전임 총사령관 에리히 레더 제독은 자격지심에선지 내가 잠수함대만 싸고 돈다고 사표를 제출했다. 이 미친 역사의 복원력 같으니!)도 임시정부 지원에는 부정적인 태도를 보였다. 다만 내가 임시정부를 지원하고 싶어 하는 것을 눈치 챘는지, 리벤트로프처럼 노골적으로 반대하지는 않았다.

"소관이 판단하기에 한국을 우리 동맹으로 할 수 있다면, 동북아시아에서 소련과 일본을 견제하는 전진기지로서 매우 높은 가치를 가지리라 봅니다. 하지만 지원할 방법이 없습니다. 유보트로 무기를 수송할 수도 없고, 대규모 지원부대를 보낼 수도 없습니다. 중국 해안선은 모두 일본군 통제 하에 있고 상륙은 불가능합니다."

"우리는 이미 비슷한 사례에서 실패한 적이 있습니다. 라시드 알리가 이끄는 이라크 정부가 반영 봉기를 일으켰을 때, 우리는 영국군이

---

1 바렌츠 해 해전(1942.12.25.~1943.1.9.)에서 독일군은 영국군 구축함 1척, 기뢰부설함 1척을 격침시키고 구축함 1척에게 손상을 입혔으나 구축함 1척을 상실하고 주력 중순양함 1척이 대파되는 타격을 입었다. 게다가 승리할 수 있는 기회가 있었음에도 함대를 보존하라는 히틀러의 명령 때문에 소극적인 대응으로 일관하다가 모조리 날려버렸다. 이게 격분한 히틀러는 싸우기를 겁내는 해군은 필요 없다면서 총사령관 뢰더를 해임하고, 독일해군이 보유한 중순양함 이상의 모든 수상함을 해체하라는 명령까지 내렸다. 이 명령은 후임 사령관 되니츠가 가까스로 철회시켰다.

라시드 알리를 축출하기 전에 이라크를 지원하려고 시도했지만 실패했습니다. 중국은 이라크보다 훨씬 더 멉니다. 수송기조차 제대로 날려 보낼 수 없는데, 어떻게 지원을 할 수 있겠습니까."

공군 총사령관 밀히는 내 앞이라는 것도 잊었는지 한숨을 쉬었다.

"소수 병력으로도 큰 효과를 보려면 공군 전투비행단을 파견하는 편이 가장 좋습니다만, 항공부대는 충분한 보급지원이 필요합니다. 우리 공군은 머나먼 중국 땅에 비행단을 유지할 능력이 없습니다. 솔직히 가능하기만 하다면 한국 망명정부보다 장개석 총통을 지원하는 편이 우리에게 훨씬 이익이 됩니다만, 중국 정부에도 고문단 수십 명을 보냈을 뿐 별다른 물질적 지원을 해주지 못하고 있습니다. 그러다 보니 우리 고문들은 미국 고문들에게 발언권에서 처절하게 밀리고 있고, 고작해야 장 총통과 중국군 수뇌부가 털어놓는 신세한탄이나 들어 주는 처지입니다."

밀히가 하는 이야기를 듣자 나도 절로 한숨이 나왔다. 1년 전 팔켄하우젠이 중국에 도착했을 때만 해도 장개석은 두 팔을 들어 환영했었다. 그리고 지금도 팔켄하우젠을 좋아해서 수시로 대화를 나누며 팔켄하우젠이 제시하는 바에 따라 전략을 구상했다.

하지만 지금 장개석을 쥐고 흔드는 물주는 스틸웰이었다. 렌드리스로 주어지는 미국 물자를 분배할 권한을 쥔 스틸웰은 이를 무기로 하여 작전에 절대적인 영향력을 행사했다. 팔켄하우젠이 기껏 짜 준 지연 전략을 무시하고 당장에 결전을 벌이도록 강요하는 스틸웰 때문에, 장개석은 큰 희생을 치르고 있었다.

"하지만 자네들도 생각해 보길 바라네. 외무장관! 그대가 말한 대로 한국인들은 우리 제3제국이 영국과 싸우는데 별 도움이 되지 않을 수는 있네. 그럼에도 일본을 징벌하는데, 그리고 소련을 뒤에서 흔드는 데는 꽤 도움이 될 거라고 생각하네. 한국은 소련 영토인 연해주에 인접해서 블라디보스토크를 위협할 수 있는 위치야. 한국이 확실히 우리 동맹국으로서 역할을 확고히 한다면, 소련을 배후에서 견제하는 위치를 잡을 수 있을 걸세."

리벤트로프는 여전히 불만인 듯 했다. 일본보다 조그만 한국 따위가 어떻게 소련을 견제할 수 있느냐는 생각이겠지. 하지만 나는 내 생각을 계속 밝혔다.

"독립국이 된 한국만 유용한 게 아닐세. 소련 내에 거주하는 한국계 소련인이 수십만에 달하는데, 이들 대부분은 일본 때문에 한국에서 쫓겨난 이주자 1세대일세. 일본에 대한 증오심과 한국에 대한 애정이 아직도 살아 있다, 이 말이지. 독립국이 된 한국이 확실히 우리 편이 된다면 이들 중 상당수도 우리 편이 되어 소련을 내부에서 뒤흔들지 않겠는가?"

리벤트로프는 마땅찮은 표정을 지었지만 군인들은 다소 솔깃해 보였다. 나는 열심히 쐐기를 박았다.

"소련과 우리가 얼마나 더 오래 싸워야 할지는 알 수 없지만, 일본은 얼마 안 가서 망할 것이 분명하네. 일본 따위가 미국과 싸워서 망하지 않을 도리가 있는가? 카이저의 제2제국도 영국, 프랑스, 러시아까지는 비등하게 상대할 수 있었지만 미국과 싸우게 되자 망했었지. 일본이 망한 뒤 독립한 한국이 반공을 내세우는 친독국가가 된다면, 소련은 지금처럼 극동을 비워 둘 수 없을 것이야."

대한민국이 어쩌면 나치스러운 막장 군국주의 국가가 될지도 모른다는 생각을 하는 것만으로도 온몸에 소름이 돋는다. 하지만 지금 내 눈앞에 있는 놈들에게 동의를 얻고 임시정부에게 뭔가 자그마한 도움이라도 주려면 방법이 없다. 이 작자들이 봉사활동으로 대한독립운동을 도와줄 리는 없지 않은가. 그러나 내가 영향력을 행사할 수만 있다면, 절대 대한민국을 파시즘 국가로 만들지 않을 테다. 아니, 절대 못 그러게 막을 테다!

"한국 망명정부를 군사적으로 지원할 수 있는 방법이 있기는 합니다."

다소 솔깃해 하면서도 다들 적극적으로 동의를 표하기는 탐탁지 않아 하는데 한 사람이 내 편을 들었다. 작전과장 요들이었다.

"작전과장, 유보트도 활용할 수 없고 수송기도 제대로 보낼 수 없는데 무슨 수로 지원하겠다는 거요? 병력도, 장비도 보낼 수가 없어요."

밀히가 단호하게 고개를 가로저었다. 하지만 요들은 확실히 생각한 바가 있었다.

"대규모 병력이나 중장비는 필요 없습니다. 어차피 한국인들은 중장비를 운용할 능력도 없을 겁니다. 우리가 필요한 건, 한국인들을 위한 군사고문단입니다."

"군사고문단?"

## *4*

잠시 이해할 수가 없었다. 군사고문단이라면 이미 장개석을 위한 고문단이 가 있지 않은가. 그들에게 임시정부와 광복군에게도 신경을 써주도록 하면 되는 것 아닌가? 내 의문에 대해 요들이 내놓은 답은 명확했다.

"장개석 총통에게 보낸 고문관들은 대규모 정규전 전문가들입니다.

고작해야 대대급 병력을 가지고 있고, 그나마 정규전에 투입할 능력도 없는 한국인들에게는 전면전을 치르는데 필요한 고문관을 보내줘 봐야 돼지에게 진주목걸이를 걸어주는 격밖에 안 됩니다. 한국인들에게는 다른 분야의 전문가, 적 후방에서 교란작전을 하고, 파괴공작을 펼치며, 요인을 납치하고, 적에게 혼란과 두려움을 안겨주는 능력을 가진 이들이 필요합니다."

"그렇다면…?"

순간 내 머릿속에 떠오르는 사람이 있었다. 아펜니노 산맥 속 작은 호텔에서 무솔리니를 구출하고, 부다페스트 한복판에서 호르티 미클로시와 그 아들을 체포하고, 아르덴느 숲에서 미군을 헤집어 놓았던 사나이. 이쪽 세계에서는 그 모든 과업들을 이루지 못하겠지만, 그 능력 자체는 여전히 가지고 있을 사나이. 유럽에서 가장 위험한 사나이, 오토 슈코르체니 말이다.

"듣기로, 한국 망명정부는 20년대 초에는 산악지대 및 삼림지대를 무대로 하는 게릴라전으로, 그 이후로는 30년대까지 주로 폭탄 투척이나 저격과 같은 개인적인 테러 활동으로 일본에 대항했다고 들었습니다. 그렇다면 지금 보유하고 있다는 망명정부군 역시 대규모 정규전보다는 게릴라전이나 특수작전에 더 익숙할 겁니다. 그렇다면 우리로서도 큰 비용을 들일 것 없이 특수작전 전문가를 십여 명 정도 보내 한국인들에게 특수작전을 가르치고, 소화기와 폭약류나 약간 보내 주면 그것으로 충분할 거라고 생각합니다."

요들이 내놓은 제안은 생각해 볼 가치가 있었다. 다만 한 가지, 우리 특수작전 부대원들은 유럽에서는 어디든 쏘다닐 수 있지만 동양에 가면 너무도 눈에 띄는 것이 문제였다. 유럽인이 아시아의 시골 지방에서 두드러지지 않는 것은 어렵다.

"백계 러시아인[1]으로 위장하면 웬만큼은 넘어갈 수 있으리라고 생각됩니다. 만주국, 중국, 한국에는 수많은 백계 러시아인들이 떠돌고 있으니까요. 대부분은 나라 없는 떠돌이들이지만 개중에는 소련 스파이도 있으니 위장 대상으로는 적절할 겁니다. 러시아어를 구사할 수 있는 장병을 골라 파견하면 충분합니다."

"좋아! 작전과장이 아주 좋은 착안을 했다. 다른 이들은 한국에 특수작전 지도를 할 군사고문단을 파견하는 방안에 대해서 어떻게들 생각하는가?"

내가 요들이 내놓은 제안에 만족해하자 회의에 참석해 있던 다른 멤버들이 서로 시선을 교환했다. 다들 별로 마땅치 않아 하는 기색이 뻔히 보였다. 리벤트로프가 먼저 입을 열었다.

"총통, 일부 고문관 파견이라고 해도 우리에게 여러 면에서 부담이 될 것은 분명합니다. 일단 장개석 총통부터도 좋아하지 않을 것입니다. 팔켄하우젠 이하 고문단을 보내 장 총통이 우리 편에 가까워지게 한 것은 좋습니다만, 장 총통 본인이 한국 임시정부를 의도적으로 억제하고 있는데 우리가 한국 임시정부를 지원한다면 별로 좋아하지 않을 겁니다. 한국보다는 중국을 더 중요하게 여겨야 하지 않겠습니까?"

"그게 그렇게만 볼 게 아닐세."

일단 말은 꺼냈지만 뒷말이 나오려니 입이 턱 막혔다. 어떻게 이 인간들 앞에서 전쟁 끝나고 4년이면 국민당 정권이 붕괴될 거라는 말을 할 수 있겠는가. 모택동이 국민당을 쳐부수고 중국 전토를 지배할 테

---

1 백색은 러시아 제국 황실을 상징하는 색으로, 볼셰비키를 상징하는 적색과 대응한다. 백계 러시아인은 러시아 혁명 당시 볼셰비키 정권에 반대해서 외국으로 망명한 러시아인 및 그 후손을 가리킨다. 대부분 2차 세계대전 당시 반소 진영에 속했다.

니 장개석을 지원해 봐야 아무 쓸모없다는 이야기를 한들 누가 믿겠냐 말이지. 대신 나는 이렇게 말했다.

"나는 여러 방면으로 현지 사정을 확인해 보았다. 그대들은 지금 총을 들고 일본과 싸우는 한국인들 중에는 중국 및 소련 공산당으로부터 지원을 받는 자들이 압도적으로 많다는 것을 알고 있는가? 한국 망명정부는 병력도 적고, 일본과 싸우는데도 별다른 성과를 올리지 못하고 있지. 상황이 이대로 유지되다가 일본이 패전하고 한국에서 물러난다면 해방전쟁에서의 공적을 내세워 정권을 장악하게 되는 것이 누구겠는가?"

"공산주의자들이 정권을 잡게 될 겁니다."

요들이 거침없이 대답했다. 나는 고개를 끄덕여 동의를 표한 다음 탁자 주위에 둘러앉은 부하들에게 내 견해를 피력했다.

"우파 성향인 한국 망명정부는 코민테른에게 통제를 받는 중국공산당 및 한국인 공산주의자들과 대립하고 있네. 이들이 대일전에서 제대로 입지를 확보하지 못한다면 일본이 패망한 뒤 해방된 한국에 공산주의 정권이 들어설 게 분명하지 않은가? 한국이 공산화된다면 장 총통으로서도 유리할 게 하나도 없어. 비록 지금은 기분이 좀 상할지 몰라도, 한국 망명정부가 군사적 업적을 쌓음으로서 한국인들 사이에서 권위를 확립하도록 돕는 게 좋다는 점을 장 총통도 이해할 걸세. 우리가 딱히 한국 망명정부군을 대규모로 확장하겠다는 것도 아니고, 소수 인원이 벌이는 특수작전 역량을 좀 더 증진시켜주겠다는 것뿐이야. 그 정도면 딱히 장 총통이 위협으로 느끼지는 않을 거라고 보네만."

리벤트로프를 비롯한 전략회의 참가자들은 잠시 자기들끼리 눈길을 교환했다. 밀히가 잠시 헛기침을 하더니 조용히 입을 열었다.

"총통께서 결심하신다면 저희는 마땅히 따를 뿐입니다. 말씀하셨듯이 특수작전 전문가 십여 명 정도라면 장 총통도 딱히 거슬려하지는 않을 듯합니다. 다만 파견할 요원 인선에 시간이 필요할 것으로 보입니다."

"적임자는 있다. 다만 준비할 시간이 필요하니 지금 바로 보낼 수는 없겠지. 카나리스!"

"예, 총통."

아무 말 없이 듣기만 하고 있던 카나리스가 조용히 대답했다.

"한국 망명정부를 위해 파견할 고문단 요원은 상당수 브란덴부르크 사단에서 차출해야 할 것 같다. 미리 준비해 주기 바란다."

"알겠습니다, 총통."

카나리스는 아무 의견도 내지 않고 그저 고개를 숙였다. 나는 그대로 각자에게 맡은 일에 최선을 다할 것을 당부하고 오늘 전략회의를 끝냈다.

## 5

회의를 끝내고 잠시 휴식을 취하면서 생각을 해 보았다. 이 카나리스 놈이 하는 행동을 보면 하나하나가 다 불안한데 이게 왜 불안한지 나도 잘 모르겠다. 분명히 시키는 대로 다 하고, 불평을 하거나 이의를 제기하는 일도 없는데도 왠지 모르게 카나리스랑 있으면 불안감이 샘솟는단 말이다.

카나리스…. 원래 역사에서도 히틀러 암살 음모에 한 발 걸치고 있었는데, 혹시 이쪽 세계에서도 아직 그런 생각을 하고 있는 걸까?

– 총통, 셸렌베르크 국장이 왔습니다.

"들여보내."

셸렌베르크를 부른 것은 셸렌베르크가 슈코르체니를 담당하는 직속상관이기 때문이다. 슈코르체니에 대한 평가자료를 지참하고 오라는 명령을 받은 셸렌베르크는 두툼한 서류철을 들고 있었다.

"프리덴탈 특수부대를 지휘하는 오토 슈코르체니 대위라면 확실히 특수작전을 잘 수행할만한 인재입니다. 하지만 프리덴탈 특수부대는 편성한지 이제 겨우 두 달밖에 되지 않아서, 제대로 작전을 수행할만한 상태가 아닙니다. 인원도 장비도 준비가 덜 되었습니다."

"중국에 보낼 인원은 십여 명이면 되고, 프리덴탈에서는 슈코르체니와 장교 두어 명만 빼 주게. 나머지 인원은 브란덴부르크에서 차출할 거야. 내가 필요하다고 지명하는 인원이면 누구든 내주겠다고 오늘 회의에서 카나리스가 약속했네."

"알겠습니다. 그러면 프리덴탈 부대는 새 책임자를 구해서 맡겨야겠군요. 슈코르체니 대위에게 준비할 시간을 얼마나 주시겠습니까?"

"다음 정기편 비행정에 태워 중국으로 보낼 테니 6월 말이 되겠군. 임무 수행에 차질이 없도록 철저히 준비를 시켜야 하네."

"알겠습니다, 총통."

오른팔을 들어 나를 향해 쭉 뻗은 셸렌베르크가 뒤로 돌아 집무실 문손잡이를 잡았다. 그런데 그 순간 내 생각이 바뀌었다.

"아, 대외정보국장. 잠시 기다리게 지시할 말이 있네."

"예, 총통. 무슨 일이십니까?"

집무실 문을 열고 나가려던 셸렌베르크가 그 자리에 멈추더니 뒤로 돌았다. 나는 잠시 망설이다가 입을 열었다.

"귀관이 전달하는 것보다, 아무래도 내가 직접 슈코르체니 대위를 만나보고 임무를 내리는 게 더 좋을 것 같군. 프리덴탈에 연락해서 오늘 저녁에 슈코르체니 대위에게 총통 관저로 오도록 하게. 별로 먼 거리도 아니잖은가."

"알겠습니다! 슈코르체니 대위도 영광으로 여길 겁니다."

뒤꿈치를 소리 나게 붙이며 인사한 셸렌베르크가 나가자 나는 한숨을 쉬며 소파에 몸을 기댔다.

아아, 드디어 유럽에서 가장 위험한 사나이, 193cm짜리 거인을 내 눈앞에 보는구나. 두개골 속에 뇌가 아니라 부어오른 간덩이를 채운 남자, 슈코르체니와 만날 생각을 하니 가슴이 긴장으로 두근거렸다.

오늘 저녁에 슈코르체니가 오면 이번 임무에 대해 어떻게 설명해야 할까 고심하다가 갑자기 한 가지 궁금증이 생겼다. 이쪽 세계를 살고 있는 슈코르체니는 과연 오늘 나와 가진 만남을 자기 자서전에 어떻게 기록할까?

머리를 뒤로 젖히고 천장을 보며 여기 오기 전에 영어판으로 대충 읽었던 슈코르체니 자서전 생각을 했다. 뭐, 자서전은 결국 지 자랑인 지라 뻥이랑 구라가 꽤 섞이긴 했지만…, 그래도 결국 이런 일 시킬 놈은 슈코르체니 밖에 없지 싶다. 내가 확실히 아는 독일군 중에서 슈코르체니만큼 간이 크고 기획력과 행동력이 있는 놈이 없다. 오죽하면 내가 뇌 속을 간으로 채웠다고 묘사했겠는가.

슈코르체니가 가진 배짱이면, 도쿄에 있는 천황 암살까지는 무리일지 몰라도 관동군 사령관 암살시도 정도는 할 수 있을 거다. 어쩌면 조선총독부를 날려버릴지도 모르지. 브란덴부르크 사단에서 분투했던 아드리안 폰 푈케르삼 같은 대원들도 파견하면 아주 중원을 펄펄 날아다니지 싶다.

다만 슈코르체니가 중국으로 가버리면 원래 역사에서 벌인 그 많은 활극들을 볼 수 없게 되긴 하는데…. 뭐, 이쪽 세계에서는 무솔리니가 실각해도 구출작전 따위 펼치지 않을 거니까 상관없겠지. 호르티 미클로시가 배반하는 꼴을 그대로 두고 보지도 않을 거고. 아니, 그런 상황 자체를 만들지 않을 거니까 괜찮겠지.

전쟁이 내가 생각하는 대로만 진행되면 슈코르체니가 활약할 무대 자체가 유럽에서는 만들어지지 않을 거다. 물론 다른 형태로 활약할 수도 있겠지만, 그럴 거면 동양에서 그 활극을 펼친다고 해도 안 될 거 없지 않나?

## *6*

"제군, 머나먼 동양에서 도움을 청하는 이들을 돕기 위해 이 자리에 선 귀관들이 발휘한 용기에 경의를 표한다. 우리 제3제국은 귀관들이 보여준 용기를 언제까지나 기억할 것이다."

6월 25일, 마침내 임시정부를 위해 충칭에 보낼 고문단이 출발할 날이 왔다. 템펠호프 공항에 마련된 환송식은 조촐하게 치르기로 했지만, 그래도 연설은 있었다.

"제군들은 이제부터 머나먼 동쪽, 중국에서 특수임무를 수행하게 된다. 제군들이 맞설 적은 야만스럽고 잔인한 일본인들이며, 또한 공산주의자들이 온갖 책동으로 제군들이 임무를 수행하려는 노력을 방해할 것이다. 하지만 여러분은 그 모든 난관을 물리치고 한국 망명정부를 지원하는 임무를 완수할 수 있으리라고 믿는다."

내 앞에 도열해서 격려 연설을 듣고 있는 임시정부 지원을 위한 고문단, 일명 〈백두산 특수임무부대 Sonderverband z.b.V. Weiserberg〉는 특별히 진급시켜 소령 계급장을 단 슈코르체니 외 12명으로 구성되었다. 슈코르체니 한 명만 내가 선발했고, 나머지는 전원 자원자였다. 장교 3명은 프리덴탈에서 슈코르체니가 데려왔고 나머지 장교 3명과 부사관 6명은 브란덴부르크 사단에서 자원했다. 내가 찜하고 있었던 푈케르삼도 브란덴부르크를 그만두고 자원한 이들 중 하나였다.

"일본은 과거 한때 우리 동맹국이었다! 하지만 전쟁을 시작하면서 놈들이 드러낸 진면목은 절대 문명인이 보여줄 만한 것이 아니었다. 일본인들은 잔인한 야만인이다! 그대들은 마치 볼셰비키 야수를 쓰러트리듯이 야만스러운 일본인을 쳐서 쓰러트리는 것이다. 신께서 베푸시는 가호가 그대들과 함께 하기를 빈다."

이들 군사고문단은 환송식이 끝나는 대로 템펠호프 공항에서 루마니아 콘스탄차까지 루프트바페 소속 Ju52를 이용해 이동하고, 콘스탄차에서는 이탈리아군 비행정을 타고 충칭까지 곧바로 날아갈 예정이었다. 그리고 도착 즉시 임시정부 측과 협력하여 중국 주둔 일본군을 상대로 특수작전을 감행하게 된다.

연단 위, 내 자리 옆에 앉은 이범석은 너무도 행복한 표정을 짓고 있었다. 내가 의자에 앉자 괴벨스가 나서서 〈한국 망명정부를 도와야 하는 이유〉에 대해서 열변을 토하기 시작했지만, 내 귀에는 들어오지 않았다.

"총통께서 부여하시는 임무라면 뭐든지 하겠습니다. 그런데 한국이 도대체 어디 있는 나라입니까…?"

그날 내 집무실에 불려 와서 임무에 대해 들은 슈코르체니가 처음 한 말이었다. 나는 그 자리에서 한국 역사와 문화, 사람들의 성격에 대해서 가능한 간략하게 일러주었다. 그리고 베를린에 있는 박물관, 도서관 등지에 보관되어 있는 한국에 대한 자료들을 참고하라고 했다.

"알겠습니다. 그럼 저는 중국으로 가서 팔켄하우젠 대장에게 명령을 받게 됩니까?"

"아니. 팔켄하우젠 대장은 중화민국을 위한 고문단을 이끄는 임무를 가진 만큼 완전히 별개 조직인 한국 망명정부를 지원하게 될 귀관을 지휘할 권한은 없다. 귀관보다 상급자인 만큼 존경을 표하면서 협조를 구할 필요는 있겠으나, 그것으로 충분하다. 귀관은 한국 망명정부와 협력하기만 하면 완전히 독자적으로 작전을 벌일 재량이 있으니, 귀관이 가진 특수전에 대한 흥미를 한껏 발휘해 주기 바란다."

"알겠습니다!"

알지도 못하는 나라에 가서 작전을 벌여야 하지만, 경애하는 총통이 자신을 믿고 임무를 주었다. 그렇다면 가능한 많은 성과를 얻기 위해서 노력하는 것이 인지상정. 슈코르체니는 나와 만난 다음 날부터 곧바로 여기저기 도서관과 연구소를 돌아다니며 한국과 중국에 대한 자료를 수집했다. 팀이 완성되자 중국에 대한 지식이 전혀 없는 대원 12명 전원에게 곧바로 주 활동 지역이 될 중국 북부 지방에 대한 교육을 실시했고, 간단한 중국어와 한국어까지 배우게 했다. 나로서는 아주 만족스러운 인선이 된 셈이다.

"…그리하여, 반공과 반제국주의라는 대의를 위해 슈코르체니 친위대 소령을 선두로 하여 이 13인의 용사가 동방으로 가는 것입니다! 독일과 한국은 앞으로도 맹방으로써 볼셰비키 및 제국주의자들을 상대로 함께 싸울 것입니다!"

고문단 파견을 준비하면서 있었던 일들에 대해 한참 생각중인데 갑자기 귀청이 터질 듯한 목소리가 고막을 강타했다. 괴벨스가 아직도 연설을 하고 있었는데, '한국'이라는 단어가 내 청각을 자극한 모양이었다. 칵테일파티 효과[1]인가.

어쨌든 임시정부를 돕게 되니 다행이긴 하지만, 괴벨스가 세계로 뻗어가는 국가사회주의의 형제애 운운하며 지껄이는 개소리를 듣고 있으려니 역시 기분이 좋지 않았다.

이미 한번 한 이야기지만, 내가 제정신이 박혔으면 한국을 나치즘이 지배하는 국가로 만들고 싶어 할리가 없지 않은가. 동맹세력 확보, 볼셰비키 척결 같은 명분을 내세우지 않으면 부하 놈들이 절대 동의하지 않을 테니 그렇게 한 것뿐인데 괴벨스가 그걸 가지고 신나게 떠들고 있는 걸 보니 화가 치밀었다. 그래도 참아야지 어쩌나, 하아.

길고 긴 연설이 마침내 끝나고 괴벨스가 단상에서 내려갔다. 독일 국가가 연주되고, 행사에 참석한 모든 사람들이 'Deutschland über alles'를 합창하고, 이범석 장군과 슈코르체니 이하 고문관들이 비행기에 올랐다. 이미 프로펠러가 돌고 있던 비행기가 활주로로 접어들었고, 곧 유유히 떠오르더니 점점 작아지면서 남동쪽 하늘 저편으로 사라졌다.

멀어지는 비행기를 바라보고 있으려니 나도 저 비행기를 타고 한국으로, 서울로 돌아가고 싶다는 생각이 들었다. 하지만 지금 돌아간들 내게는 아무것도 없다. 부모님도, 여동생도, 친구들도 나를 기다리지 않는다. 책과 컴퓨터를 채운 내 방도, 낭만을 누릴 캠퍼스도 존재하지 않는다. 어쩌면 증조할아버지 정도는 계시겠지만, 내가 증손자라는 사실을 모르실 게 빤하지 않은가.

---

1 많은 사람들이 대화를 나누고 있는 칵테일파티 현장에서는 주변 소음 때문에 특정 대화가 잘 들리지 않는다. 하지만 개중에 내가 관심이 있는 화제만 귀에 쏙 들어오는 경향이 있는데 이를 칵테일파티 효과라고 한다.

아아, 감상에 빠지는 것도 내게는 사치다. 지금 당장 급한 건 한참 진행되고 있는 영국에 대한 제2차 대공습, 그리고 코앞에 닥친 쿠르스크 전역이다. 임시정부 돕는 이야기를 하다가 이쪽에 대한 이야기를 하는 걸 깜박 잊고 있었지 뭔가. 이 이야기를 하자면 몇 달 전 시점으로 다시 돌아가야 할 것 같다.

# 17장
# 제2차 영국 본토 공방전

## *1*

처칠을 겨냥한 두 번째 성명서를 발표한 4월 13일 밤, 나는 외무장관 리벤트로프와 함께 차를 나누면서 환담을 즐기고 있었다.

"총통께서는 볼셰비키 타도라는 절대 명제를 완수하기 위해서 정말 다방면으로 노력하고 계시는군요. 그동안 영국 정부가 수없이 가해온 모욕에도 불구하고 영국과 화평을 맺으려고 노력하시고, 믿을 수 없는 일본인들 대신 동쪽에서 볼셰비키를 함께 공격해 줄 맹방을 확보하기 위해서 한국 망명정부를 지원하고 계시니 말입니다."

"그야 우리 제3제국이 번영하기 위해서, 아니 전 세계인이 볼셰비즘이 가하는 위협으로부터 해방되기 위해서 당연한 일이 아닌가. 별로 대단할 것도 없는 일이야."

"하지만 평범한 인간이라면 절대 할 수 없는 일이기도 합니다."

리벤트로프는 허리를 꼿꼿이 세운 채 커피를 홀짝였지만 나는 설탕을 잔뜩 넣은 시원한 코코아를 마시며 느긋하게 소파에 몸을 누였다. 처음 성명에서 제안했던 서유럽 국가들에 더해서 동유럽 국가들까지 해방시켜 주겠다고 했으니, 아마 영국 정부 내에서도 내 오늘 제안을 놓고 의론이 분분할 것이다. 전쟁을 계속해야 한다고 홀로 주장하는 처칠이 내각에서 당황스러워할 모습을 상상하니 기분이 한결 더 유쾌해졌다.

슈코르체니를 선발해서 대한민국 임시정부를 돕는 임무를 준 것도 뿌듯한 일이었다. 슈코르체니는 새 임무를 받은 뒤 신이 나서 지난 1주일 동안 심복인 베르너 훈케 소위, 카를 라들 소위 등을 거느리고 한국과 중국에 대한 자료를 수집했다. 슈코르체니는 중국에서 돌아다니기에는 너무 눈에 띄는 용모이긴 하지만, 분명 일본군을 상대로 해서 역사에 남을 대소동을 일으키리라고 믿어 의심치 않았다.

"영국 정부가 오늘 제안에 대한 답변을 내놓으려면 며칠 걸릴 겁니다. 하지만 일단 영국이 강화에 동의한다면, 소련을 제압하고 나서 유럽 연합 원정군을 파견해서 일본을 쳐부술 수도 있을 겁니다. 영국은 일본으로부터 인도를 지키고 동남아시아 식민지를 되찾아야 하지 않습니까? 네덜란드도, 프랑스도 일본과 싸워서 식민지와 억류된 자국민들을 되찾아야 하는 처지인 건 마찬가지입니다. 미국 역시 진주만이 기습당한 데 대한 복수를 해야 하고요."

리벤트로프는 커피잔을 내려놓으며 미소를 지었다.

"전 세계가 대동단결하여 일본을 징벌하는 광경을 생각만 해도 저는 즐겁습니다. 포로와 민간인을 대량으로 학살하고, 무고한 민간인을 잡아다가 생체실험으로 희생시키는 사악한 자들이 받아 마땅한 벌을 받는 일이니까 말입니다."

네놈이 말한 모든 악행들이, 내가 막지 않았다면 독일도 똑같이 했을 일들이라는 걸 알기나 하냐? 나는 리벤트로프를 향해 속으로 비아냥거렸다.

서부전선에서는 좀 덜했지만 동부전선에서, 그리고 유대인과 집시를 가둔 강제수용소에서 독일이 저지른 사악한 행동들은 절대 일제에 뒤떨어지지 않았으니까. 물론 전선을 가리지 않고 살인귀처럼 굴었던 일본 놈들이 더 개새끼들이라고 생각하긴 한다. 무엇보다 일본은 우리나라, 우리 한민족을 괴롭혔으니 더 나쁜 놈들이다!

"그러게 말일세. 전 세계가 연합해서 일본을 공격한다면, 정말로 통쾌하겠지."

그리고 그 세계의 한국 인터넷에선 '일본을 공격한다!'는 관용구가 유행하지 않을 게다. 이미 쑥대밭이 되어 있을 테니까 말이지. 만약 리벤트로프가 말한 것처럼 유럽과 미국이 연합해서 일본을 친다면…, 정말로 일본어는 지옥에서나 들을 수 있겠지.

"총통! 공습경보입니다!"

"공습? 무슨 소리인가?"

얼굴이 창백해진 채 느닷없이 문을 열고 뛰어 들어온 엘사를 보고 나는 깜짝 놀랐다. 공습? 평화협상을 제안한 날인 오늘 밤에?

"공군 방공사령부에서 보고가 들어왔습니다! 영국 폭격기 약 200기, 베를린을 향해 접근 중! 곧 도착합니다!"

엘사는 전혀 예상하지 못한 상황에 패닉에 빠졌는지 소스라치게 질려 있었다. 문 앞에 선 채 제대로 움직이지 못하는 베르타를 밀치고 권셰가 집무실로 급히 들어왔다.

"총통! 어서 방공호로 피하십시오!"

"권셰! 엘사…슈나이더 소위가 지금 한 보고가 사실인가?"

"사실입니다! 정확한 목표는 미상이나 폭격기 200여 기가 베를린 방향으로 날아오고 있는 것은 분명합니다. 다른 곳으로 가는 중일수도 있으나 혹여 불상사가 있을지도 모르니 어서 방공호로 피하셔야 합니다."

나는 신음을 토하며 자리에서 일어섰다. 이제까지 총통관저에 폭탄이 떨어진 적은 없다고 하지만, 앞으로도 계속 무사하리라는 법은 없다. 나는 일어선 채 리벤트로프에게 손짓했다.

"외무장관, 따라오시오. 권셰, 앞장서게. 관저 내에 있는 다른 인원들도 모두 적절히 대피하도록 해."

"예, 총통!"

## 2

오랜만에 베를린에 떨어진 폭격은 폭풍처럼 빠르게 지나갔다. 영국군 폭격 편대는 랭커스터를 주력으로 하고 일부 모스키토가 폭격기대를 호위하고 있었다. 영국군은 베를린 시가지에 600톤에 달하는 폭탄을 투하했는데, 조준이고 뭐고 아예 없는 마구잡이 폭격이라 민간인 피해가 막심했다. 해가 떠오른 뒤에 확인해 보니 완전히 파괴된 건물이 대략 200여 채, 일부 파손된 건물이 3,000여 채였고 사망자가 200여 명에 부상자는 800명 정도였다.

"요 근래 적이 폭격 목표로 노린 지역이 프랑스 및 대서양 연안 지대에 집중되어 있어서 방공사령부가 방심했던 듯하다. 독일 본토에 배치한 야간전투기 부대를 증강하라!"

"알겠습니다."

밀히가 급히 메모를 하며 따라붙었다. 폭격 현장을 둘러보다 보니 주택가 3층 건물에 추락해 폭발한 랭커스터 폭격기 한 대가 보였다. 다행히 폭탄은 다 투하해 버린 뒤였는지, 화재는 발생했어도 일대가 쑥대밭이 되지는 않았다. 시커멓게 탄 폭격기 잔해를 보면서 나는 얼굴을 찌푸렸다.

"격추한 적기는 몇 대나 되는가? 아군이 입은 손실은?"

"대공포대가 랭커스터 11기, 야간전투기대가 랭커스터 17기를 격추했습니다. 아군은 야간전투기 4기가 적 폭격기를 호위하던 모스키토에게 격추당했습니다. 모스키토는 한 대도 격추시키지 못했습니다."

"그래도 그만하면 훌륭한 전과야. 10% 넘게 격추시켰으니, 10번만 더 공습을 하면 적 폭격기대가 전멸한다는 소리 아닌가."

밀히에게 보고를 받은 나는 어떻게든 상황을 긍정적으로 해석했다. 사실 지금처럼 격추시켜도 11번째 공습은 있을 게 분명하다. 지금 배치된 폭격기를 몽땅 격추시킨다고 해도 영국은 당연히 새 폭격기 부대를 편성할 테니 독일에 대한 폭격이 끝날 리가 없지 않은가?

나는 발 앞에 놓인 벽돌 조각을 걷어차고는 화제를 바꿔 밀히에게 질문을 했다.

"공군 총사령관, 귀관이 생각하기에 이 폭격이 무슨 의미인 것 같은가?"

밀히는 얼른 대답하지 못하고 우물쭈물 거렸다.

"어서 대답해 보게. 베를린은 지난 반 년 동안 단 한 번도 폭격을 받지 않았네. 그러다가 갑자기 다른 날도 아니고 어제, 다른 곳도 아닌 베를린에, 200기나 되는 폭격기를 투입한 이유가 뭘까? 내 생각에는 처칠이 정치적 의도를 가지고 베를린 폭격을 명령한 것 같은데. 귀관은 어떻게 생각하는가?"

"소관이 생각하기에도 그런 것 같습니다. 아무래도…."

"그렇지? 내 성명에 대한 답이겠지?"

나는 입술을 일그러뜨리면서 차갑게 미소를 지었다.

"영국 정부는, 아니 헤르 처칠은 우리와 평화협상을 할 의사가 없다고 폭탄으로 회답을 보낸 게야. 그렇다면 우리로서도 가만히 있을 수는 없는 일이다. 공군 총사령관! 영국이 평화를 거부하면 시행하려고 계획해둔 반격작전을 일주일 앞당겨서 즉시 개시한다. 전쟁에 대한 감이 무디어진 영국인들에게 3년 만에 충격과 공포를 맛보게 해 주는 거야. 공군이 작전을 주도하게 될 테니 각오 단단히 하게."

밀히는 굳은 표정으로 경례를 했다. 밀히와 헤어진 후 모퉁이에 세워 둔 자동차로 돌아오자 대기하고 있던 경호원이 바로 차문을 열었다.

차에 올라 총통관저로 돌아가면서 결심했다. 처칠이 굳이 전쟁을 원한다면, 그 초대에 응해 주는 수밖에 없다고 말이다. 수많은 영국인과 독일인에게는 미안한 일이지만 처칠이 이 지옥을 빠져나가지 않겠다고 버티고 있는 이상 내게는 달리 선택할 대안이 없었다.

## *3*

『본인은 평화를 사랑하는 제3제국 국민과 전 유럽에 널리 퍼져 있는 평화 애호가들을 대변하여 헤르 처칠에게 이제 그만 전쟁을 끝내고 영국과 독일 사이 관계를 1939년 9월 2일까지 유지되던 상태로 전쟁 배상금 없이 되돌리며, 폴란드를 제외한 다른 유럽 국가들의 영토와 정치체제도 1939년으로 되돌릴 것을 두 차례에 걸쳐 제안하였다. 또한 영국 정부가 이 제안에 대해 진지하게 고려할 수 있도록 매번 평화 제안을 할 때마다 1주일간 휴전을 제안하였다.

하지만 헤르 처칠은 평화를 원하지 않는다. 3월 31일부터 4월 6일까지였던 첫 번째 휴전 기간 동안 우리 독일군은 영국을 공격하지 않았지만 헤르 처칠은 매일같이 폭격기를 보내 유럽 대륙을 폭격하고 아프리카 전선에서 공세를 펼쳤다. 그리고 어제부터 시작된 두 번째 휴전 제안에 대해서 헤르 처칠은 그날 밤으로 바로 다른 곳도 아닌 베를린을 폭격기 수백 기로 폭격하는 것으로 답했다. 이 폭격으로 비전투원인 베를린 시민 수백 명이 죽거나 다쳤다.

어젯밤에 벌어진 베를린 폭격을 보고 나 제3제국 총통 아돌프 히틀러는 헤르 처칠이 지도하는 영국 정부야말로 평화를 원하지 않는 세력임을, 그리고 볼셰비키를 옹호하는 자들이 모인 집단임을 확신하게 되었다. 이에 우리 제3제국은 현 영국 정부를 타도함으로써 모든 유럽 시민에게 평화를 선물하는 그날까지 서방에서 전쟁을 지속할 수밖에 없다는 결론을 내렸다.

헤르 처칠이 전쟁을 계속 지도할 수 있는 이유는 무엇인가?

독일에서, 프랑스에서, 시민들은 전쟁이 자신에게 무엇을 가져다주는지 눈앞에서 확인 할 수 있다. 영국 폭격기가 밤마다 날아와 폭탄을 떨어트리고, 전선에 나간 친척과 친구로부터 전장 소식을 편지로 받는다.

하지만 영국인들은 이제 폭격도 받지 않고 전선에서 소식을 받지도 않는다. 전쟁이 주는 공포를 모르기 때문에 헤르 처칠이 이끄는 대로 따라가며 오직 끝까지 독일과 싸워 전쟁에서 이기는 길만이 대영제국에 영광을 주는 길이라고 믿는 것이다. 대다수 영국인들은 고작 일부 물자가 결핍되는 정도에서 전쟁이 주는 약간의 불편만을 느낄 뿐이다.

나는 영국인들이 지금 가지고 있는 환상을 깨트려 주기로 마음먹었다. 지금 이 시간부터, 영국인들은 지난 2년 동안 느끼지 못했던 전쟁의 공포를 다시 느끼게 될 것이다. 런던은 이 방송이 나간 직후부터 다시 불바다가 될 것이며 런던 시민들은 집 대신 지하철역에서 지내는 생활을 다시 시작해야 할 것이다. 독일 폭탄이 사방에서 떨어질 것이고 런던 시민들은 전쟁을 지속한다는 것이 어떤 의미인지 뼈저리게 실감하게 될 것이다.

영국인들이여, 이제부터 시작될 참극을 원하지 않는다면 제국주의자이자 전쟁광인 헤르 처칠을 축출하라. 새로운 정부를 수립하고 언제든 평화 협상을 시작하라. 본인은 오직 볼셰비키를 타도하고 동방에서 오는 악마들로부터 유럽문명을 수호하고픈 따름이다. 그대들도 무의미한 싸움에서 벗어나 진정한 적을 찾아 싸우기를 바란다.』

런던 시 외곽에서 근무하는 방공 감시원 존 스미스는 콧방귀를 뀌면서 라디오 주파수를 돌렸다. 콧수염장이 히틀러 놈이 가당치도 않은 미친 소리를 해 대는데, 처칠 수상과 의회가 저런 헛소리에 굴복할 리는 절대로 없었다. 존은 노동당 지지자였지만 전쟁 수행에 있어서는 절대적으로 처칠 수상 편이었다.

"존! 그 정신 나간 놈이 뭐라고 하는 거야?"

친구인 에드워드 메이슨은 독일어를 할 줄 몰랐다. 존은 지난번 전쟁에서 독일에 포로로 잡혔을 때 배운 독일어로 가끔 독일 라디오를 들으면서 독일 쪽에서 나오는 뉴스를 에드워드에게 이야기해 주곤 했다. 충실한 영국인인 두 사람은 독일이 내보내는 '허튼 소리' 따위는 손톱만큼도 믿지 않았지만, 그래도 바다 건너 저놈들이 어떤 소리를 하는지는 궁금했다.

“아침 신문에서 처칠 수상이 베를린을 폐허로 만들었다고 주장하더니 정말 폭탄을 던지긴 했나 봐. 자기가 전쟁을 끝내자고 했는데 처칠 수상이 거절하고 폭격기를 보내 베를린을 폭격했다면서, 자기도 런던에 폭탄을 떨어트려서 런던을 불바다로 만들겠다는군.”

“미친 놈. 2년 동안 폭격하지 못한 런던을 제 놈이 무슨 수로?”

에드워드가 코웃음을 쳤다. 두 사람은 방공 임무를 맡은 영국 공군 레이더와 대공포, 야간 전투기 부대가 런던을 철통같이 지키고 있음을 믿어 의심치 않았다. 일부 해안도시는 독일군이 기습적으로 가하는 폭격이나 잠수함에서 쏘아대는 로켓탄 공격을 받고 있긴 하지만, 적어도 런던은 1941년 5월 10일 이후로 폭격을 당하지 않았다.

“그러게 말이야. 혹시나 해서 우리가 여기서 보고 있긴 하지만, 독일군 비행기 따위는 런던 상공에 나타날 엄두도 못 내지 않냐 말이야. 그런데 히틀러 그 미친놈이 무슨 수로 런던을 폭격해? 나타나기만 하면 내가 이 총으로 혼구멍을 내 줄 테다!”

존은 1차 세계대전 당시 솜 전투에서 독일군 두 명을 사살한 전적이 있었다. 존에게 있어서 가장 영광스러웠던 순간은 포로수용소에서 석방되어 귀국한 뒤, 전공에 대해 훈장을 수여받았던 그 순간이었다. 이번 전쟁에서도 방공 감시 임무를 열심히 수행해서 훈장이라도 하나 더 받는다면 바랄 게 없었다.

“참, 에드워드. 지금 몇 시지?”

“20시 30분. 아까 그 미친 놈 연설이 끝난 지 5분 됐네. 30분만 있으면 교대…. 잠깐, 존! 하늘에서 이상한 소리 안 들려?”

“무슨 소리…. 어어? 저게 뭐야!”

에드워드를 따라 하늘로 시선을 돌린 존은 기다란 시가형 동체에 양쪽에 날개를 단 비행물체가 동체 위쪽에 붙은 꼬리에서 간헐적으로 불을 뿜으며 날아오는 것을 발견했다. 두 사람은 생전 처음 보는 이상한 비행물체에 놀라 입을 다물지 못했다.

"바, 방공 식별표에 저런 거 있어?"

"없어!"

지금 날아오는 물체는 이들이 알고 있는 어느 비행기와도 달랐다. 꼬리에서 불을 뿜으면서 나는 비행기라니, 들어본 적도 없었다. 에드워드가 떨리는 목소리로 말했다.

"저거, 로켓 비행기 아닐까? 우리 공군이 신무기를 개발한 건지도 몰라! 독일 놈들이 런던을 폭격하려고 보낸 폭격기라면 레이더 사이트에서 미리 탐지하고 다 격추시켰을 텐데, 격추는커녕 경보도 없었잖아!"

"그, 그런가 보다! 괜히 긴장했네. 하긴, 아래쪽에 폭탄도 안 달려 있어. 설마 저렇게 작은 비행기가 뱃속에 폭탄을 넣고 다닐 리는 없잖아. 조종사 하나 탈 자리도 부족하겠다."

존은 점점 다가오는 비행물체를 지급받은 야간용 망원경으로 보면서 너털웃음을 터뜨렸다. 하지만 목소리는 아직 떨리고 있었다. 에드워드도 아직 긴장이 풀리지 않은 듯 목소리를 떨면서 존이 내놓은 추측에 맞장구를 쳤다.

"게다가 저 덜덜거리는 소음이 아주 죽여주는구먼. 시끄러워서 조종사 귀머거리 되겠다."

이상한 일이었다. 마치 에드워드가 한 말이 신호가 된 것처럼 초소 왼편으로 지나쳐 날아가던 작은 비행기 위에서 푸르륵거리며 불을 뿜던 엔진이 갑자기 멎었다. 엔진이 작동을 멈추자 비행기는 곧바로 거의 수직으로 땅바닥에 내리꽂혔다. 존과 에드워드가 있는 방공초소에서 고작 100m 정도 떨어진 곳이었다.

"사, 사고다! 존! 통제본부에 연락해!"

"알았어!"

존이 막 수화기를 잡으려는 순간 대지가 진동하는 굉음과 함께 방공초소가 흔들리고 전화기를 놓아둔 탁자가 쓰러졌다. 어둠 속에서 수많은 파편과 돌조각이 날아든다고 깨닫는 순간 두 사람은 약속이나 한 것처럼 두 팔로 머리를 감싸고 바닥에 엎드렸다.

"저, 저거 뭐야! 그냥 비행기가 아니잖아!"

존은 간신히 용기를 내어 고개를 들었고, 정체불명의 비행기가 추락한 지점 옆에 있던 건물 세 채가 무너져 내린 것을 발견했다. 크게 놀란 존이 떨어진 전화기를 찾아 바닥을 더듬는데 에드워드가 지르는 새된 비명 소리가 들렸다. 존은 바닥에 엎드려 전화기를 찾으면서 이를 악물고 에드워드에게 고함을 쳤다.

"나도 놀랐어! 닥치고 진정해!"

"오, 또 온다! 또 온다고! 오, 주님! 제게 은총을 내리시어…!"

"제기랄, 오긴 뭐가 와!"

마침내 어두운 바닥에서 전화기를 찾아낸 존이 다이얼을 돌리면서 고개를 들었다. 아직도 비명을 지르고 있는 에드워드를 따라 시선을 올린 존은 수십 대에 달하는, 아까 떨어진 비행기와 똑같이 생긴 비행기들이 머리 위를 지나가고 있는 것을 알았다. 그리고 지금 두 사람이 있는 초소 위를 지나가는 비행기는  날개에 까만 십자가를 선명하게 그려 넣고 있었다. 존도 비명을 올렸다.

"도, 독일 놈들이 자폭하는 비행기를 만들었어! 통제소! 통제소!"

– 24초소, 무슨 일인가.

"독일 놈들이! 독일 놈들이!"

– 독일 놈들이 어쨌다는 건가. 자세히 이야기하라.

"놈들이 시티 방향으로 가고 있다! 지금 수십…."

통제소에 자신이 본 것을 막 밝히려고 하던 존은 문득 머리 위로 다가오던 엔진 소리 하나가 멈췄다는 것을 깨달았다. 휘몰아치는 공포감에 고개를 들자, 시커먼 독일 비행기가 바로 자신이 있는 초소를 향해 떨어지고 있었다. 하필 존과 에드워드가 있는 초소 바로 위에서 엔진이 꺼진 것이다. 존의 크게 뜬 눈동자에 비친 비행기가 점점 확대되었다.

– 24초소, 24초소! 지금 그쪽에서 날….

통제관은 끝내 존과 통화하지 못했다. 고성능 폭약 850kg이 폭발하자 24대공감시초소는 벽돌 하나 남기지 않고 감시원 두 명과 함께 그대로 사라져버렸다.

## *4*

영국과 가까이 있는 브르타뉴, 노르망디, 파 드 칼레, 플랑드르 등지에 건설해 놓은 비밀 시설 13개소에서는 독일 공군 소속 기술병들이 콘크리트 슬로프 주변을 연신 움직이면서 방금 존의 머리 위에 떨어진 것과 같은 기계들을 조작했다. 양쪽에 날개가 달린 커다란 원통 위에 작은 원통이 올라앉은 기묘한 형태로 생긴 물체가 발사 준비를 마치는 대로 구령 소리가 울려 퍼졌다.

"Feuer(발사)!"

곧 이 기묘한 물건 아래쪽에 붙은 화약식 캐터펄트가 불을 뿜었고, 구름 같은 연기와 함께 하늘로 치솟은 비행물체는 바다 건너 런던을 향해서 어두운 하늘 저편으로 사라져 갔다. 두 달 전, 내가 약을 먹기 시작했을 때부터 준비해 놓은 〈평화병기 1호〉 일제발사였다.

평화병기 1호라고 하니까 정체가 뭔지 언뜻 알아채기 힘들 텐데, 사실 이건 2차 세계대전에 대해 지식이 있는 사람이라면 누구나 보면 알 물건이다. 위에서 묘사한 형태만 가지고도 알아볼 사람이 있겠지만, 이 물건은 바로 펄스제트식 엔진을 장착하고 최초로 실전에 투입된 순항미사일 Fi103, 바로 V1이다(…). 이 녀석은 이미 10년 전에 피젤러 사가 기술적으로 완성시켜 놓은 놈이었고, 양산하는데 있어 장애가 될 사항은 하나도 없었다.

저쪽 세계에서 독일군은 1942년 8월이 되어서야 이놈을 채택하기로 결정했다. 게다가 이 미사일을 양산하는데도 관심을 쏟지 않았던 탓에 독일군은 이미 노르망디에 연합군이 상륙한 1944년 6월에야 런던에 V1을 발사할 수 있었다.

하지만 나는 41년 8월에 히틀러로서 각성하자마자 이 비행폭탄을 채택하도록 지시했고 가능한 빨리 양산할 수 있도록 여러 조치를 취했다. 지금 피젤러 사는 이 폭탄을 하루에 100기씩 양산할 능력이 있었고, 발사기지와 생산 공장에 비축해 놓은 물량만 해도 3천기에 달했다.

알고들 있겠지만 지금 이 세계에서는 독일에 가해지는 전략폭격이 저쪽 세계의 그것만큼 심하지 않다. 일단 지금이 1943년 4월밖에 안 되었고, 원래 세계에서 신나게 주간폭격을 퍼붓던 미국이 정식으로 참전하지 않았기 때문에 영국의 야간폭격만 견디면 되므로 진짜 히틀러처럼 〈보복〉을 크게 내세울 필요가 없다. 그래서 이 무기의 이름은 보복

병기가 아니라 영국을 협상 테이블로 끌어내어 전쟁을 중단하기 위한 평화병기, Friedenswaffe가 되었다. 즉, V1이 아니라 F1(···).

다만 F1은 저쪽 세계에서 사용한 오리지널 V1보다 대형화해서 연료 탱크를 좀 더 크게 만들었으므로 사정거리가 약간 더 길어졌다. 850kg짜리 탄두를 달고도 300km까지 공격이 가능하다. 그런데 발사명령을 내려놓고 보니 오늘, 4월 14일은 바로 원래 세계의 블랙데이! 내가 보낸 수백 발의 F1들은 런던 시민들에게 건네는 멋진 블랙데이 선물이 되었다. 이 선물로 인해 런던 시민들은 정말 암울해졌을 테니, 내가 런던에 블랙데이를 만들어준 셈이다.

## *5*

"어제 발사한 F1은 몇 발이나 되는가?"

F1 생산 및 운용은 공군이 책임지고 실시하고 있다. 15일 오전에 실시한 전략회의에서 밀히는 아주 자랑스럽게 내 질문에 대답했다.

"30분마다 70기씩, 아침 06시까지 총 700기를 발사했습니다. 다만 이중 24기는 불량품으로, 발사 직후 공중에서 폭발하거나 얼마 날아가지 못하고 육지에 추락했습니다. 바다에 추락한 F1도 40여기 정도 발생한 것으로 확인되었으므로, 10% 정도가 발사에 실패한 셈입니다."

"10%? 실패율이 너무 높은 것 아니오? 작전을 지속할지 의문을 제기해야 할 상황인 것 같소만. F1 비행폭탄을 설계부터 다시 점검해야 할 상황이 아닌가 싶소."

되니츠가 걱정스러운 표정으로 끼어들었다. 밀히는 웃으며 되니츠를 안심시켰다.

"설사 발사한 F1 중에서 30%쯤 발사에 실패하고, 발사된 것들 중에서 1/3만 런던에 도착한다고 해도 우리로서는 한참 남는 장사입니다. 폭격기 1기를 제작할 비용으로 F1 30기를 제작할 수 있는데다가, 조종사가 타지 않으므로 인명손실을 걱정할 필요 없이 발사할 수 있습니다. 바다사자 작전을 시도하면서 런던을 폭격할 때 입은 손실을 생각하면 거저나 마찬가지지요. 게다가 악천후건 뭐건 신경 쓰지 않고 발사할 수 있기까지 하니 말입니다. 이런 거저나 다름없는 무기 운용을 중단하고 설계 검증 같은 것을 할 여유가 없습니다."

"흐음."

되니츠는 더 이상 추궁하지 않았다. 하지만 F1이 이룬 성과에 대해서 딱히 탄복하는 태도를 보이는 것 같지도 않았다. 더 이상의 이의가 없어, 어젯밤 작전에 대한 밀히의 보고는 계속 이어졌다.

"여기 계신 분들은 다들 아시겠지만, 지난 2년 동안 우리 공군은 영국에 대한 공습을 극도로 자제했습니다. 철저히 군사적인 중요성에 따라 표적을 선택했으므로 영국 동남부 지역에 있는 항구, 비행장, 군수공장, 해안을 따라 오가는 수송선단 이외에는 폭격하지 않았다고 보셔도 됩니다. 일반 도시에 대한 폭격은 처음부터 논외였지만, 그중에서도 런던은 정말로 손을 댈 생각도 하지 않았습니다. 기본적으로 거리가 멀다는 문제가 있고, 영국이 레이더 및 전투기를 동원해 철저한 방공망을 구축해 두었기 때문입니다. 1941년 5월 10일 이래 우리 루프트바페를 구경하지 못한 런던 시민들은 이번에 불벼락을 맞은 셈이지요. 하지만 영국인들이 아무리 충격을 받았다 한들 지난 2년 동안 영국 공군에게 줄기차게 폭격을 받은 우리 독일 시민들이 겪은 고통에 비할 수 있겠습니까."

밀히에게서는 영국인들을 불쌍하게 여기는 기색 같은 건 전혀 비치지 않았다. 도리어 통쾌해 하는 표정이었다. 하긴, 지난 1년 반 동안 공군 총사령관으로 재직하면서 영국군 폭격기들과 끝없는 싸움을 벌여야 했던 장본인이니 당연한 태도이리라.

"다만 우리 루프트바페가 새로 투입한 신무기, F1에도 단점이 있습니다. 아시다시피 명중률이 나쁩니다. 목표를 정확히 조준해서 공격하는 게 아니라, 그저 대략적으로 겨냥한 방향으로 직선으로 날아가다가 설정해놓은 거리만큼 날아가면 엔진을 끄고 그대로 추락하는 구조니까 말입니다. 도중에 바람이 불어 겨냥이 빗나가거나 거리측정기에 오차가 생기면 당연히 엉뚱한 곳으로 떨어집니다. 게다가 현지 첩보망이 붕괴된 현재로서는 발사한 F1이 정확히 어디에 떨어졌는지 확인할 방법이 없으므로 발사제원을 수정할 수도 없습니다."

"그건 좀 곤란한 문제군요. 전선부대를 지원하는 포병도 전선에 관측기를 띄우거나 전방에 나가 있는 관측장교를 통해 보고를 받고 탄착점 수정을 하는데, F1과 같은 전략무기를 어디에 명중했는지도 모른 채 맹목적으로 쏘아댄다는 건 자원낭비가 아닙니까."

F1 작전에 대해 밀히가 설명하는 내용을 점잖게 듣고 있기만 하던 육군 총사령관 폰 레프 원수가 질문을 던졌다. 하지만 밀히는 차분하게 해명했다.

"오늘 발사 결과에 대해서는 이미 관측이 끝났습니다. 방금 드린 설명과는 모순되긴 합니다만, 과거 수준을 능가하는 기술적 진보로 인해서 이제까지 불가능했던 영국 본토에 대한 정찰이 가능해졌습니다. 우리 루프트바페가 마침내 제트 추진 정찰기를 실전에 투입했습니다."

제트기가 투입되었다는 이야기에 눈이 동그래지는 장군들을 보면서 나는 속으로 한숨을 쉬었다. 아아, 21세기라면, 미군이 아니라 한국군이라고 해도 발사한 미사일이 얼마나 목표 가까이에 떨어지는지 여부를 인공위성으로 관측할 수 있을 테지. 미군이라면 한국군 인공위성 따위는 처발라버릴 성능을 가진 고성능 위성에 글로벌 호크, U-2 같은 정찰기를 투입할 수 있을 거고. 아니 굳이 다른 정찰 자산을 투입할 필요도 없다. 미사일 자체에 카메라를 달아서 실시간으로 직접 표적을 보면서 공격할 수도 있지 않은가. 아쉽게도 그런 좋은 물건들은 하나도 없으니 고전적인, 아니 이 시점에서는 최신 기술인 사진정찰을 할 수밖에 없었다.

"공군에서는 아라도 사(社)와 합작하여 제트엔진을 4기 장착한 사진정찰기 Ar234를 개발 중입니다. 시험제작기 3기가 마침 모두 출격할 수 있는 상태에 있어 아침에 전기 출격시켜 런던 일대를 촬영하게 한 바, 발사한 F1 중 약 30%에 해당하는 수량이 런던 대도시권 내에 명중한 것으로 판단했습니다. 물론 이는 대략적인 수치이며, 오차가 상당할 수 있습니다. 정확한 명중률은 사진을 세부 분석해야 확인할 수 있습니다. 명중률 확인과 사격제원 보정을 위해 앞으로도 Ar234를 가능한 날마다 런던 상공에 출격시켜 명중 여부를 관측할 예정입니다."

"Ar234는 적 방공망에 포착되지 않는 거요?"

"레이더에는 당연히 걸립니다. 하지만 Ar234는 작은 동체에 고출력 제트 엔진을 달고, 카메라 외에 무게가 나갈 만한 물건은 아무것도 탑재하지 않으므로 속도가 매우 빠릅니다. 무려 시속 742km로 날 수 있지요. 이 속도를 따라올 영국군 전투기는 없습니다."

레프 원수에게 질문을 받은 밀히가 자신만만하게 대답했다. Ar234가 가진 성능에 대해 이 자리에서 처음 들은 레프 원수는 놀란 듯 입을 벌렸다.

"Ar234가 그렇게 빠르다면, 어떤 전투기도 따라잡을 수 없는 정찰기뿐만 아니라 폭격기가 될 수도 있는 것 아니오? Ar234를 F1을 위한 탄착 관측기로만 쓸 게 아니라 직접 폭탄을 떨어트리는 폭격기로 실전에 투입한다면, 우리 측은 인명 손실 없이 보다 정확하게 폭탄을 떨어트릴 수 있을 게 아니오."

…저런 생각을 히틀러가 하고 Ar234를 폭격기로 바꾸라고 명령했지. 레프 원수가 아무리 훌륭한 군인이라고 해도 저 양반도 67세나 되는 영감이다 보니, 구세대적인 사고방식을 가진 건 어쩔 수 없는 모양이다. 다행히 밀히는 상대방이 짬밥을 얼마나 많이 먹었건 논리적으로 대처할 줄 아는 사람이었다. 자기가 예전에 속해 있었던 육군 소속 대선배라고 해도 말이다.

"육군 총사령관 각하, Ar234는 애초에 폭격기로 설계된 기체가 아닙니다. 폭탄을 탑재할 공간은커녕 이착륙용 바퀴가 들어갈 자리도 없습니다. 연료를 많이 먹는 제트엔진을 달고 항속거리를 늘리기 위해서 바퀴가 들어갈 자리까지 몽땅 연료탱크로 만들었습니다. 게다가 속도가 너무 빨라서 땅 위에 있는 목표를 조준할 수도 없고, 떨어트린 폭탄이 명중했는지 확인할 방법도 없습니다. 물론 영국군이 그저께 밤에 베를린에 한 것처럼 런던 시내 아무 곳에나 폭탄을 뿌리라고 하면 그건 가능합니다만, 그런 용도로 쓰기에는 폭장량이 부족합니다."

"거 참, 싸움에는 쓸모없는 비행기구만."

레프 원수는 툴툴거리며 입을 다물었다. 이제 더 이상 트집을 잡을 사람이 없다고 여겼는지 밀히는 Ar234를 활용한 정찰 성과에 대해 자랑하기 시작했다.

"30%라는 수치가 좀 아쉬운 건 사실입니다. 하지만 그건 우리 입장이고, 이와 같은 병기를 막아낼 준비가 전혀 되어 있지 않던 영국인들이 아비규환에 휩싸이기에는 충분할 것입니다. 지난밤 F1 공격으로 파괴된 건물 숫자는 사진으로 확인된 것만 해도 900채 가량에 달하며, 이 정도면 그럭저럭 만족할 만한 성과라고 여겨집니다."

임석한 멤버들이 침묵하는 가운데 밀히는 자랑스러운 얼굴로 앞으로 전개할 F1 작전에 대해 추가설명을 하기 시작했다.

"우리 루프트바페에서는 매일 공급되는 F1 100발에 비축분을 합하여 매일 180발씩 영국을 향해 발사할 계획입니다. 180발이라고 해 봐야 영국 폭격기들이 매일 독일에 폭탄 수백 톤을 퍼붓는데 비하면 정말 소소한 반격이나, 영국 폭격기들과 달리 격추되어도 인명 손실이 없기 때문에 한결 부담 없이 공격할 수 있습니다. 물론 발사 장소 및 시간은 매일 바꾸어 적이 예측하기 곤란하게 할 것입니다."

"24시간 쉬지 않고 공격할 예정이십니까?"

요들에게 질문을 받은 밀히가 고개를 저었다.

"앞으로도 F1은 주로 야간에 발사합니다. F1은 저공으로 날기 때문에 영국군이 가동하는 레이더에는 잘 걸리지 않으나, 말씀드렸듯이 직선비행밖에 할 수 없기 때문에 길목을 잡는다면 대공포나 요격기가 격추하기가 쉽습니다. 요격되는 수를 조금이라도 줄이려면 야간에 발사해야 합니다."

그래서 독일 V1이 후기로 가면 그냥 전멸하다시피 했지. 그런 운명을 알면서도 그대로 되게 놓아둘 수는 없다. 가능한 회피해야만 한다. 밀히야 이런 역사를 모르겠지만, 모르는 상태에서도 현명한 판단을 내렸다. 역시 괴링을 해치우고 밀히를 앉히기를 잘했다.

"주간에는 발사대를 파괴하려는 영국 공군기들이 발사지점 일대에 내습할 것이 분명하므로, 발사대를 은폐하고 방공대책에 주력해야 할 것으로 보입니다. 또한 고정식 발사대에서밖에 쏠 수 없는 제한을 벗어나, 이동식 발사대나 잠수함 또는 항공기로부터 발사하는 방안도 고려 중에 있습니다. 현재 He111 폭격기에서 공중 발사가 가능합니다."

"거기서 잠수함은 빼 주시오. 유보트는 이렇게 거대한 '비행기'를 탑재할 여유가 없으니까. 모기떼 작전에 사용하고 있는 중형 로켓 정도가 유보트에 실을 수 있는 한계요. 잠수함에서 F1을 발사하고 싶다면 공군이 직접 신형 잠수함을 개발하시기 바라오."

되니츠 제독이 공군이 F1으로 거둔 성공을 별로 탐탁지 않아 하며 퉁명스레 내뱉었다. 하긴 맞는 말이긴 하다. 세계대전 시기에 각국이 사용한 주력 잠수함들 중에서도 작기로 유명한 유보트가 아닌가. 그 날씬한 동체에 커다란 V1을 실을 공간이 있을 리가 없지.

"알겠습니다. 그 문제는 연구진과 함께 더 논의해 보도록 하겠습니다. 그리고 F1 방어에 영국 공군의 요격기와 대공포가 돌려지게 되면, 일반 공습에 대한 방비가 아무래도 허술해질 것이므로 통상적인 폭격기를 동원한 공습도 더 쉬워질 것으로 예상됩니다."

밀히는 영국 본토를 타격하는데 성공한 위대한 공군을 모두 함께 칭송하라는 분위기로 발언을 마무리했다. 하지만 육군과 해군 총사령관 및 참모총장들은 공군이 너무 독주한다고 생각했는지 표정이 좋지 않았다. 밀히가 말을 끝내자 되니츠가 포문을 열고 반격을 시작했다.

## *6*

"공군이 영국인들이 가진 전쟁 수행의지를 없애기 위해 새로운 수단으로 영국에 대한 전면공격을 시작한 것은 축하할 일입니다. 하지만 영국이 가진 전쟁수행능력 자체를 없애려면 해상 운송로를 차단하여 식량과 연료, 산업 원료와 무기가 공급되지 못하게 해야 합니다. F1 작전 때문에 잠수함 작전에 대한 지원이 줄어들어서는 안 된다고 봅니다."

"지당하신 말씀입니다. 우리 공군은 폭격기 생산을 줄여서 그 비용으로 F1을 생산하고 있습니다. F1은 값도 싸고 구조도 간단해서, 잠수함 생산에 지장을 줄 만한 병기가 아니니 그 점은 염려하지 마십시오."

밀히는 되니츠를 부드럽게 달랬다. 되니츠로서도 공군이 해군을 무시하면서 빼기는 태도를 보이는 게 기분이 나빴을 뿐, 작전을 훼방 놓을 의사는 없었던 듯 더 이상의 군소리는 하지는 않았다. 하지만 육군은 공군이 독주하는 광경을 잠자코 구경만 할 생각이 없는지, 밀히가 물을 마시느라 잠시 말을 멈춘 사이 육군 참모총장 쿠르트 자이츨러 대장이 끼어들었다.

"F1 작전은 정말 대단하다고 생각합니다. 하지만 공군에게만 영국 본토 공격이라는 무거운 짐을 지게 할 수는 없습니다. 그동안 육군으로서는 영국 본토를 타격할 수단이 없었으므로 이제까지 해군 및 공군에게만 영국에 대한 공격을 맡겨두었습니다만, 육군도 드디어 영국을 공격할 수 있게 되었습니다. 타 군에게는 이 자리에서 처음 공개하는 사실입니다."

뜬금없는 소리에 해공군 대표들이 의아한 표정을 지었다. 물론 나는 이미 아는 이야기라 심드렁했지만.

"우리 육군은 F1과 같은 어설픈 제트엔진을 단 비행 폭탄이 아니라 진짜 로켓 병기를 개발하고 있습니다. 총통께서는 이미 알고 계시지만, 여러분께서는 처음 들으시는 무기일 겁니다. A4 로켓입니다."

A4, 원래 세계에서는 V2로 더 유명한 인류 역사상 최초로 실전 투입된 탄도미사일이다. 정확도는 별로지만 초음속으로 날아가기 때문에 대공포든, 전투기든 2차 세계대전 수준의 방공무기로는 절대 막을 수 없다. 패트리엇을 가져온다고 해도 막기 어렵다. 공중에 기뢰라도 띄워 놓는다면 모를까. 여기서는 V2가 아니라 F2가 되겠지.

"페네뮌데 연구소에서 개발하고 있는 A4 로켓은 현재 막바지 완성 단계에 들어가 있습니다. 올해 후반기에 A4 로켓이 완성되면, 지금 투입된 F1 비행폭탄보다 훨씬 효과적으로 영국을 공격할 수 있을 겁니다. A4 로켓은 F1보다 사정거리도 좀 더 길고, F1보다 무거운 1톤 탄두를 탑재하는데다가 속도가 빨라서 요격도 불가능합니다. 무려 초속 1,600m로 날아갑니다. 소리보다 네 배 반이나 빠릅니다!"

나는 공군이 만드는 F1도, 육군이 만드는 A4도 가능한 전 공정에 독일인 노동자를 투입해서 생산하라고 특별히 지시했다. 실제 역사에서 독일이 노동의욕이 없는 노예노동자들에게 이 전략무기들을 생산하게 한 결과 수많은 불량품을 얻었다는 사실을 나는 잊지 않았다. 차라리 전선에 1개 사단을 덜 보내고 말지, 제대로 날아가지도 않는 미사일 수백 발을 얻어서 뭐에 쓰란 말인가.

"공군 총사령관께서도 F1은 속도나 형태가 좀 빠른 비행기 수준이므로 경로만 파악하면 전투기나 대공포로 얼마든지 요격할 수 있다고 방금 스스로 인정하셨지 않습니까? 게다가 고정시설인 발사대만 파괴하면 아무리 많은 F1을 가지고 있어도 발사할 수가 없습니다. 하지만 A4는 아예 처음부터 차량으로 견인하는 이동식 발사대를 사용하도록 개발되었습니다. 고정 발사대가 없는 A4는 적이 탐지하지 못하는 곳으로 자유롭게 숨어 다니며 공격할 수 있습니다. 고로 A4는 적이 어떤 수단을 써도 막아낼 수 없는 공포를 안겨줄 것입니다."

자이츨러가 숨기고 말하지 않은 사실은 A4 제작비가 F1보다 훨씬 비싸다는 거다. A4 1기를 만들 돈으로 F1 48기를 만들 수 있다는 사실을 알고 있는 나로서는 과연 저 놈이 돈 들인 값어치를 할지 알 수 없었지만, 그래도 차마 개발을 중단시킬 수는 없었다. 왜냐고? V2잖아! 어떻게 V2를 역사에서 지워버릴 수가 있냐고(…). 자이츨러가 잠깐 말을 멈춘 사이 내가 나서서 내 로망을 채워주기 위한 이 무기를 변호했다.

"육군 참모총장이 말했듯, A4는 F1의 미흡한 부분을 채워주는 무기가 될 것이다. 이제 A4에게 F1에 이은 F2라는 명칭을 부여하니, 육군은 실전 배치를 서두르도록 하라. 이미 해군은 모기떼 작전에서 퍼붓는 로켓으로 영국 전체 해안 도시를 폭격하고 있고, 공군은 F1으로 야간에 런던을 폭격하기 시작했다. 육군은 밤낮으로 F2를 이용, 런던을 타격할 수 있을 테니 이제 영국인들도 다시 공습이 두려워 떨게 될 것이다. 그리고 자기네 폭격기가 독일 아녀자들에게 주는 위협에 대해서도 알게 될 거고, 이 잔인한 전쟁을 끝내야 한다고 생각하게 될 거다."

먼저 바르샤바나 로테르담, 런던, 베오그라드에서 민간인 거주지역을 폭격한 범인은 독일 공군이다. 하지만 지금 이 자리에서 그런 이야기를 할 수는 없지 않은가. 나는 그저 종전을 이끌어내기 위해 폭격이 필요하다는 이야기만 했다. 자, 이제 영국이 어떻게 나오려나?

## 7

"온다! 모스키토!"

초계비행을 돌던 야간 전투기 2대가 자기보다 저공을 비행하는 목표를 향해 급강하했다. 영국 공군이 만능열쇠처럼 활용하는 다용도 폭격기, DH-98 모스키토 편대가 F1 발사대를 파괴하려고 칼레로 날아오는 모습을 포착한 것이다. Bf110은 모스키토보다 속도도, 운동성능도 뒤졌지만 더 높은 고도에서 적을 보고 급강하할 수 있으니, 위치에서 유리했다.

"놈들은 F1 발사시설을 노리고 온 거다. 폭격만 방해하면 돼! 무리해서 덤비지 마라!"

Bf110을 타고 모스키토에게 두 번이나 격추당해 본 오스카 파이닝거 중위는 뒤따라오는 요기(僚機) 조종사 한스 부트 소위가 흥분하지 않도록 무전으로 자제시켰다. 모스키토를 상대해 본 경험이 없는 조종사들은 저 경쾌한 쌍발기를 둔중한 독일군 쌍발 폭격기와 비슷하게 생각해 버리곤 했기 때문이다.

하지만 모스키토는 독일군 쌍발기들과 차원이 달랐다. 워낙 기체 성능이 좋다 보니 Bf110들이 선공을 걸어도 손쉽게 회피한 뒤 도리어 반격해서 이쪽을 격추시켜버리는 일이 허다했다. 또한 폭격기를 노리느라 주의를 소홀히 하다가 폭격기대를 호위하는 모스키토에게 기습을 당하는 경우도 있었다.

"제길, 놈들이 눈치 챘다!"

독일 공군이 눈치 채지 못하게 할 요량인지 밀집편대로 비행하던 모스키토 4기는 뒤늦게 후방에서 접근하는 독일기를 발견하고 2기씩 양옆으로 갈라졌다. 파이닝거 중위는 원거리에서라도 사격할 걸 그랬다며 혀를 찼다.

– 중위님. 어느 쪽으로 붙을까요?

"왼쪽! 그쪽 놈들이 어째 좀 더 미숙해 보인다."

자칫하면 왼쪽 편대를 노리는 사이 오른쪽 편대가 뒤통수를 칠 수도 있다. 하지만 일단 뒤섞여서 난전으로 흘러가면 4:2라고 딱히 불리할 것도 없다. 기체 성능은 분명 저쪽이 우월하지만, Bf110보다 수가 많은 모스키토들은 자칫 오인사격을 할 가능성 때문에 함부로 방아쇠를 당길 수 없다는 제약이 있는 것이다. 게다가 시간을 끌다 보면 이쪽에는 통제소에서 파견한 추가 편대가 지원하러 온다.

비행기 여섯 대가 한참 엎치락뒤치락 하며 칼레 상공을 맴도는 참에 부트 소위가 흥분된 목소리로 외쳤다.

– 중위님! 녀석들이 폭탄을 버렸습니다!

"됐어! 이탈해서 기지로 돌아간다. 녀석들도 공중전이 임무가 아니니까, 우리가 돌아가도 쫓아오지는 않을 거다."

Bf110 편대는 꽁무니에 붙으려는 모스키토들을 뿌리친 다음 그대로 공중전이 벌어진 공역을 벗어나 내륙으로 날았다. 잠시 망설이던 모스키토들도 공중전에 미련은 없는 듯 바로 기수를 해협 방향으로 돌렸다.

## *8*

영국 공군은 밤마다 이렇게 F1 발사 기지를 노린 공습을 가해 왔다. 발사하지 않는 주간에는 하늘에서 볼 때 발사대가 눈에 띄지 않도록 위장을 철저하게 해두지만, 발사를 해야 하는 밤에는 숨길 수가 없기 때문이다.

야간에 발사원점을 확인해놓은 뒤 낮에 중폭격기 편대를 동원해서 그 일대를 아예 갈아엎어 버리기도 했는데, 노르망디와 플랑드르에 있던 발사기지 세 곳이 이 수법에 당해 완전히 폐허가 되어버렸다.

피젤러 사 연구진은 이에 대한 대응책으로 처음 사용하던 콘크리트 슬로프 대신 목재와 철근으로 제작하는 조립식 F1 발사대를 개발했다. 육군이 만들고 있는 F2 발사차량처럼 이동식으로 만들기에는 F1용 발사대가 너무 크다나. 하긴 F2는 로켓이니까 세팅한 방향대로 잘 날아가도록 고정만 시켜 줘도 되지만, 이 녀석은 아무래도 생겨먹은 꼴이 '비행기'라서 캐터펄트로 날려 줘야 하니 말이다. 활주할 거리가 필요하다.

여기에 해군이 모기떼 작전까지 강화하니, 영국 공군은 육지와 바다에서 쏟아지는 로켓 공격에 대처하느라 눈코 뜰 새 없이 바쁜 밤을 보내야 했다. 연안항공단은 주요 항구를 드나드는 항로 보호 임무만 해도 벅찬데 영국제도 전 해안선을 돌며 혹시라도 수중에서 로켓이 튀어나오지 않나 살펴야 했고, 공군 소속 폭격기 부대는 독일 도시 및 산업지대에 대한 전략폭격을 줄이고 F1 발사 기지를 찾으러 다녀야 했다. 덕분에 루프트바페는 원래 세계에서보다 훨씬 수월하게 전력을 보충하고 산업지대를 방어해낼 수가 있었다.

2년 만에 맹폭격을 받게 된 영국 국민들이 어떤 생각을 하고 있을지는 나로서는 알 수가 없다. 가능하면 전쟁을 끝내고 싶어졌기를 바라지만 뭐 알 수가 없으니.

분명 다우닝 가에 있는 저 골초에다 변태 제국주의자 영감은 런던이 완전히 폐허가 되어도 싸움을 멈추지 않을 양반이긴 한데, 영국은 민주국가니까 혹시 영국인들이 전쟁을 거부하게 되면 밀려날지도 모르지. 아니 근데 처칠 성격이면 영국 어디에서 반전시위가 발생했다고 해도 그냥 군대로 밀어버리고 보도 통제 때려버릴 것 같단 말이야.

아무튼, 서쪽은 좀 안정되었으니 동부전선에서 직면한 문제를 해결해야 할 순간이 왔다. 1942년 동계 전역 결과 독일군은 실제 역사에서 형성한 전선과 거의 일치하는 선까지 물러났다. 남부전선에서는 만슈타인이 활약해서 하리코프를 한번 내주었다가 도로 탈환했고, 이 과정에서 소련군에게 심대한 타격을 입혔다.

중부전선은 모델이 르제프 돌출부를 성공적으로 방어해낸 뒤 철수까지 완료하면서 소련군에게 최종적으로 엿을 먹였다. 북부전선은 그냥 레닌그라드를 둘러싸고 교착상태 유지.

아직은 동부전선에서 희망이 있다. 내가 살기 위해서, 그리고 수많은 죽음과 비극을 막기 위해서 어떻게든 이겨 보자. 자, 이제 1943년 하계 전역이 막을 올릴 시간이다. 쿠르스크로 향하려니 마음이 무겁다.

# 외전 2
# 작전 암호는 유인원 작전

## *1*

책상 위에 올라온 마지막 보고서에 결재 사인이 들어갔다. 서류철을 덮고 펜꽂이에 펜을 꽂은 금발머리 사나이가 자리에서 일어섰다. 옆에 서 있던 부관이 잔뜩 긴장하여 부동자세를 취했다. 자리에서 일어선 사나이가 창문 쪽으로 걸어가며 질문을 던졌다.

"오늘은 어떤 외부 일정이 있지?"

"10시에는 바르샤바 대학[1]에서 성적 우수자에 대한 표창 행사가 있습니다. 오후에는 게토 방문이 3시에 예정되어 있습니다. 바르샤바 게토를 운영하는 유대인 평의회 대표자들을 접견하시게 됩니다."

"죄다 지저분한 일정이군. 뭔가 좀 즐거운 행사는 없나?"

---

1 실제 역사에서 독일은 폴란드의 모든 대학을 폐쇄했다. 폴란드인은 독일의 농노 역할에만 충실하면 되었으므로, 고등교육 따위는 필요하지 않았기 때문이다. 폴란드 대학들이 보유하고 있던 주요 설비와 실험실들은 독일 대학들에 분배되었고, 바르샤바 대학 캠퍼스는 병영으로 사용되었다. 하지만 대학교육은 지하대학에서 계속되었으며 쫓겨난 학생들은 대개 반독운동에 참가하였다.

부관 아돌프 로젠하임 소령은 잠시 안절부절못했다. 이 냉혹무비한 성격을 가진 상관을 잘못 모셨다가는 어떤 불벼락, 아니 얼음벼락이 닥칠지 알 수 없었다.

"저녁에는 폴란드 자치정부 요인들과 만찬이 예정되어 있습니다. 식사가 끝난 뒤에는 독일과 폴란드 배우들이 함께 독일어로 총통의 생일을 축하하는 기념 연극 공연도 하고, 무도회도 열릴 예정입니다."

"연극 주제는 뭐지? 고전극인가?"

사나이는 부관을 정면으로 보면서 묻지도 않았다. 머리 위에 얹은 모자가 잘 써졌는지 거울을 들여다보고 있을 뿐이었다. 하지만 그 뒷모습만으로도 부관은 위축되었다. 170cm인 자신도 키가 큰 편이지만, 상관은 191cm나 되었으니까.

"아닙니다. 지난번 대전에서 러시아군에 맞서 제국군[1]과 함께 힘을 합쳐 싸운[2] 폴란드 의용군의 활약을 그린 최신 작품입니다. 각하께서도 마음에 드실 겁니다."

"짜르 제국주의를 타도하기 위해 어깨를 나란히 했던 용사들을 묘사한 연극이라. 지금 볼셰비키를 처단하기 위해 함께 하는 독일과 폴란드를 상징하는 작품이군. 좋아."

사나이는 만족한 듯 고개를 끄덕거렸다. 부관은 속으로 안도의 한숨을 내쉬었다.

"그럼 이제 나가 볼까."

머리끝부터 발끝까지, 새까만 친위대 정복을 어느 한 구석 흠잡을

---

**1** 독일 제2제정 휘하의 독일제국군을 가리킴.

**2** 폴란드의 대부분 영역은 러시아가 차지하고 있었으므로 폴란드인들의 증오도 러시아에 집중되었다. 독일과 오스트리아-헝가리는 이를 이용해서 폴란드 독립을 도와주겠다는 약속을 하고 폴란드인 부대를 편성해서 전쟁에 투입했다.

데가 없이 차려입은 당당한 풍채의 금발 사나이가 복도로 나가는 문 앞에 섰다. 대기하고 있던 집사가 나서서 공손하게 문을 열었다.

문이 활짝 열리자 바깥에 늘어서 있던 위병들이 일제히 받들어 총 자세로 경의를 표했다. 제국보안본부 장관이자 게슈타포 수장, 폴란드 총독, 친위대 상급대장 라인하르트 하이드리히는 고개를 끄덕여 부하들의 인사에 답하면서 계단을 내려갔다.

라지비우 궁[1] 정면 현관에 도착하자 전용 승용차가 기다리고 있었다. 이 자동차는 총통이 특별히 선물한 것으로, 다임러-벤츠에서 특별히 제작한 방탄차였다. 외관은 일반 승용차와 같지만 기관총이나 폭탄 파편 정도까지는 문제없이 막아낼 수가 있었다.

"난 이 차가 싫어. 바르샤바는 길거리에서 총성이 들리지 않을 만큼 안전한데 왜 방탄차 따위를 타야 하는 거지? 총통께서는 너무 걱정이 많단 말이야."

하이드리히는 오픈카를 타고 싶었다. 지난 두 달 동안 바르샤바 시내에서 독일 군인이나 관리에 대한 테러는 단 한 건도 발생하지 않았다. 바르샤바는 충분히 안전해졌건만 총통은 아직 하이드리히에게 방탄차 이외에 다른 교통수단은 절대 이용하지 말라고 금지하고 있었다.

"각하, 그렇긴 합니다만 그래도 총통께서 신경 써서 주신 선물이니 사용하셔야 하지 않겠습니까? 바르샤바가 얼마나 평화로운지 총통께서 확인하시면 각하께서 바라시는 대로 행하도록 허락하실 겁니다."

부관이 급히 비위를 맞추며 뒷문을 열었다. 얼굴을 찌푸린 하이드

---

1 현재 폴란드 대통령 관저. 본래는 1643년에 귀족 가문의 저택으로 지었으나 1818년에 러시아 황제가 임명한 폴란드 부왕(副王)이 관저로 사용하면서 통치자 공관이 되었다. 1차 세계대전 이후 폴란드가 독립하면서 총리 관저가 되었고, 2차 세계대전 중에는 독일 문화를 전파하는 〈독일의 집(Deutsches Haus)〉이 되었다. 전후 다시 총리 관저가 되었다가 지금은 대통령 관저로 쓰이고 있다. 가장 오래 이 저택을 소유했던 귀족 가문이 라지비우 가문이라 라지비우 궁이라고 부른다.

리히가 뒷좌석에 오르자 부관이 뒤따라 조수석에 올랐다. 승객을 모두 태운 운전사는 부드럽게 차를 출발시켰다. 역시 방탄차량인 호위차량 두 대가 앞뒤를 달렸고, 오토바이 여섯 대가 전후좌우를 둘러쌌다.

"가는 길에 눈을 좀 붙이겠네. 간밤에 잠을 좀 설쳤더니 피곤하군."

자동차가 바르샤바 거리를 달리기 시작하자 하이드리히는 눈을 감고 최고급 가죽 시트에 몸을 묻었다. 오늘은 1943년 4월 20일, 총통이 54세가 되는 생일이다. 폴란드에 부임한지 어느새 1년 반이 다 되어 가고 있었다.

하이드리히가 눈을 감은 채 심호흡을 했다. 지나간 기억들이 잠시 생각에 잠긴 하이드리히의 뇌리를 주마등처럼 스쳐갔다.

## *2*

"크라쿠프에 부임하신 것을 환영합니다."

'전임' 총독인 한스 프랑크가 현관에 서서 정중하게 하이드리히를 맞이했다. 말투는 정중했지만 딱딱하게 굳은 얼굴 표정은 숨길 수 없었다. 그 얼굴을 흘깃 보기만 해도 지금 프랑크가 어떤 기분인지 알 수 있을 정도였다.

"그동안 고생하셨소. 총통께서 내린 명령에 따라, 현 시간부로 폴란드 총독부령에 대한 행정권을 귀관에게서 환수하여 본관이 행사하겠음을 통보하는 바요."

프랑크는 아무 말도 하지 못했다. 그 앞에 선 하이드리히의 얼굴에는 어떤 감정적인 동요도 없었다. 주변에 서 있던 폴란드 총독부 인사들도 그 기세에 눌려 아무 말도 하지 못하고 굳은 자세로 서 있을 뿐이었다.

"바로 인수인계를 시작합시다. 총통께서는 빠른 진행을 원하시오."

프랑크의 비서가 급히 앞에서 길을 안내했다. 성큼성큼 걸어가는 하이드리히의 군홧발 소리가 총독부 청사인 바벨 성[1] 홀을 울렸다. 복도와 계단을 지나 총독 집무실에 도착한 하이드리히는 방 한가운데로 걸어가 거대한 책상 뒤에 있는 의자에 앉았다. 이제 그의 자리였다.

"폴란드 총독부가 설치된 지 시간이 얼마나 지났는데 귀관은 왜 아직도 바르샤바로 이동하지 않고 크라쿠프에 있는 거요?"

인수인계는 프랑크가 예상한 것과 전혀 다른 양상으로 전개되었다. 하이드리히는 프랑크가 책상 위에 준비해 놓은 여러 서류와 책자들을 훑어보는 동안 한 번도 고개를 들지 않았다. 프랑크는 무려 4시간 동안 한 마디 말도 하지 못하고 책상 앞에 서 있어야 했다.

"폴란드인들이 벌이는 파괴활동 때문입니다. 바르샤바에서는 독일 군인과 관리가 하루에 10여 명씩 죽어나가고 있습니다. 놈들 때문에 말입니다. 놈들은 지독하기가…."

문이 닫혀 있어서 부하들이 방 안을 들여다보지 못하는 게 다행일 뿐이라고 생각하던 프랑크가 힘겹게 입을 열었다. 하지만 하이드리히는 프랑크가 말을 다 끝내기도 전에 짧고 단호한 목소리로 허리를 끊었다.

"그건 당신이 무능하기 때문이오."

감정이라고는 담겨 있지 않은 차가운 비난을 받은 프랑크는 벼락에라도 맞은 듯 곧추서서 하이드리히를 쳐다보았다. 하이드리히는 순수

---

1 폴란드 전성기를 이끌었던 "대왕" 지그문트 3세가 건설했던 성이다. 한동안 왕궁으로 사용되었다.

한 얼음 같은 눈으로 프랑크를 바라보고 있었다.

"벌써 폴란드를 정복한지 2년이 지났소. 그런데 지금까지도 총독부가 바르샤바에 가지 못하고 크라쿠프에 있잖소? 파괴공작을 벌이는 폭도들이 아직도 활개치고 다닌다는 건, 귀관이 무능해서라고밖에 설명할 수 없소."

프랑크는 자신이 폴란드를 통치한 방법이 틀렸다고 생각하지 않았다. 폴란드인들은 분명히 독일인에 비해 격이 떨어지는 열등인종이었고, 자신이 열등한 존재임을 힘으로 깨닫게 해주어야 했다. '금발의 짐승' 하이드리히 자신도 전쟁 초기에 폴란드인을 학살하지 않았나.

하지만 지금 하이드리히는 프랑크가 잘못했다고 말하고 있는 것이다. 하이드리히는 반발을 용납하지 않는 인물이었다. 게다가 이 자는 독일제국 총통 아돌프 히틀러 유고시에 후계자가 되리라고 거론될 정도로 총애를 한 몸에 받고 있는 장본인이다.

"죄송합니다. 드릴 말씀이 없습니다."

하이드리히는 고개를 푹 숙인 프랑크를 잠시 말없이 바라보았다. 그리고 책상 위에 놓인 서류 중 한 장을 집어 들었다.

"폴란드 총독부령 내 정국을 안정시키려는 계획은 바닥부터 완전히 전면적으로 재수립할 예정이므로 귀관으로부터 설명을 받을 부분은 없소. 경제, 사회적인 부분 역시 마찬가지요. 귀관 밑에 있던 총독부 관료들을 전원 유임시킬 생각이니, 필요한 부분은 그들과 논의하겠소."

"그러시다면, 이제 폴란드에서 제 역할은…?"

"없소. 베를린으로 돌아가 총통께 귀환 보고나 올리시오."

프랑크의 얼굴이 걷잡을 수 없이 구겨졌다. 갑작스럽게 총독 자리에서 밀려났다고는 해도, 폴란드를 잘 모르는 하이드리히의 고문 노릇은 한동안 할 수 있을 줄 알았다. 그랬으면 부하들이나 폴란드인들에게도 어느 정도 위신이 섰을 텐데, 이렇게 개처럼 쫓겨나게 될 줄이야.

"프랑크 장관[1], 귀관이 총독직에서 해임된 건 문책임을 잊지 마시오. 귀공이 폴란드를 혼돈으로 몰아넣는 바람에 총통께서 크게 분노하셨음을 모르시오? 어서 가서 잘못이나 비시오."

프랑크는 시선을 바닥으로 향한 채 이를 악물고 두 주먹을 부르르 떨었다. 하지만 하이드리히는 그 모습을 보면서도 아무 말도 하지 않았다.

"알겠습니다…. 바로 기차를 타고 베를린으로 떠나겠습니다."

"현명하신 판단이오."

프랑크는 그 자리에서 기운 없이 몸을 돌려 방금 전까지만 해도 그의 것이었던 집무실 밖으로 나갔다. 하이드리히는 복도에서 멀어져 가는 발소리를 들으며 또 다른 서류를 펼쳤다. 폴란드 총독부령 전체를 새롭게 쇄신하려면 이 땅에 대한 정보를 충분히 많이 알아야 했다.

"정말 어지러웠지."

하이드리히가 눈을 감은 채 중얼거렸다. 한스 프랑크는 나름 총독부령을 훌륭하게 통치해 보려고 한 것 같았지만, 하이드리히가 본 총독부는 무능과 비효율이 넘쳐났다. 고치고 없애야 할 문제점들이 산더미였다.

개혁의 칼을 손에 든 하이드리히는 총독부 관료의 70%를 해임하거

---

1 한스 프랑크는 1934년부터 히틀러 내각에서 무임소장관(장관은 장관인데 국방장관, 외무장관처럼 명확한 담당부서가 없음)을 맡고 있었다.

나 직위를 이동시켰다. 협조하는 폴란드인들에게는 풍족한 혜택을 부여해주면서 다독였지만 반항하는 자들은 용서 없이 처단했다. 파괴분자들은 모조리 처형했고 연루된 자들은 아우슈비츠로 보냈다.

어떤 명령을 내리든 거스르는 이는 없었다. 총통은 하이드리히에게 폴란드 통치에서의 전권을 보장했고, 어떤 조치도 승인했다. 덕분에 지금 폴란드 총독부령은 한스 프랑크가 총독을 맡고 있던 2년 전과 비교하면 완전히 다른 세상이 되었다.

"각하, 도착했습니다."

눈을 뜨자 차가 바르샤바 대학 정문을 들어서고 있었다. 하이드리히는 흐뭇한 미소를 지었다. 이런 행사 하나하나가 폴란드인들이 독일에 대해 호감을 갖도록 만들 것이다. 하필 총통의 생일에 장학금을 받고, 독일 시정에 협력하고, 총독을 환영하는 움직임 하나하나가 말이다.

## 3

하이드리히가 바르샤바 대학 학생 대표들에게 표창장과 금일봉을 수여하며 축하 연설을 하고 있을 때, 거기서 좀 떨어진 주택 건물 안에서는 다른 모의가 행해지고 있었다. 얼굴이 잘 보이지 않을 만큼 어두컴컴한 방 안에 모인 이들이 격한 어조로 대화를 나누었다.

"오늘 하이드리히는 뻔뻔스럽게도 우리 폴란드 대학생들에게 독일과 폴란드 양국이 깊은 유대관계를 맺어가야 한다고 연설할 예정이라고 합니다."

모여 앉은 사람들은 치를 떨었다. 사실, 나치 독일과 폴란드 사이는 전쟁이 터지기 얼마 전까지만 해도 비교적 우호적이었다. 갓 집권한 히틀러는 폴란드와 5년 기한으로 불가침조약을 맺었고 폴란드는 이를 성실하게 지켰다. 두 나라는 체코슬로바키아를 함께 분할[1]하기도 했다.

만약 독일이 단치히 회랑[2]을 욕심내지 않고 소련과 맞서는 데만 집중했다면 폴란드는 독일과 계속 동맹국으로 남을 수도 있었다. 그 가능성을 날려버린 장본인이 바로 히틀러였다.

"더러운 놈들! 제 놈들 손으로 폐쇄했던 대학을 무슨 선심이나 쓰는 것처럼 다시 문을 열도록 한 것만 해도 구역질이 나는데 우리 폴란드 학생들이 히틀러의 생일을 축하하는 행사에 동원되다니!"

바르샤바 대학을 비롯한 모든 대학은 1939년에 폴란드가 독일 지배하에 들어간 이래 폐쇄되었다. 하지만 2대 폴란드 총독으로 부임한 하이드리히는 그동안 벌어진 모든 악행은 전임자인 한스 프랑크가 총통의 의지를 따르지 않고 독단으로 행동한 결과라고 공표했다.

하이드리히가 시행한 조치들은 폴란드인들의 민심을 상당 부분 되돌리기에 충분했다. 식량 배급이 50% 늘어났고 폐쇄된 학교가 다시 문을 열었다. 독일군과 친위대, 게슈타포, 자위단이 수시로 벌이던 학살은 중단되었고 소리 없이 체포되어 사라지는 사람들도 없어졌다. 강제노동력 징발도 완화되었고 독일에 간 노동자들은 상식적인 수준으로 대우를 받았다.

---

**1** 당시 폴란드는 체코슬로바키아 영토지만 폴란드계 인구가 다수인 테센 지방을 놓고 영토분쟁을 벌이고 있었다. 주데텐란트를 합병하기로 한 독일이 반독일 진영을 와해시키기 위해 폴란드에게 체코슬로바키아 분할에 동참하라고 제안하자 폴란드는 곧바로 참여하여 테센 지방을 점거했다. 이때 헝가리도 참여하여 헝가리계 인구가 다수인 남부 루테니아를 할양받았고 슬로바키아는 독립을 선언했다.

**2** 1차 세계대전이 종료된 뒤 연합국은 독일을 약화시키기 위해 폴란드를 재건하면서 독일 영토 일부를 분할하여 폴란드에게 넘겨줌으로써 폴란드가 바다로 나갈 수 있는 출구를 만들어주었다. 독일령 동프로이센과 독일 본토 사이에 낀 이 땅을 폴란드 회랑, 또는 이 지역에서 가장 큰 항구도시이자 국제연맹 위임통치령이었던 단치히의 이름을 따서 단치히 회랑이라고 한다. 히틀러는 이 단치히 회랑의 통과권을 요구하면서 폴란드와 전쟁을 일으켰다.

길에서 독일 군인과 관리를 보면 경례해야 한다는 규정도 없어졌다. 비록 제 가치에 미치지 못하는 헐값에다 현금이 아닌 독일 전쟁채권으로 주어지긴 했지만 몰수된 사업체에 대한 보상도 주어졌다. 사업체를 몰수당한 사업주가 게토에 있는 유대인이라고 해도 보상금이 나왔다.

상점에서 물건을 살 때 독일인이 우선권을 갖는다거나 대중교통에서 독일인이 먼저 좌석을 제공받는 조치는 폐지되지 않았다. 하지만 이 정도 사소한 제약은 참을 수 있었다. 나머지만 해도 한스 프랑크가 지배하던 시절과 비교하면 천지개벽이나 마찬가지였다.

자연히 폴란드 국민들이 독일에 대해 품고 있던 증오는 급격히 낮아졌다. 하지만 이런 상황은 당연히 수많은 사람들에게 우려를 불러일으켰다.

"저들이 잠시 고삐를 늦춘다고 현실에 안주해서는 안 됩니다! 독일군이 폴란드 땅을 떠나기 전까지는 어떤 우호도, 유대도 맺어질 수 없습니다. 우리는 폴란드가 진정으로 자유를 되찾는 그날까지 싸워야 합니다!"

"물론입니다. 오늘은 그 본격적인 투쟁이 시작되는 첫날이 될 겁니다."

준비는 갖춰져 있었다. 오늘 밤, 하이드리히는 자치정부 인사들이 주최하는 파티에 참석할 예정이다. 조국과 동포를 팔아먹고 있는 매국노들 말이다.

독일에 협력하는 폴란드 자치정부는 작년 10월 7일자로 성립되었다. 하이드리히가 부임한지 거의 1년, 독일이 폴란드 전역을 마무리한지 정확히 3년이 되는 날이었다. 독일이 지배하는 유럽에서 폴란드가 차지하는 역할을 확실히 하고자 한다는 게 명분이었다.

하이드리히가 내민 꿀을 바른 독당근들 중 가장 위험한 존재가 바로 자치정부였다. 언젠가는 폴란드가 다시 독립할 수 있다는 희망 중 가장 빠른 방법으로 보이는 그 독이 든 성배를 받아든 폴란드인들이 적지 않았기 때문이다. 하이드리히가 시행중인 유화조치 때문이었다.

만약 독일이 진정으로 폴란드와 손을 잡고자 한다면 이 정도 허울뿐인 온건책으로는 턱도 없다. 적어도 세 가지 진실성 있는 조치를 시행해야 했다.

먼저, 지금 강점하고 있는 폴란드 영토에서 물러나야 한다. 그리고 런던에 있는 망명정부를 바르샤바로 복귀하게 한 뒤 침략행위에 대한 사죄를 해야 했다. 침략에 의한 손해를 배상해야 함은 물론이다. 이 세 가지 조건이 먼저 충족되지 않는다면 어떤 제안도 속임수일 뿐이었다.

"오늘 밤 연회가 열릴 빌라노우 궁전[1]에 이미 우리 요원들이 잠입할 준비를 마쳤습니다. 하이드리히는 살아서 궁전 문을 나서지 못할 겁니다. 반역자들도요."

"그래. 여기 있는 우리 모두가 있으니까."

말없이 내민 눈길이 허공에서 맞닿았다. 런던에 있는 망명정부는 어떤 희생을 치르더라도 바르샤바의 교수형 집행인, 하이드리히를 제거하라고 명령했다. 하이드리히가 부리는 민족분열 술책 때문에 갈수록 저항조직은 세력을 잃었다. 이 사태를 방관할 수는 없었다.

"하지만 난 아직 좀 불안한데…이봐, 지금이라도 다시 생각해 줄 수 없겠나? 물론 하이드리히, 그놈을 죽이고 싶은 마음이야 굴뚝같지만 후환이 두려워. 가장 아끼는 부하를 잃은 히틀러가 가만히 있을까? 모

1 1683년 국왕 얀 3세(얀 소비에스키)가 건축한 궁전. 바르샤바에서 가장 아름다운 건축물로 손꼽힌다. 베르사유 궁전을 본뜬 바로크 양식으로 건축했으며, 폴란드 왕국이 망할 때까지 왕궁으로 사용되었다. 세계대전 중에는 독일군이 사령부와 병원으로 사용하여 전쟁의 해를 입지 않았다. 현재는 영빈관 겸 박물관으로 사용되고 있다.

든 폴란드인을 상대로 피의 보복을 할 거야."

물론 여기 있는 모두가 하이드리히 제거 작전을 기꺼이 동의하는 건 아니었다. 당연히 우려 섞인 의견을 내는 사람도 있었다. 허름한 신사복을 입은 중년 사나이 하나가 나섰다.

"지금도 독일인들은 온건 통치를 펴는 척 하면서도 저항조직원을 체포하면 연루된 사람을 샅샅이 찾아내서 처형하고 있어. 하이드리히 암살에 대한 반응은 지금 상상할 수 있는 여지를 넘어설 걸세. 우리야 죽어도 되지만, 무고한 사람들이 당할 걸 생각하면 솔직히 망설여지네."

"그래도 해야 합니다. 런던에서 내린 명령입니다."

모자로 얼굴을 가린 청년이 단호하게 쐐기를 박았다.

"연합국이 의심하고 있습니다. 지금 폴란드에서는 침략자에게 부역하는 배신자들이 늘고 있는데, 이대로 폴란드가 독일 편에 서는 것 아니냐고 말입니다. 우리는 결단코 하이드리히를 제거해서 폴란드 공화국이 아직 독일과 싸우고 있다는 사실을 전 세계가 알게 해야 합니다."

지난 4월에 아돌프 히틀러는 전 세계를 상대로 폴란드를 비롯한 전 점령지에 자유를 줄 의사가 있다고 발표했다. 심지어 그 뒤에는 자치정부 밑에 폴란드 국방군을 창설한다는 이야기까지 나왔다. 여기에 신이 난 자치정부는 독일에 한층 더 열렬히 협력하기 시작했다.

런던에 있는 폴란드 망명정부는 고민에 빠질 수밖에 없었다. 폴란드는 가장 먼저 나치의 침략을 받았고 지금까지도 싸우고 있었다. 하지만 영국, 그리고 미국이 도와주지 않는다면 폴란드는 독일과 싸울 수 없었다.

소련이 폴란드군 포로를 석방하지 않았기 때문에 지금 망명정부가 가진 병력은 5만 명밖에 되지 않았다. 전쟁 초기의 혼란 속에서 간신히 건져낸 군대와 해외 동포 출신 자원병들이었는데, 후자는 대개 폴란드계 미국인들이었다. 이들은 지금 아프리카 전선에 배치되어 있었다.

"망명정부는 지금 무척 난처한 입장에 처해 있습니다. 아프리카 전선에서는 독일군이 펼치는 완강한 방어 때문에 성과를 내지 못하고 있고, 본국에서는 반역자들이 늘고 있습니다. 우리가 전열에서 먼저 이탈하는 게 아니냐는 의혹이 쏟아지고 있어요. 뭐든 해야 합니다."

"그래서 생각해낸 방법이 고작 하이드리히를 죽이는 거란 말인가? 수천 명이 보복으로 살해당할지도 모르는데? 자네들 말마따나, 얼마나 많은 반역자, 아니 밀고자가 있는지 모르네."

전임 총독이었던 한스 프랑크는 독일군이 테러를 당하면 무고한 폴란드인들을 상대로 10배로 보복을 가했다. 독일군 사상자 1명당 폴란드인 정치범 – 말이 좋아 정치범이지, 노상에서 아무나 체포한 거나 마찬가지였다 – 10명을 총살했다. 당연히 분노가 하늘을 찔렀다.

하지만 하이드리히는 테러를 막기 위해 다른 방안을 채택했다. 지하 공작원 고발에 상금을 건 것이다. 독일군을 직접 공격한 자를 신고하면 1천 즈워티[1]를, 계획을 도운 자를 신고하면 3백 즈워티를 보상금으로 주었다. 지하운동원이 스스로 자수하면 사면도 해주었다.

심지어 하이드리히는 유대인들도 사냥개로 사용했다. 게토에 갇혀 물자도 없이 사람다운 대접을 받지 못하고 있던 유대인들은 하이드리히가 식량과 생필품을 지급하겠다고 제안하자 반독 지하운동원들을 밀고하는 충실한 개가 되었다.

물론 모든 유대인들이 나치의 개가 된 건 아니었다. 하지만 나치를

---

1 폴란드의 화폐 단위. 2차 대전 중 총독부 관할 지역에서 통용되던 즈워티는 독일 라이히스마르크와 2:1로 교환되었다. 금의 가격으로 환산하면 이 시기 1즈워티는 현재 화폐로 9000원 가까운 액수다.

위해 일하는 유대인이 극소수라고 해도 국내군에게는 상당한 타격이었다.

재물을 미끼로 해서 꼬드긴 결과는 무서웠다. 히틀러의 성명이 나온 4월 이후 동포들의 신고로 붙잡힌 국내군 대원만 해도 2백여 명에 달했다. 자치정부 경찰이나 게슈타포가 직접 수사해서 잡은 대원의 숫자는 말할 필요도 없었다.

이런 과정을 거쳐 잡힌 저항운동원들은 끔찍한 처벌을 받았다. 테러를 실행했던 지하조직원들은 전원 교수형을, 모의에 참여한 자들은 아우슈비츠, 트레블린카, 소비보르 등으로 보내져 강제노동형을 받았다. 누가 지하공작원인지 알면서 고발하지 않은 이들도 마찬가지였다.

"다행스럽게도, 하이드리히는 독일군에 대한 공격이 벌어져도 한스 프랑크가 했던 것처럼 무고한 폴란드인들을 인질이라는 이유로 처형하지는 않습니다. 당신이 걱정하는 그런 일은 안 일어나요. 그리고 연루되는 사람을 줄이기 위해 우리도 서로에 대해 전혀 모르지 않습니까?"

런던에서 온 젊은이가 비웃는 표정을 지었다. 사실이 그랬다. 런던에서 온 요원들도, 국내군 대원들도 서로가 어떤 사람인지 전혀 몰랐다. 그들이 알고 있는 사실은 상대를 만날 장소와 시각, 그리고 상대를 알아볼 수 있는 암호뿐이었다.

"하지만 이봐! 하이드리히는 그렇게 하고 있지만, 하이드리히를 제거한 뒤에 그 자리에 대신 앉을 놈도 똑같이 한다는 보장이 있나? 총애하는 부하를 잃은 히틀러가 한층 더 강한 보복을 할지도 모르지 않나!"

"설사 보복을 한다 해도, 해야만 합니다. 폴란드 국민으로서, 나치의 압제로부터 해방되기 위하여 마땅히 치러야 할 희생이니까요!"

런던 쪽 대원들이 자리를 박차고 일어섰다. 국내군 요원들도 당황해서 자리에서 일어섰다.

"당신들이 뭐라고 하건, 이미 준비는 완료되었습니다. 막으려고 해도 소용없습니다. 하이드리히는 오늘밤 끝장을 보게 될 겁니다."

런던에서 온 요원들은 그대로 방을 빠져나갔다. 남겨진 국내군 쪽 요원들은 한숨을 쉬며 서로를 바라볼 뿐이었다. 적극적으로 나서서 암살 실행을 막아보려고 했던 중년의 국내군 간부는 깊은 한숨을 쉬면서 두 손으로 머리를 감싸 쥐었다. 두 손이 부르르 떨렸다.

"저 멍청이들. 나치가 얼마나 잔인한 집단인지 잊은 건가?"

"타협하지 말고 끝까지 맞서 싸워야 한다는 말은 맞습니다. 하지만 우리가 해야 하는 저항은 적절한 선을 유지하면서 결정적인 반격을 벌이기에 적당한 시점까지 전력을 보존하는 일이지, 준비도 되기 전에 떨쳐 일어났다가 짓밟히는 게 아닙니다."

국내군이 세운 기본 전략은 연합국이 독일을 패배 직전까지 몰아붙였을 때 봉기하여 폴란드를 해방시키는 것이었다. 그러자면 최소한 서방 연합군이 라인 강까지 오든가, 아니면 소련군이 비스와 강[1]까지는 와 줘야 했다. 하지만 지금 상황은 어떤가?

미군은 참전도 하지 않았다. 영국군은 유럽에 발도 붙이지 못하고 있다. 소련군은 저 멀리 벨로루시와 우크라이나에 발이 묶여 있다. 독일이 전 유럽을 지배하는 상황에서, 섣부른 봉기는 파멸을 가져올 뿐이었다.

"런던에서 우려하는 바는 잘 압니다. 하지만 지금 하이드리히를 친

---

1 폴란드에서 가장 긴 강으로 바르샤바를 거쳐 폴란드 중앙부를 흐른다. 독일어로는 바이크셀 강, 영어로는 비스툴라 강.

다는 건 너무 과격한 조치입니다. 영국 정부가 무슨 압력을 넣었는지는 모르겠지만, 자칫하면 저들이 온건 통치라는 가면을 벗어던지고 대량 학살을 벌일지도 모릅니다. 2년 전 소련에서 했던 것처럼 말입니다."

독일군이 소련과 전쟁을 시작한 초기에 만 단위 대량학살을 수시로 벌였다는 사실은 이들도 알고 있었다. 독일군 내에 있는 폴란드계 독일인 또는 독일계 폴란드인 장병 중에는 소수일지언정 폴란드를 사랑하는 이들이 있었고, 이들이 정보를 알려주었던 것이다.

"한스 프랑크 시기 독일이 벌인 학살도 끔찍했지만 소련에서 벌인 정도는 아니었습니다. 놈들이 폴란드에서 똑같은 짓을 벌이도록 만들 수는 없습니다."

"하지만 저 젊은 놈들이 날뛰는 걸 어떻게 막는단 말인가. 독일과 싸워야 한다는 명분은 확실히 저들이 가지고 있는데…."

국내군 간부들은 한숨을 쉬었다. 적과 맞서 싸워야 한다는 당위성은 인정하지만 치러야 할 희생은 끔찍했다. 그렇다고 저들이 작전을 실행하지 못하도록 막을 수도 없었다. 설득해서 멈추게 할 시간이 없었다. 이제 작전 결행까지 단 몇 시간밖에 남지 않았다.

## *4*

"총독 각하께서 식에 참석해 주셔서 감사합니다. 혹시 잠시 식사라도 나누시겠습니까?"

"고맙소. 기꺼이 가겠소."

바르샤바 대학에서는 장학금 수여식 이후에 총장 주최로 간단한 오찬이 있었다. 의례적으로 건넨 초청에 하이드리히가 응하자 초대하는 말을 건넨 총장이 도리어 깜짝 놀랐다. 하지만 하이드리히는 태연한 얼굴로 안내를 청했다.

위험을 우려한 경호요원들은 얼굴빛이 새파래졌지만 하이드리히는 눈도 깜짝하지 않고 앞에 있는 접시들을 맛있게 비웠다. 설마 이 자리에 있는 수천 명이나 되는 학생과 교원들의 목숨을 걸고 하이드리히에게 독을 먹일 만큼 용기 있는 암살자는 없을 테니까.

식사를 마친 하이드리히는 유유히 차에 올라 다음 목적지인 바르샤바 게토를 향했다. 유대인 평의회 간부들은 모두 게토 바로 바깥에 있는 한 회의실에 모여서 하이드리히를 기다리고 있었다. 하이드리히는 유대인 평의회 의장 아담 체르니아코프[1]와 간단한 인사를 교환했다.

"오늘 여러분을 보자고 한 건 그동안 여러분이 총독부의 시정에 잘 협조한 데 대한 치하를 하고자 함이요. 하지만 먼저 문제점부터 지적하겠소."

바짝 긴장한 유대인 평의회 위원 24명은 아무 말도 하지 못하고 테이블만 내려다보고 있었다. 하이드리히는 유대인들이 어떤 태도를 취하고 있건 개의치 않고 자신이 준비한 비난하는 말을 내쏘았다.

"지금 게토에는 40만 명이나 되는 유대인이 있소. 하지만 유대인들은 하나도 쓸모가 없어. 총독부에서 지시하는 작업은 제대로 수행하지 않으면서 자기들끼리 암거래나 하고 있잖소."

암거래는 하루 5백kcal라는 부족한 식량 배급을 메우는 유일한 수단이었지만 유대인 위원들은 입도 뻥끗하지 못했다. 작업 평가도 마찬가지였다. 지금도 매일 6만 명이나 되는 유대인이 게토 밖에 나가 강제노동을 하고 있지만 하이드리히가 쓸모가 없다고 하면 없는 것이다.

---

1 실제 역사에서는 유대인 평의회 의장 자리가 주는 압박감을 버티지 못하고 1942년 7월에 자살했다. 강제수용소에 보낼 유대인을 유대인 평의회에서 스스로 선발하라고 요구하는 등, 나치가 유대인에 대한 억압적인 요구를 계속 강화했기 때문이다.

"앞으로도 게토가 계속 존속하고, 유대인들이 그 안에서 삶을 이어 나갈 수 있기를 바라시오? 아니면 솔로몬이 지은 옛 신전처럼 신화 속으로 사라지기를 원하시오?"

노골적인 협박에 유대인 위원들은 자기도 모르게 몸을 떨었다. 하이드리히는 자기 입 밖에 낸 협박을 실천할 힘을 가지고 있었다.

일단 하이드리히 휘하에는 마음대로 움직일 수 있는 무장친위대 3개 여단이 있었다. 게다가 히틀러에게 요청만 하면 독일 정규군도 얼마든지 동원할 수 있었고, 자치정부가 보유한 폴란드 경찰도 동원할 수 있었다. 그만한 전력이면 게토를 지워버리는 것쯤은 간단했다.

물론 그런 큰일을 해치우자면 내정 자치권을 가진 폴란드 자치정부와 협의 정도는 해야 한다. 하지만 하이드리히가 하겠다는데 감히 자치정부 따위가 막아설 리는 없었다. 그것도 대부분의 폴란드인들이 미워하는 유대인을 쓸어버리는 일이 아닌가.

"총독 각하, 저희는 총통을 위해서 저희가 할 수 있는 일이라면 어떤 일이든 최선을 다해 수행할 준비가 되어 있습니다. 그것이…저희가 가진 의무니까요."

체르니아코프가 힘겹게 한 마디 한 마디를 내뱉었다. 냉소적인 표정을 지은 하이드리히가 반문했다.

"총통을 위해 총을 들고 소련군과 싸우라고 해도 할 수 있겠소?"

"물론입니다!"

하이드리히는 유대인 위원들의 얼굴에 순간적으로 나타난 기대감을 놓치지 않았다. 병역은 곧 권리를 의미한다. 만약에 유대인들이 독일군복을 입게 된다면, 제3제국은 그들에게 사회적 지위를 보장해 줄 수밖에 없다. 유대인들도 그 점을 생각하고 저렇게 반색을 했을 터였다.

"알겠소. 하지만 우리 제3제국은 게토에 있는 유대인까지 받아들여야 할 만큼 병력이 부족하지 않소. 그대들은 독일제국을 오염시켰소. 오직 총통께서 자비를 베풀어 주신 덕분에 이곳에서 살 수 있음을 잊지 마시오. 우리가 폴란드인들을 풀어놓기만 해도 당신들은 끝장이오."

유대인 위원들이 약간이나마 품었던 기대는 곧 실망으로 돌아갔다. 하이드리히는 단지 유대인들이 독일을 위해서 어느 정도까지 일할 의사가 있는지 궁금했을 뿐, 쓸데없는 희망을 품게 할 생각은 처음부터 없었다.

"지금은 전쟁 중이라 유대인들을 어떻게 처리할지 확실히 결말이 나지 않았소. 하지만 어디까지나 아직 결정되지 않은 것 뿐. 총통께서 결단을 내리시기만 하면 바로 진행될 거요. 그날을 위해, 총통께서 그대들에게 호의를 가지실 수 있도록 최선을 다하시오."

"알겠습니다. 젊은이들이 쓸데없는 욕심을 부려 경거망동하지 않도록 잘 단속하겠습니다. 그리고 폴란드인들이 보이는 불온한 움직임도 가능한 세밀히 파악하겠습니다."

체르니아코프는 63세였다. 하지만 그는 39세밖에 안 되는 하이드리히에게 쉴 새 없이 굽실거렸다. 그가 과거에 인정받는 공학자였고 바르샤바 유대인 모두를 이끄는 지도자라는 사실은 전혀 중요하지 않았다. 오직 민족이 살아남는 것 외에는 아무 것도 중요하지 않았다.

"좋소. 내가 당신들에게 바라는 건 그 두 가지뿐이오. 그리고 노동자들은 일을 더 열심히 하는 게 좋을 거요. 그래야 식량을 제대로 배급받을 수 있을 테니까."

"알겠습니다."

유대인 지도자들이 자기 지시를 기꺼이 따를 준비가 되어 있음을 확인한 하이드리히가 자리에서 일어섰다. 딱히 여기 오래 머무르고 싶지는 않았다.

"부관. 여유 시간은 있겠지? 일단 공관으로 돌아간다. 잠시 쉬었다가 연회장으로 가자고."

"알겠습니다, 각하."

## 5

"놈이 도착했습니다."

"준비해. 매국노 놈들까지 모조리 쓸어버려야 한다."

리더인 스타니스와프 카친스키 중위가 예정보다 조금 늦게 도착한 하이드리히의 승용차를 바라보며 나지막하게 명령했다. 미리 도착해 있던 독일군 친위대 1개 소대가 현관 앞에 도열해서 하이드리히를 맞이하고 있었다.

차에 타고 대기하고 있던 자유 폴란드군 특공대원 7명은 동요하는 티를 내지 않고 조심스럽게 차에서 내렸다. 이들은 하이드리히가 감독하는 폴란드 자치정부 휘하의 폴란드 경찰 제복을 입고, 연회장을 경호하는 경찰관으로 위장하고 있었다.

가까이 다가가니 연회장 경호를 맡은 폴란드 경찰 책임자가 하이드리히 앞에 나서는 모습이 보였다. 침략자에게 굽실대는 그 모습을 보고 카친스키 중위가 침을 뱉었다.

"더러운 놈들."

기분 같아서야 지금 이 자리에서 총을 꺼내들고 놈을 처치하고 싶었다. 하지만 경호병력이 너무 많았다. 하이드리히 앞에 도열한 병력 외에도 여기저기에 독일군 병사들과 친위대원들, 그리고 폴란드 경찰들이 널려 있었다. 자칫하면 총을 꺼내기도 전에 제압당할지 몰랐다.

카친스키가 분을 삭이는데 부하 하나가 속삭이는 듯한 목소리로 투덜거렸다.

"매국노로 위장하려니 영 기분이 좋지 않습니다."

"하지만 식장에 잠입하려면 이 수밖에 없으니까."

자치경찰 내에 잠입해 있는 국내군 요원이 경찰 제복과 자동차를 준비해 주었다. 이 조직원은 경찰 내부에 있는 만큼 하이드리히가 얼마나 무시무시하게 저항운동을 분쇄해 나가고 있는지 잘 알았고, 그만큼 하이드리히 제거에 적극적으로 협조했다.

"그런데 정말 우리 7명으로 충분하겠습니까?"

불쾌한 기분을 떨치고 힘주어 걷기 시작한 카친스키 중위에게 대원 하나가 속삭였다. 카친스키는 돌아보지 않고 고개만 끄덕였다.

"충분해. 지금 하이드리히가 들어가는 모습 봤지? 실내에서 놈을 경호하는 인원은 부관과 호위병 2명뿐이야. 다른 경호병력은 모두 건물 밖에 있고, 연회장 경비는 폴란드 경찰이 맡고 있으니까. 저들도 상황을 파악하면 목숨을 걸고 놈을 지키려들지는 않을 거다."

"알겠습니다. 하긴 저들도 폴란드인이죠."

대원들은 코트자락 속에 살짝 손을 넣어 그 속에 숨긴 스텐 기관단총[1]을 확인하고 옷 위로 총 윤곽이 드러나지 않게 주의했다. 그리고 허리춤에 찬 수류탄의 위치를 다시 한 번 확인했다. 특공대원들과 지나

---

1 2차 세계대전이 발발한 후 덩케르크 철수작전으로 무기가 부족해진 영국군이 급히 개발한 기관단총. 간단한 구조로 싸고 빠르게 만들 수 있었지만 대신 고장도 잘 났다. 실제 체코 총독 대리로 있던 하이드리히를 암살한 유인원 작전에서도 작전에 투입된 스텐 기관단총이 고장 나는 바람에 체코 특공대가 하이드리히를 사살하는데 실패했었다. 대신 던진 수류탄에 하이드리히가 죽기는 했다.

친 다른 경찰관들이 이들을 흘깃거렸지만 딱히 말을 걸지는 않았다.

"저들은 우리를 행사 경비 때문에 증원된 타 지역 인력으로 생각하고 있을 거다. 다시 한 번 말해두지만 목표는 하이드리히 하나가 아니다. 연회장에 앉아 있는 자들이라면 누구든 가리지 말고 쏘아라. 모두 반역자들이니까."

카친스키 중위가 주변에 들리지 않도록 나지막하게 명령했다. 대원들이 막판에 동요하지 않게 하는 것도 리더의 의무였다.

"알겠습니다. 그런데 중위님, 이렇게 대놓고 일을 벌였다가 탈출할 수 있겠습니까?"

대원 한 명이 씩 웃으면서 말을 건넸다. 카친스키 중위도 미소를 지으며 답했다. 어차피 이번 임무가 자살이나 마찬가지라는 사실은 파견되는 순간부터 모두 알고 있었다.

"그럼. 비행기가 모시러 올 걸세. 궁궐 정원에 착륙할 테니, 올라타기만 하면 될 거야. 곧바로 야스나 고라 수도원[1]에 들러서 성모님을 배알한 뒤 런던으로 갈 거라네. 특별히 얀 자네가 제일 먼저 성모님을 뵙게 해 주지."

"영광입니다."

먼저 말을 걸었던 '얀'이라는 대원은 피식 웃으며 뒤로 물러섰다. 그런데 다른 대원 하나가 걱정스러운 표정을 지었다.

"저 중위님. 하나 여쭐 일이 있습니다. 연회에 온 사람들 중에 여자가 있으면 어떻게 합니까? 분명히 자치정부 놈들 중에 여자를 데려온 놈들이 있을 텐데요."

---

1 폴란드 서부 쳉스토호바 시에 있는 가톨릭 수도원. 폴란드를 지키는 수호성인인 〈검은 성모상〉이 보관되어 있는 장소이다. 17세기에 스웨덴이 폴란드를 침략했던 〈대홍수〉라 불리는 시기에 끝까지 항복하지 않고 버틴 요새 중 하나기도 하다.

"어쩔 수 없지. 가능하면 피해서 쏘되, 빗나가면 할 수 없는 일이다."

"알겠습니다, 중위님."

목소리가 들려온 쪽에서 한숨 쉬는 소리가 들렸다. 누군지는 알 수 없었지만, 카친스키 중위는 일부러 돌아보지 않았다. 돌아봐야 갈등만 생길 테니 뒤를 돌아보지 않고 앞을 향해서만 걸었다. 이제 목숨을 버릴 판에 그런 사소한 일에 신경을 쓸 수는 없었다.

사전에 건네받은 지도에 표시된 대로 복도를 따라 계속 걸어가자 마침내 연회장으로 연결되는 문이 나타났다. 폴란드 경찰관 두 명이 그 앞에 서 있었다. 그중 한 사람이 이쪽을 향해 말을 건넸다.

"자네들은 누군가?"

"볼라 지구[1]에서 온 지원병력이야. 연회장 경비에 투입할 인원이 부족하다고 해서 왔네."

"지원 인력이 온다고 하긴 했었지. 자네들, 증명서 보여줘."

"여기."

카친스키 중위는 경찰 내에 있는 조직원이 만들어 준 '진짜' 위조문서를 내밀었다. 잠시 중위의 얼굴과 서류를 번갈아 쳐다보던 경찰관이 서류를 내밀었다.

"그래, 들어가 보게. 총독이랑 즐거운 시간 보내기를."

"농담 말게."

중위와 부하들은 열을 지어 문 안으로 들어갔다. 문 앞에 서 있던 경비경찰들은 문을 닫은 뒤 다시 대기상태로 돌아갔지만 갑자기 무장 친위대 2개 분대 병력이 나타나면서 상황이 바뀌었다. 폴란드 경찰관

---

1 바르샤바를 나누는 행정구역 중 하나. 실제 역사에서는 1944년에 벌어진 반독일 봉기에서 폴란드 봉기군과 독일군이 벌인 교전 및 독일군의 의도적인 파괴로 완전히 폐허가 되었다.

들을 몰아낸 친위대원들은 살벌한 눈빛으로 주변을 위압했다.

### *6*

카친스키 중위와 대원들은 조용히 복도를 걸었다. 사전 정보대로 이 복도는 누구도 다니지 않아서 비어 있었다. 복도 측면에 문이 몇 개 있었지만 그 안에도 아무도 없는지 인기척이 전혀 나지 않았다.

10m 남짓한 이 복도만 지나면 하이드리히가 자치정부 인사들과 즐기고 있을 연회장이었다. 대원들은 다들 걸어가면서 코트 밑에 감추고 있던 스텐 기관단총과 수류탄을 꺼냈다. 총에 탄창을 결합하고, 바로 던질 수 있도록 수류탄 안전핀을 뽑았다.

"저 문만 통과하면 연회장이다. 정보대로라면 연회장 안에는 기껏해야 권총으로 무장한 자치경찰 십여 명밖에 경비병력이 없을 거다. 제지당할 걱정은 말고 있는 대로 퍼부어라."

이제 유인원 작전을 결행할 순간이다. 목숨을 버리기로 다짐한 대원들에게 더 이상의 지시는 필요하지 않았다. 문 앞에 선 특공대원들이 눈빛을 교환했다. 깊게 숨을 들이쉰 카친스키 중위가 문을 박찼다.

"죽어라, 하이드리히!"

특공대원 7명이 총을 겨누며 동시에 연회장으로 뛰어들었다. 연회장인 커다란 홀에는 30여 명이 앉을 수 있는 좌석이 마련되어 있었고 탁자에는 호화로운 요리와 술이 차려져 있었다. 하지만 모든 의자는 비어 있었다. 단 한 사람도 자리에 앉아 있지 않았다.

"함, 함정이다!"

사색이 된 특공대원들은 이 자리에서 빠져나가야 한다고 판단했다. 하지만 들어온 길로 돌아가려고 몸을 돌리기도 전에 길게 끄는 기관총 총성이 울렸다. 방금 지나온 복도에서 수백 개나 되는 탄환이 쏟아져 나왔다.

"으윽!"

어느새 복도에는 기관총을 든 독일군 병사들이 자리를 잡고 있었다. 제일 먼저 복도로 들어선 대원 한 명이 그 자리에 피범벅이 되어 쓰러졌다. 나머지 대원들은 급히 문 옆 벽에 붙거나 자리에 엎드려 탄환을 피했다.

"제기랄, 뒈져버려!"

문 옆에 붙어선 카친스키 중위가 급히 수류탄 하나를 복도로 던져 넣었다. 문 안쪽에서 폭음이 터지더니 길게 끄는 비명소리가 뒤이어 울렸다.

"탈출한다! 서둘러!"

문 양옆으로 피했던 특공대원들이 급히 복도로 들어섰다. 이들이 들어온 문은 닫혀 있을 테지만 선택의 여지가 없었다. 아직 사태를 제대로 파악하지 못했을 폴란드 경찰관들을 밀어 쓰러트리고라도 이 덫을 빠져나가야 했다.

"중위님! 적이 아직 있습니다!"

초연이 가득한 복도 저편에서는 또다시 총탄이 쏟아져 나왔다. 복도를 막은 놈들은 분명히 수류탄으로 해치웠다고 생각했는데 아닌 모양이었다.

"제기랄! 중간에 있던 문이로군…."

복도 중간에 있던 문이 함정이었다. 그 문으로 연결되어 있는 공간에 적이 매복하고 있다가 뛰어나온 게 틀림없었다. 완전히 덫이다. 이래서야 희생 없이 통과할 방법이 없다. 카친스키 중위가 이를 악물고 돌파 명령을 내리려는 참이었다.

"모두 손들어! 투항하면 생명은 보장한다!"

어느새 홀에 설치된 2층 난간에 회록색 군복을 입은 독일군 병사들이 빽빽하게 늘어서 있었다. 중대 병력은 족히 될 독일군 병사들이 소총, 기관단총, 돌격소총을 삐죽하게 내밀고 특공대원들을 겨누고 있었다.

"네놈들은 완전히 독 안에 든 쥐다! 지금 당장 무기를 버리고 손을 들어라. 총통 각하의 이름을 걸고 너희의 생명을 보장한다."

독일군 장교가 폴란드어로 크게 소리쳤다. 특공대원들은 절망에 빠질 수밖에 없었다. 적은 같은 층이 아니라 2층에 있고, 워낙 수가 많아 일제히 수류탄을 던진다 해도 한 번에 모두 제압할 수가 없었다. 잠시 양측이 겨눈 총구 사이에서 침묵이 흘렀다.

"다섯까지 세겠다. 하나, 둘."

특공대원들은 그 자리에 선 채, 또는 웅크린 채 절박하게 눈빛을 교환했다. 지금 이쪽에 총구를 겨냥하고 있는 적은 백여 명이 넘는다. 유일한 탈출로도 막혀 있다. 선택은 이 자리에서 죽거나, 투항하거나 둘 중 하나뿐이었다.

"셋, 넷!"

결심이 섰다. 이들이 여기 선 이유는 조국을 위해 목숨을 바치기로 서약했기 때문이었다. 적이 겨눈 총구가, 죽음이 두려웠다면 총을 잡지도 않았으리라.

"다…."

"폴란드 만세!"

독일군 장교가 마지막 숫자를 다 세기도 전에 특공대원들이 먼저 함성을 외쳤다. 그리고 누가 먼저랄 것도 없이 양측이 방아쇠를 당기면서 콩 볶듯 하는 총성이 홀을 울렸다.

2층에 있던 독일군 서너 명이 쓰러지는 사이 특공대원 여섯 명이 기대 있던 벽에 순식간에 수많은 물방울무늬가 찍혔다. 벌집이 된 시체가 일제히 바닥에 널브러졌다. 손에 들려 있던 수류탄 두세 발이 바닥에 떨어져 폭발하면서 폭풍과 파편이 주변을 휩쓸었다.

## *7*

"어제 만찬은 훌륭했어. 그렇지 않나?"

아침 햇살이 하이드리히의 집무실을 밝게 비췄다. 친위대 정복을 단정하게 차려입은 하이드리히가 너털웃음을 지으며 부관 로젠하임 소령과 이야기를 나누고 있었다.

"자치정부 녀석들 굳은 얼굴이 참 볼만했지."

"만찬은 예정대로 진행합시다. 먼지가 앉았으니 음식이나 새로 내오도록 하시오."

특공대원들이 모두 사살된 후, 하이드리히는 태연하게 홀로 들어가 자기 자리에 앉았다. 특공대원 한 명이 피투성이가 된 채 바로 옆에 쓰러져 있었지만 눈도 깜짝하지 않았다.

잔뜩 긴장하고 있던 자치정부 요인들이 하이드리히 옆에 나란히 앉았다. 만찬 내내 하이드리히는 즐겁게 웃고 떠들었지만 폴란드인들은 계속 굳어 있었다. 바닥에 널린 시체와 벽에 잔뜩 난 총알구멍을 보면서 태연한 상태를 유지하기란 불가능했으리라.

식사가 끝난 뒤 연극이 상연될 때도 폴란드인들은 긴장한 태도를 풀지 못했다. 하지만 하이드리히는 사뭇 즐거워 보였고, 만족스러운 표정으로 자리에서 일어서 공관으로 돌아왔다. 사살된 특공대원들은 파티가 모두 끝난 뒤에나 시신이 수습될 수 있었다.

"그런데 각하, 정말로 놈들과 연결된 연루자들을 색출하지 않으시겠습니까?"

"약속하지 않았나."

부관의 질문을 받은 하이드리히는 평온한 목소리로 답했다.

"암살 작전에 대한 정보를 제공하는 대신 연루자를 캐지 말아달라는 조건을 붙여서 제보가 들어오지 않았는가? 약속을 했으면 지켜야지. 나는 상대가 누구건 약속한 바는 지킬 줄 아는 사람일세."

"알겠습니다. 하지만 소관이 보기에는 놈들을 도와준 지하운동원들을 색출해야만 비슷한 사태가 재발하지 못하도록 할 수 있을 것 같습니다만."

부관은 걱정스러운 표정을 지었다. 하지만 하이드리히는 여유 만만했다.

"그럴 필요 없네. 놈들이 나름대로 철저히 꾸민 계획이 실패했어. 그것도 제대로 시작도 못 해보고 말일세. 그리고 우리는 이 사건의 전말을 사실 그대로 보도할 걸세. 나를 노린 암살자들이, 제보를 통해 사살되었다고 말이야. 그러면 어떤 일이 벌어지리라고 예상하나?"

대답할 시간을 주듯, 말을 멈춘 하이드리히가 탁자 위에 놓여 있던 커피 잔을 들어올렸다. 부관이 조심스럽게 고개를 끄덕였다.

"놈들 사이에…내분이 일어나겠지요."

"그래. 놈들은 밀고자를 색출하려고 자기들끼리 죽고 죽이느라 우리를 상대로 음모를 꾸밀 여유를 내지 못하겠지. 런던에 있는 놈들의 망명정부도 마찬가지야. 현지 협조자를 믿지 못하는 놈들이 어떻게 특공대를 또 보내겠나?"

하이드리히는 조용히 커피 향기를 즐겼다. 영국 해군 때문에 무역이 봉쇄된 탓에 커피가 수입되지 않은지 오래였지만, 그만한 지위에 있으면 커피 정도는 얼마든지 구할 수 있었다.

"우리는 이대로 보고 있기만 하면 돼. 지하운동 내부에서 분쟁이 일어날 거고, 패배한 파벌은 우리 쪽에 손을 내밀 거야. 그런 자들을 자치정부에 합류시키면서 조금씩 폴란드인들의 반감을 완화시켜나가면, 폴란드는 독일의 충실한 하인이 될 거야."

하이드리히는 조용히 창밖에 뜬 구름을 보면서 커피 한 모금을 목구멍으로 넘겼다.

총통은 하이드리히를 폴란드로 보내면서 폴란드인들의 민심을 얻고, 폴란드가 국가 체제를 유지하면서 독일을 돕는 존재가 되도록 만들라고 했다. 교육기관들을 재건하고 몰수된 재산에 대한 보상을 지급하며 자치정부를 수립한 것도 모두 총통의 명에 따른 일이었다.

하이드리히가 총독으로 부임하기 불과 몇 달 전까지만 해도 총통은 폴란드에 대해 전혀 다른 견해를 가지고 있었다. 폴란드 지식계급을 말살하고 폴란드를 영원한 독일의 노예로 만들라고 하던 총통이었다. 왜 갑자기 견해를 바꾸었는지, 그 이유에 대해서는 알 수가 없었다.

도대체 왜일까? 과거 총통은 폴란드 영토를 장차 독일인들을 이주시킬 농토로 만들겠다고 했다. 폴란드인들은 그 땅에서 일할 농노로만 존속하게 될 예정이었다. 당연히 고등교육도, 정치적 권리도 필요하지 않았다.

하지만 2년 전부터 총통의 태도가 갑자기 바뀌었다. 장차 폴란드를 헝가리나 슬로바키아, 루마니아와 같은 독일의 위성국으로 만들어 소비에트를 견제하는 동맹으로 활용하겠다는 지침을 내린 것이다.

"총알받이는 많을수록 좋다!"

총통은 크라코프로 가는 길에 베를린에 들른 하이드리히를 자기 집무실로 불러서는 세 시간에 걸친 장광설을 했다. 가톨릭을 신봉하는 폴란드인들은 슬라브인이기는 해도 충분히 충성스러운 독일인이 될 수 있고, 이는 수많은 폴란드계 독일인들이 이미 입증했다는 주장이었다.

하이드리히도 그 부분에 있어서는 총통의 견해에 동의했다. 친위대에만 해도 폴란드 조상을 둔 폰 뎀 바흐[1] 같은 대원들이 상당수 있었기 때문이다. 폰 뎀 바흐는 정신적인 문제 때문에 요양이 필요하다[2]는 총통 명령으로 2년 전에 퇴역하긴 했지만.

"귀관의 임무는 한스 프랑크가 엉망진창으로 만들어 놓은 폴란드 정국을 안정시키고, 폴란드인들이 우리 제3제국에 충성할 마음이 들게 하는 일이다. 그러자면 놈들에게 평화와 안정을 주어야 한다. 놈들이 귀관을 성군으로 여기도록 만들어라."

하이드리히는 혼자서 어깨를 으쓱였다. 자애로운 통치자인 '척'하는 건 내키는 일은 아니었다. 하지만 총통이 내린 명령은 명령이었다. 누가 알겠는가? 폴란드인들을 자애롭게 대한 일이 나중에 어떤 좋은 결

---

1 에리히 폰 뎀 바흐-첼레프스키. 본래는 폴란드계 가문 출신이지만 독일에 동화되었을 뿐 아니라 나치 무장친위대에 입대해서 무장친위대 대장까지 진급했다. 본래 성은 폰 첼레프스키였지만 폴란드 냄새가 너무 강해 폰 뎀 바흐-첼레프스키로 바꿨다가 아예 독일식 성인 바흐로 개성했다. 대전 중에는 주로 유대인 학살과 빨치산 토벌 임무에 주로 종사했으며, 그 과정에서 수많은 민간인을 학살한 것으로 악명이 높다. 그러고서도 사법거래를 통해 전범재판조차 받지 않았다.

2 폰 뎀 바흐-첼레프스키는 실제로 정신병을 앓고 있어서 전선과 독일 본토를 오가며 전투와 치료를 번갈아 수행했다. 1차 대전에서 입은 부상과 유대인 학살 과정에서 생긴 트라우마로 추측된다.

과로 돌아올지?

총통의 나이도 어느덧 54세다. 아직 한창 활동할 나이지만 슬슬 후계자를 생각해야 할 나이기도 하다. 만약 총통에게 장성한 아들이 있었다면 괜찮은 후계자 후보가 되었겠지만 하나도 없다. 만약 총통에게 무슨 일이라도 생긴다면 과연 그 자리를 물려받을 이는 누구겠는가?

과거 총통의 후계자로 공인된 이는 괴링과 헤스[1]였다. 하지만 1순위 후보자였던 괴링은 프랑스 레지스탕스에게 암살당했고, 2순위 후보자였던 헤스는 영국과 단독강화를 주선하겠다고 비행기를 몰고 날아갔다가 그대로 억류당했다. 지금 런던탑에 있으려나?

지금 총통의 후계자 자리를 다툴 사람은 힘러, 괴벨스 정도가 있을 뿐이다. 만약 헤스가 있었다면 총통 유고시 그 지위를 계승할 강력한 후보가 되었겠지만, 유감스럽게도 헤스는 지금 영국에 있었다. 게다가 정신병자로 선포된 이상 돌아온다 해도 후계자가 될 가능성은 없다.

하이드리히는 커피 냄새를 맡으며 잠시 생각에 잠겼다. 괴벨스는 선전장관으로서 이름을 떨치고 있기는 하나, 권력도 군사력도 없다. 괴벨스는 어디까지나 총통으로부터 전해지고 있는 힘을 가지고 위세를 부리고 있을 뿐이었다.

하지만 힘러는 다르다. 힘러는 친위대라는 영지를 가지고 있다. 괴벨스가 언론을 가지고 자신이 정당한 후계자라고 아무리 떠들어 봐야 친위대가 군화 소리를 울리기 시작하면 도망칠 수밖에 없다. 국방군이 끼어들지 않는 이상 친위대는 최강의 정치적 무력집단이니까 말이다.

"그렇다면, 내가 폴란드라는 영지를 활용하지 말라는 법이 없지."

---

1 루돌프 헤스(1894~1987). 나치 독일의 부총통. 나치당 창립 당시 히틀러의 심복 중 하나였고, 히틀러의 자서전인 〈나의 투쟁〉을 정리한 사람이기도 하다. 초기 정치 활동에서의 공으로 부총통 지위를 받았으나 충성심만 강할 뿐 딱히 능력은 없어서 명목상 괴링에 이은 서열 3위일 뿐 실권은 없었다.

"예? 뭐라고 하셨습니까?"

"아니, 혼잣말이 나왔을 뿐이다. 신경 쓰지 말게."

부관을 제지시킨 뒤 하이드리히는 몇 가지 뒤로 미뤄놓았던 사항들을 떠올리기 시작했다. 국가보안본부와 폴란드를 기반으로 괴벨스와 힘러에게 맞서려면 모든 정보를 활용할 필요가 있었다. 하이드리히의 손가락이 움직이더니 서류철 하나를 뽑아들었다.

발터 셸렌베르크. SD(친위대 정보부)국장이자 제국보안본부 차관.

괴링이 암살당하던 시점 직전부터 셸렌베르크가 총통관저에 여러 차례 드나들었다는 사실을 하이드리히는 잘 알고 있었다. 괴링이 죽은 뒤에도 셸렌베르크는 수시로 총통 관저에 드나들었다. 자신의 부하이면서도 총통과 만나는 문제에 대해서는 일체 보고하지 않았다.

셸렌베르크가 총통과 이야기를 나누는 이유는 필시 하이드리히 자신을 거치지 않은 정보 입수일 가능성이 높았다. SD에는 총통이 이상할 정도로 관심을 갖는 일본 정보를 담당하는 부서가 속해 있으니까.

어쨌든 셸렌베르크가 지금 담당하고 있는 정확한 역할을 파악할 필요가 있었다. 그래야 유사시에 그 임무를 방해하든, 인수받든 할 수 있으니까 말이다. 하이드리히는 백지를 펼쳐 셸렌베르크 파일에 적힌 주요 내용을 메모하기 시작했다.

# 18장
# 레닌그라드 포위망 무너지다

## *1*

만슈타인이 제4차 하리코프 공방전에서 승리하고 하리코프를 탈환할 무렵, 동부전선 중앙에 있는 쿠르스크에는 소련군이 형성한 거대한 돌출부가 아군 쪽으로 튀어나와 있었다.

게임이라면 여기서 곧바로 베를린을 향해 어택땅을 찍을 수도 있겠지만, 실제 전쟁은 삼국지 게임이 아니니까 소련군이 설마 여기를 기점으로 베를린 레이스를 펼치지는 않겠지.

하지만 현실적으로 생각하면 베를린 레이스보다 갈라져 있는 적에 대한 포위전을 시도할 가능성이 훨씬 높다. 여기서 출격한 소련군은 동부전선 북쪽이건 남쪽이건, 어느 한 쪽에 대한 대규모 포위기동을 실시할 수 있으므로 이 돌출부는 아군에게 심대한 위협이었다.

라스푸티차가 오면서 잠시 전황은 소강상태로 들어간 상태다. 하지만 매일 아침저녁으로 두 차례씩 진행되는 일일보고에서는 호들갑스런

참모들이 새떼처럼 떠들어댔다. 동부전선이 얼마나 심각한 상태인지에 대해 이 소리 저 소리 해대는 잡소리들을 듣고 있으려니 귀도 아프고 머리도 아팠다. 머릿속이 혼란스러워지자 내가 참모들에게 회의 시간에 발언할 자유를 너무 많이 허락해준 게 아닌지 후회되었다.

"자네들, 쿠르스크 돌출부를 제거하기 위해서 가장 쉬운 방법이 뭔지 아나!"

내가 갑자기 소리를 지르자 서로 말다툼을 하던 다른 참모들이 일순간에 입을 다물었다. 회의실 안에 있는 다른 인원들이 서로 눈치를 보며 언뜻 말을 꺼내지 못하고 머뭇거리는 사이, 국방군총사령부 작전국장 요들 대장이 총대를 메고 나섰다.

"그야 남북 양 측면에서 공세를 가해 돌출부를 잘라내는 것 아니겠습니까?"

당연한 질문을 왜 하느냐는 듯 의아한 어조로 대답하는 요들을 향해, 나는 진지하게 입술을 앙다물며 고개를 가로저었다.

"아니! 그건 돌출부를 정면으로 밀어내는 것보다는 쉬울지 몰라도 상당히 어려운 방법일세. 나는 정말로 '돌출부를 없애는 가장 쉬운 방법'을 아는지 귀관에게 물어본 거야."

"소관으로서는 방금 말씀드린 방안보다 더 쉬운 방법을 모르겠습니다."

어리둥절한 표정을 짓는 요들을 보고 나는 짐짓 한숨을 쉬었다. 그리고 자리에서 일어서서 엄숙한 목소리로 내가 낸 질문에 대한 답을 스스로 밝혔다.

"그건 말일세! 우리가 북부집단군과 남부집단군을 모두 철수시켜서 전선을 평준화시켜버리면 된다 이거지! 부지에 산이 있을 때 산을 깎아내는 것도 평지를 만드는 방법이지만, 바닥을 산과 같은 높이로 돋워도 평지가 만들어지지 않는가!"

"아…그건, 그건…확실히 그렇긴 합니다만…"

시끄러운 소리들을 닥치게 하고 싶었지만 험한 말을 쓰고 싶지는 않았다. 그래서 대신 시도해 본 아재개그는 효과 만점이었다.

요들은 '이거 웃어야 하나?'하는 표정으로 입을 반쯤 벌린 채 말을 잇지 못했고, 젊은 참모장교들은 뜨악한 표정으로 자기들끼리 시선을 교환했다. '아침꾼' 카이텔조차 멍한 표정으로 내 얼굴을 바라보다가 나와 눈이 마주치자 급히 시선을 돌렸다. 분위기가 확 가라앉자 나는 차분하게 다시 자리에 앉았다.

"자, 그럼 기분을 한번 일신했으니 아까 시끄럽게 주고받은 말들은 다 없었던 것으로 하고 동부전선 상황을 다시 정리해 보도록 하자. 쿠르스크 돌출부는 분명히 제거되어야 한다. 그래야만 동부전선이 안정될 수 있고, 아군은 점령지를 안정화시킬 수 있다. 자네들은 쿠르스크 공략을 성공적으로 해치우려면 어떤 조건이 필요하다고 생각하는가? 아까처럼 중구난방으로 떠들지 말고 차분하게 의견을 제시해 보게."

방금 전까지 활발하게 의견을 개진하던 이십여 명에 달하는 참모들은 모두 입을 다물고 있었다. 아마 내 의중이 뭔지 파악하지 못해서이리라. 잠시 기다려도 아무도 입술을 떼지 않기에 내가 먼저 생각을 밝혔다.

"쿠르스크 돌출부를 없애려면 필요한 요건은 두 가지다. 일단 그 넓은 교두보를 쳐부수기에 충분할 만큼 병력이 있어야 하고, 두 번째는 볼셰비키들이 우리 전략목표를 오판하게 하는 것이다. 이 두 가지 요건이 충족되지 않는다면, 우리는 소련군 돌출부를 제거할 수 없다. 그리고 종내는 소련군에게 패배할 것이다."

참모들은 잠자코 내 말에 수긍했다. 나는 차분히 의자에 앉은 채로 (참, 여기 있는 의자는 내 것 하나뿐이다) 지시했다.

"우리가 많은 병력을 동원하려면, 점령지 후방을 얼마나 안정화시키느냐 하는 것이 관건이다. 우리 지배하에 들어온 소련인들이 통제에 잘 따를수록 우리는 독일군을 전방에 투입하고 후방 치안은 우리 편에 선 부역자들에게 맡길 수가 있다. 지금 우리 편에 선 소련인들은 규모가 얼마나 되지?"

대령 하나가 서류를 찾아 보고했다.

"발트 3국 국방군이 현재 15개 사단, 모두 북부집단군에 배속되어 싸우고 있습니다. 리투아니아군 6개 사단, 라트비아군 4개 사단, 에스토니아군 5개 사단입니다. 무장친위대에서 이 부대들을 자기 관할로 전속시켜달라고 계속 요구하고 있습니다만…."

"안 돼! 발트인들은 자기 나라를 찾기 위해서 독일에 협력하는 것이지 독일인이 되기 위해 싸우는 게 아니잖나. 지금까지처럼, 발트 국방군으로서 우리 국방군이 보급 및 통솔권만 갖는 것으로 한다. 친위대에는 독일인 및 타 국가 출신 자원자만 넣도록 해. 발트 일대에 친위대 모병소를 설치하는 정도는 인정하겠지만, 부대원들이 원하지도 않는데 부대 전체를 친위대에 강제 편입시키는 행위는 허락할 수 없다."

나는 이쪽 세계에 오기 전, 2차 세계대전에 대해 그저 관심만 가지고 있던 시절에도 힘러가 수단 방법을 가리지 않고 친위대 세력을 확장하려 기도하는 모습을 참 혐오했다. 전쟁 말기 친위대 병력 중에 독일인이 아닌 사람이 얼마나 많았는지, 그리고 선전 목적으로 창설한 이름뿐인 부대가 얼마나 많았는지 생각하면 당연한 일이다. 게다가 그게 다 순전히 힘러가 욕심을 부린 탓이었으니 말이다.

물론 유럽 각지에서 반공을 위해 몰려드는 지원병들을 국방군에 입대시키기는 곤란한 것도 사실이다. 독일 국방군은 본질적으로 독일 국가를 위해 충성하는 조직이니까 말이다. 독일인이 아닌 외국인들에게 독일 국가에 대한 충성을 요구할 수는 없었다.

발트 국가들처럼 국가 단위로 대부대를 구성한 이들이라면 이탈리아군이나 헝가리군처럼 동맹군 형식으로 국방군에 임시로 배속해도 된다. 그러나 반공을 위해 개인적으로 싸우러 온 외국인 지원병들을 수용하려면 어쩔 수 없이 무장친위대를 일종의 외인부대로 활용하는 수밖에 없다. 하지만 나로서는 무장친위대를 필요 이상으로 확장할 생각은 전혀 없었다.

"그러고 보니 나치당이 갖는 지위를 규정하는 법안과 함께 무장친위대에 나치당이 모집한 의용군으로서 법적 지위를 부여하는 무장친위대 조직법을 준비하라고 했었지. 공포할 준비가 다 되었나?"

"저, 총통. 법무국장은 일일보고에 참석하지 않습니다."

요들이 귓가에 대고 속삭였다. 잊고 있던 사실을 듣자 절로 인상이 찌푸려졌다. 원래 세계에서 무장친위대가 법적 근거가 없는 범죄집단으로 취급받았던 일 때문에 이 문제를 꼭 확실히 해놓겠다고 마음먹었던 것이다. 진즉에 해결해 놓았어야 했는데, 지난 2년 동안 그만 까먹고 있었다.

"제길, 그 문제는 나중에 논의하도록 하지. 그래, 발트 국방군 이외에 우리 편에 선 소련인들 규모는 얼마인가?"

"블라소프 장군이 이끄는 러시아 해방군 병력은 18만입니다. 러시아인 이외에 다른 소수민족 출신 포로들로 편성한 부대가 약 4만, 가장 많은 인원을 확보한 우크라이나 해방군이 25만, 벨로루시 국방군이 12만입니다. 하지만 우크라이나 해방군이나 벨로루시 국방군은 대부분 민간인 출신이다 보니 전선에 내보낼만한 역량이 안 돼서, 후방 지역에서 치안 유지 임무만 맡고 있습니다. 그 외에 카민스키 여단과 같이 각 지역에 결성된 민병대가 40만 정도 됩니다. 이들과 맞서는 빨치산 세력은 대략 20만 정도로 추산됩니다. 빨치산 중에는 소련군 낙오병이나 모스크바에서 낙하산으로 투입한 요원들도 있지만 대다수는 지역 주민입니다."

보고를 받은 나는 잠시 한숨을 쉬었다.

그렇게 잔학행위를 금지하고 소련인들에게 우호적으로 대하려고 노력했는데도 20만을 넘는 빨치산이 활보하고 있다니, 한숨을 쉴 수밖에 없었다. 이건 작년 이맘때보다 도리어 늘지 않았는가.

"빨치산이 아직도 점령지를 활보하고, 그 뿌리를 뽑지 못하고 있는 이유는 민병대 놈들이 잔학행위를 저지르기 때문이다. 재판 없이 임의로 빨치산 혐의자를 처형하거나 민간인에 대한 폭행, 방화, 강간 따위를 저지르는 놈들은 모조리 체포해서 처벌해야 해!"

"총통, 그런 명령을 내리시면 그 민병대들이 빨치산으로 탈바꿈할지도 모릅니다. 놈들이 저지르는 야만적인 행각이 눈에 거슬리시겠지만, 전쟁이 끝날 때까지만 잠시 참으십시오. 어차피 슬라브 놈들끼리 죽고 죽이는 중이니, 내버려 두셔도 됩니다."

참모들이 하는 조언을 들은 나는 말없이 팔짱을 끼며 혀를 찼다. 에휴, 슬라브인도 다 사람이라고 이 자식들아. 어쩔 수 없는 나치 패거리들 같으니.

"어쨌든 이 부역자들 덕분에 우리는 치안유지를 위해 후방에 배치해야 할 병력을 적어도 80만 명 이상 절약할 수 있습니다. 그만큼 전선에 더 많은 병력을 보낼 수 있으니 우리로서는 우크라이나인이나 벨로루시인들이 친소주의자들에게 다소 잔혹하게 대한다고 해서 나무랄 수가 없습니다."

"그래, 그래. 알겠네."

## 2

"그러면 그 다음은 스탈린이 우리 의도를 오해하도록 하는 것인데…."

참모들이 살짝 내 눈치를 보았다. 이런 경우, 대개는 내가 기본적으로 전략방향을 잡아 놓으면 참모들이 세부적으로 살을 붙이는 방향으로 진행되기 때문이다. 1941년 말, 내가 본격적으로 전략 수립에 손을 대기 시작한 이후로는 늘 그랬다. 아니, 내가 이 몸으로 들어오기 전에도 그랬겠지, 아마? 하여튼 나는 조용히 입을 열었다.

"우리 목표는 스탈린이 먼저 춘계공세에 나서게 하는 것이다. 그리고 공세에 나선 소련군을 함정에 몰아넣어 괴멸시켜 타격을 입힌다. 이로써 놈들이 가진 예비전력을 소모시킨다."

"스탈린이 먼저 공세를 말입니까? 이미 하리코프 방면에서 패했는데요?"

"그래. 남부에서 패했으니 다른 방면에서 재공세를 펼치게 해야지. 북부에서 말이야."

북부에서 소련이 공세를 펼치게 유도한다는 내 계획을 들은 참모들은 또 눈이 동그래졌다.

"총통, 이미 남부전선에서 한번 패한 소련군입니다. 벌써 봄이 되었는데 북부에서 또 한 번 공세를 가할 여력이 있겠습니까? 무리라고 판단됩니다."

"공세에 나설 수밖에 없게 만든다."

여전히 내 의도를 이해하지 못한 참모들은 의문에 찬 눈길을 보내왔다. 나는 차분히 설명했다.

"요는, 소련군에게 북부집단군이 대규모 하계공세를 계획하고 있다고 믿게 해서, 이를 선제적으로 제압하기 위한 파쇄공격에 나서게 만드는 것이다."

나는 지휘탁자 위에 펼쳐 놓은 동부전선 상황지도를 지휘봉으로 짚었다.

"현재 북부집단군이 견지하고 있는 전략목표는 레닌그라드를 봉쇄한 상태에서 전선을 유지하는 것이다. 정치 및 산업 중심지인 모스크바 방면을 공략할 수 있는 중부집단군이나 자원 생산지역인 우크라이나, 캅카스를 노릴 수 있는 남부집단군과 달리 북부집단군은 레닌그라드를 점령하고 나면 딱히 그 뒤로 더 노릴 목표도 없으니까 말이지."

소련 지도를 펼쳐 보면 레닌그라드 이후로 목표가 될 만한 다른 대도시가 없는 걸 쉽게 알 수 있다. 게다가 이 지역은 겨울이면 매우 춥고, 우크라이나처럼 곡물이나 석탄 같은 자원이 대량으로 생산되는 지역도 아니다. 곧바로 얻을 수 있는 자원이라고 해 봐야 목재 정도…. 때문에 북부집단군은 레닌그라드 점령을 포기한 뒤로 현상유지만 목표로 하고 있었다.

"소련군도 우리가 북부 전선에서 공세에 나서리라고는 예상하지 않을 거다. 하지만 우리는 바로 이 점을 노린다. 잡아들여서 전향시킨 일부 공산당 첩자들을 사용해서, 북부전선에서 우리가 공세를 시작할 예정이므로 먼저 선제공격에 나서라는 정보를 스탈린에게 넣는 거다."

"하지만 총통. 레닌그라드 함락이라는 상징적인 전과 이외에 북부 전선에서 공세를 펼쳐서 우리가 얻을 수 있는 다른 이점이 있습니까? 게다가 레닌그라드는 방어태세가 워낙 굳건해서 공략이 거의 불가능합니다. 물론 가능하기만 하다면야 소련 발트함대를 격멸하고 발트해를 완전히 장악할 수 있게 되는 건 환영할만한 일이긴 합니다만."

"아니, 아니! 우리가 정말로 공세를 하는 게 아니야. 스탈린이 착각하게 만들 수 있으면 그걸로 족해. 레닌그라드 따위는 놈들에게 넘겨줘도 괜찮다. 그리고 스탈린이 치고 나오게 만드는 우리 공세 목적은 레닌그라드 함락이 아니다. 모스크바 포위야!"

"모, 모스크바 포위라고 말씀하셨습니까?"

눈이 동그래진 요들의 반응을 보며 나는 힘 있게 고개를 끄덕였다. 북부집단군을 이용한 모스크바 포위 전략은 〈강철의 파도〉에서라면 아주 효과적으로 진행할 수 있으리라. 하지만 안타깝게도 현실에서 실행하기는 힘들었다. 현실은 게임도, 소설도 아니니까.

"일단 북부집단군은 명목상으로는 레닌그라드 함락을 목적으로 공세를 준비한다. 하지만 북부집단군이 부여받은 '진짜' 목표는 레닌그라드 주둔 소련군을 봉쇄한 상태에서 동쪽으로 치고 나가는 것이다. 그리고 방심하고 있는 북부 전선 방면 소련군을 쳐부순 뒤, 무르만스크 철도를 차단하고 아르한겔스크를 함락시켜 미국과 영국이 소련에 원조물자를 보내는 통로를 차단한다. 그 다음, 모스크바 배후로 돌아 모스크바 자체도 시베리아로부터 차단한다."

여기서 잠시 설명을 멈추고 둘러선 참모들이 어떤 표정을 짓는지 한 번 휙 둘러보았다. 멍한 표정, 이해하지 못해 찌푸린 표정 등이 펼쳐진 광경을 보면서 나는 대놓고 씩 웃었다.

"무르만스크 철도와 아르한겔스크를 빼앗으면 서방으로부터 모스크바에 물자가 도착하는 가장 빠른 길을 끊게 된다. 서방이 소련으로 보내는 물자를 받을 수 있는 창구는 멀리 우회해야 하는 이란 경로와 시베리아 경로밖에 남지 않고, 그나마 이란 경로는 우리 특수부대가 포섭한 반소 게릴라들이 수시로 타격하고 있다."

42년 하계 공세 시, 나는 아프베어에 명령해서 캅카스 및 이란 북부 지역에 공작원을 침투시키게 했다. 이 지역에는 압제자이자 침략자인 공산당을 몰아낼 수만 있다면 뭐든 하겠다고 눈에 불을 켜고 있는 산악부족 전사들이 넘쳐났다. 대부분 무슬림인 이곳 전사들은 신을 믿지 않는 공산주의자들이 지배하는 소련에 대해 무한한 적개심을 가지고 있었다.

이들은 우리 요원들이 선동을 벌이면서 약간의 무기를 제공한 것만으로도 기꺼이 소련군에 맞서 총을 들었다. 지금도 캅카스 전역에서 총성과 폭음을 들을 수가 있었다.

한 가지 예상치 못한 결과라면 예루살렘에서 온 무프티 알 후세이니가 발한 공산주의에 대한 성전 선언이 기대와 달리 별다른 호응을 얻지 못했다는 점이다. 나도 깜박 잊고 있었는데, 이란과 캅카스 지역 무슬림은 대부분 시아파라 수니파 지도자인 무프티 따위가 무슨 소리를 지껄이든 안중에도 없었다.

"그런 만큼, 북극해를 경유하는 원조 경로가 끊기면 소련은 전시경제 및 군사장비 보충에 심각한 타격을 받을 것이다. 우리 북부집단군이 북쪽에서 모스크바 및 그 배후 지역을 노릴 수 있는 위치를 확보할 수 있다는 이점과 더불어, 이는 소련이 전쟁을 수행하는데 치명적인 타격이 된다."

회의실 안에서는 숨소리 하나 들리지 않았다. 내 목소리는 점점 흥이 오르기 시작했다.

"하지만 이 작전에는 이런 직접적인 군사적인 목적만 있는 것이 아니다. 이 북부전선 공세에는 정략적인 목적도 있다. 소련에 대한 가장 직접적인 물자원조 루트가 차단되면, 이제 전쟁에 지친 영국이 이참에 소련에 대한 원조를 중단하고 전쟁에서 그만 손을 뗀다는 것이 바로 이 작전에 숨어있는 진짜 결말이다."

## 3

"총통! 방금 하신 말씀이 정말입니까? 정말 우리가 영국이 보내는 대소원조를 차단하는데 성공하면 영국이 전쟁에서 손을 떼는 것입니까?"

"이 멍청이! 내말을 무엇으로 들은 건가! 정말 그런다는 게 아니고 그저 스탈린이 영국이 손을 떼리라고 생각하도록 역정보를 흘리는 거라니까!"

내 전략 구상 소개가 절정에 달하는 순간 멍청한 참모 하나가 내 짜증을 솟구치게 했다. 책상 위에 놓여 있던 알루미늄 컵이 허공을 날면서 회의실 바닥에 콜라를 흩뿌렸다.

첨언하자면 코카콜라 본사는 아직 독일지사에 콜라 원액을 스위스 경유로 공급해주고 있다. 내 주문을 받은 코카콜라 독일지사는 설탕이 부족해서 전쟁 전처럼 달게 만들 수 없다고 했지만, 압력을 좀 넣자 총통 전용으로 설탕을 듬뿍 넣은 콜라 2천병을 특별히 생산해서 바쳤다. 제길, 아까운 콜라 한 잔 버렸네.

"만약에 우리가 정말로 이 작전을 실행해서 성공시킨다면 귀관이 방금 이야기한 것처럼 영국이 전쟁에서 손을 떼게 만들 수도 있겠지. 하지만 이 작전은 애초에 실행이 불가능해! 귀관은 이 작전이 현실성이 전혀 없다는 걸 보면 모르겠는가? 레닌그라드에서 동쪽으로 가는 길이나 있나? 아르한겔스크로 가는 도로나 제대로 있냐고!"

분노를 터뜨리고 나니 후회가 되었지만 후련하기도 했다. 내가 분명히 실존하지 않는 가공의 작전계획이라고 전제하고 나서 설명을 했는데 듣다 말고 생뚱맞은 소리를 하니 화를 안 낼 수가 있나. 진짜 히틀러처럼 굴기 싫어서 가능하면 화를 안 내려고 했는데 이 새끼들이 날 히틀러로 만드는구나, 아주.

"다시 한 번 강조하지만 이 작전을 북부집단군에 실제로 명령하는 게 아니다. 노리는 것은 스탈린이 우리가 의도한 바를 '믿게 만드는' 북부집단군이 북쪽에서 모스크바를 포위하면서 겸사겸사 백해로 들어오는 원조물자까지 차단하려 하고 있고, 이 작전이 성공하면 효율적인 대소련 지원이 불가능해졌다는 이유로 전쟁을 중단하기로 영국 정부와 우리 제3제국 사이에 밀약이 이루어졌다는 가상의 작전을 말이다. 북부집단군이 실제로 수행할 작전은 적이 펼치는 공세에 대한 방어전이다!"

"총통, 스탈린이 그런 정보를 믿겠습니까? 영국은 단 한 번도 우리와 조약을 맺고 전쟁을 끝내겠다는 의사를 보인 적이 없습니다."

이번에 반론을 제기하고 나선 사람은 육군 참모총장 자이츨러였다. 나는 이 작전이 왜 먹히리라고 생각하는지 또박또박 설명했다. 어차피 자이츨러가 아니더라도 누군가는 의문을 제기했을 거고, 배경설명을 해주어야 했다. 그래야 다들 납득할 테니까.

"스탈린은 원래 타고난 의심이 많다. 의심이 많다 보니 수시로 자기 부하들을 숙청했고, 군사적으로는 지극히 비효율적인 정치장교 체제를 전쟁 중에도 유지하고 있는 것이다. 게다가 세계에서 유일한 공산주의 국가 통치자로서 자본주의 국가들이 소련을 포위공격하려 하고 있다고 과거 20여 년 동안 굳게 믿고 있었고, 1939년에 우리와 불가침조약을 맺었던 것도 '자본주의 국가들이 형성한 대소 포위망'을 와해시키고자 하는 의도에서였다."

나는 잠시 숨을 돌리며 옆에 놓아둔 콜라를 병째 들이켰다. 컵은 방금 던져버렸으니.

"그런 스탈린이니만큼, 4년 동안 전쟁을 치르느라 지친 데다 반공산주의 십자군이라는 대의에 마침내 동의하게 된 영국이 독일에 대한 전쟁을 이만 끝내기로 했다고 하면 분명히 믿을 거다. 애초에 처칠 수상부터가 우리에게 석유를 공급한다는 이유로 바쿠 유전을 폭격하려고까지 했던 지독한 반공주의자가 아닌가? 그리고 전쟁에서 이탈하기 위한 명분으로 '독일이 대승리를 거두고 원조 경로까지 차단했다, 그런고로 이제 소련이 독일과 싸워 이기기는 불가능해졌다'고 하는 '결과' 이상 가는 핑계는 없겠지. 그렇지 않은가?"

침 넘기는 소리 하나가 들렸다. 누구인지는 알 수 없었다.

"이런 정보를 들은 스탈린은 분명히 영국이 전쟁에서 빠져나갈 핑계를 주지 않기 위해서, '대공세를 준비하고 있는' 북부집단군에 대한 파쇄공격을 가해 계획 중인 공세를 무산시키고 덤으로 레닌그라드까지 해방시키고자 할 거다. 우리 공세를 무산시킬 뿐 아니라 레닌그라드까지 해방시키면 스탈린은 정치적으로 확실한 이득을 본다. 소련인들이 사기를 북돋우게 될뿐더러, 대외적으로 보기에 소련이 승리할 가능성을 더 높여 주니까. 하지만 실질적으로는 소련군 전력이 격감하게 되는 것이다. 그리고 이는 우리가 벌일 진짜 하계공세가 대성공을 거두는 밑바탕이 될 것이다."

회의실에는 잠시 정적이 휘몰아쳤다. 참모 중 하나인 육군 소장이 침묵을 깨고 조심스럽게 질문을 던졌다.

"총통, 말씀하신 바는 알겠습니다. 하지만 스탈린이 북부집단군이 공세를 벌인다는 정보를 입수하고도 그 공세는 비현실적이라고 판단하고 반응하지 않을 수도 있습니다. 놈이 우리가 기대한 대로 움직이지 않는다면 어쩌시겠습니까?"

사실 믿지 않는 게 정상이다. 숲과 늪과 강이 널려 있고 제대로 된 도로도 없는 레닌그라드 주, 볼로그다 주 방면 환경을 생각하면 레닌그라드에서 곧장 동진해서 모스크바를 북쪽으로 우회, 모스크바에 대한 대규모 포위망을 형성한다는 계획이 얼마나 비현실적인지 곧바로 알 수 있다.

이런 작전은 21세기 미국 육군도 수행이 불가능하고, 모든 차량을 헬리콥터로 대체한 공중기갑사단쯤 되어야 시도라도 해볼 수 있을 게다. 덤으로 연료는 한번 보급하면 500km쯤은 달릴 수 있어야 하고 말이다. 그런 군대가 언제쯤 나오려나?

"총통, 소련이 이 정보를 허위라고 생각하고 먼저 공세로 나오지 않는다면 놈들이 공세를 펼치리라는 전제하에 우리가 구상한 작전이 다 수포로 돌아가지 않겠습니까?"

"아, 그렇지 않다. 놈은 분명 속아 넘어갈 거야."

잠시 공상에 빠져 정신을 삼천포로 보낸 사이 그 소장이 또 질문을 했다. 나는 급히 정신을 차리고 반론했다.

"동부전선 개전 첫해 및 둘째 해, 우리 내부에는 수많은 첩자가 있었고 실수도 많았다. 그러면서 우리가 세운 작전 계획이 모조리 스탈린에게 넘어갔다. 하지만 1941년에 스탈린은 우리가 모스크바를 목표로 진공작전을 개시할 거라는 정보를 얻었으면서도 그 정보를 불신해서 방어태세를 강화하지도, 선제공격을 가하지도 않았지. 도리어 전군에 발포 및 반격을 금지한다는 명령까지 내릴 정도였다."

전쟁이 터지기 전, 스탈린은 군을 장악하기 위해 대숙청을 벌인 후 정치장교 체계를 비롯한 갖가지 통제와 금지명령으로 소련군을 철저하게 얽어매어 놓았다. 독소전이 개시된 날에 소련군 무전망이 암호문이 아닌 평문으로 외치는 '우리는 어떻게 해야 하는가?'하는 질문으로 가득 찼던 것은 유명한 이야기다.

"작년에는 우크라이나 방면을 주목표로 해서 진격할 계획이라는 우리 기밀문서를 우리 실수 덕분에 입수해 놓고서도 소련군 주력을 모스크바 정면에 집중시켜놓았다. 자기 손에 들어온 우리 기밀문서가 역정보를 전달하기 위해 조작된 것으로 의심했기 때문이지. 덕택에 우리 공세는 대성공을 거뒀다. 입수된 정보를 믿지 않는 바람에 두 해 연속으로 피를 보았다면, 3년째는 스탈린에게 입수된 정보에 따라 군대를 움직일 생각이 들 법도 하지 않은가?"

"하지만 총통, 소관이 판단하기에는 스탈린이 그렇게 의심이 많다고 하면 3년째에도 여전히 입수한 정보를 역정보라고 생각하고 믿지 않을 것입니다. 스탈린이 우리 공작에 넘어가지 않는다면, 공작이 성공하리라고 예상하고 맞춰놓은 준비가 모두 헛수고로 돌아가지 않겠습니까? 게다가, 스탈린이 우리 역정보를 믿는다고 해도 무리한 공세보다는 방어만 강화하는 정도로 대응조치를 마무리할 수도 있습니다. 원조물자

운반 경로만 지키면 되니까 말입니다."

나는 선선히 고개를 끄덕였다.

"맞는 말일세. 하지만 적이 준비하고 있는 공세를 사전에 제압하면서 동시에 적에게 포위된 자국 내 최대급 도시를 해방시킬 수 있는 기회라는 건 포기하기 힘든 유혹이 아닌가? 게다가 소련군은 작년 여름부터 레닌그라드 해방을 목표로 계속 대규모 공세를 가해오고 있었다. 블라소프가 지휘한 공세는 실패했지만 지난 1월에는 라도가 호수 주변 지역 일부를 차지하는데 성공했고, 2월에도 상당한 성과를 냈다. 네바 강변에 위치한 넵스키 퍄타초크(Не́вский пятачо́к)에서는 지금도 소련군 2개 군이 레닌그라드 봉쇄를 돌파하기 위한 시도를 계속 해오고 있다. 스탈린으로서는 추가적인 대공세를 펼친다고 해서 크게 부담을 느끼지는 않을 것이다."

모든 일은 시작이 반이다. 백지 상태에서 공세를 시작하기는 힘들지만 이미 진행하고 있는 공세에 더 많은 전력을 투입하는 건 상대적으로 훨씬 쉽기 마련이다. 나는 탁자 위에 펼쳐놓은 지도 위에 그려져 있는 화살표를 굵게 덧칠했다.

"물론 스탈린이 의심하고 움직이지 않을 수도 있지. 하지만 이번에 우리 의도대로 스탈린이 움직이지 않는다고 해도 우리가 지금보다 더 손해를 볼 일은 없다. 어차피 북부 전선에서 공세를 펼 계획도 없었잖은가. 현상유지가 될 뿐이다."

작전 실행에 대해 내가 이렇게까지 강한 의지를 표현하자 휘하 참모들은 더 이상 불만을 제기하지 못했다. 요즘 좀 풀어주기는 했다고 해도 그들의 머릿속에서 나는 어디까지나 신성불가침적 존재인 총통이니까 말이다.

## 4

넵스키 파타초크에서 전투중인 48군에 합류하기 위한 병력을 싣고 네바 강을 건너는 나룻배들은 사람으로 가득했다. 공습에 대비한 등화관제 때문에 어둠 속에서 강을 건너는 소련군 병사들은 잔뜩 겁을 먹고 있었다.

"중대장 동지, 독일 폭격기가 언제 나타날지 모르는데 대공 경계를 해야 하지 않겠습니까?"

"이바노프 소위, 흔들리는 배 위에서 소총을 쏘아 봐야 폭격기를 격추시킬 수는 없다. 양쪽 강가에 견고하게 구축된 대공포대가 있지 않은가? 대공포대 포수 동무들이 우리를 지켜줄 것이니 쓸데없는 짓 말고 병사들을 진정시키기나 하게. 정치지도원에게만 맡겨두지 말고."

"알겠습니다."

2소대장 이바노프 소위는 함께 배를 타고 있던 중대장 세묘노프 대위에게 꾸지람을 듣고 풀이 죽어 자기 자리로 돌아갔다. 안톤 그레고리에비치 세묘노프 대위는 평소에는 자상한 상관이었지만 화를 내면 무서웠다.

잠시 혀를 찬 세묘노프 대위는 자신들이 싸울 곳인 강 건너 어둠 속을 잠시 바라보았다. 요 며칠, 상부에서는 갑자기 주정, 수중교 등 갖은 수단을 다 써 가면서 대규모 지원군을 네바 강 건너로 건너보내고 있었다. 대공세를 준비하는 걸까? 일개 대위에 불과한 세묘노프로서는 상부에서 무슨 계획을 가지고 있는지 알 수가 없었다. 그저 강을 건너라고 하니까 건너고, 전투하라는 명령을 받았으니까 전투를 한다. 침략자 파시스트들을 모조리 조국으로부터 쫓아낼 그날까지 말이다. 승리를 거두는 그날, 살아서 영광을 맞이할 수 있기만 바랄 뿐이었다.

"하느님께서 저를 보호하도록 보내신 하느님의 천사 나의 수호천사여, 나는 당신께 열렬히 간구하오니, 오늘 저를 깨우쳐 주시고 모든 악으로부터 보호해주시고 제가 선한 일을 하도록 이끌어 주시고 저를 구원의 길로 인도해 주소서 아멘."

앞날에 대한 불안감을 느낀 세묘노프 대위는 남몰래 성호를 그었다. 그리고 나지막한 목소리로 기도를 올리는 참에 갑자기 주변에서 공포에 찬 외침소리가 들렸다.

"공습이다! 독일군이다!"

강 양편에서 대공포가 불을 뿜으면서 마치 고슴도치 가시 같은 형상으로 불기둥들이 하늘로 치솟았다. 대공포병들이 들인 노력이 무색하게도, 독일군 폭격기 한 대가 숲을 이룬 대공포화 줄기 속을 조명탄을 뿌리며 유유히 지나갔다. 낙하산에 매달린 조명탄 십여 발이 불꽃을 내뿜자 주정 십여 척이 분주하게 왕복하던 나루터가 순식간에 밝은 빛 속에 드러났다.

"빨리 몰아! 어서 저편 기슭에 배를 대라!"

겁에 질린 비명 소리가 들려왔다. 뒤쪽에 타고 있던 신임 중대 정치위원 코스마체프 대위가 배를 모는 수병들을 향해 지르는 고함소리였다. 명령을 받은 수병도 재촉하는 코스마체프 대위만큼이나 얼굴이 창백하게 질려 있었다. 조명탄을 뿌리고 간 선도기를 뒤따라온 두 번째 폭격기가 폭격 코스를 잡고 강하하고 있었던 것이다.

"우와아악!"

쏟아지는 물벼락과 파편에 배에 타고 있던 2소대원들이 비명을 질렀다. 다행히 이들이 탄 배는 폭탄을 맞지 않았지만, 다른 중대원들이 타고 있던 배가 직격탄을 맞고 그대로 박살이 났다.

"오, 성모 마리아시여! 제기랄, 찢어죽일 파시스트 놈들!"

정면으로 물벼락을 맞은 세묘노프 대위는 조명탄 불빛으로 세 번째 폭격기가 다가오는 모습을 보았다. 세묘노프가 한 손으로 철모를 누른 채 성모에 대한 호소와 욕지거리를 번갈아 퍼붓는 참에 갑자기 배가 덜컹거리며 크게 흔들렸다.

"땅에 닿았다! 어서 내려!"

세묘노프 대위가 하선명령을 내리기도 전에 배에 타고 있던 병사들은 순서고 뭐고 미친 듯이 갑판에서 뛰어내렸다. 아직 4월이라 강물이 얼음장 같았지만 차갑다는 생각도 하지 못했다. 혀를 차던 세묘노프 대위 자신도 일단 강물 속으로 뛰어들어 머리까지 수면 아래로 처박았다. 곧 폭음과 진동이 강물을 뒤흔들었다.

세묘노프가 숨을 참을 수 있는 데까지 참다가 일어나 보니, 방금 전까지 타고 있던 나룻배가 바로 등 뒤에서 불타고 있었다. 기가 막히고 허탈한 감정에 자기도 모르게 웃음이 나왔다.

"하하, 하."

배에서 바로 내리지 않고 꾸물거리고 있었다면, 뛰어내렸더라도 고개까지 처박지 않았다면, 분명히 죽었으리라. 바로 직전에 수호천사에게 기도를 한 보람이 있었던 모양이다.

"중대장 동지! 괜찮으십니까? 파시스트 폭격기들은 다 가버렸습니다! 어서 나오십시오."

중대본부 소속 간호병 타티야나가 물속으로 뛰어들어 머리끝까지 흠뻑 젖은 세묘노프를 부축했다. 강변으로 올라가면서 세묘노프가 물었다.

"타냐, 우리 중대는 얼마나 다쳤지?"

“두 명 죽고 여섯 명이 다쳤습니다. 세 명은 중태입니다.”

그만하면 적은 피해였다. 세묘노프는 별로 마음에 들지 않는 새 식구의 안부도 확인했다.

“정치위원 동무는?”

“멀쩡합니다. 다만 물에 젖은 생쥐가 되었습니다. 중대장 동지처럼요.”

“서기장 동무가 그 작자를 지켜주신 게로군.”

세묘노프는 소리 내 웃었다. 타냐가 어리둥절한 표정을 지었지만 개의치 않고 계속 웃었다. 스탈린이 지켜주었건, 수호천사가 지켜주었건 어쨌건 자신과 코스마체프 둘 다 살아남았다. 기쁜 일이었다. 어쨌건 살아남아야 계속 싸워서 조국을 해방시킬 수 있지 않겠는가.

## 5

북부집단군 사령부 참모장교들은 벽에 걸린 상황도에 분주하게 표지를 붙이고 메모를 수정했다. 북부집단군 담당 전선 전체에 압박이 가해지고 있지만, 지금 가장 상황이 좋지 않은 부분은 레닌그라드로 접근하는 최단경로, 네바 강 일대였다.

“소련군이 펼치는 공세가 예상보다 강한 탓에 전선에 있는 각 부대로부터 지원 요청이 계속 들어오고 있습니다. 예비대를 일부 돌려서 지원해 주시면 어떨까 싶습니다만.”

사령부로 쓰고 있는 공산당 인민위원회 건물 안에 초조함이 흘러넘쳤다.

“국방군 총사령부에서 경고를 주기는 했습니다만, 르제프와 하리코프에서 이미 상당한 피해를 입은 소련군이 이 정도로 많은 병력과 물자를 공세에 투입할 거라고는 예상하지 못했습니다. 그것도 라스푸티차가 다 끝나지도 않은 지금 시기에 말입니다."

레프 원수가 육군총사령관으로 영전하면서 북부집단군 사령관으로 전임한 페도르 폰 보크 원수(내가 살던 원래 세계 쪽 역사에서는 벌써 은퇴했을 시점이지만)는 우울한 얼굴로 지도를 살폈다. 국방군 총사령부가 알려준 정보에 따라 병력을 배치하고 방어전 준비를 갖췄지만 늘 그렇듯이 계획은 실행에 들어가자마자 어긋났다. 소련군은 예상보다 많은 전력을 투입했고 총통이 북부집단군에서 빼간 병력은 보크 원수가 내줄 수 있다고 생각한 병력보다 많았다.

총통은 북부집단군이 맡은 역할이 패퇴하는 척 하는 거니까 병력이 필요하지 않을 거라고 했다. 하지만 충분한 전력 없이는 패하는 연기를 할 수 없었다.

"부족한 전력으로는 죽을 때까지 버티는 게 패주하는 것보다 더 쉬운데 말이지…."

혼잣말을 중얼거리던 보크 원수는 한숨을 쉬면서 지시했다.

"지원부대가 부족하다. 계획한 일정표보다 퇴각 속도를 조금 더 올려도 좋으니, 어떻게든 현재 보유중인 전력으로 전선을 유지할 수 있도록 해. 우리 후퇴 속도가 빨라지면 놈들이 레닌그라드로 빨리 진입할 욕심에 우리가 준비해 둔 섬멸지대에 성급하게 들어오도록 유도하는 효과가 있을 거다. 놈들이 세운 작전 목표는 우리 집단군에 대한 파쇄공격과 레닌그라드 완전 해방이라고 했지?"

"그렇습니다."

정보참모가 고개를 끄덕였다. 육군 총사령부에서는 북부집단군에게 거점방어에 집착하지 말고 소련군을 끌어들여 최대한으로 타격을 가하는데 집중하라고 했다. 보크 원수로서는 철수를 꼭 해야만 했던 전쟁 첫해에도 확보할 수 없었던 병력 운용에 대한 완전한 자유재량권을 확보한 셈이었다. 방어할 수 있는 상황에서 철수해야 한다는 게 좀 어처구니가 없었지만, 총통 명령은 총통 명령이었다.

"내키는 작전은 아니지만, 총통께서 의도하시는 바를 모르는 것도 아니니 따라야겠지."

보크 원수는 창문 밖을 내다보았다. 예비전력으로 새로 투입된 티거 중전차대대가 마침 사령부 옆을 지나 전선으로 이동하고 있었다. 저 티거들은 전선에서 철수하는 보병사단을 엄호하는 후위 임무를 맡기로 되어 있었다.

"기동력이 뒤처지는 보병 부대가 낙오하지 않도록 만전을 기하라. 일단 내준 영역을 빠른 시일 안에 다시 탈환할 예정은 없으니까, 낙오병을 구출하러 다시 진격할 수는 없다. 철수 단계에서 아예 뒤떨어지지 않도록 잘 운용해야 해."

"알겠습니다, 사령관 각하."

참모들이 일제히 고개를 숙였다. 보크 원수는 새삼 한숨을 쉬었다.

## *6*

동이 트기 직전부터 76.2mm와 122mm, 152mm, 카츄샤 로켓포 등 다양한 화포가 독일군 방어선을 향해 맹포격을 퍼부었다. 빗발 같은 포탄 세례에 완전히 제압되어 버렸는지 여기에 맞서는 독일군 포격은 거의 없었다. 늘 부족하던 포병 전력을 이렇게까지 집중해 준 상층부가 놀라웠다.

"중대장 동지! 형벌부대도 돌격하지 않았는데 포병 지원을 이렇게 많이 해 주다니, 상층부에서 무슨 생각을 하는 겁니까? 이번에는 정말 레닌그라드를 해방할 수 있는 겁니까?"

"이바노프 동지! 동지는 그냥 내 명령만 따르면 돼! 쓸데없는 소리 하지 마라. 정치위원이 듣는다!"

상부에서 내린 지시에 쓸데없이 군소리를 하는 2소대장을 꾸짖는 참에 머리 위로 정찰기 한 대가 잽싸게 지나갔다. 삽시간에 여기저기서 비명이 터져 나왔다.

"비행기다! 엎드려라!"

"진정해라! 저건 우군기다!"

네바 강을 건널 때부터 시작해서 수시로 독일군에게 공습을 당하다 보니 중대원들은 비행기에 대해 거의 노이로제 상태였다. 붉은 별이 선명하게 박힌 아군기를 보고도 겁에 질려 우왕좌왕하는 병사들을 보면서 세묘노프 대위가 고함을 질렀다. 장교들이 붙들어 일으키는데도 뿌리치고 참호 속에 머리를 처박은 채 하늘을 향해 총을 쏘는 병사까지 있었다.

"머리 위에 비행기만 뜨면 이 난리라니! 역시 신병들은!"

혀를 차며 화를 내던 세묘노프 대위는 불꽃이 피어오르는 독일군 진지를 넘겨보았다. 그동안 양측이 벌인 치열한 포격전 덕분에 양군 참호선 사이 벌판에는 풀도 나무도 다 사라지고 여기저기 구멍이 팬 시커먼 흙밖에 남아 있지 않았다.

"곧 돌격이다. 형벌부대는 혹시 오는가?"

중대장에게 질문을 받은 통신병 알렉산드라 하사가 수화기를 든 채 답했다.

"형벌부대에 대해서는 아무 말 없고 우리 중대가 선봉에서 돌격하면 대대 주력이 후속할 거라는 연락만 왔습니다. 포격이 끝나는 대로 전차와 함께 돌격하랍니다."

"제기랄!"

세묘노프 대위가 욕지거리를 뱉으려는 참에 중대 정치위원 코스마체프 대위가 나타났다.

"중대장 동무! 뭐하는 거요? 대대에서 돌격 명령이 내려왔으면 불만을 품지 말고 당장 실행하시오! 선두에서 중대원들을 이끌어야 할 중대장이 불평이나 하고 있으면 어쩌자는 거요!"

"알겠습니다, 정치위원 동무."

개새끼, 돌격할 때 선두에 서지도 않는 주제에…. 세묘노프 대위는 속으로만 욕지거리를 퍼부었다. 정치장교라면 마땅히 장병들이 사기를 북돋울 수 있도록 선두에서 솔선수범하며 병사들을 이끌어야 하건만, 코스마체프 대위는 절대 전투 중에 앞에 나서지 않았다. 심지어 일상생활에서도 병사들을 부릴 뿐 식사 준비나 피복 정비를 위해서도 손 하나 까딱하지 않았다.

세묘노프는 코스마체프에게 정말 바닥까지 실망했지만 대들 수는 없었다. 상대는 당이 가진 권위를 대변하는 정치장교였기 때문이다. 세묘노프는 이를 악물고 조용히 고개를 숙였다.

"알겠습니다, 정치위원 동지. 포격이 그치자마자 돌격하겠습니다."

잠시 후 적진으로 날아가는 포탄이 그쳤다. 포격이 멈추자마자 중대 진지 후방에서 위장하고 있던 T-34 전차소대가 부릉거리는 엔진소리와 함께 앞으로 달려 나갔다. 전차가 옆을 지나쳐가는 순간 세묘노프 대위도 그 자리에서 일어서며 외쳤다.

"돌격 앞으로! 스탈린 동지 만세!"

"우라아아아아!"

"레닌그라드를 위하여!"

모신나강[1]과 PPSh-41를 든 중대원들이 함성을 지르며 적진을 향해 달려들었다. 보병과 함께 앞으로 돌진하던 전차가 적진을 향해 기관총과 함께 76mm 포탄을 쏘았다. 공격을 지원하기 위해 중대에 배속된 81mm 박격포도 독일군 참호선을 향해서 퉁퉁거리며 박격포탄을 날려 보냈다. 중기관총도 연달아 불을 뿜으면서 돌격을 지원했다.

세묘노프 대위는 토카레프[2]를 치켜들고 선두에 서서 달리고 있었다. 함성을 지르며 달리자 저만치 멀게만 보이던 독일군 참호선이 점점 가까워졌다. 독일군이 대전차포를 쏘자 아군 전차가 폭음을 울리면서 불타올랐다. 군데군데 자리를 잡은 독일군 기관총이 불을 뿜자 바로 옆을 달리던 중대원들이 잇달아 쓰러졌다. 하지만 목표인 적진은 이미 한 발만 내디디면 되는 곳에 있었다.

"파시스트를 죽여라! 어머니 러시아를 위하여!"

소리 높여 외치며 독일군 참호에 뛰어든 세묘노프 대위는 눈앞에 나타난 독일군 장교를 향해 곧바로 권총을 겨누었다. 무전기를 붙잡고 있던 상대방은 급히 총을 잡으려고 했지만 미처 무기를 겨누기 전에 세묘노프가 쏜 총탄이 이마를 뚫었다.

"원수들을 샅샅이 찾아내어 모조리 죽여라! 포로로 잡을 필요도 없다!"

중대원 전원이 적진에 돌입하고, 백병전이 벌어진 뒤에야 맨 후미에서 간신히 도착한 중대 정치위원 코스마체프 대위가 헉헉거리며 선동

---

**1** 2차 세계대전 당시 소련군이 제식으로 장비한 볼트액션 라이플총. 제정러시아 시대에 채용되었다.

**2** 2차 세계대전 당시 소련군이 제식으로 장비한 자동권총. 정식 명칭은 토카레프 TT-33.

하는 소리가 들렸다. 세묘노프는 저따위 자식이 어떻게 일선에 나왔는지 알 수가 없었다. 후방에서 서류에 사인이나 할 것이지! 놈이 지껄이는 헛소리 따위 못 들은 척 세묘노프가 호통을 쳤다.

"곧 대대 본대가 온다! 적진 소탕은 뒤따라오는 본대에 맡기고, 돌진하라! 우리 목표는 전방에 있는 갈림길이다!"

중대원들은 세묘노프가 이끄는 대로 서쪽을 향해, 레닌그라드로 이어지는 도로 교차점을 향해 계속 달렸다. 레닌그라드 외곽 경계선까지 이제 10km 남았다.

## *7*

"네바 강에서 약 10km 폭으로 돌파구가 형성되고 있습니다. 소련군 약 40만이 이 지역에 집중되어 돌파구 확대를 시도하고 있는 것으로 보입니다. 다른 전선에서도 아군을 고착시켜 돌파지점으로 지원군을 보내지 못하게 하려는 견제공격이 계속되고 있습니다."

보크 원수는 얼굴을 찌푸린 채 보고를 들었다. 북부집단군은 소련군이 전투에 지쳐 전진을 멈추려는 기미가 보일 때마다 살짝살짝 물러나면서 적이 욕심을 내서 한 발 더 나오도록 유도했다. 독일군이 내미는 유혹에 빠진 소련군은 멈추어야 할 때 멈추지 못하고 계속 앞으로 내달리기만 하고 있었다.

"살상지대에 들어온 소련군에 대한 공격은 계획대로 진행되고 있나?"

"포격과 폭격으로 꾸준히 피해를 입히고 있습니다. 놈들은 소모된 일선부대를 교체하지도 않고 계속 추가병력을 투입시키며 공세를 유지하는 중입니다. 아군이 물러서면서 레닌그라드를 해방시킬 가능성이 보이니 계속 들이미는 것으로 판단됩니다. 사실 네바 강에서 레닌그라드까지가 별로 먼 거리는 아니니까 말입니다."

"돌파구 북쪽에 있는 병력도 제대로 철수하고 있겠지?"

"사전에 계획한 대로 핀란드 방면으로 질서 있게 물러나고 있습니다. 철수가 완료되면 핀란드를 통해 해로로 복귀할 예정입니다. 핀란드 방위는 핀란드군만으로도 충분하니만큼, 굳이 우리 병력을 핀란드에 남겨둘 필요는 없으니까요."

"좋아."

보크 원수는 고개를 끄덕였다. 총통은 자신에게 점령지를 방어하려 하지 말고 소련군에게 최대한으로 피해를 입히면서 레닌그라드로 들어가는 통로를 열어주라고 명령했다. 도대체 무슨 의도로 레닌그라드까지 아주 내어주라고 명령했는지는 알 수 없었지만 보크는 최선을 다해 총통이 내린 명령을 수행할 참이었다. 다행히 소련군은 멧돼지처럼 저돌적으로 달려들면서 보크가 임무를 수행하기 쉽도록 도와주었다.

"2, 3일만 더 고생하자. 모두 힘을 내도록."

"알겠습니다, 사령관 각하."

## *8*

세묘노프 대위는 나무 뒤로 몸을 숨겨 가며 조심스럽게 전진했다. 지난 열흘 동안 매일같이 격전을 치르며 살아남았는데, 레닌그라드를 코앞에 두고 죽을 수는 없었다. 혹시라도 독일군 저격병이 숨어 있지 않을까 하며 한 발 한 발을 주의해서 내딛는데 느닷없이 중대 최후미에서 폭발음이 울렸다. 죽음에 직면한 자가 내지르는 비명소리가 뒤를 이었다.

"엎드려! 적이다!"

급히 엎드린 세묘노프와 중대원들이 사방으로 총구를 겨냥했지만 이들이 감각으로 느낄 수 있었던 것은 바람에 흔들리는 나뭇가지 소리뿐, 어느 방향에서도 독일군은 나타나지 않았다. 부상자가 지르는 신음소리만 들으며 10여 분 동안 진땀을 흘리던 장병들은 조심스럽게 자리에서 일어섰다.

세묘노프는 타티야나가 필사적으로 살리려고 노력하고 있는 부상자에게 다가갔다. 부상자는 상체가 완전히 피투성이였고 피범벅이 된 얼굴은 알아보기가 불가능했다.

"제기랄, 도약지뢰군! 난 또 파시스트들이 매복하고 있다가 수류탄을 던진 줄 알았네."

전진 중에 독일제 도약지뢰를 밟으면 지나간 뒤에 등 뒤에서 터진다. 다친 중대원이 후면이 아니라 전면에 부상을 입은 것은 좀 의아했지만, 세묘노프는 일단 안도하며 한숨을 쉬었다. 얼마 남지 않은 중대원이 지뢰에 당한 것은 유감이었지만 적에게 포위당하는 것보다는 나았으니까. 세묘노프의 중대(12명 남은 중대도 중대라고 부를 수 있다면 말이지만)는 레닌그라드 수비대와 돌파부대를 직접 연결하는 중요한 임무를 받고 적진에 잠입한 터라, 만약 적에게 포위라도 된다면 후속부대가 언제 구하러 올지 알 수 없었다.

"중대장 동지! 정치위원 동지가 깨어나지 못하고 있습니다. 어쩌지요?"

타티야나가 울먹이며 보고했다. 깜짝 놀란 세묘노프가 외쳤다.

"뭣이! 거기 쓰러진 동무가 정치위원 동지였단 말인가?"

세묘노프는 급히 남아있는 중대원들을 확인했다. 과연 서있는 이들 중에 중대 정치위원 코스마체프 대위가 보이지 않았다. 어쩐지 다친 방향이 이상하더라니, 방금 내딛은 발밑에 뭔가 수상한 물체가 있다고 깨달은 코스마체프가 그대로 뒤로 물러서는 바람에 지뢰가 정면에서 터진 모양이었다. 피범벅이 되어 신음하는 정치위원을 보며 잠시 고심하던 세묘노프가 표정을 굳히고 허리춤에서 토카레프를 빼들었다.

"중대장 동지! 무슨 짓을 하시려는 겁니까?"

기겁을 한 타티야나가 막아섰다. 다른 중대원들은 아무 말 없이 보고만 있었다.

"정치위원 동지를 여기서 치료할 수는 없다. 그렇다고 우리가 정치위원 동지를 병원으로 후송하기 위해 임무를 포기할 수도 없고, 레닌그라드까지 데려갈 수도 없다. 의식도 없고, 몸도 운신하지 못하는 중상자를 운반할 여유가 없으니까. 이게 최선이다."

"그건 살인입니다!"

타티야나가 뭐라고 더 반박하려 했으나 세묘노프의 지친 목소리가 더 빨랐다.

"볼코프, 체렌스키! 타티야나 로마노바 병사를 붙잡아라."

순식간에 억센 팔 네 개가 양쪽에서 뻗어 나왔다. 양 팔을 붙잡힌 타티야나는 발버둥을 쳤지만 그녀를 붙잡은 두 남자 병사는 꼼짝도 하지 않았다. 세묘노프가 천천히 코스마체프에게 다가가자 타티야나가 절규했다.

"중대장 동지, 안 돼요! 차라리 제가 여기 남아서 정치위원 동지를 돌보겠어요!"

"로마노바 병사. 귀관이 여기 남으면 우리 10명은 간호병 없이 진군하란 말인가?"

아무 감정 없는 목소리로 대답한 세묘노프는 부하들이 듣지 못하도록 나지막한 목소리로 간단한 기도문을 중얼거렸다. 정식 종부성사 기도문을 외울 여유는 없었다.

"주여, 이 불신자의 영혼을 거두소서."

총성 한 발이 울리자 코스마체프가 내던 신음이 멈췄다. 타티야나가 흐느끼는 소리만이 고요한 숲속으로 퍼져나갔다.

세묘노프는 타티야나를 포함해서 남은 부하 10명과 함께 천천히 숲을 빠져나갔다. 숲속 여기저기에는 얼마 전까지 독일군이 차지하고 있었을 참호와 건물이 널려 있었지만 독일군은 어디에도 없었다. 남아있는 것은 허접쓰레기들뿐이었다.

"놈들이 모두 물러간 걸까요?"

"레닌그라드 수비군과 연결할 때까지는 확신할 수 없다. 좀 더 앞으로 나가 보자."

세묘노프는 경계심을 풀지 않았다. 얼마 안 가서 숲은 끝났고, 중대원들은 포탄구멍투성이가 된 개활지로 나갔다. 구덩이에서 구덩이로 조심스럽게 전진하던 이들 일행의 눈에 저만치 떨어진 건물 주변에서 움직이는 사람 모습이 들어왔다.

"정지! 몸을 숨겨!"

아군이라면 좋겠지만 혹시 독일군일지도 모른다. 급히 구덩이 속으로 숨어든 중대원들은 식은땀을 흘리며 전방을 주시했다. 무전기가 없어 육안으로 피아를 확인해야 하다 보니 잠시 피를 말리는 긴장감이 흘렀다.

"아군입니다! 총도, 복장도 모두 우리 거예요!"

중대원들 중 가장 눈이 좋은 안드레이 볼코프 하사가 환호성을 올리더니 가져온 적기를 들어 흔들었다. 느닷없이 깃발이 나타나자 깜짝 놀라 당장이라도 총을 쏠 태세를 취하던 저쪽 병사들도 붉은 깃발이 흔들리는 것을 보고 사격 자세를 풀었고, 볼코프 하사가 울다가 웃다가 하며 달음질쳐오는 모습을 보고 자기들도 환호하며 달려와 볼코프를 얼싸안았다.

다른 중대원들도 볼코프를 따라 뛰어나가 레닌그라드에서 온 병사들과 어울려 기뻐했고, 이 모습을 본 세묘노프는 자기가 임무를 완수했음을 깨닫고 깊은 한숨을 쉬면서 그 자리에 그대로 주저앉았다. 뒤편에서 타티야나가 통곡하는 소리가 들렸다.

1943년 5월 17일, 레닌그라드 시를 둘러싼 포위는 637일 만에 마침내 풀렸다. 시를 포위하고 있던 독일군이 남북으로 갈라져 물러나면서 거의 40km에 달하는 회랑이 확보되었고, 독일군이 계획하고 있는 공세를 펼치지 못하도록 만들고 레닌그라드를 해방시킨다는 두 가지 목적을 모두 달성한 소련군 지휘부는 축배를 들 수 있었다.

하지만 이를 위해 스탈린이 치른 대가는 컸다. 소련군이 입은 피해는 전사 및 중상자 약 46만, 대포 2천여 문, 장갑차량 1천여 대, 항공기 5백여 기라는 막대한 양이었다. 이에 반해 독일이 입은 손실은 그 1/10에 불과했다. 내 입장에서도 이 공방전은 대성공이었다.

# 외전 3
# 소풍 대소동

## *1*

"아, 일어나지 마. 그냥 계속해. 이대로 끝낼 순 없지 않나!"

잠시 망설이던 엘사가 다시 내 옆에 앉았다. 그리고 조심스럽게 물었다.

"총통, 정말 제가 하던 일을 계속해도 되겠습니까?"

"물론이지! 절대 멈추지 말고 계속 치게!"

크게 숨을 들이쉰 엘사가 살짝 일어나더니 허리를 숙였다. 그리고 두 손에 단단한 막대기를 잡고 숨을 몰아쉬었다. 뒤로 길게 내민 엉덩이가 에로틱하게 도드라졌지만 나는 애써 시선을 돌렸다. 지금 중요한 건 그게 아니니까.

엘사의 오른손이 떨면서 움직이자, 막대기가 쥐고 있는 왼손 손가락 사이로 쭉 뻗어 나갔다. 하지만 제대로 목적한 곳으로 나가지 못하고 허공을 쑤시고 들어갔다.

"앗!"

"괜찮아. 처음이잖아? 이걸 치다 보면 그 정도 실수는 누구나 해."

엘사는 자기 실수에 부끄러움을 느꼈는지 얼굴이 붉게 상기된 채 숨을 몰아쉬었다. 다독여주긴 했지만 어쨌거나 잘못은 잘못, 이제 엘사를 물러나게 하고 다음 사람에게 기회를 주어야 했다. 나는 손짓으로 베르타를 불렀다.

"자네 차례다. 어디 한 번 잘 쳐봐."

베르타가 잔뜩 긴장한 표정으로 내 앞으로 다가와 허리를 숙였다. 베르타가 두 손으로 막대기를 쥐자 창백해진 엘사가 그 옆에서 간절하게 호소했다.

"초, 총통! 다시 잘 해보겠습니다. 부디 기회를 주세요!"

"엘사. 나도 그렇게 하고 싶지만 지금 우리는 혼자 노는 플레이를 하는 게 아니지 않나. 지금 우리는 여럿이 함께 즐기고 있고, 질서를 유지하자면 순서를 지켜야 해. 그렇지 않으면 난장판이 되고 말 거네."

베르타는 내가 엘사를 타이르는 소리 따위는 신경도 쓰지 않고 조심스럽게 막대기를 잡은 오른손을 움직였다. 몇 차례에 걸쳐 앞뒤로 움직이던 막대기가 어느 순간 번개같이 빠른 속도로 앞으로 쭉 뻗어나갔다.

"됐다!"

베르타의 탄성과 함께 딱 하는 충격음이 들렸다. 그리고 단단한 물체들이 서로 부딪히는 소리, 충격을 받은 물체들이 자기들끼리 서로 부딪히고 사방으로 흩어져 벽에 부딪히면서 내는 딱, 딱 하는 소리들이 연달아 들렸다. 나는 소리 나는 쪽을 돌아보며 엘사를 가볍게 위로했다.

"거 봐. 크라프트 소위는 침착하게 잘 치지 않나."

"총통, 그러니 저도 다시 기회를…."

"아니야. 기다리게. 크라프트 소위, 피셔 소위, 내가 모두 실수를 하고 나서야 자네 차례가 다시 돌아올 테니까."

엘사의 기가 죽은 표정을 보면서 나는 천천히 큐를 잡았다. 아아, 미녀 셋과 함께 나인볼을 치다니! 어릴 적 사촌형 방에서 굴러다니던 해적판 만화책 속에서 보고 부러워하던 상상을 이렇게 체험해 보는구나!

이 당구실에는 특별히 스위스에서 친위대가 밀수해 온 미제 당구대를 설치했다. 물론 독일에서도 당구는 친다. 하지만 나인볼은 1920년대에 미국에서 처음 발명되었기 때문에 독일에서는 아직 유행하지 않았다. 나는 4구보다는 포켓볼 쪽을 좋아하니 당구를 치자면 미제 나인볼 당구대를 구하는 길밖에 없었다. PC게임도, 스마트폰도 없는데 나도 뭐 즐길 거리 하나는 있어야 하지 않겠나.

하고많은 운동 중에 왜 하필이면 당구냐고? 일단 난 격렬하게 몸을 움직여야 하는 운동을 싫어한다. 그리고 당구를 치자면 집중력을 발휘하고 머리를 많이 써야 하니 절로 잡념이 사라지고 머리가 맑아진다. 물론 당구대 주변을 열나게 걸으면서 발생하는 운동효과도 있고. 꼭 골프를 쳐야 걷는 건 아니잖나.

그리고 당구는 나보다 윗세대, 아재 세대들의 로망이 남아있는 스포츠이기도 하다. 자욱한 담배연기, 당구대 옆에서 먹는 짜장면, 공이 맞을 때마다 환호성을 지르며 응원해 주는 여자애들 같은 거 말이지. 지금의 나한테는 앞에 두 가지는 해당이 없지만, 미녀는 있다. 남자 따위와 놀 생각은 애초에 없었고.

아무튼 총통관저 안에 당구실을 만든 건 이런 이유였다.

"저, 총통, 이렇게 하면 되겠습니까?"

"한나, 자세가 틀렸어. 왼손은 이렇게 대 위에 놓기만 하고, 오른손으로 큐를 확실하게 잡아야지. 왼손은 받침이야. 왼손에 힘을 줘서 큐를 잡으려고 하면 안 된다고. 큐가 나갈 수가 없지 않나."

"예, 총통."

처음 잡아보는 큐를 들고 쩔쩔매는 세 번째 여부관, 한나 피셔 소위의 자세를 교정해 주다 보니 두꺼운 제복을 사이에 두긴 했어도 은근슬쩍 스킨십도 있었다. 가슴이 약간 쿵덕거렸다.

사실 한나는 키는 작은 편이지만 전체적으로 글래머러스하고, 가슴은 셋 중에 가장 커서 부관들 중 가장 육감적인 몸매를 가지고 있었다. 게다가 횃불처럼 빨간 단발머리를 어깨에 늘어뜨리고 있어서 강렬하고 활발한 이미지를 주었다. 엘사나 베르타가 훨씬 더 내 취향에 맞긴 했지만, 한나도 나쁘진 않았다.

"그럼, 총통님, 이렇게 잡고 치면 될까요?"

한나가 나름 자세를 고쳤지만 내가 보기에는 어설퍼 보일 뿐이었다. 짜증이 났다.

"그렇게 잡지 말라고 몇 번을 말하지 않았나. 제대로 해 봐."

"어머~죄송해요, 나의 총통님. 어떻게 큐를 잡아야 하는지 정확히 알려주셔야 제가 실수를 하지 않죠~."

한나는 허리와 어깨를 요염하게 비틀면서 코맹맹이 소리로 대답했다. 그리고는 천천히 내 앞으로 다가오더니 몸을 돌려 당구대 위로 상체를 기울였다. 그러다가 살짝 고개를 들고 내 얼굴을 올려다보았다.

"총통님~다시 한 번 자세 좀 잡아 주세요. 슈나이더 중위랑 크라프트 소위는 굳이 더 가르쳐주지 않아도 이제 잘 하잖아요. 저 둘만 살펴주지 말고 저도 좀 예뻐해 주세요, 네?"

어휴, 내가 말을 말자. 고개를 살짝 왼쪽으로 돌리자 옆에 있는 연습용 당구대 앞에 서서 아까에 비해 훨씬 침착해진 표정으로 공을 치고 있는 엘사가 보였다. 그리고 베르타는 당구대에 살짝 기댄 채 큐 끝에 초크를 칠하는 중이었다. 몸에 딱 붙는 제복 차림을 하고 당구대 앞에 서 있는 미녀들이라니, 덕후들이라면 충분히 눈이 돌아갈 만 한 장면이다.

다시 시선을 앞으로 돌리자 역시 딱 붙는 제복을 입어 뒤태를 그대로 드러낸 한나가 당구대 위로 몸을 수그린 채 나를 재촉하고 있었다. 옆에 있는 두 사람은 신경 쓰지 않는 듯했다.

"총통, 제가 제대로 큐를 잡고 있나요? 어서 제대로 칠 수 있도록 지도해 주세요."

이게 지금 날 유혹하나? 비음을 섞은 목소리를 은근히 꼬고, 살짝살짝 의미 있는 눈짓을 보낸다. 엉덩이도 은근히 리듬을 타고 흔들리는 게 뭔가를 암시하는 의도가 분명해 보인다.

…아니아니, 잠깐. 이건 다 내 망상일지도 몰라. 재는 그냥 당구 좀 가르쳐달라고 하고 있을 뿐인데 나 혼자 망상에 빠져 음흉한 행동을 한다면 얼마나 추한 일인가. 으음, 지난번 베르타한테 했던 짓도 시간이 지나고 나서 생각하니 참으로 부끄러웠는데, 또 그런 잘못을 하면 곤란하지.

애써 헛기침을 하며 머릿속에 떠오른 망상을 지웠다. 그리고 정말로 사심 없이! 가능한 몸이 닿지 않도록 간격을 두고 두 팔만 뻗어 한나의 두 손목을 잡고 조심스럽게 당구대 위에 놓인 공을 겨냥하도록 도와주었다.

"자, 이렇게 하는 거야. 저쪽 두 사람도 금방 익숙해졌으니까 피셔 소위도 금방 익힐 수 있을 거야. 해보게."

"아이, 총통. 자꾸 손 떼시려고 하지 말고 계속 잡아주세요. 지금 저 막내라고 차별하시는 거예요?"

한나가 코맹맹이 소리로 투정을 부렸다. 그만 그 목소리에 넘어갔는지, 나도 모르게 두 손이 다시 한나의 손목을 잡았다. 내 머리가 슬며시 한나의 어깨 위에 얹히려는 참에 천둥이 치는 듯 커다란 굉음이 느닷없이 울리면서 새된 비명 소리가 내 귀를 때렸다.

"세상에! 아돌프, 지금 뭐하는 거예요!"

"에, 에바?"

순식간에 찬물을 뒤집어 쓴 것 같은 충격이 나를 덮쳤다. 꽉 닫아두었던 당구실 문을 박차고 나타난 건 자기 제부인 헤르만 페겔라인을 거느린 에바 브라운, 바로 히틀러의 동거녀이자 사실상의 아내였다. 히틀러가 지치고 힘들 때면 기대어 위로받을 수 있는 유일한 사람, 무릎을 베고 누워 잠들 수 있는 사람. 결국 죽기 전에 정식 결혼을 하여 에바 히틀러가 된 사람.

하지만 에바 브라운은 히틀러가 사랑한 사람이지, 내가 사랑한 사람이 아니잖은가! 여기 온 뒤에 차분히 살펴본 바, 아무리 에누리를 해도 에바는 내 취향이 아니었다. 이 시대의 관점을 적용하면 미인 축에 드는 외모이긴 한데 내가 좋아하는 스타일은 아니고, 사고방식이 통하는 것도 아니고, 결정적으로 지독한 된장녀였다. 에바 브라운이 가진 각종 사치품은 명품에 혈안이 된 21세기 된장녀 100명을 만족시키고도 남을 만큼 많았다.

물론 처음부터 에바가 된장녀 기질을 가지고 있었을 수도 있다. 하지만 내가 생각하건데 에바를 된장녀로 각성하게 만든 결정적인 계기는 진짜 히틀러 자체였다. 국민들이 자기를 금욕적이고 성실한 지도자로 여기기를 바랐던 히틀러는 에바를 늘 그늘 속에 있게 했다. 에바는 공식적으로 존재하지 않는 '총통의 여인'으로서 어둠 속에 있어야만 했다.

이해할 수 없는 점은 히틀러가 공개석상에서 에바에게 어떤 대우도 하지 않은 것은 그렇다 치더라도, 두 사람만 있는 사적인 자리에서도 그저 손만 잡았을 뿐 아무 일도 하지 않았다는 거다. 혹시 정말 고자였나?

늙은 히틀러야 그 정도로 만족했을지도 모른다. 하지만 기력과 욕구가 한창 왕성한 20대, 30대의 보통 젊은 여자인 에바 브라운이 단순히 마음만 주고받는 사랑으로 만족할 리가 없지 않은가? 당연히 그 이상을 바라게 마련이다.

히틀러는 에바가 여자로서 갖는 성적 욕망을 채워주지 못하는 대신 이를 물질로 채웠다. 호화로운 아파트와 별장을 지어주고 전 유럽에서 보어만을 시켜 긁어모은 사치품을 안겨주었다. 전쟁이 어떻게 진행되건 말이다.

에바가 된장녀일 뿐이라면 문제는 차라리 쉬웠다. 진짜 히틀러처럼 사치품이나 잔뜩 안겨주면 되었으리라. 그리고 나는 나대로 살면 된다.

하지만 에바는 질투가 지독하게 강했다. 원래부터 히틀러 밑에 있던 여비서들에 대해서도 경계하는 눈빛을 단 한 번도 거두지 않았고, 새로 내 옆에 들인 여자 부관들에 대해서는 매의 눈으로 노려보았다. 자기 이외에 다른 여자가 웃으면서 나와 대화를 나누는 행동 자체를 받아들이지를 못했다. 에바가 옆에 있으면 나는 숨이 막혀서 살 수가 없을 지경이었다.

물론 에바 브라운으로서야 나를 자기 남자인 아돌프 히틀러라고 생각하고 있을 것이고, 당연히 자기 남자에게 접근하는 모든 여자를 도둑고양이 후보쯤으로 여기는 게 자연스럽겠지. 하지만 나는 히틀러가 아니란 말이다! 히틀러 몸에 들어온 것만 해도 짜증나 죽겠는데 왜 여자까지 히틀러한테 물려받아야 해?!

게다가 이미 말했지만 에바는 내 스타일이 아니다. 나로서는 딱히 마음에 드는 스타일도 아닌 에바를 위해 내 주변에 두는 사람들에게 제약을 두고 싶은 생각이 털끝만큼도 없었다. 문제는 그렇다고 에바를 버리거나 죽일 수는 없다는 거다. 우리 두 사람 사이를 알고 있는 부하들이 보는 눈이 있지 않은가.

나는 가능한 자연스럽게 에바를 멀리했다. 먼저 전쟁 지도가 바쁘다는 핑계로 에바와 만나는 접점을 가능한 줄였다. 그리고 에바가 자기보다 어리고 예쁜 내 부관들에게 노골적으로 신경질적인 태도를 나타내기 시작하자 '당신은 복잡한 베를린 대신 공기 좋고 풍광 좋은 곳에서 정양할 필요가 있다'고 꼬드겼다. 보어만을 통해 보석과 모피를 안겨주면서 진행한 그 설득에만 3주일이 걸렸다.

살풍경하고 혼잡한 베를린 대신 베르크호프에 가서 한 달쯤 편안히 휴식을 취하고 있으라고, 그러면 내가 휴가를 좀 내서 베르크호프로 따라가겠다고 해서 간신히 내 옆을 떠나게 했는데! 겨우 열흘 만에 돌아올 줄이야! 그리고 문은 대체 누가 열어준 거야?!

"에, 에바, 지금 이건…."

순식간에 당혹감이 온몸을 덮쳤다. 옆 테이블에서 큐를 잡고 있는 엘사와 베르타는 그렇다 치고, 한나는 영락없이 내 품에 안겨 있는 꼴이었기 때문이다. 급히 변명할 말을 찾았지만 입에서 문장이 되어 나오는 말이 없었다.

"닥쳐요, 아돌프! 어떻게 나한테 이런 지독한 짓을 할 수가 있지요? 난 당신을 사랑했어요. 그래서 꾹 참으면서 당신 그림자 속에 머물러 있었지요. 그런데! 그런데! 나를 베르크호프에 보내 놓고 당신은 이 화냥년들과 같이!"

에바는 정말 화가 났는지 자기 두 다리로 서지도 못했다. 바닥에 쓰러진 에바가 통곡하는 모습을 보고서야 한나가 슬쩍 내 품을 빠져나가 베르타 옆으로 갔다. 나는 당구대 앞에 엉거주춤하게 선 자세 그대로 딱딱하게 굳어 있었다.

"내가, 내가 10년 동안 당신 곁에 있기 위해서 얼마나 많은 희생을 했는데! 얼마나 많은 것들을 포기했는데! 내게는 늘 매몰차게 굴면서 키스 한 번, 포옹 한 번 해주지 않던 당신이 어떻게 이럴 수가 있어요!"

에바는 내 얼굴은 보지도 않고 바닥에 눈물을 흘리며 흐느꼈다. 그 모습을 보고 있으려니 그동안 에바에게 안겨준 온갖 사치품 목록을 나열하면서 계산은 바로 하자고 따져보고 싶은 생각이 들었다. 하지만 지금 에바를 상대로 그런 행동을 해보았자 사태 해결에 별다른 도움이 될 것 같지 않아 포기했다. 그냥 입을 다물고 있는 게 더 나을 것 같았다.

"헤르만이 귀띔해주지 않았으면 당신이 저 계집년들과 이렇게 놀아나고 있으리라고는 상상도 하지 못했을 거예요. 아돌프, 나는 당신에게 어떤 말도 듣고 싶지 않아요. 내 심장은 지금 말로 표현할 수 없을 만큼 큰 슬픔 때문에 파열했어요. 당신을 이제까지 한 점 거짓 없이 사랑해 온 나 자신이, 그리고 나와 당신이 만나게 한 호프만[1] 씨까지 저주스러워요!"

페겔라인, 네놈이 에바에게 불을 질렀구나. 복도에 경비원이 하나도 없는 것도 저놈이 쫓아낸 탓이겠지. 좋다, 에바가 저 감동적인 연설을 끝내기만 하면 네놈에게 톡톡히 감사 인사를 하마. 곱게 죽지는 못할 거라고 생각해 둬라.

그런데 에바가 언제까지 화풀이 연설을 계속할까 생각하니 이제 그만 끊고 내가 방을 나가는 게 좋겠다는 생각이 들었다. 에바가 나갈 때까지 기다려서 부관들과 게임을 계속하기에는 이미 흥이 깨졌고, 기분을 잡친 상황에서 다시 시작해 봐야 재미도 없을 거다. 나는 천천히 당구대에서 몸을 일으키면서 에바를 진정시키려고 시도했다.

"에바, 오늘 일은 조금 미안하게 됐어. 그런데 지금 내가 하던 건…."

"닥쳐요, 아무 말도 듣고 싶지 않아요!"

순종적인 에바로서는 절대 보여주지 않던 거친 모습이었다. 아무래도 말로만 해서는 안 되겠다 싶어 에바에게 다가가려고 하자 느닷없이 에바가 시커먼 쇳덩어리를 손에 들었다. 몸을 떨면서도 침착하게 옆에서 상황을 살피고 있던 엘사가 갑자기 공포의 외침을 토했다. 에바가 나를 향해 총을 들이댄 것이다. 나는 떨리는 목소리로 에바를 진정시키려고 했다.

"에, 에바, 난 당신을 사랑해. 일단 손에 든 건 좀 내려놓고…."

---

1 히틀러의 전속 사진사. 에바 브라운은 원래 호프만의 조수였다가 히틀러를 만나 사랑에 빠졌다.

"그만요! 아돌프, 당신은 이제 날 사랑하지 않아요. 당신은 내가 나이 들고 추해지자 내게 싫증이 났어요. 그래서, 그래서 이 젊고 예쁜 화냥년들을 부관이랍시고 데려다 놓고 이렇게 놀아난 거예요!"

에바는 총을 쥔 손을 부들부들 떨더니 다시 한 번 고개를 숙이고 오열했다. 당구대 옆으로 나선 내가 다가가려고 하자 에바는 잠시 내렸던 총을 다시 똑바로 들어 내 가슴을 겨누었다.

"이젠 다 끝이에요. 내 인생은 이걸로 끝났어요. 하지만 나 혼자 끝날 수는 없어요. 아돌프, 나랑 함께 가요. 우리 다음 생애에서 다시 새로운 인생을 살아요. 모두에게 떳떳한 부부가 되어서 행복하게 사는 거예요."

눈물에 젖은 얼굴에 결연한 빛을 띠고 이런 말을 하니 뭘 시도해 볼 수가 없었다. 게다가 손에 들린 권총은 흔들흔들 떨리면서도 정확히 내 쪽을 겨누고 있었다. 일촉즉발의 상황인데 경비병들은 아무도 달려오지 않았다. 페겔라인 저 자식, 도대체 바깥에서 무슨 짓을 해 놓은 거지? 하지만 그런 생각을 할 여유가 없었다.

"에바, 에바! 잠시 진정해. 나는 당신을 사랑한다고. 지금 이건 단지…."

"그만 닥치라고요!"

얼굴이 눈물범벅이 된 에바가 절규하면서 방아쇠를 당겼다. 뜻밖에 고통은 느껴지지 않았다. 단지 엘사와 베르타가 찢어질 듯한 목소리로 지른 비명만이 귀에 들어왔을 뿐이다. 내가 비틀거리자 눈물을 줄줄 흘리는 에바가 내게 다시 총을 겨누었다.

"고통스럽게 해서 미안해요, 아돌프. 하지만 당신에게만 힘든 고통을 주진 않아요. 나도 당신이랑 같이 갈 거예요. 우리, 다음 생에는 꼭 평범한 부부로 태어나요.”

두 발의 총성이 더 울렸다. 나는 더 이상 두 발로 서 있지 못하고 바닥에 쓰러졌다. 고개를 들 힘이 없어 눈만 치켜뜨니 여전히 울고 있는 에바가 자기 머리에 총을 갖다 대는 광경이 눈에 들어왔다. 그 뒤에는 페겔라인이 서서 웃고 있었다. 내가 저 놈을, 저 놈을…하고 되뇌는데 에바가 자기 머리에 총을 쏘았다. 두개골이 터지면서 내 얼굴에도 피와 뇌수가 튀었다.

아무 말도 하지 못하고 쓰러져 있으려니, 다가와서 에바가 죽은 것을 확인한 페겔라인이 내 얼굴을 들여다보았다. 내가 아직 눈을 뜨고 있자 소리 없이 미소를 짓더니 자기 허리에서 총을 뽑아 나를 겨누었다. 너무 무서워진 내가 질끈 눈을 감자 총성이 한 발 더 울렸고 모든 것이 암흑 속으로 빠져들었다.

## *2*

“총통, 그만 일어나십시오!”

“으, 으음?”

“깨우라고 하신 시간입니다.”

나는 급히 고개를 좌우로 흔들면서 주변을 확인했다. 분명히 방금 전에 당구실에 있다가 에바에게 총을 맞았는데? 하지만 지금 여기는 집무실이었고, 몸에 총을 맞은 흔적도 없었다. 손에는 큐 대신 연필이 들려 있었다. 그렇다면 해답은 뻔했다. 절로 한숨이 나왔다.

“총통, 잠자리가 편치 않으신 탓에 기분이 좋지 않으신 것 같은데 의무실에서 하덴베르크 박사를 불러올까요? 혹시 몸이라도 좋지 않으십니까?”

엘사가 걱정스러운 표정으로 내 안색을 살폈다. 나를 걱정하는 그 목소리를 듣고 재빨리 살폈지만 새까만 친위대 정복을 승마바지까지 말끔히 차려입은 엘사에게 당구장에서 보던 것 같은 긴장한 태도는 보이지 않았다. 놀란 표정이 눈앞에 있을 뿐이었다.

"제기랄, 역시 꿈이었나."

맥이 풀렸다. 나는 그대로 의자에 털썩 몸을 기댄 다음 맥없이 말했다.

"아니, 괜찮다. 잠시 혼자 있고 싶으니 부관실로 가 있게. 필요하면 부르지."

"예, 알겠습니다. 총통."

엘사가 조용히 문을 닫고 나갔다. 나는 그 뒷모습을 보면서 방금 전까지 내 눈앞에 있던 광경을 떠올렸다. 타이트한 미니스커트 타입으로 개조한 몸에 딱 맞는 제복을 입고 당구대에 기대 서 있던 엘사와 베르타의 늘씬한 몸매를 말이다. 눈앞에 빛나는 보석이 둘이나 있었는데, 손도 대 보지 못하고 깨고 말았다. 젠장, 꿈이었는데! 마음대로 할 수 있었는데!

"제기랄! 유럽을 지배하는 총통이라고 해 봐야 마법사 신세인 건 똑같구만!"

나는 거칠게 일어서서 집무실 안을 씩씩거리며 돌아다니기 시작했다. 한동안 그럭저럭 참고 잘 지냈는데, 또 그런 꿈을 꾼 걸 보니 아무래도 또 발정기(…)가 온 건가 싶었다. 생물학적인 욕구는 정말 어쩔 수 없는 건가.

이제 와서 하는 이야기지만 처음 이 몸으로 들어왔을 때 가장 먼저 확인한 사항 중 하나가 이 몸이 정말로 성적 장애가 있는지 없는지 여부였다. 히틀러가 고자니 짝불알이니 실은 여자였느니 하는 어처구니 없는 소리들이 사실이 아니라는 것을 확인하고 나자 안심이 되었다.

문제는 정상이건 비정상이건 아무 상관이 없다는 사실이었다. 히틀러는 평소 대중에게 자신이 청렴하고 금욕적인 지배자라고 주장해 왔다. 그런데 이제 와서 그 이미지를 깨고 하렘을 만들 수도 없는 것 아닌가!

물론 그렇다고 해서 '내' 부하들도 도덕적인 건 아니다. 공처가 힘러도 정부와 사생아를 두었지만 괴벨스에게는 명함도 못 내민다. 이 작자는 선전장관이라는 자기 지위를 이용해서 여배우들을 주로 후리고 다녔는데, 내가 괴벨스처럼 놀 수는 없는 일이다. 사회적인 시선이 집중되는 여배우를 건드렸다가는 곧바로 스캔들이 터질 텐데, 그 뒷감당을 어떻게 하라고?

한다고 치자. 여자 한번 맛보자고 그동안 금욕적인 지도자로서 독일 국민들에게 쌓은 신뢰를 쓰레기통에 흘려보내란 말인가? 처칠에게 선전전에 활용할 소재거리를 던져주고? 난 그럴 만큼 여자에 굶주린 색골은 아니다.

물론 안전한 해결책이 없는 건 아니다. 확실히 내 주변에 있으면서 입도 무거운 여자, 에바 브라운이랑 관계를 가지면 된다. 하지만 말했잖은가. 내 스타일 아니라고! 본의 아니게 히틀러 몸에 들어오긴 했지만, 〈히틀러의 여자〉까지 물려받을 생각 따위는 정말 없어!

혼자 씩씩거리고 있으려니 갑자기 뭐에 씌웠었는지 몰라도 베르타를 건드렸던 반 년 전 그날이 떠올랐다. 그날 나는 하지 말아야 할 일을 했다. 사회적으로 권력이 있는 남자들이 흔하게 저지르는 일이기는 하지만, 그렇다고 해서 그게 정당한 일이 되는 건 아니다.

순간적으로 고조되었던 흥분이 가라앉고 나니 스스로 부끄럽다는 생각이 들었다. 당연히 사과를 해야 했지만 그날 이후 다를랑이 저지른 배신, 스탈린그라드 함락 등등 충격적인 일이 연달아 일어나는 바람에 기회를 잡지 못했다.

정말 여자를 얻고 싶다면, 권력이라는 강압적인 수단을 사용해서 해치울 게 아니라 진실한 행동을 통해서 마음을 얻어야 할 텐데 그날 내 행동은 정말 실수였다. 저쪽 세계에서 연애 한 번 제대로 못 해 본 후유증이 이쪽에서도 영향을 미치는 건가? 전 유럽을 제패한 독재자가 이런 문제를 신경 쓰게 될 줄은 생각도 하지 못했다. 나는 거칠게 인터컴 스위치를 눌렀다.

"이봐!"

– 예, 총통.

하필 지금 대기하는 근무자가 베르타였다. 잠깐 움찔했지만 곧 마음을 굳히고 다시 발신 버튼을 눌렀다.

"잠시 기분전환을 하고 싶다. 전략회의를 마친 뒤에 교외로 나갈 테니 기사에게 차를 준비시켜 놓도록."

– 수행원은 누구로 하시겠습니까?

"귀관과 슈나이더 중위, 권세 대위로 하게."

– 알겠습니다, 총통.

인터폰에서 손을 떼고 한숨을 쉬었다. 한나까지 셋 다 데리고 나갔다가 혹시라도 꿈에서처럼 곤란해지고 싶지는 않았다. 게다가 아무리 꿈에서라지만, 자기가 먼저 적극적으로 나서서 유혹하던 한나가 막상 문제가 터지자 혼자서 슬쩍 뺑소니를 치던 장면이 생각나 좀 꺼림칙했다. 오늘은 한나를 놓고 가도록 하자. 어차피 한나에게 용무가 있는 외출도 아니니까.

### 3

자동차가 베를린 교외에 있는 한적한 숲으로 왔다. 여기는 내 전용 소풍 장소로, 주변에 일반인이 출입하지 못하도록 무장친위대 소속 총통경호대 중대병력이 철저하게 경비하고 있다. 사방 2km 안에는 누구도 들어올 수 없었다.

"총통, 저희가 자리를 비워도 정말 괜찮으시겠습니까? 혹시라도 무슨 일이 생긴다면…."

"괜찮네, 귄셰. 나 혼자 있는 것도 아니고 슈나이더 중위와 크라프트 소위가 함께 남아있지 않는가. 아무 염려 말고 세 시간만 평안히 내가 쉬게 해 주게. 만약 긴급히 보고해야 할 긴급사항이 생긴다면, 시간이 되기 전이라도 좋으니 크게 경적을 울리면서 차를 몰고 오게."

"알겠습니다. 그럼 세 시간 뒤에 모시러 오겠습니다."

귄셰는 운전사와 함께 차를 몰고 갔다. 이제 세 시간 동안 이 숲 속에는 완벽하게 세 사람만 있게 되었다. 나와 미녀 부관 두 명, 이렇게 말이다. 자동차가 저쪽으로 사라지자 나는 피식 웃으며 농담을 꺼냈다.

"자, 이제 우리 셋만 남았으니 어떤 이야기든 할 수 있겠지. 혹시 귀관들이 나를 쏜다고 해도 누구도 막지 못할 거야.".

"어머, 총통. 농담이 지나치십니다."

농담이라고 생각했는지 두 사람이 웃음보를 터트렸다. 나도 살짝 웃었다. 하지만 마음 한구석에서는 불안감이 없지 않았다. 두 사람의 신상에 대해서는 임용 전에 철저하게 조사했지만 알 수 없는 일이니까.

"그래, 설마 그럴 일은 없겠지. 사실 권세 대위를 내보낸 건 다른 이유가 있어서라네."

엘사와 베르타가 궁금해 하는 표정으로 나를 향해 시선을 보냈다. 아직 얼굴에서는 웃음기가 가시지 않고 있었다. 헌데 내 용건을 듣고서도 저 표정이 유지될까?

속을 털어놓기 전에 일단 몸부터 편해 놓고 볼 일이다. 개울가 풀밭에 엘사가 펼친 돗자리 위에 누워 사지부터 쭉 뻗었다.

"아아, 상쾌하다. 역시 가끔은 이렇게 자연을 느낄 필요가 있어. 전쟁 지도는 내 심신을 너무도 피폐하게 만든다."

"베르크호프에 가시거나, 먼저 가 계시는 브라운 양을 돌아오라고 하시면 어떻겠습니까? 총통께서 편안히 쉬시기에 베르크호프처럼 조용한 곳에서 브라운 양과 함께 시간을 보내는 것만큼 효과가 좋은 휴식처도 없지 않나 하는데요."

무릎을 모으고 내 옆에 앉은 엘사가 웃으며 말을 건넸다. 하지만 나는 누운 채 고개를 저어 엘사가 한 조언에 대한 거부감을 표했다.

"아니, 별로 좋은 생각이 아니로군. 요즘 브라운 양은 너무 신경질적인 태도를 보이고 있어서 나를 편안히 해주지 못하네. 내가 브라운 양을 베르크호프로 보낸 건, 브라운 양이 자연 속에서 휴식을 취하게 하기 위해서이면서 내가 브라운 양과 떨어져 휴식을 취할 필요도 있기 때문이야. 나는 요즘 브라운 양과 함께 있는 시간이 너무 힘들다네. 아닌 말로, 브라운 양이 있으면 자네들과 말 한 마디도 제대로 할 수 없지 않은가."

원래 에바는 남자들만 바글거리는 부관실에는 아무 관심이 없었다. 에바가 경계하는 주된 대상은 비서실에 있는 민간인 여비서들이었다.

헌데 재작년 가을에 엘사가 들어오면서 여자 부관이 처음 생겼다. 뒤이어 작년 가을에 베르타가, 겨울이 끝날 즈음에 한나까지 들어오자 에바는 완전히 부관실을 감시 대상으로 삼았다.

에바는 수시로 부관실에 와서 여자 부관들을 갈궜다. 게다가 내가 부관들 중 한 명과 단 둘이 집무실에 있지는 않은지, 혹시 부관들이 침실로 들어오지는 않는지 엿보았다. 그리고 에바에게 지시를 받고 내 주변을 살피는 하수인 노릇을 하는 작자가 바로 페겔라인이었다.

페겔라인! 저쪽 세계에서도 힘러와 짝짜꿍이 되어 전쟁 막바지에 내 뒤통수를 치려고 했던 바로 그놈이다. 44년에 에바 브라운의 여동생과 결혼하여 에바의 제부가 되면서 권세를 잡았던 놈. 오토 슈코르체니를 비롯해 많은 사람들이 거만하고 비열하다고 싫어했지 아마.

원래 역사대로라면 페겔라인은 이 시점에는 아직 동부전선에서 빨치산 소탕에 종사하다가 몇 달 뒤에나 부상을 입고 후송되었을 터이다. 하지만 이쪽 세계에서는 원래 역사보다 1년이나 일찍 베를린에 돌아와 에바 브라운의 여동생 그레틀을 꼬셔서 결혼해 버렸다.

이것도 사실 근원을 따지면 내 탓이긴 하다. 빨치산 토벌이 현지인 보조부대가 담당할 몫이 되면서 페겔라인이 지휘하는 무장친위대 제8기병사단 플로리안 가이어가 빨치산 소탕에 투입되지 않고 소련군을 상대하는 최전선으로 보내졌기 때문이다. 제기랄, 역사가 바뀔 바엔 아예 뒈져버릴 것이지. 왜 또 살아서 돌아오긴 돌아와?

우리 역사에서 페겔라인이 어떻게 행동했는지 뻔히 아는 나로서는 저놈하고 어떻게든 얽히고 싶지 않았다. 하지만 사실상의 처제인 그레틀이 페겔라인에게 눈이 돌아가 있는데 뭐라고 할 여지가 없었다. 에바랑 싸우고 싶지도 않고. 문제는 자기 줄이 에바라고 확신한 페겔라인이 에바를 위해 내 주변을 캐는 스파이 짓을 시작했다는 점이었다.

꼴같잖게 구는 페겔라인을 처치하는 건 쉬운 일이다. 전선으로 다시 전출시키면 된다. 하지만 내가 페겔라인을 전방으로 보내면 그레틀이 울면서 총통관저로 달려올 테고 그러면 에바가 난리를 칠 것이 뻔했다.

요즘 에바의 히스테리는 한번 벌어지면 총통관저를 통째로 뒤집어 놓았다. 그 난리통을 겪지 않으려면 페겔라인이 에바를 위해 나를 감시하고 있어도 참는 수밖에 없었다. 그래서 내가 택한 대책이 바로 휴가를 즐기라면서 에바를 동생 부부와 함께 베르크호프에 있는 에바 소유 별장으로 보내 버린 것이었다.

"지금 내게는 브라운 양이 주는 것과 다른 휴식이 필요해. 그저 조용히, 편안히 쉬는 것이라면 음악을 틀고 나 혼자 방에서 쉬는 것으로 족하다. 하지만 오늘 나들이는 순전히 휴식을 취하러 나온 게 아니야."

"예?"

옆에 앉아 있던 엘사와 베르타 두 사람 모두 놀란 듯 눈을 둥그렇게 떴다. 몸을 일으킨 내가 시선을 베르타의 얼굴에 고정하자 당황한 듯 베르타가 얼굴을 붉히며 시선을 아래로 내리깔았다. 나는 잠시 이를 악물었다가 별렀던 사과의 말을 입 밖으로 꺼냈다.

"크라프트 소위, 작년 11월에 내가 저지른 잘못에 대해서 사과하고자 하네. 차마 다른 사람들이 보는 앞에서 털어놓기에는 너무도 부끄럽고 창피한 일이라 일부러 호젓한 자리를 마련했어. 사과를 받아주겠는가?"

전혀 예상하지 못한 언급에 얼굴이 빨개진 베르타가 차마 눈을 들지 못하고 바들바들 떨었다. 나와 베르타의 얼굴을 번갈아 쳐다보며 어리둥절해하던 엘사가 내게 물었다.

"저, 총통. 도대체 무슨 영문인지 모르겠습니다. 총통께서 크라프트 소위에게 뭔가 실수라도 하셨는지요?"

잠깐 망설였다. 하지만 어차피 엘사는 이러려고 데리고 온 거다.

"권력을 앞세워서 성적으로 희롱했네."

"네?!"

그렇지 않아도 큰 엘사의 두 눈이 평소보다 두 배는 될 정도로 커졌다. 나는 속으로 한숨을 쉬며 사태의 전말을 설명했다.

"지난 11월에, 내가 가진 권력을 방패삼아 크라프트 소위에게 성적 쾌락을 줄 것을 강요했네. 다행히 도중에 긴급 보고가 들어오는 바람에 방해를 받아 중단했는데 지금 생각하면 참 다행이었지. 참으로 비도덕적이고 부당한 행위였으니까."

내가 진짜 50대였으면 사회적 권력으로 하는 이런 종류의 갑질을 당연하게 여겼을지 모른다. 하지만 선배가, 친구가, 여동생이 겪는 온갖 더러운 꼴을 다 보고서도 내가 한 행동을 당연하게 받아들일 수는 없었다.

베르타도 별 내색은 않고 있으니 그냥 한 번 실수한 걸로 치고 넘어갈 수도 있다. 하지만 나 스스로가 마음이 영 불편했다. 그래서 상당한 노력 끝에 이 정도 고백을 스스로 쥐어짜낼 수가 있었다.

"귀관을 함께 데려온 건 신뢰할 수 있는 증인이 필요했기 때문이다. 나와 크라프트 소위를 모두 알고 있으면서 비밀도 지켜줄 수 있는, 그런 증인이 필요했다."

"알겠습니다, 총통."

짧게 대답한 엘사는 고개를 살짝 숙였다. 표정을 살필 수 없게 되었지만 크게 중요한 문제는 아니었다. 오늘 주로 상대해야 할 대상은 베르타니까.

"슈나이더 중위, 크라프트 소위. 자네들이 총통관저에 들어온 건 총통으로서 수행해야 하는 내 임무를 돕기 위해서지 내 육체적인 욕망을 채워주기 위해서가 아니야. 그런데도 크라프트 소위에게 그런 부당한 짓을 하다니, 명백히 내 잘못일세. 사과를 받아주겠나, 크라프트 소위?"

베르타는 얼굴을 붉힌 채 아무 말도 하지 않고 있었다. 두 손을 맞잡은 채 얼굴이 빨개져서 어찌할 줄 모르던 베르타가 한참 만에 겨우 입을 열었다.

"용서라니, 말도 안 되는 분부십니다. 우리 독일민족을 이끄는 영도자이신 경애하는 총통께 어떤 방법으로든 한순간이나마 기쁨을 드릴 수 있다면 제게는 영광입니다."

"응, 그래…뭣?"

이게 뭔 뚱딴지같은 소리야? 깜짝 놀랐다. 눈을 크게 뜨고 베르타를 보는데, 볼이 붉어진 채 고개를 숙인 베르타가 빠르게 자기 말을 토해냈다. 꼭 둑이 터진 것 같았다.

"아아, 총통! 저는, 아니 저 아니라 누구라도, 육체적으로든 정신적으로든 총통께 휴식과 평안을 드릴 수 있다면 어떤 노력도 마다하지 않을 것입니다. 총통께서 저를 품어 즐거움을 느끼실 수 있다면, 기꺼이 저 자신을 바치겠습니다."

뭐, 뭐라고?!

## 4

어버버하게 있는 사이 베르타가 내 품으로 뛰어들어 꼭 끌어안았다. 그리고 눈물을 흘리며 중얼거렸다.

"총통께서 그날 제게 손을 대신 이후, 다시 불러주시기를 얼마나 기다렸는지 모릅니다. 브라운 양께서 경계하고 계시는 줄은 알지만, 힘들게 민족을 이끄는 총통께서 저로 인해 위안을 얻으실 수만 있다면 뭐든지 하겠습니다."

이 무슨 어처구니없는 소리인가. 히틀러와 나치에게 충성스러운 애들 가운데 부관을 뽑았으니 히틀러 빠순이일 거야 짐작했지만, 이건 좀 아니잖아?!!

"이봐, 슈나이더 중위! 크라프트 소위 좀 말려 주게!"

보통은 힘으로 하면 웬만한 남자는 웬만한 여자보다 세다. 그런데 베르타가 워낙 강하게 달라붙어 있다 보니 환갑이 다 되어 가는데다가 운동부족 니트인 히틀러의 팔로는 힘이 부족해서 떼어지지가 않았다. 게다가 바닥에 앉아 있다가 기습…을 당한 처지다 보니 힘도 잘 들어가지가 않았고, 결정적으로 아무 데나 잡아서 떼어낼 수가 없었다(…).

"뭘 보고만 있나? 도와줘!"

내가 외치는데도 엘사는 멍한 표정을 한 채 꼼짝도 하지 않았다. 더 버티지 못하게 된 내가 베르타와 엉킨 채 바닥에 쓰러져서 뒹굴고 있으려니, 그제야 엘사가 다가왔다.

"총통, 너무하세요. 크라프트 소위에게만 그런 기회를 주시다니…."

"무슨 소리야!"

가슴이 덜컥했다. 급히 고개를 들어 눈을 마주치자 눈물이 글썽거리는 엘사의 눈이 시야에 들어왔다.

"저는 벌써 1년 반이나 총통 곁에 있었어요. 총통께서 원하셨다면, 그동안 얼마든지 총통을 모실 수 있었을 텐데…왜 들어온 지 얼마 되지도 않은 크라프트 소위여야 했나요? 제게는 왜 기회를 주시지 않았죠?"

"슈나이더 중위, 지금 무슨…!"

헛소리 말고 어서 베르타나 떼어놓으라고 소리를 질러 꾸짖으려는 순간, 느닷없이 부드러운 살덩어리가 내 입술을 덮쳤다. 따뜻한 체온과 그에 따르는 생전 처음 경험하는 부드러운 감촉이 느껴지는 순간, 나는 마치 감전이라도 된 것처럼 아무 것도 생각할 수 없게 되었다.

"총통께서 아까 말씀하신 것처럼 여기는 저희밖에 없어요. 괜한 질투로 총통께서 불편해지시게 하진 않을게요. 저희 두 사람 다 사랑해 주세요, 총통. 시간은 충분해요. 귄셰 대위가 오려면 2시간도 더 남았으니까요."

숨이 막힐 것 같은 키스를 마친 엘사가 헐떡이면서 내 귓가에 속삭였다. 열기를 품은 뜨거운 입김이 귓불을 스치자 간신히 남아 있던 이성의 편린이 풍선을 타고 저 높은 하늘로 날아갔다. 내 가슴에 얼굴을 묻고 있던 베르타도 고개를 들어 호소했다.

"총통, 브라운 양은 베르크호프에 계시잖아요. 슈나이더 중위 말대로 우리가 이런 시간을 가져도 모르실 거예요. 저희를 원하신다면 지금 이 자리에서 얼마든지 드리겠어요."

이게 정말 현실 맞나? 어버버하고 있는 사이 엘사와 베르타 모두 상의 단추까지 끄르고 양쪽에서 매달리고 있었다. 두 사람의 손이 내 상의 단추를 끄르기 시작했다. 부드러운 살이 와 닿고 몸에서 풍기는 은은한 향취까지 코로 들어오자 점점 정신이 혼미해졌다.

나, 나 마법사 탈피하는거야? 이 숲 속에서? 그것도 엘프 둘을 상대로?

"슈나이더! 크라프트!"

마침내 이성의 끈이 완전히 끊어졌다. 양편에 있는 두 사람을 내 양팔로 있는 힘껏 한번 끌어안고, 남은 상의 단추를 내 손으로 푼 다음 몸을 일으켜 두 사람에게서 벗어났다. 그리고 내 생애 이제껏 한 번도 해본 적이 없는 행위를 실행에 옮기려는 참이었다.

"까아악!"

느닷없이 천지를 진동시키는 자동차 경적 소리가 울렸다. 굉음에 놀란 엘사와 베르타가 비명을 질렀다.

"뭐, 뭐야!"

나도 깜짝 놀라서 급히 고개를 들고 주변을 마구 둘러보았다. 점점 가까이 다가오고 있는 저 경적 소리는 권세가 탄 내 차가 분명했다! 경적 소리는 이미 근처까지 와 있었다.

"뭐하나! 얼른 일어나! 크라프트, 어서 옷 입어!"

베르타는 허겁지겁 옷매무새를 추스르며 흐트러진 머리를 정돈하고 있고, 엘사는 멍하니 넋이 나가서 꼼짝도 못 하고 있었다. 내가 소리를 지르자 화들짝 놀라 뛰어 일어난 엘사가 급히 복장을 정돈했다. 나도 급히 상의 단추를 채우고 떨어져 있던 모자를 주워 썼다.

대충 수습이 되었을 때 저쪽 모퉁이에 내 차가 나타났다. 잠시 지켜보는 사이 내 앞에 차가 멎었고, 자리에서 일어서 있던 나는 매우 불쾌한 기분으로 고함을 질렀다.

"뭔가! 도대체 무슨 일이야?"

차에서 내린 권세는 얼굴에 당혹감이 가득했다. 고함을 지르기는 했지만 나도 약간 걱정이 되었다.

"뭔가! 소련군이 2차 춘계 대공세를 벌였나? 아니면 아프리카 전선에 무슨 사태라도 생긴 건가? 설마 영국군이 베를린에 대낮에 대규모 폭격을 벌였다거나?"

"세, 셋 다 아닙니다. 총통, 그야말로 비상사태입니다. 브라운 양이 총통관저로 돌아와 총통께서 부관들만 거느리고 나들이를 나가신 줄 다 알고 있다면서, 당장 자기를 총통께서 계신 곳으로 데려가라고 마구 화를 내고 있습니다!"

"뭐, 뭐라고!

순간적으로 뇌가 회전을 멈췄다. 아니 이런 뭣같은 경우가 왜 생긴 거야?!

"브라운 양이 베를린에 왜 왔단 말인가! 베르크호프에 있을 텐데!"

"그것이, 오늘 오전에 갑자기 베를린으로 돌아와야겠다면서 근처 비행장에 대기하고 있던 전용기를 타고 돌아오셨습니다. 베르크호프 관리를 맡은 인원들도 브라운 양이 떠나는 것을 전혀 알지 못할 정도로 갑작스러운 출발이었답니다."

혼자 베르크호프로 가라고 한 바람에 삐져 있는 에바를 구슬리느라고 내 전용기에 태워 보낸 것이 실수였다. 수틀리면 그 비행기를 타고 곧바로 베를린으로 돌아올 수 있다는 생각을 못 하다니. 누굴 탓할 수도 없는 문제였다.

"제기랄, 당장 관저로 돌아간다!"

내 지시를 받은 운전사는 도로 상황이 되는 한 최고속도로 달렸다. 만약 여기가 아우토반이라면 바람처럼 달렸겠지만 숲속이라서 밟아봤자 그다지 빠르지도 않고 흔들리기만 미치도록 흔들렸다. 하지만 에바가 히스테리를 일으키는 상황이니 빨리 달려가 보지 않을 수가 없었다. 에바가 자칫 엉뚱한 짓을 지나치게 벌여 에바에 관한 이야기가 총통 관저 밖으로 새어나가기라도 한다면 골치가 아파질 테니까.

"그런데 갑자기 왜 돌아온 거지?"

승용차 뒷좌석에서 두 부관과 함께 흔들리던 내게 가장 큰 의문이 이 문제였다. 조수석에 앉은 귄셰가 우물쭈물 대답했다.

"소관도 정확한 것은 모릅니다만, 베르크호프에 있는 프리데부르크 대위가 알려온 바로는 베를린으로부터 전화를 받고 곧바로 출발했다고 합니다."

"전화? 누구한테 온 전화인데?"

"친위대 전국지도자 소속 부관인 헤르만 페겔라인 대령인 것 같다고 했습니다."

페겔라인 이 개새끼! 정말로 이 씨발놈을 어떻게든 처단해 버려야지 안 되겠다. 귄셰가 건네는 메모를 받으니 페겔라인이 베르크호프에 전화를 건 시각은 대충 내가 자동차를 준비하라고 한 직후였다. 에바는 페겔라인에게 연락을 받고서 곧바로 비행장으로 달려간 게 분명했다.

"좋아. 하지만 페겔라인 대령은 내가 차를 타고 나온다는 사실은 알지 모르지만 누구와 함께 어디에 가는지는 알 수 없었어. 그런데 어떻게 브라운 양이 내 출타 목적을 알고 있지? 그냥 공무차 주변 순시를 하러 나갔다고 했으면 될 것 아닌가!"

귄셰가 무척 난처한 투로 대답했다.

"저, 그것이, 혼자 부관실에 남아 있던 피셔 소위를 다그쳐서 대답을 얻어내신 것 같습니다. 다른 사람도 아닌 브라운 양이 매섭게 추궁하니 피셔 소위가 그만 총통께서 슈나이더 중위, 크라프트 소위와 함께 소풍을 나가셨다고 사실대로 실토해버린 모양입니다."

망할, 망할! 아까 그 꿈은 이런 사태를 빚어낼 징조였나! 그냥 가만히 관저에나 있을 것을, 괜히 사서 고생을 하게 되다니! 게다가 괜히 말을 꺼냈다가 엘사와 베르타가 갑자기 폭주하는 바람에 엉뚱한 고생까지 했잖아! 게다가 사이는 더 난처해지고!

엘사와 베르타도 문제지만 에바는 당장 눈앞에 떨어진 불벼락이다. 어떻게 해야 에바를 진정시킬 수 있을까 하는 생각에 이를 악물고 신음을 토하는데, 왼쪽에 앉아 있던 엘사가 갑자기 앗 하고 나지막한 비명을 질렀다. 의아해진 나는 엘사의 얼굴을 보았다.

"무슨 일인가, 슈나이더 중위?"

얼굴이 새빨개진 엘사는 입술을 움직이기는 했지만 선뜻 소리를 내서 대답하지 못했다. 답답해진 나는 엘사의 얼굴 앞에 귀를 가져다댔고, 그제야 나지막하게 속삭이는 소리를 들을 수 있었다.

"버, 벗어놓은 속옷을 숲에 놓고 왔…."

…말을 말자. 나는 그대로 쿠션에 몸을 파묻고 눈을 감았다. 아아, 미쳐 날뛰고 있을 에바를 어떻게 진정시키지? 엘사랑 베르타는 한나에 비하면 훨씬 입이 무거운 애들이니 에바에게 빌미가 될 수 있는 소리는 절대 안 할 게다. 하지만 같이 나들이를 갔다는 사실 하나만 가지고도 에바는 두 눈에 쌍심지를 켤 테니, 이 둘이 입을 다물어 봐야 본질적인 해결은 안 되리라.

도무지 답이 안 보인다. 아아, 어떻게 하면 좋지? 페겔라인은 총살해버리고 에바는 정신병원에라도 처넣어야 하나? 엘사랑 베르타랑은 또 어떻게 지내지? 그냥 아무 일도 없었던 것처럼, 전처럼 지낼 수 있을까?

아아, 한숨만 난다. 전쟁 치르는 것도 힘들어 죽겠는데 여자 문제까지 골머리를 썩이니 살 수가 없다. 제기랄, 독재자가 뭐 이래!

# 19장
# 쿠르스크 결전!

## 1

"각하! 공격에 앞서 상공 엄호를 맡은 공군 전투기들이 나타났습니다."

수십 기에 달하는 독일군 전투기들이 요란한 폭음을 울리며 언덕 위를 지나갔다. 새벽이 밝아오려면 아직 멀었건만, 혹시 나타날지 모르는 소련군 폭격기들로부터 지상군을 보호하고 제공권을 확실히 잡으려고 출격을 서두른 모양이었다. 언덕 위에 서 있던 외알 안경을 쓴 독일군 장군이 시끄러운 소리에 인상을 찡그렸다.

"부관, 랜턴."

얼굴을 잔뜩 찌푸리고 있던 장군은 손짓으로 부관에게 야전용 손전등을 가져오게 했다. 부관이 급히 전등을 켰다.

"6월 15일, 04시 27분."

장군은 부관이 켠 불빛에 시계를 비추며 시간을 확인했다. 가슴에 달린 기사십자장과 전상장 금장이 불빛을 받고 어둠 속에서 광채를 발했다. 옷깃에 붙은 계급장에서 번쩍이는 금빛 그림자는 이 계급장을 달고 있는 이가 독일국방군 육군 상급대장임을 알려주고 있었다.

"3분 후에 적 최전선에 대한 포병사격이 시작됩니다."

옆에 서 있던 작전참모가 차분하게 보고했다. 르제프 돌출부 방어를 맡아 작년 한 해 동안 소련군이 벌인 연이은 공세를 모조리 분쇄했으며 올해 3월에 르제프 돌출부에서 철수하면서도 소련군을 완전히 농락했던 독일 육군 9군 사령관 겸 2기갑군 사령관, 발터 모델 상급대장은 잠자코 고개를 끄덕였다.

독일군 사상 최대, 아니 인류 역사상 최대 규모로 벌어질 단일 전투가 이제 막 개시될 참이었다. 모델은 전선 반대편에 과거 자신과 몇 번이나 포화를 교환했던 적장, 로코소프스키가 기다리고 있음을 알고 있었다.

4시 30분, 드디어 대기하던 포병이 사격을 개시했다. 포탄과 로켓탄이 연이어 날아가 적진을 강타했다. 포격이 진행되는 중에도 폭격기들이 간간이 적진 후방으로 날아가 폭탄을 투하했다. 아마 지금쯤 호들갑을 떨고 있을 적 예비대나 비행장을 표적으로 삼고 날아갔으리라.

준비포격은 정확히 1시간 동안 계속되었다. 수만 발에 달하는 포탄과 폭탄이 포니리 방면에 배치된 소련군을 강타하고 나자 모델이 단호한 목소리로 명령을 내렸다. 짧았지만 이 한 마디면 작전을 개시하는 데 충분했다.

"진격하라!"

참모와 통신병들이 곧바로 9군 예하 각 부대에 작전 개시 명령을 하달했다. 유무선으로 신호가 접수되자 9군 예하 수십만 병사들과 차량

수천 대가 일제히 남쪽으로 진군하기 시작했다. 같은 시각에 돌출부 남쪽에서는 만슈타인 휘하에 있는 남부집단군이 일제히 북쪽을 향해 발길을 옮겼다.

동부전선을 완전히 안정화시키고자 하는 이 작전에는 돌출부 서쪽에서 소련군 주력을 견제하는 병력을 제외하고도 병력 120만, 전차 및 자주포 3천량, 항공기 3천기, 대포 1만 2천문이 투입되어 있었다. 만약 이 작전이 실패한다면 동부전선이 말 그대로 흔들리게 될 정도로 많은 전력을 동원했다.

투입된 병력과 전차 숫자는 실제 역사보다 좀 더 많았는데, 단순히 수만 많은 것이 아니다. 질적으로는 비교가 무의미할 만큼 수준이 높다. 전차만 해도 당대 최강인 티거가 3백 량, 판터가 4백 량이나 된다. 판터 같은 경우에는 문제의 소지가 될 부분을 일찍부터 개선하도록 지시해서 완료했다.

이만한 준비라면 실제 역사에서처럼 명색이 최신예 전차 주제에 기차에서 내리다가 엔진에 불이 나고, 전역 이틀 만에 전체 차량 중 절반이 고장으로 전선에서 이탈하는 바보 같은 사태는 벌어지지 않을 것이다.

저쪽 세계 역사에서 사상 최대 규모로 벌어진 격전이었고, 여기서도 아마 최대 격전이 될 쿠르스크 전투가 막을 올렸다.

## *2*

내가 쿠르스크 전투를 확실히 결행할 수 있게 된 건 스탈린 덕분이다. 스탈린이 레닌그라드 해방을 이뤄내면서 군과 민간을 막론하고 국내적으로 위기감이 고조된 것이다. 소련군이 레닌그라드를 단단히 확보하면서 지금 북부집단군과 중부집단군은 거대한 가위 안에 들어가 있는 것과 마찬가지 상태가 되었으니까 말이다.

소련군이 펼친 가위는 레닌그라드와 쿠르스크라는 두 개의 날을 가지고 있다. 하지만 쿠르스크에 있는 소련군 역시 우리 중부집단군 및 남부집단군 사이로 파고들어 있으니, 독일과 소련은 서로 주먹 하나씩을 상대에게 내밀고 있는 셈이었다. 이는 독일과 소련 쌍방에 똑같은 기회, 똑같은 위험부담을 안겨주는 상황이다.

아군 전선 우측에서 튀어나온 적 돌출부를 그대로 두면 벌어질 일은 뻔하다. 돌출부에 있는 적군은 자기편 우익부대와 연계하여 아군 좌익을 후방에서부터 포위하여 섬멸함으로써 아군 전선을 붕괴시키려고 들 것이다. 하지만 아군이 선수를 친다면 소련군을 상대로 똑같은 일을 시도할 수 있다. 소련군 예비전력이 충실히 남아있는 상태에서 공세를 건다면 우리도 위험하겠지만, 레닌그라드 방면에서 공세를 유도해 적 예비대를 대량으로 소모시킨 만큼 우리가 이길 확률은 높아졌다.

스탈린 쪽에서도 공세를 벌일 이유는 있다. 스탈린은 장군들이 제기한 반대를 무릅쓰고 밀어붙였을 레닌그라드 해방작전이 성공하면서 엄청난 자신감을 얻게 되었기 때문이다.

전쟁 초기에 장군들이 제시하는 의견을 거스르면서 승리를 거듭한 히틀러가 그랬듯이, 스탈린 역시 자신이 군사 지도자로서 어마어마한 재능을 가졌다고 믿게 되었다. 그리고 자신감을 얻은 스탈린이 다음 차례로 저지를 일도 히틀러와 같았다. 곧바로 새로운 목표를 향한 후속작전을 벌이는 것이다.

"현재 파악된 바에 따르면 소련군은 6월 22일부로 돌출부 서쪽 끝으로부터 공세를 개시, 남부집단군과 중부집단군 사이를 깊숙이 파고들 계획입니다. 빌니우스를 최종 목표로 하여 프리피야트 소택지 가장자리를 따라 진격함으로써 아군이 제대로 대응하기 전에 우리 북부 및 중부집단군 전체를 포위, 발트해로 몰아넣어 섬멸해 버리겠다는 겁니다."

"그 스탈린이 세웠다는 계획, 어디서 본 작전과 많이 비슷하군."

"맞습니다. 만슈타인 원수가 입안했던 〈낫질 작전〉과 사실상 동일한 작전입니다."

공세 하루 전, 소련군이 준비하고 있는 공세에 대해 카나리스가 마지막 전략회의에서 브리핑하는 것을 들으면서 생각했다. 피로스가 거둔 승리일지언정 스탈린은 레닌그라드에서 승리했다. 그렇다면 이번 전투에서는 우리가 소련군을 이겨 줘야 균형이 맞지 않겠는가. 그것도 압도적인 대승리를 거둬 주지 않으면 수지가 맞지 않는다.

"놈들은 우리가 레닌그라드 방면에서 후퇴하면서 적어도 자기들만큼은 손실을 보았다고 생각하고 있습니다. 그래서 약화된 북부집단군이 보충을 마치기 전에 중부집단군과 함께 쓸어버리겠다는 계획을 세운 모양입니다."

"실행에 옮길 수만 있다면 정말 역사에 남을 대작전이 되겠지. 농익은 과일과 같은 발트3국과 벨로루시는 나무 밑에서 입을 벌리고 기다리는 스탈린에게 그대로 떨어지고 말이야. 하지만 지금 소련군이 그런 작전을 성공시킬 능력을 가지고 있는지는 의문이군 그래."

내가 스탈린을 비웃자 다른 장군들도 모두 따라 웃었다. 하지만 브리핑을 하고 있던 카나리스는 웃지 않았다. 아니 이때뿐 아니라 그 어떤 자리에서도 카나리스는 웃지 않았다.

"현시점까지 소련군이 돌출부 내에 준비한 병력 규모는 우리가 공세를 위해 준비한 전력에 버금갑니다. 스탈린은 병력 140만, 장갑차량 2천7백량, 항공기 2천8백기, 각종 화포 1만5천문을 돌출부 안에 집결시키라는 명령을 내렸습니다. 다만 스탈린은 돌출부 방어가 아니고 자기가 계획한 대공세를 준비하기 위해 병력을 모았으므로 돌출부 내에 투입된 소련군은 대부분 서쪽 끝에서 공세를 준비하게 됩니다. 돌출부 양 측면 방어에 투입된 병력은 약 40% 정도입니다."

140만이라, 정말 러시아에 남아 있는 병력자원을 영혼까지 긁어모았구나. 그 전력을 가지고 어느 한 집단군을 골라서 정면으로 결전을 벌이면 우리도 승패를 장담할 수 없을 텐데, 어떻게 독일 2개 집단군을 한 방에 포위해서 섬멸한다는 황당한 계획을 세우게 된 걸까. 그런 기동이 정말 가능하다고 생각한다는 말인가.

이렇게 되기를 바라긴 했지만, 스탈린은 내 예상보다 훨씬 잘 움직여주었다. 발트해까지 진격하겠다니! 세상에나!

설마 정말로 그런 계획을 세운 것은 아닐 게다. 발트해 진격이야 그저 구호일 뿐이고, 그 중간 어딘가가 목표겠지. 아무리 스탈린이 멍청이라고 해도 군대를 지휘한 경험이 없는 것도 아닌데 현 전선에서 발트해까지 쉬지도 않고 진군한다는 허황된 계획을 세웠을 리는 없다. 주코프 같은 장군들이 그 말을 들을 리도 없고.

어쨌든 놈들이 공세를 준비하고 있다면 나로서는 잘 된 일이다. 실제 쿠르스크전에서 독일군이 직면한 것과 같은 우주방어[1]가 없을 테니 말이다.

---

1 스타크래프트 같은 실시간 전략 게임에서 적 병력이 소진될 때까지 철저한 방어 태세를 취하는 전략을 가리키는 Space Defence(공간 방어)가 오역된 표현.

뚫어도뚫어도 이어지는 지뢰밭, 대전차호와 대전차포 포열, 땅에 파묻은 전차와 기관총좌와 또 지뢰밭과…. 직접 겪지는 않았지만, 아군이 상상만으로도 무시무시할 정도로 첩첩이 구축된 방어선을 뚫어야 했을지도 모른다고 생각하니 몸서리가 쳐졌다.

"늘 나를 실망시키지 않는 귀관과 아프베어 소속 요원들에게 감사하오. 요 근래 들어 아프베어는 중요한 첩보를 꾸준히 성공적으로 수집함으로써 우리 제3제국이 승리를 거두는데 크게 공헌했소. 이에 치하하는 바요."

"감사합니다, 총통."

아프베어가 벌이는 정보수집활동을 칭찬하자 카나리스는 고개를 숙여 감사를 표하기는 했다. 하지만 얼굴에 미소 한 가닥이 흐르지 않는 모습을 보자 정말 궁금해졌다. 저 인간은 올해부터 결정적으로 역사가 바뀌는 바람에 나도 모르게 된 소련군 군사정보를 어떻게 캐 오고 있는 거지? 일전에 내가 집무실로 따로 불러서 지금 아프베어가 소련 정권 내에 확보한 정보원(原)에 대해 대놓고 캐물어본 적이 있다. 그때 카나리스는 정말로 눈썹 한 가닥 꿈틀거리지 않고 이렇게 대답했다.

"아프베어에 정보를 제공하는 협조자들은 수없이 많고, 총통께서 이들을 모두 알고 계셔야 할 필요는 없습니다. 협조자들이 제공하는 정보 중에는 가치가 없는 것들도 허다하며 내용이 상반되거나 중복되어 상호비교 및 검증을 거친 후 정리해야 하는 경우도 비일비재합니다. 바로 이 검증과 정리를 위해 아프베어가 있습니다. 총통께서는 모든 정보가 어디서 나왔는지 굳이 직접 확인하실 필요가 없으며 정리된 결과만 참고하시면 충분하다고 저는 생각합니다."

카나리스가 자기 정보 소스를 알려주지 않겠다고 대놓고 선언하니 나로서도 뭐라고 할 말이 없었다. 할 말이 없어 잠시 침묵하다가 분위기 무마용으로 그냥 적당히 몇 마디 해서 보내고, 뭔가 문제가 생기기 전까지는 신경 쓰지 않기로 했다. 지금까지도 나는 카나리스가 어디서 정보를 얻고 있는지 그 출처를 모른다.

지금 무엇보다 급한 건 소련군을 쳐부수고 동부전선을 안정시키는 거다. 아프리카군단이 지키는 튀니지 교두보가 점점 위태로워지고 있는 만큼, 동부전선부터 안정시켜야 이탈리아 방어를 단단히 할 수 있다. 크게 고개를 끄덕인 나는 여기서 회의를 끝내기로 했다.

"좋소. 그럼 이제 다들 내일 새벽에 시작될 전투에서 아군이 대승리를 거두기를 기원합시다. 야만적인 볼셰비키들조차 충격을 받아 나가떨어질 정도로 결정적인 대승리를 말이오."

### *3*

"발티, 적이다!"

하마터면 놓치고 지나갈 뻔했다. 무장친위대 제1기갑사단 〈라이프슈탄다르테 아돌프 히틀러〉 사단 소속 제1SS전차연대 13중전차중대 3소대장 미하일 비트만 소위는 급히 포수 발타자르 볼에게 사격명령을 내렸다.

측면 경계를 소홀히 한 채 돌진하던 2소대 소속 티거 한 대가 매복하고 있던 소련군 대전차포에게 측면에서 사격을 받는 광경을 목격한 것이다. 측면 하부에 포탄을 맞은 2소대 티거는 궤도가 끊어지면서 그 자리에 멈췄다.

"2시 방향, 랏치 밤![1] 거리, 700!"

비트만은 제압해야 할 대전차포 진지의 거리와 방향을 정확히 판단하고 부하들에게 명령을 내렸다. 하리코프 전투에서부터 비트만과 함께 티거를 타고 호흡을 맞춰 온 승무원들은 구체적인 지시 없이도 마치 한 사람처럼 움직였다. 만약의 경우를 대비해 조종수인 베르거가 점심밥 각도[2]로 차체를 세우자 볼은 곧바로 포탑을 회전시켜 목표를 겨냥했다. 볼이 외쳤다.

"조준 완료!"

"발사!"

비트만이 구령을 내리자마자 볼이 발사 버튼을 눌렀다. 강력한 위력을 자랑하는 Kwk36 주포가 불을 뿜자 우렁찬 폭음과 진동이 곧바로 티거 전차의 육중한 포탑을 흔들었다. 바람을 가르며 날아간 8.8cm 고폭탄은 뒤늦게 이쪽을 발견하고 급히 방향을 바꾸려고 애쓰던 소련군 76.2mm 대전차포를 포병들과 함께 날려버렸다.

"명중! 탄약고까지 유폭했습니다!"

제대로 구축된 소련군 대전차포 진지는 포를 은폐하기 위한 은폐호 및 탄약 저장용 엄폐호로 구성되어 있다. 보아하니 전투를 치르느라 열어 놓은 탄약고가 유폭된 모양이었다. 만약 저놈이 2소대 차량을 향해 먼저 불을 뿜지 않았다면, 이쪽도 근거리에서 적에게 측면을 드러낼 뻔했다는 생각에 잠시 한숨을 쉰 비트만이 힘차게 외쳤다.

"전투 초기에는 놈들이 허둥지둥하더니, 사흘째가 되니 만만찮군.

---

1 대전차포를 가리키는 독일군 속어. 퓽 하고 날아와서(랏치) 쾅 하고 터진다(밤)는 의미이다.

2 전차 차체를 대전차포가 날아오는 방향에 비스듬하게 맞춰 포탄이 튕겨나가게 하는 대응법.

그새 놈들도 어느 정도는 준비를 갖춘 모양이다. 앞으로 저항이 더 심해질 테니 주의하라. 전차 전진!"

비트만과 부하들은 남부집단군이 벌이는 공세에서 좌익 최선봉을 맡고 있었다. 비트만이 지휘하는 13중전차중대 3소대는 2연대 3대대 장갑척탄병들을 지원하면서 소련군 방어선을 최선두에서 깨부수고 있었다.

새로 보급된 판터 전차를 장비한 제1SS기갑연대 1대대가 측면을 맡았고, 2대대 소속 4호 전차들은 역시 티거로 구성된 14중전차중대와 함께 우익을 형성하고 있었다. 북진하는 티거 앞을 막아서는 장애물은 무엇이든 파괴되었다.

"11시 방향, 기관총좌! 거리 600!"

"조준 완료!"

"발사!"

아군 보병이 진격하는 길을 가로막으려던 소련군 중기관총은 기관총수 두 사람과 함께 공중으로 흩날렸다. 승무원들이 환호성을 올렸지만 진군하는 보병을 지원하는 와중에도 비트만은 적이 출현하는 순간을 놓치지 않았다. 또다시 적을 발견한 비트만이 고함을 질렀다.

"11시 방향, T-34 다수! 거리, 1600!"

소련군 주력은 서쪽에 몰려 있다더니, 그쪽에서 급히 지원부대가 온 모양이었다. 비트만은 싱글거리면서 미소를 짓더니 말로만 불평을 했다.

"공군이 적 지원군을 제때 차단하지 않은 덕분에 전차전을 즐기게 되었군! 탄약수, 철갑탄 장전! 포수, 목표는 적 선두!"

탄약수가 포탄을 장전하는 사이 비트만은 무선을 차내 통신에서 소대통신으로 전환했다. 곧 비트만이 발하는 힘찬 목소리가 전파를 타고 소대를 구성하는 각 단차로 전해졌다.

"대대규모 T-34 접근 중! 전 차량 자유사격 및 단차별 각개전투 개시하라. 회피기동 중에 아군 보병을 깔아버리지 않도록 주의하라!"

– 야볼!

명령에 답하는 함성이 일제히 수신기를 통해 귀로 들어왔다. 비트만이 지휘하는 티거가 제일 먼저 불을 뿜었고, 다른 차량들도 비트만을 따라 연달아 포탄을 날렸다. 비트만의 포수 발타자르 볼이 발사한 포탄이 소련군 전차 대열 맨 앞에 있던 T-34 차체 전면을 파고들었다.

"명중!"

포탄에 맞은 T-34가 폭발을 일으키며 포탑이 공중으로 솟구쳤다. 볼이 명중 보고를 하는 순간 이쪽으로 달려오던 소련군 전차들도 일제히 포탄을 쏘아댔다. 소련군이 쏘아댄 포탄이 주변에 쏟아지면서 파편과 흙먼지가 사방을 뒤덮었다. 비트만이 급히 다시 무전기를 잡았다.

"각 단차 피해상황 보고하라!"

– 2호차 피해 없습니다.

– 3호차 피해 없습니다.

– 4호차 피해 없습니다.

"좋아. 슬슬 위험해질 거리다, 피탄 각도에 주의하면서 반격하라!"

이쪽에는 피해가 전혀 없음을 확인한 비트만이 자신감 넘치는 목소리로 부하들을 독려했다. 소련군 포탄은 모조리 빗나갔지만 비트만과 부하들은 첫 일제사격으로 소련군 전차 3량을 주저앉혔다.

티거가 탑재한 8.8cm 주포는 확실히 T-34가 장비한 76.2mm 따위와는 수준이 달랐다. 탄약수가 열심히 다음 포탄을 장전하는데 중대장으로부터 무전이 들어왔다.

– 케사르, 전진하지 말고 현 위치에서 적을 고착시켜라. 지금 아스가르드가 귀 소대 지원을 위해 초월전진[1]중이다.

"알겠습니다. 각 단차, 전진하지 말고 지형을 가능한 이용해서 궤도부를 보호하라! 아스가르드가 지원하러 오고 있다!"

비트만에게 지휘를 받는 3소대는 저돌적으로 맹진하는 소련군을 향해 마주 달려드는 대신 굴곡진 지표면을 최대한 이용하여 방어 태세에 들어갔다. 티거와 함께 전진하던 장갑척탄병들도 제각기 적절한 위치를 찾아 엄폐한 뒤 혹시 벌어질지 모르는 대전차전을 준비했다. 대전차 지뢰와 판처파우스트가 언제라도 적을 공격할 수 있는 준비를 갖추었다.

– 좌측, 아스가르드 진출 확인!

3소대 전차들이 정확한 사격으로 소련 전차 몇 대를 더 격파하는 사이, 제일 왼쪽에 있던 소대 2호차가 1대대 전차들이 앞으로 나가고 있다고 보고했다.

큐폴라 위로 몸을 내밀고 있던 비트만은 왼손으로 눈 위에 차양을 만들며 왼쪽을 보았다. 이제까지 후속부대로서 돌파구 측면을 확대하며 전진하던 1대대 1중대 소속 판터 18대가 일제히 전진, 소련군 종대를 우측에서 공격하는 장면이 보였다. 비트만이 미소를 지었다.

"로스케 놈들, 1대대를 보고 당황하고 있군."

2인용 포탑을 사용하는 T-34는 애초에 시야가 나쁘다. 비트만을 향해 돌격하는 것만 생각하고 있던 소련군은 분명히 측면 경계를 제대로

---

1 ⑴ 적과 대치하고 있는 아군 부대를 초월해서 전진하는 것. ⑵ 우군 부대가 점령 또는 잠적하고 있는 선을 통과하여 후방 부대가 전방 부대와 교대하여 전진하는 것.

하지 못하고 있었다.

어쩌면 소련군은 1대대 전차들을 발견하긴 했지만 독일 신형 전차가 아니라 아군이 노획해서 운용하는 T-34로 착각해서 위험하지 않다고 판단했는지도 모를 일이다. 판터는 정면 실루엣이 T-34와 흡사한데다, T-34가 탑재한 76.2mm 주포는 이 거리에서 도저히 표적을 맞힐 수 없으니까 말이다. 하지만 그들 측면에 나타난 것은 최신형 판터였다.

비트만은 1대대 1중대 전차들이 2천 미터 거리에서 일제히 주포를 발사하는 장면을 생생히 목격했다. 70구경장 Kwk42가 토해낸 75mm 포탄 18발이 일제히 T-34 대열을 향해 날아들자 대열 우측에 있던 T-34 10여 량이 일제히 터져나가는 모습이 똑똑히 보였다.

비트만은 부하들이 지르는 환호성으로 소대 무전망이 메워지자 자기도 소리 없이 미소를 지었다. 그리고 문득 들리는 엔진소리에 하늘을 보고 인상을 찌푸렸다.

"이런! 발티, 슈투카다! 우리 밥을 저놈들이 가로채겠는데?"

## *4*

"목표지역 상공 도달. 근처에 대공포는 없는 것 같다. 각 기는 표적 확인 바란다."

슈투카 조종석에서 내려다보는 지상은 포연과 불꽃으로 가득했다. 소련군은 진격하는 아군을 막아내려고 대전차포 진지와 기관총좌, 철조망을 구축해 놓았다. 하지만 급하게 만드느라 견고하지 못한 소련군 방어선은 전차와 포병, 보병이 긴밀하게 협조하며 진군하는 아군을 저지하지 못하고 있었다.

"놈들이 우릴 알아챈 모양이군. 꽤나 허둥대는데."

상공에서 자기들을 노리는 슈투카 편대를 발견했는지 비교적 후방에 있던 소련군 전차 40여 대가 갑자기 움직였다. 이 소련군 전차대는 독일군이 코앞에 올 때까지 들키지 않도록 구릉 뒤에 매복해 있었던 듯한데, 출격할 때가 되기 전에 언덕 꼭대기에 있는 관측반이 슈투카들을 발견한 모양이었다. 관측반이 급히 깃발을 휘둘러서 독일군 전차대 방향으로 전차들을 내몰고 있는 모습을 내려다본 루델이 유쾌한 표정으로 소련군을 비웃었다.

"자식들, 언덕 뒤에 토끼새끼처럼 숨어 있어봐야 우리 대포새가 노리면 피할 길이 없다는 걸 아는군. 어차피 죽을 거라면 우리 육군 전차들 쪽으로 돌진이라도 해보겠다고 생각하는 걸 보니 말이야."

– 그쪽으로 가도 별로 해볼 것도 없이 죽는 건 똑같을 텐데 말이죠.

헨첼은 발악하듯 질주하는 소련군을 향해 다소 연민을 보냈다. 양측 전차들이 가진 성능 차이를 생각하면 더 접근할 때까지 기다렸다가 치고 나가야 소련군에게 승산이 있다는 정도는 그도 알고 있었기 때문이다.

– 저것 좀 보십쇼.

언덕 그늘에서 뛰쳐나간 소련군 전차대는 전진하던 독일군 선봉과 1km의 거리를 두고 곧바로 맞닥뜨렸다. 양군 전차들은 일제히 발포했지만 소련군이 쏜 포탄은 한 발도 맞지 않았고, 독일군이 쏜 포탄은 세 발이 명중했다. 후속하던 소련군 전차들이 피격되어 불타는 동료 전차를 우회해서 계속 전진하려는데 다른 독일군 신형 전차들이 나타났다. 측면을 향해 사격을 퍼붓는 독일 전차대를 보면서 루델이 휘파람을 불었다.

"멋지군. 저 거리에서 절반 이상 명중이라."

판터 중대에게 피격된 소련 전차 십여 량이 불타올랐다. 남은 전차들은 파괴된 동료들 옆을 지나 그대로 전방으로 돌격하고 있었다.

"로스케 전차에는 무전기가 없지. 그래서 무슨 일이 벌어지고 있는지도 잘 모르는 게야."

휘파람을 분 루델이 유쾌하게 말했다.

"이해할 만은 하지, 헨첼. 저 로스케 강철 돼지들이 언덕 뒤에 그대로 있으면서 꼼짝도 안 하면, 제대로 저항도 못 해 보고 죄다 우리 깡통따개에 뚜껑이 따여 전멸했을 것 아닌가. 하지만 뛰어나가 우리 전차들과 뒤섞여버리면 우리가 폭격할 수 없을 거고, 근접전 상황을 만들어낼 수 있다면 운이 좋으면 우리 전차를 혹시 한 대쯤 잡을 지도 모르지. 그 전에 우리가 잡겠지만."

루델은 말을 마치기도 전에 그대로 강하하면서 공격 경로로 들어갔다. 탑재하고 있는 3.7cm 대전차포는 장탄수가 부족해서 6번밖에 쏠 수 없기 때문에 세심하게 조준해야 했다. 게다가 포연과 먼지 속에서 질주하는 전차를 명중시키려면 한층 더 큰 노력이 필요했다. 목표로 잡은 전차가 점점 커지다가 시야를 가득 채우는 순간 루델이 발사 버튼을 눌렀다.

"명중!"

3.7cm 철갑탄이 가장 장갑이 얇으면서 면적까지 넓은 T-34 차체 상부를 뚫고 들어가자 엔진이 깨지면서 연료가 새어나왔다. 다음 순간 새어나온 연료에 불이 붙으면서 시커먼 연기가 피어오르고, 전차는 그 자리에 멈춰 섰다. 승무원들이 급히 탈출하려는 순간 측면에서 날아온 75mm 포탄이 포탑 측면을 뚫었다. 포탑 내에서 유폭이 일어나며 사방으로 불꽃이 튀었다.

– 저건 우리가 잡은 겁니까, 거북이들이 잡은 겁니까?

"당연히 우리가 잡았지. 놈들은 이삭을 주웠을 뿐이야."

루델은 입으로는 헨첼에게 답하고 손으로는 고도를 회복하면서 눈으로 다음 표적을 물색했다. 동료기 2기가 루델을 뒤따라 강하하면서 소련군 대열을 공격하고 있었다. 소련군 전차대열은 슈투카들이 머리 위를 지나가는 것을 보고서야 흐트러졌고, 전차들이 신나게 사냥을 벌이고 있었다..

## *5*

"중부집단군 사령부에서 진군 속도에 대한 채근이 심합니다만…."

"9군 사령관은 클루게 원수가 아니라 나다. 얼마나 빠르게 진격할지는 후방에 있는 사령부가 아니라 전선에 있는 지휘관이 정한다. 사령부에서 뭐라고 하건 신경 쓰지 마. 설사 클루게 원수가 아니라 총통께서 직접 무전을 보내신다고 해도, 통신 담당일 뿐인 귀관이 두려워할 필요는 없다. 모든 책임은 내가 진다."

"알겠습니다, 사령관 각하."

6월 18일, 공세가 시작된 나흘째 저녁이었다. 통신참모가 경례를 하고 물러가자 한참 야전에서 작전회의 중이던 모델 상급대장은 손에 들고 있던 상황도를 책상에 내려놓았다. 그리고 옆에 있는 41기갑군단장 요제프 하르페 기갑대장 쪽으로 고개를 돌렸다.

"41기갑군단장. 23군단과 47기갑군단이 포니리 공격에 곤란을 겪고 있다. 소련군 병력은 별로 많지 않지만 생각보다 방어가 튼튼하군. 46기갑군단은 예비로 좀 더 대기시키겠지만 41기갑군단은 내일 아침 일찍 출동하라. 41기갑군단을 추가로 투입해서 공세를 재개하겠다."

"알겠습니다. 소련군에게 41기갑군단이 가진 힘을 확실히 보여주겠습니다. 신병기 엘레판트가 첫 출전을 하게 되겠군요."

하르페가 자신만만하게 대답하자 모델은 잠자코 고개를 끄덕였다. 눈에 낀 외알 안경이 전등 빛을 받아 반짝였다.

"생각 같아서야 나도 포니리를 우회해서라도 그대로 달려 내려가고 싶지만, 그럴 수는 없다. 포니리에서 남쪽으로 내려가는 철로는 오렐과 쿠르스크를 잇는 중요한 철도 요충지야. 이 철도는 전방에 있는 소련군을 지원하는 주요 보급로중 하나면서 우리가 쿠르스크를 점령했을 때 활용해야 할 주요 교통로이기도 하다. 그런 까닭으로 방어도 튼튼하긴 하지만, 41기갑군단을 동원하면 충분히 함락시킬 수 있을 거다."

"46기갑군단도 투입하면 어떻겠습니까?"

참모장이 내놓은 제안에 대해 모델은 고개를 가로저었다.

"안 돼. 돌출부 내 소련군 주력은 돌출부 서부에 집중되어 있었는데 이놈들이 언제 탈출 시도를 할지 모른다. 놈들이 탈출을 시도할 때 적시에 차단하려면 기갑군단 하나 정도는 예비대로 확보해 놓아야 한다. 지금 소련군은 전쟁 첫해처럼 포위당하기만 하면 그대로 와해되는 군대가 아니야. 46기갑군단은 계속 예비로 남겨두고 공세를 벌인다."

"알겠습니다."

참모장이 수긍하자 두 팔로 책상을 짚은 모델은 다시 상황도에 주의를 집중했다.

며칠 동안 전투를 치르면서 정찰을 반복한 결과, 지금 9군 전방에 있는 소련군은 로코소프스키가 이끄는 중앙전선군을 주축으로 하는 약 40만 정도 병력인 것으로 파악되었다. 남부집단군 정면에는 비슷한 규모를 가진 스텝 전선군이 가로막고 있다. 보로네시 전선군을 주축으로 하는 60만이 아직 돌출부 서부에 남아 있는 셈이다.

"아직은 스탈린이 돌출부 서쪽에서 공세를 가해 우리 후방을 차단한다는 계획을 완전히 포기하지 않은 것 같다. 우리 공세를 저지한 뒤 반격으로 전환할 심산이겠지. 하지만 그렇게 스스로를 속여 가면서 버티는 것도 얼마 안 남았어."

모델은 연필을 들어 지도 위에 있는 한 점을 짚었다.

"남부집단군은 지금 오보얀 남쪽 20km, 이브냐까지 북상했다. 이 속도로 계속 진군할 수 있다면 3일 뒤에는 오보얀에 도착할 것이고 다시 이레만 더 지나면 쿠르스크를 남쪽에서 포위할 수 있을 거야. 포니리만 이틀 안에 함락시키면, 우리도 그때쯤에는 쿠르스크에 도달할 수 있다. 그렇게 되면 쿠르스크 돌출부에 남아 있는 소련군은 포위될 테니 당연히 소련군 수뇌부는 그 전에 병력을 탈출시키려고 시도할 것이다."

탁자에서 몸을 일으킨 모델은 주의 깊은 표정으로 회의에 참석한 휘하 지휘관과 참모들을 훑어보았다.

"동부전선에서 우리 독일군이 재정비하고 승세를 굳히려면 필히 이 일전에 승리해야 한다. 제군들 모두 최선을 다해주기 바란다."

## *6*

"조심해라. 과부하가 걸리면 모터가 타버린다. 급경사다 싶으면 아예 올라가지를 마!"

– 알겠습니다.

6월 19일 아침, 41기갑군단 예하 제656중구축전차연대 소속 엘레판트 구축전차들은 첫 실전을 맞아 만반의 준비를 갖추었다.

독소 양군을 통틀어 실전에 투입된 최강의 대전차포인 71구경 장 8.8cm 대전차포는 어떤 적 전차든 한 발에 해치울 수가 있었고, 200mm에 달하는 장갑은 소련군이 사용하는 어떤 화포도 막아낼 수가 있었다. 문제는 하이브리드 엔진을 포함한 구동계가 갖는 형편없는 신뢰성이었다. 조금만 무리를 줘도 너무 쉽게 고장이 나는 것이다.

– 중위님. 이런 괴물이 어떻게 생산된 겁니까? 화력이 최강이고 방어력도 범접할 상대가 없는 건 좋은데 기동력은 쓰레기도 이런 쓰레기가 없지 않습니까. 이놈 관리하느라 죽겠습니다.

조종수 괴를리츠 하사가 투덜거렸다. 큐폴라 위로 머리를 내밀고 있던 차장 콜비츠 중위가 고개를 갸우뚱거렸다.

"그건 나도 몰라. 풍문으로 듣기로는 저 뭐시기 포르쉐 박사? 그 양반이 무턱대고 만든 거라고 하더라만. 총통께서 쓸데없는 짓은 하지 말라고 경고를 주셨는데도 그냥 자기가 만들고 싶은 대로 만들었대. 서너 대 만들었으면 그냥 다 고철로 버리라고 했을 텐데, 육군에서 발주도 안 받았으면서 백 대나 만들었다나? 산더미같이 쌓인 전차를 보고 총통께서도 차마 버리라고 할 수가 없어서 개선점 몇 가지만 지적한 다음 완성해서 전선으로 보내라고 하셨다더군. 그렇게 해서 이 무지막지한 놈을 우리가 올라타고 있는 거지."

– 그 포르쉐 박사라는 작자는 전차를 타 본 적이 없는 게 틀림없습니다! 전차를 타본 적이 있다면 고작 언덕 하나 기어오르지 못하고 엔진이 타버리는 이따위 물건을 만들 리가 없어요.

괴를리츠 하사가 계속 툴툴거리자 콜비츠 중위가 피식거렸다.

"조종수인 자네한테는 안됐지만, 그래도 일단 전투에 돌입하면 화력과 방어력 쪽이 더 중요하니 이 차도 좋지 않나? 아무리 기동성이 좋아도 장갑이 얇고 화력이 약하면 전투에 투입할 수가 없어. 엔진이 망가진 전차는 고쳐서 쓸 수 있지만 공격을 받기만 하면 박살이 나거나 적 전차를 파괴할 수 없는 전차는 다시 투입할 수 없으니 말이지."

괴를리츠 하사는 반박하지 못하고 입속에서만 웅얼거렸다. 듣고만 있던 포수 히스터 중사가 낄낄거렸다. 싱긋 미소를 짓던 콜비츠 중위가 표정을 굳히며 지시를 내렸다.

"전방 400m에 위장한 적 대전차 진지! 2시 방향! 기관총으로 제압해!"

괴를리츠 하사는 방금 전까지 투덜거리던 사람 같지 않은 빠른 반응속도로 진행방향을 돌려 전방기관총이 설치된 차체 정면이 적 대전차포를 향하도록 했다. 곧바로 기관총이 불을 뿜었지만 은폐하고 있는 목표를 단번에 찾기는 힘들었다. 목표를 찾지 못한 기관총수가 잠시 사격을 멈춘 사이 상대가 먼저 이쪽을 겨냥하고 불을 뿜었다. 하지만 엘레판트는 간단히 대전차포 탄환을 튕겨냈다.

– 목표 확인. 제압합니다.

적을 정확히 겨냥하고 다시 불을 뿜은 기관총은 소련군 대전차포병들을 줄줄이 쓰러트렸다. 몇 명 남지 않은 소련군 운용요원들이 필사적으로 다음 포탄을 쏘려고 했지만 엘레판트를 따라오던 보병들이 먼저 손을 썼다. 피리소리를 내며 떨어진 8cm 박격포탄이 대전차포 진지에 명중했고, 소련군 포병들이 공중으로 튀어 올랐다.

"좋아, 진격한다! 혹시 우리가 놓치는 녀석들이 있으면 따라오는 보병과 돌격포들이 처리해 줄 테니 뒤통수 맞을 걱정은 하지 말고 마음껏 진격해 보자고. 괴를리츠! 무리한 기동은 하지 말고 차분히 진격해. 이반 놈들이 사용하는 어떤 화기로도 이 엘레판트를 파괴할 수는 없으니 말이야!"

– 알겠습니다.

티거보다 강력한 화력과 장갑을 갖춘 엘레판트가 돌파하지 못할 소련군 진지는 없었다. 콜비츠 중위는 유쾌한 기분에 휘파람을 불었다. 소련군 대전차총에서 날아온 총탄이 얼굴 주변으로 날아들었지만 그깟 사소한 위험 때문에 승리에 대한 확신이 흔들리지는 않았다. 곧 뒤따라오던 3호 돌격포가 기관총을 퍼부어 소련군 대전차총 팀을 제압했다.

## 7

편대가 이미 전멸했는데도 포기하지 않고 필사적으로 반항하던 마지막 La–5[1] 뒤에 Bf109F형 전투기 한 대가 따라붙었다. 소련군 조종사는 어떻게든 벗어나려고 발버둥을 쳤지만 Bf109는 목표를 놓치지 않고 끈질기게 접근했다. 도저히 탄환이 빗나가지 않을 만큼 접근한 Bf109가 기관포를 퍼붓자 라보치킨의 연료탱크가 그대로 폭발을 일으켰다. 목제 동체에 불이 붙자 상황은 걷잡을 수 없게 되었고, 조종사는 탈출 시도조차 하지 못했다.

바짝 따라붙어서 적을 격추시킨 Bf–109는 적기가 폭발하면서 튀는 파편에 맞지 않기 위해 유연하게 빠져나왔다. 고도를 올린 Bf109는 땅바닥에 처박힌 적기 주변을 잠시 맴돌았다. JG52 소속 조종사인 에리히 하르트만 소위가 지금 막 30번째 적기를 격추시킨 참이었다.

– 우리 부비가 솜씨가 많이 늘었는데?

---

1 소련군 주력전투기 중 하나인 라보치킨(Lavochkin) La–5. 성능은 우수했으나 당시 소련에 비행기를 만들 금속이 부족해서 목재로 기체를 만든 점이 특징이다.

"칭찬 감사합니다."

JG52에서 가장 우수한 에이스들 중 하나로 90기를 격추한 선배 로스만 소위가 무전으로 축하 인사를 보냈다. 로스만 소위는 풋내기였던 하르트만에게 전장에서 전과를 올리고 살아남기 위한 실전 요령을 가르친 스승이기도 했다.

– 자네는 단 한 가지만 봐도 정말 우수한 조종사야. 아나?

"어떤 점이 말씀이십니까?"

– 실수를 잊지 않거든. 나랑 같이 나갔던 첫 출격에서 어처구니없는 짓을 하긴 했지만 그 뒤로는 절대 반복하지 않았으니 말일세.

하르트만은 멋쩍게 웃었다. 작년 10월에 첫 실전을 겪었을 때 공황에 빠져 하늘을 헤매다가 동료들과 헤어지고, 연료가 떨어진 비행기로 불시착을 하다가 비행기를 날려먹은 일이 떠올랐던 것이다.

"노력하는 것뿐입니다."

– 그걸 못하는 녀석들도 많으니까. 자, 돌아가자고.

"네."

이들 편대는 남부집단군 소속 SS기갑군단에게 근접항공지원을 제공하는 슈투카 편대를 엄호하고 있었다. 소련군 전투기들은 이번 전투 초기부터 필사적으로 아군 지상공격기들을 공격했고, 루프트바페 전투기들은 부쩍 늘어난 임무 때문에 하루에도 몇 차례씩 반복해 가며 출격해야 했다. 요즘은 소련군 전투기도 전쟁 초기보다 성능이 좋아진 데다 조종사들 솜씨도 좋아져서 독일 조종사들도 점점 힘겨워지고 있었다.

"음, 저게 뭐야?"

선회하던 하르트만이 눈살을 찌푸렸다. 지평선 저쪽, 서쪽에서 대규모 소련군 전차부대가 몰려오는 모습이 보였다.

"편대장, 잠시 지상정찰 허가를 요청합니다. 소련군이 대규모로 이동하고 있습니다."

– 우린 연료가 얼마 없다. 정찰기 출격을 요청할 테니 귀관은 대략적인 규모와 방향만 확인하고 귀환하도록.

"알겠습니다."

하르트만은 자신과 로테를 이루는 요기 1기만 거느리고 접근중인 소련군 대부대가 있는 방향으로 날아갔다. 하지만 얼마 가지도 않아 소련군 부대가 있는 서쪽 하늘에서 소련군 전투기 수십 기가 날아오고 있다는 사실을 깨닫고 기수를 돌렸다. 전차 수백 대가 이동하고 있는 광경을 분명히 목격했으니, 굳이 위험을 더 무릅쓰지 않아도 보고할 거리는 충분했다.

## *8*

"소련군이 공세를 포기하고 우리를 막아서기로 결심했다."

6월 21일 밤, 소련군이 접근한다는 첩보를 전달받은 남부집단군 사령부에서는 주요 지휘관 및 참모들을 소집한 가운데 긴급회의가 열리고 있었다. 사령부는 최전선을 따라 전진, 제2SS기갑군단 지휘부와 함께 움직이고 있었다.

돌출부 북부에서 공세를 벌인 모델이 서두르지 않고 조심스럽게 진격한 것과 달리, 남부에서 공세를 지휘한 만슈타인은 가능한 빠른 속도로 진격하도록 명령했다. 덕분에 소련군은 제대로 방어진지를 구축할 시간을 갖지 못했고, 북부에서처럼 대전차포와 진지선을 구축하는 대신 방어전에 결사대와 항공기를 주로 투입했다.

소규모이기는 해도 치열하게 저항하는 소련 육군 결사대는 전진하는 아군을 의외로 지독하게 붙들고 늘어졌다. 필사적으로 방어에 나선 소련 공군 역시 큰 장애물이었다. 소련 공군이 중부전선 일대에서 가용 항공기를 전투기건 폭격기건 모조리 끌어다가 만슈타인을 저지하는데 투입했기 때문이다. 이런 방해 때문에 남부집단군도 만슈타인이 원했던 만큼 빠르게 진군할 수는 없었다.

"공군이 제공한 정보에 따르면 수백 량에 달하는 전차가 돌출부 서쪽에서 오보얀을 향해 급히 이동하고 있다. 돌출부 서쪽에서 적과 대치하고 있던 2군으로부터도 전선 반대편에 있는 소련군이 소극적인 태도를 보이고 있으며, 전차부대를 서둘러 후방으로 보내고 있다는 정보가 어제부터 전달된 바 있다. 소련군이 돌출부 서쪽에서 계획하고 있던 공세를 마침내 포기하고 우리 남부집단군을 저지하기 위해 나섰음이 분명하다."

만슈타인이 손에 든 지휘봉이 지도 위에 있는 몇몇 지점을 죽 짚으면서 지나갔다.

"현재 전투가 진행되는 상황으로 미루어볼 때 놈들은 내일 오전에 제2SS기갑군단과 프로호로프카에서 정면으로 충돌하게 될 것으로 예상된다. 하우서 대장, 귀 부대는 현재 가용전차가 얼마나 되오?"

"오늘 18시 현재부로 군단 전체에서 티거 64량, 판터 172량, 기타 3호, 4호, 마르더 등을 통틀어서 180량 정도가 지금 가동 가능합니다. 돌격포는 107량입니다. 이 정도 전력이면 소련군이 5,6백량쯤 되는 T-34[1]를 투입한다고 해도 어렵지 않게 상대가 가능합니다. 다만 소련

1 소련군 주력전차. 이 시기에는 76.2mm 주포를 달고 있으나 후에 85mm로 업그레이드한다.

공군 지상공격기들이 자기네 육군을 지원하기 위해 매우 치열하게 공습을 가해올 터이므로, 공군이 확실히 상공을 엄호해주어야 합니다."

파울 하우서는 지난번 겨울에 제2SS기갑군단을 이끌고 제2차, 제3차 하리코프 전투에서 소련군을 완전히 휘몰아쳤던 용장이다. 지금까지 만난 적 중 가장 규모가 큰 소련군 전차부대가 몰려오고 있다는데도 전혀 동요하지 않았다.

"놈들은 포위되지 않으려고 필사적으로 나오는 겁니다. 필시 돌출부 내에서 가용한 전차를 전부 긁어모았을 테니 이번 회전에서 승리하면 쿠르스크 돌출부 내에서 버티는 적군에게는 보병밖에 남지 않을 겁니다. 이반 놈들에게 우리 SS기갑군단이 얼마나 강한지 한 번 더 보여주겠습니다."

본래 육군 중장 출신이고 육군에 머물렀다면 원수가 되고도 남았을 하우서로서는 딱히 육군에 대한 우월의식을 주장할 생각은 없었다. 그리고 무기 공급 과정에서 힘러가 부리던 농간을 총통이 강력하게 통제하면서 친위대 기갑사단이나 육군 기갑사단이나 가릴 것 없이 동등한 수준에 해당하는 장비를 지급받고 있었다. 그럼에도 육군에서는 많은 장병들이 친위대에 비해 자신들이 낮은 대우를 받고 있다고 여겼다. 이 자리에서도 'SS기갑군단'을 '강조'하는, 하우서를 불편하게 여기는 이들이 여럿 있었다.

"좋소. 놈들에게 우리 독일군이 가진 힘을 확실히 보여주시기 바라오."

만슈타인은 이쯤에서 회의를 끝냈다. 내일 벌어질 결전을 위해서 준비할 시간이 필요했다.

## 9

"발사!"

구령과 함께 전차가 뒤흔들렸다. 소련군은 선두 대열에 있던 전차가 연달아 직격탄에 맞아 주저앉아도 멈추지 않았다. 들판을 가득 메운 소련군 전차들이 맞건, 안 맞건 상관없이 포를 쏘아대면서 맹진격하는 모습에 큐폴라[1] 위로 몸을 내밀고 있던 비트만도 질릴 지경이었다.

"얼른 장전해! 발티, 11시 방향! 거리 900!"

"조준 완료!"

"발사!"

또 한 대의 T-34가 차체를 관통당하고 그 자리에 멈췄다. 포탑 해치를 열고 전차장과 포수가 뛰어나오는 모습이 보였다.

"끝이 없구나. 장전 서둘러! 1시 방향! 거리 1천!"

쉴 새 없이 장전과 발포가 계속됐다. 새벽녘에는 양군이 보유한 지상공격기와 폭격기들이 한바탕 전장을 휩쓸었지만, 곧바로 출동한 양쪽 전투기들이 상공에서 치열한 공중전을 벌이면서 상대편 공격기들이 항공지원을 하지 못하게 방해했다. 루프트바페는 최선을 다해 막는 것 같았지만 지금도 간혹 소련군 공격기들이 나타나 기관포와 폭탄을 퍼부었다. 소련군 전차라면 얼마든지 상대할 수 있는 비트만으로서도 비행기는 감당하기 힘들었다.

"제기랄! 저놈의 흑사병[2]만 처리해 주면 전차는 안 잡아 줘도 돼!"

IL-2 한 대가 기관포를 긁고 지나가자 잠시 고개를 숙였던 비트만

---

1 전차 포탑 위에, 전차장이 몸을 노출시키지 않고 안전하게 주변을 관측할 수 있도록 만들어 놓은 원형 구조물.

2 소련군 지상공격기 IL(일류신)-2가 가하는 맹렬한 지상공격에 치를 떤 독일군들이 이 비행기를 흑사병이라고 불렀다.

이 투덜거렸다. 비트만으로서야 아군이 적을 공습하지 못하는 것은 별 문제가 아니었고, 이쪽이 공습을 받지 않아도 되는 상황이면 충분했다. 소련 전차는 몇 대가 몰려오건 두렵지 않았다. 비트만은 잠시 주변을 둘러보았다.

"그래도 티거가 이렇게 많이 있으니 싸우기 좀 편하군."

LSSAH는 보유한 티거 23량 전체를 전면에 내세웠다. 2개 중전차중대가 보유한 차량들 중 손실된 3량을 제외한 전부였다. 티거만으로는 아무래도 부족했으므로 3호 돌격포를 장비한 돌격포중대가 티거와 혼합 편성되었다. 소련군 전차대가 티거가 가하는 포화를 뚫고 접근하면 근거리에서 해치우기 위해서였다.

판터를 장비한 1대대는 양 측면 날개를 맡아 역시 원거리에서 정확한 사격을 퍼부었다 장포신 4호 전차를 보유하고 있는 2대대는 적이 근접하면 발포하기 위해 1대대보다 약간 측면에서 대기하고 있었다. 아무래도 적 전차를 부술 수 있는 유효사거리가 티거나 판터보다 짧고 방어력도 약하기 때문이다.

"발티, 다스 라이히나 토텐코프 쪽도 우리랑 상황이 같을까?"

"비슷하겠죠. 딱히 더 낫거나 나쁠 것도 없지 않습니까?"

궁금하긴 하지만 일개 전차소대장과 그 포수에 불과한 이들로서는 다른 사단이 처한 상황에 대해 알 방법이 없었다. 그저 눈앞에 있는 적을 무찌를 뿐이다.

"벌써 두 시간째야. 저놈들은 지치지도 않나. 우리는 포탄이 다 떨어져 가는데."

티거는 92발이나 되는 포탄을 싣는다. 하지만 비트만을 비롯, 3소대 전차들은 포탄이 다 떨어져 가고 있었다. 3소대 뿐 아니라 다른 소대 소속 차량들도 마찬가지일 게 분명했다. 비트만이 남은 탄환이 몇 발이나 되는지 보고하라고 탄약수에게 명령하는 참에 마침 중대장에게서 무전이 들어왔다.

– 1소대부터 후방으로 물러나 탄약을 보급하라. 1소대가 복귀하면 2소대가 물러난다. 다음은 3소대다.

"알겠습니다."

위에서도 생각은 하고 있었던 모양이다. 비트만은 이번에는 안도의 한숨을 쉬었다.

## *10*

"놈들은 파괴된 전차에서 나오는 연기 속에 차체를 숨기고 파괴된 자기편 전차와 일부 지형을 엄폐물로 삼아 버티고 있습니다. 이대로 시간을 끌다가는 진격도 하지 못한 채 우리 피해만 늘어날 겁니다."

– 귀관은 어떻게 하는 게 좋겠다고 생각하시오?

"군단 병력 전체를 투입한 전면 반격으로 나가 남아있는 적을 쓸어버려야 합니다. 그리고 기세를 타고 오보얀으로 진격해야 한다고 봅니다. 포위를 성공시켜 돌출부 내에 있는 소련군을 섬멸하지 못한다면, 우리 군단이 프로호로프카에 못 박혀 있는 사이 사방에서 소련군이 밀려들어 반격을 시도할 겁니다."

전화기를 들고 있는 하우서의 목소리는 침착했다. 하우서가 제시한 의견에 동의한 만슈타인도 차분하게 수화기 너머에서 고개를 끄덕였다.

– 좋소. 내가 승인할 테니 즉시 제2SS기갑군단 전 병력을 동원한 반격을 실행하시오. 귀 군단이 앞으로 나간 빈자리는 예비로 대기하고 있던 비킹 사단과 17기갑사단이 메울 거요.

"알겠습니다."

수화기를 내려놓은 하우서는 지휘소 밖으로 나서면서 북쪽 하늘을 바라보았다. 공세 개시 8일째, 이 공세가 성공하느냐 실패하느냐가 걸린 대결전이 이제 종막을 향해 치닫고 있었다. 하우서의 힘찬 목소리가 휘하 참모들을 호령했다.

"지금부터 반격을 실시한다! LSSAH는 현 위치에서 적을 고착시켜라. 다스 라이히와 토텐코프가 양익에서 치고나가 적을 포위한다!"

하우서가 내린 명령은 명확했다. 협조 요청을 받은 공군은 양익을 담당한 두 사단을 전력을 다해 상공에서 엄호했다. 한나절 동안 계속된 전투로 지쳐 있던 소련 제5친위전차군은 양 측면을 향해 쇄도하는 강철의 물결을 미처 막아내지 못했다. 소련군은 독일군 전열 중심에 있던 LSSAH를 돌파하기 위해 전력을 중앙에 집결시키느라 양익부대가 약화되어 있는 상태였다.

"티거, 판터를 선두로! 4호를 비롯한 여타 전력은 후속하면서 포위망을 굳히도록 한다. 놈들이 한 놈도 빠져나가지 못하도록 만들어라!"

전투에 지친 데다 애초에 중앙부에 있는 주력보다 부족한 전력을 가지고 있던 소련군 양익부대는 곧바로 분쇄되었다. LSSAH가 의도적으로 수세를 유지하는 바람에 상황 파악이 늦었던 소련군 주력은 뒤늦게 위기를 깨닫고 후퇴하려 했으나 이미 때는 늦어 있었다. 사방에서 포탄이 쏟아졌고 후방부대와는 연락이 끊겼다. 하우서는 소련군 지휘관이 당황하는 모습을 손바닥 보듯 들여다볼 수가 있었다.

"투항하는 자는 쏘지 마라. 장비는 많이 노획할수록 좋으니까."

하우서가 담담하게 명령을 내렸다. 이제 프로호로프카가 눈앞에 있었다.

## 11

모델은 돌출부 내에 있던 소련군 전차부대 주력이 만슈타인을 저지하기 위해 남쪽 측면으로 달려갔다는 사실을 확인하자마자 적이 9군을 상대로 반격을 가할 경우를 대비해 예비로 남겨두었던 46기갑군단을 전선에 투입했다.

일주일이 넘는 전투로 지친 선두 병력 대신 쌩쌩한 46기갑군단이 돌파 전면에 나서자 진격 속도가 다시 빨라졌다. 포위망 완성을 저지하려는 소련군이 필사적으로 앞을 막아섰지만, 제대로 요새화되지도 않은 방어선으로 46기갑군단이 가하는 맹공격을 막을 수는 없었다.

"진격은 순조롭습니다. 현재 쿠르스크 북동쪽 20km까지 접근했습니다. 곧 남부집단군과 연결합니다."

"측면에서 들어오는 반격은?"

"포위망을 탈출하려는 소련군이 아군 우측면으로 계속 침투하고 있습니다만, 우측을 맡은 23군단이 잘 막아내고 있습니다."

9군이 열흘 동안 거둔 전과만 해도 소련군 사살 8만 이상, 포로가 3만에 달한다. 계속 진격해서 북진하는 남부집단군과 만나는 데까지 성공하면 적어도 50만 이상 되는 소련군이 쿠르스크 포위망 속에 갇히게 된다. 거의 2년 만에 성공시키는 대규모 포위전이 되는 것이다.

"진격할수록 측면이 길어진다. 동쪽 측면에서는 소련군 구출부대가 공격을 시작할 수도 있어. 만반의 대비를 잊지 않도록."

참모부 요원들에게 주의를 환기시킨 모델은 지휘차를 타고 서쪽 측면을 지키는 23군단 방면 상황을 살피러 이동했다. 23군단 예하 78돌격사단 사령부에 도착한 모델이 사단장 한스 트라우트 중장과 함께 전선을 둘러보았다.

"78돌격사단은 작년 르제프에서 큰 손실을 입었지. 지금 재건된 모습을 보니 기쁘군."

"각하께서 신경을 써 주신 덕분입니다."

트라우트 중장은 올해 4월에 78사단을 맡으면서부터 모델 휘하에 들어왔다. 그전에는 같은 중부집단군 예하지만 9군이 아닌 263사단에 있었다.

"78돌격사단은 23군에서 가장 중요한 전력이라는 사실을 잊지 말게. 216사단, 383사단은 모두 일반 보병사단이니까. 가능성은 낮지만 적 전차부대가 23군 구역에서 돌파를 시도할 경우 78돌격사단이 저지 작전을 펼 중핵이 되어야 하네."

"물론입니다."

트라우트 중장이 확고한 결의를 담아 대답하자 모델이 고개를 끄덕였다. 그리고 사단 예하 대전차대대가 장비한 마더 대전차자주포들을 시찰하는데 78사단 통신참모가 급히 나타났다.

"사령관 각하! 사령부에서 입전입니다. 방금 전 쿠르스크 동북방 10km 지점에서 남부집단군 선견대인 2SS기갑군단 소속 LSSAH 소속 전차대와 우리 4기갑사단 선도부대가 만났다고 합니다! 포위망이 완성됐습니다!"

낭보를 들은 모델은 활짝 웃었다. 작전이 시작되고 처음 짓는 함박미소였다.

"좋아! 이반 놈들은 이제부터 포위를 벗어나려고 발악할 거다. 제군은 지금 이 시간부터 한층 더 힘든 싸움을 할 각오를 하라."

모델은 사령부에서 데려온 부하 장교들과 함께 급히 지휘차로 돌아갔다. 남부집단군과 협력하여 포위망을 강화하고 포위망 내부에 갇힌 소련군을 조속히 섬멸하려면 어서 사령부로 복귀해야 했다.

## 12

7월 5일. 원래 세계에서는 쿠르스크 공세가 개시된 날이다. 하지만 이쪽 세계에서는 쿠르스크 전투가 완전히 종결된 날이다.

"공세 시작 이후 포위망이 완성되고 포위망 내에 잔존한 소련군에 대한 소탕을 마칠 때까지 발생한 소련군 사상자는 최소한 70만 이상으로 파악되었습니다. 40만을 포로로 잡았고 나머지는 탈출했거나 숲으로 들어가 빨치산이 되었습니다. 파괴한 적 전차가 1,876량, 노획한 차량은 673량입니다. 적이 보유한 각종 포 4,216문을 노획했으며 항공기 821기를 격추했습니다. 아군 손실은 전사 및 실종자 4만, 부상자 14만, 완전히 손실한 장갑차량 328량, 손실한 항공기 412기입니다."

"좋아! 대성공이야!"

요들에게 보고를 들은 나는 두 손을 들어 크게 박수를 쳤다. 소련군에게 대타격을 주고 쿠르스크 전투에 승리한 이상, 우리에게는 숨 돌릴 여유가 생겼다. 동부전선을 수백 km나 단축하면서 충분한 예비대를 확보했고, 소련군이 가지고 있던 예비대는 모조리 없애버렸다. 제4차 하리코프 공방전, 레닌그라드 해방작전, 쿠르스크 전투를 연달아 치르면서 소련군은 2백만에 달하는 병력을 잃었다.

정말이지 이제 좀 편안히 쉬면서 여유를 가지고 전쟁을 끝낼 궁리를 할 수 있게 된 셈이다. 처칠도 이 전투 결과에 대해 알게 되면 정신을 좀 차리고 종전협상에 대해 냉정하게 고려할 수 있게 되었으리라.

# 20장
# 처칠! 말 좀 들어, 이 영감탱이야!

## *1*

"외무장관, 혹시 스탈린이 항복하겠다는 의사를 전달하려고 사자를 보내지는 않았나?"

"안타깝게도 아직 그런 소식은 없습니다, 총통."

"하하, 거 참 유감이군."

정말 얼마만인지 모르겠지만 지금은 진짜 마음 편한 휴식이다. 41년에는 히틀러가 되어 적응하느라고 여름휴가를 갖지 못했고, 42년에는 블라우 작전으로 한참 카스피 해를 향해 돌진하느라 휴가 따위 즐길 여유가 없었다. 쿠르스크에서 소련군을 쓸어버리고 나자 2년 동안 제대로 쉬지 못하면서 생긴 피로가 한꺼번에 몰려오는 기분이었기에, 나는 작정하고 1주일 휴가를 냈다. 장소는 '내' 별장인 베르크호프, 일명 베르히테스가덴.

"에바, 당신 먼저 방에 가서 쉬지 않겠소? 나는 장군들과 함께 나눌 대화가 좀 있으니까."

"날 보내고 그 계집애들이랑 있으려는 건 아닐 테죠?"

"보시오. 여기 있는 이들은 친위대 제국지도자, 선전장관, 요들 상급대장, 카나리스 대장, 셸렌베르크 소장, 리벤트로프 외무장관뿐이오. 외무장관이 가져온 소식 때문에 이 사람들과 긴히 할 이야기가 있단 말이오. 쓸데없는 걱정은 하지 말고 가서 쉬구려."

에바는 내 말이 의심스러운지, 회의실 안을 확인하고도 계속 뒤를 돌아보며 자기 방으로 갔다. 에바에게 딸린 여비서들이 양쪽에서 계속 진정시키며 가는 모습을 보니 한숨이 나왔다. 제기랄, 내 탓이긴 하지만 저 된장녀가 이젠 의부증까지 걸린 건가.

에바가 내 일거수일투족을 의심하며 한시도 내 곁을 떠나려 하지 않게 된 건 지난 5월에 있었던 소풍 사건 이후였다. 자기를 베르히테스가덴에 보내 놓고 나 혼자 엘사, 베르타 두 명만 데리고 숲에 갔다는 사실을 알고 에바는 총통관저 안에서 미친 듯이 날뛰었다.

무전으로 소식을 듣고 급히 복귀한 나는 필사적으로 에바를 진정시켜야 했고, 약 네 시간 가까이 붙들고 달랜 끝에야 겨우 난동과 비명을 그치게 할 수가 있었다. 날뛰다 지친 에바가 잠들자 메이드들을 불러 에바를 침대에 눕히도록 하고, 나는 지친 몸으로 집무실로 돌아왔다.

아놔, 저게 내 조강지처라도 될 것 같으면 저래도 참고 살지. 아니, 저런 상황 자체를 만들지 않지. 에바 입장에서야 서방(?)이 갑자기 자기랑 거리를 두기 시작하더니 다른 년들을 끼고 다니니 속이 뒤집어지겠지만, 내 입장에서는 마음에 들지도 않는 여자를 이 몸이 예전에 사랑했다는 이유로 물려받고 싶은 생각이 절대로 없단 말이다!

하여튼 그 사건 이후 에바는 내가 베를린에 있을 때면 자기도 베를린을 떠나지 않았다. 라스텐부르크에 있는 볼프스샨췌에 갈 때를 비롯해 전선 시찰을 갈 때는 어쩔 수 없이 베를린에 남아 있었지만, 내가 베를린 총통관저에 있을 때는 베르히테스가덴이건 어디건 절대 가지 않았다. 그리고 페겔라인[1]을 시켜 엘사와 베르타가 혹시 나와 둘만 방에 있거나 하지는 않는지 감시했다.

이 된장녀가 부리는 의부증적인 행각에 피가 마르다 보니 내가 노이로제가 될 지경이었다. 아 정말 정신병원에라도 처넣고 싶다. 그리고 내 소풍 이야기를 꼰지른 막내 여부관, 한나 피셔 소위도 잘라버리고 싶다. 한나를 빌미로 에바가 또 날뛸까봐 놔두고 있긴 하다만.

"총통, 약간 주제넘은 말씀인 것 같기는 합니다만…."

"뭔가?"

자리에 앉지 않고 내가 착석하기를 기다리고 있던 셸렌베르크가 옆에서 귓속말로 말을 걸었다. 셸렌베르크는 공식적으로는 라인하르트 하이드리히를 대리해서 이 자리에 와 있었는데, 에바 때문에 짜증이 나 있는 상태라서 나는 매우 퉁명스럽게 대꾸했다.

"브라운 양은 지금 심리적으로 매우 불안한 상태인 것 같습니다. 총통께서 예전에 해임하신 주치의, 모렐 박사에게 브라운 양을 보내 보시면 어떻겠습니까? 총통께서는 싫어하십니다만, 베를린에 사는 부유층 부인들에게는 지금도 꽤 평판이 좋다고 들었는데요."

나름 걱정해서 제안을 하는 셸렌베르크에게 차마 그 새끼는 순전히 마약으로 환자들을 속이고 있는 거라고 이야기할 수는 없었다. 어쨌든 근 2년 만에 모렐이라는 이름을 듣자 잠시 생각해 보았다.

---

1 헤르만 페겔라인. 친위대 장성으로 에바 브라운의 여동생과 결혼한 사이이기도 하다. 실제 역사에서는 베를린 공방전 중 탈출하려다가 히틀러에게 체포되어 처형당했다.

모렐, 그 돌팔이는 적어도 인간쓰레기는 아니긴 하다. 진심으로 환자가 겪는 고통을 덜어주려고 하고, 자기가 아는 한도 내에서 능력껏 노력을 한다. 의사로서 갖춰야 할 마음가짐은 확실히 있다. 문제는 돌팔이라는 거지. 나는 고개를 가로저었다.

"아니, 됐네. 일단 내가 한번 해임한 주치의를 브라운 양에게 붙인다는 건 별로 모양새가 좋지 않은 것 같아. 게다가 브라운 양은 지금 몸이 아픈 게 아니라 심리적인 문제 때문에 불편해하고 있지 않은가. 빈이나 취리히에 연락해서 저명한 정신과 의사를 초빙하는 게 차라리 낫지 않을까 하는데."

아무리 에바가 내 마음에 들지 않는다고 해도 일단은 내가 신경을 써야 하는 내 주변 인물이다. 게다가 에바 자신은 물론 주변 인물들도 에바를 내 여자로 알고 있다. 그런 만큼 에바를 처리해야 하는 순간이 언젠가 오더라도, 그때까지는 가능한 성의껏 대우하는 게 인간으로서 해야 할 도리라는 생각이 들었다. 약쟁이 제조업자…따위에게 떠맡길 수는 없는 일이다.

"정신과 의사라…. 그건 유대인들이 만들어낸 학문 아닙니까."

셸렌베르크가 마땅찮은 표정을 지었다. 이 새끼가 감히 나한테 토를 달아? 괴링 건 이후로 좀 중용했더니 이 자식이 기어오르나?

"프로이트는 유대인이지만 융은 독일인이지. 융 계열로 정신분석을 연구한 이에게 치료를 맡겨 보면 좋을 것 같네."

21세기에는 프로이트나 융이나 다 뜬구름 잡는 소리나 한 걸로 인식한다지만, 1943년에는 어차피 별다른 대안도 없다. 그리고 모렐에게 보내서 약쟁이로 만드는 것보다는 융한테 보내서 신세한탄이나 하게 하는 편이 훨씬 나을 거다. 문제가 된다면 스위스에서 영국 첩보원들이 에바를 납치라도 하는 건데…, 뭐 그건 그때 가서 고민하면 되겠지.

"브라운 양을 모렐에게 맡기건, 융에게 맡기건 그건 내 사적인 문제에 해당하는 일일세. 그 문제에 대해서는 나중에 생각하고, 일단은 회의부터 하세."

"알겠습니다, 총통."

## 2

"자, 외무장관이 무슨 용건을 가져왔는지는 모르겠지만 일단 시원한 샴페인으로 축배라도 한 잔 들고 회의를 시작하세."

건배를 한 나는 기분 좋게 프랑스산 샴페인을 원샷으로 입안에 흘려 넣었다. 내 앞에 있는 작은 테이블에 둘러앉은 다른 사람들도 잔을 기울였다. 유독 카나리스만은 잔을 입에 대었다 뗐을 뿐 샴페인은 한 방울도 마시지 않았다.

"외무장관에게 보고를 받기 전에 다른 사람들 이야기를 좀 들어야겠네. 각 전선이 어떻게 움직이고 있는지, 늘 받는 정기보고부터 먼저 좀 받아야겠어. 카나리스 제독, 소련군이 혹시 반격을 가할 기미가 있는가?"

"현재로서는 없습니다. 브란덴부르크 사단 예하 정찰대 12개 분견대를 전선 너머로 들여보내 정찰을 실시했으나 북부, 중부, 남부 어느 방면에서도 적이 대규모 공세 준비를 하고 있다는 조짐은 관찰되지 않았습니다. 지난번 공세가 대성공을 거둔 이후 동부전선은 조용합니다."

카나리스는 오늘도 무표정했다. 과연 저 인간이 원래 저렇게 감정 표현이 없는 사람이었는지, 이쪽 세계에서 날 대할 때만 저러는 건지 모르겠다. 뭐 히틀러 싫어했던 건 안다만.

"아프리카 전선은 튀니지 교두보를 중심으로 일진일퇴를 거듭하고 있습니다. 이탈리아 쪽에서 리비아 탈환을 요청하고 있습니다만, 아무래도 거기까지는 무리입니다."

요들이 하는 보고 내용은 나도 무솔리니에게 골백번은 들은 이야기였다. 리비아는 매우 중요한 식민지다, 이미 소말리아와 에티오피아를 잃었는데 리비아까지 잃을 수는 없다, 몰타를 점령해서 해로도 확보했으니 리비아 정도는 탈환할 수 있지 않냐 등등, 귀가 아파 죽을 지경이다. 이제 동부전선에서 대승리를 거두기까지 했으니, 아프리카에서 공세에 나서 달라는 요청이 더 강해지면 강해졌지 약해지지는 않으리라.

"나 역시 귀관이 아프리카 방면에 대해 내놓은 견해에 동의하는 바일세. 지금 우리는 리비아 탈환 따위를 할 능력이 없어. 무슨 수로 지중해를 건너 대군을 상륙시킨단 말인가? 이탈리아 해군이 그만한 배를 가지고 있기는 한가? 영국 해군이 막아서면 뚫을 능력은 있고?"

나는 무솔리니를 한껏 비웃었다. 능력은 없으면서 욕심만 많은 놈들.

"리비아는 영국 놈들에게 맡겨 둬. 소련만 쓰러트리고 나면 리비아는 협상으로 되찾을 수 있다. 우리 군으로서는 현 전선을 유지함으로써 이탈리아 본토에 대한 공격만 막아낼 수 있으면 충분하고, 그 문제에 대해서는 고민할 필요가 없어."

나폴리 – 시칠리아 – 튀니스로 이어지는 아프리카 군단 보급로는 잘 유지되고 있었다. 서쪽으로는 사르디니아 섬, 동쪽으로는 몰타 섬에 주둔한 독일 및 이탈리아 공군은 이탈리아 해군과 함께 수송로 방어를 위해 최선을 다했다. 영국 해군 수상함대는 감히 접근할 수가 없었고, 잠수함들이 가끔 나타나는 정도였다. 우리 항공초계 때문에 그리 활발하게 활동할 수는 없었지만.

"하지만 총통, 소련을 쓰러트리는 일이 현실적으로 가능하겠습니까?"

직급은 이 자리에서 가장 낮지만 셸렌베르크는 그런 문제 따위에는 전혀 신경을 쓰지 않고 끼어들었다. 하긴 그런 자라서 내가 중용하고 있긴 하다.

"저희 제국보안본부 제6국에서도 아프베어와는 별개로 열심히 정보를 모으고 있습니다. 헌데 소련에서는 지금도 열심히 병력을 징집하고 군수물자를 생산하며, 독일을 타도하자는 구호를 외치고 있습니다. 우리가 소련을 완전히 쓰러트리려고 생각한다면 모스크바 함락 정도로는 턱도 없고, 우랄 산맥까지 진격해야 할 상황입니다. 우랄 산맥까지 가더라도 시베리아를 근거지로 게릴라전을 벌일지도 모릅니다. 우리가 거기까지 대처할만한 전력이 있겠습니까?"

뭐, 어차피 다 아는 이야기다. 리벤트로프는 모를 수도 있겠다만.

"소련이 얼마나 저항하느냐에 달려 있긴 하지만, 우리가 가진 전력으로는 무리가 되는 게 사실입니다. 비록 미국이 아직까지 중립을 지키고 있기는 하나, 일본 문제를 해결하고 나면 필시 우리를 향해 총구를 돌리리라고 판단됩니다. 또한 영국은 아프리카에서 우리와 전투를 지속하고 있으나, 아프리카 전선에서 진전이 없다고 판단하면 다른 지역에서 제2전선을 개설할 수 있습니다."

요들은 셸렌베르크가 자기 말을 방해하자 눈만 한번 흘긴 후 침착하게 서방 연합국들이 어떻게 행동할지에 대한 자신의 예상을 제시했다. 나를 포함해 다른 참석자들은 이 부분에서 누구도 이의를 제기하지 않았다.

"영국군은 노르웨이, 북프랑스, 남프랑스, 이탈리아 등 어디든 상륙할 수 있습니다. 비록 실패로 돌아가기는 했지만, 작년에 있었던 디에프 상륙작전처럼 말입니다."

크게 중요한 사건이 아니라서 그동안 이야기하지 않았지만, 간략하게 설명하면 이쪽 영국군은 실제 역사에서처럼 디에프에 모험적인 상륙작전을 시도했고, 실제 역사에서보다 조금 더 박살이 났다. 가엾은 캐나다인들에게 애도를.

물론 나는 이 습격을 잊지 않았다. 하지만 사전에 이 습격작전을 막을 조치를 취하지도 않았다. 디에프가 딱히 중요한 곳도 아니고, 영국군이 이 작전을 기획한 의도도 본격적인 역습이 아니라 상륙작전 연습이라는 사실을 알고 있었기 때문이다. 나는 그저 현지 수비대에 경계태세를 철저히 하라고 명령했을 뿐이었다. 해군이나 공군도 증파하지 않았다. 그리고 유쾌한 기분으로 전과보고를 받았다.

"비록 실패하긴 했으나, 영국 놈들은 디에프에서 상륙이란 어떻게 해야 하는가에 대해서 교훈을 얻었을 것입니다. 아무 것도 배우지 못했다면 바보겠지요. 만약 우리가 동부전선에 지나치게 많은 군사력을 투입한다면 서부에 대한 방어가 허술해질 것이고 처칠은 디에프에서 얻은 경험을 바탕으로 프랑스에 대한 공세를 전개할 가능성이 큽니다. 영국군이 프랑스 영토를 일부 지역이라도 장악하게 되면 곧바로 수많은 프랑스인들이 저항활동에 가담할 겁니다."

"아프베어에서는 만약 영국군이 프랑스에 상륙하면 얼마나 많은 프랑스인들이 그들에 동조해 독일에 맞서리라고 예상하나?"

"알 수 없습니다. 적극적인 저항운동 가담자는 현재 5만 명 내외로 파악하고 있습니다만, 워낙 점조직 형태로 구성되어 있다 보니 이들 중에 동일인이 중복해서 명단에 오르기도 합니다. 또한 아예 파악하지 못한 자들도 많을 것이고 프랑스 경찰이 신원을 파악하고 있으면서 우리에게 인적사항을 넘기지 않은 자들도 있을 게 분명합니다. 이런 위험을 방치한 채 모든 전력을 러시아에 집중할 수는 없습니다."

카나리스가 우려하는 일은 얼마든지 있을 수 있는 일이다. 프랑스 경찰은 위치상 점령군에게 협조하고 있기는 하지만, 그들이 충성할 대상은 독일이 아니라 프랑스니까 말이다. 제대로 정신이 박힌 프랑스인 공무원이라면 독일에 충성할 리가 있겠는가.

"이런 상황이니만큼, 설사 우리가 유럽 러시아 전체를 점령하고 우랄 산맥에 도달한다고 해도 전쟁은 끝나지 않습니다. 제국보안본부 6국장이 말했듯이 소련인들은 시베리아에서 숨을 돌린 다음 우리 점령지에 대한 게릴라전을 벌일 겁니다. 그리고 영국과 미국이 놈들에게 무기를 대주겠지요. 어쩌면 일본도 말입니다."

비관적인 말만 듣고 있으려니 아까 마신 샴페인이 갑자기 식초처럼 느껴졌다. 역시 소련을 쓰러트리는 건 무리인가. 아무래도 처음 생각했던 대로 소련과 타협을 시도해야 하는 걸까. 결전에서 이겼으니 소련 정부로 하여금 체념하고 강화협상 테이블에 나오게 만들 수 있다면 최고겠지만, 영 어려워 보였다.

고개를 돌려 보니 리벤트로프가 우울한 얼굴을 하고 있는 모습이 보였다. 그러고 보니 그는 회의가 시작될 때부터 표정이 좋지 않았다.

"외무장관, 일단 들을 소식은 다 들은 것 같으니 귀관이 할 말을 하게. 애초에 그대가 급히 보고할 게 있다고 베를린에서 날아오는 바람에 시작한 회의가 아닌가."

리벤트로프는 바로 대답하는 대신 한숨부터 크게 쉬었다. 덩달아 나도 심호흡을 했다.

"총통, 오늘 아침 윈스턴 처칠이 공식 성명문을 발표했습니다. 베를린에서 청취한 내용을 소관이 읽어본 뒤, 총통께서도 읽어보셔야 할 것 같아서 문서로 만들어 가져왔습니다. 이쪽은 번역본입니다."

"처칠 영감이 또 무슨 헛소리를 한 건가."

리벤트로프는 공손히 손을 내밀어 각기 영어와 독일어로 된 서류 두 부를 책상 위에 내려놓았다. 나는 혀를 차면서 영문판 문서를 집어 들었다. 리벤트로프가 급히 손을 내밀었다.

"총통, 못 들으셨나본데 이쪽에 외무부에서 번역을 해 놓았습니다. 이쪽을 보시지요."

"외무장관, 모름지기 번역이란 원래 뜻을 100% 전달할 수가 없어. 가능하면 그 나라 말로 직접 읽어야지."

히틀러가 되면서 독일어를 자연스럽게 구사하게 되었지만 본래 읽을 줄 알던 영어를 잊어버린 건 아니다. 그동안 별로 쓸 일은 없었지만, 이럴 때는 확실히 유용했다. 독일어보다는 영어가 확실히 나한테는 읽기 쉬우니까 말이다.

## 3

『지금 우리 대영제국은 유럽을 덮고 있는 어둠에 맞선 유일한 등대입니다. 나는 국왕폐하께서 내리신 명을 받아 영국이 어둠에 삼켜지지 않도록 최선을 다하고 있으며, 이미 어둠 속에 잠긴 이들도 구해내고자 매진하고 있습니다. 아프리카 전선에서 추축군은 거의 밀려났으며, 조만간 유럽 대륙에도 우리 영국군이 상륙하여 나치에게 압제를 받고 있는 여러분을 구출할 것입니다. 우리가 아프리카에서 들어 올린 횃불(토치)이 유럽을 비출 날이 멀지 않았습니다.』

몇 달째 튀니스 하나 함락시키지 못하고 있는 주제에 유럽 해방은 개뿔. 나는 처칠이 이 연설문을 쓰면서 얼마나 고민했을까 하는 생각을 하며 코웃음을 쳤다. 제대로 하는 건 별로 없는데 뭔가 엄청난 성과를 내고 있는 것처럼 전 유럽에 뻥을 쳐야 하니, 얼마나 힘들었을까?

『지금 히틀러와 나치는 자신들이 판 수렁에 빠져 움직이지 못하고 있습니다. 4년째 계속되는 전쟁으로 수많은 독일인이 죽었고, 소련을 침공한 독일군은 끝없는 전쟁에 지쳐 가고 있습니다. 러시아가 가진 최고의 전략적 자산, 바로 그 넓은 영토와 무한한 인구가 독일군을 빨아들이고 있기 때문입니다. 그리고 스탈린 서기장을 중심으로 단단하게 뭉친 러시아인들은 조국을 지키기 위해 나치에게 항전하려는 의지를 끝없이 불태우고 있습니다.』

러시아 땅 넓고 인구 많은 건 나도 인정해. 소련군이 질기게 버티고 있기도 하고. 그래서 러시아 땅에서 싸우기 참 힘들지. 하지만 지금 우리 편에는 우크라이나가 있단 말이지. 우크라이나 전부는 아니긴 하다만, 적어도 우리가 러시아 상대로 전력을 투입할 수 있도록 후방을 다져 주는 역할은 하고 있거든.

『유럽을 사랑하는 자유 시민 여러분! 여러분의 자유는 어느 누구도 뺏어갈 수 없습니다. 히틀러와 나치는 여러분의 조국을 침략했습니다. 여러분이 태어나서부터 가지고 있는 자유를 빼앗았습니다. 여러분을 원하지 않는 침략전쟁에 억지로 동원하고 있습니다. 프랑스와 벨기에에 있는 공장 노동자 여러분, 당신들은 당신들이 만드는 총과 비행기가 무고한 러시아 어린아이를 죽이는데 사용된다는 것을 알고 있습니까?』

천하의 처칠 수상이 감성팔이를 하시다니. 쓸 거리가 이렇게 떨어지셨나? 난 우리가 점령한 나라 노동자들에게 일자리를 주고 있는 거라고. 독일군이 총과 비행기 엔진을 주문하지 않는다면, 누가 이 전쟁 중에 FN[1]이나 놈-에-론[2]에 일거리를 주겠어? 독일군이 주문을 넣지 않으면 공장이 문을 닫고, 수십만 명이나 되는 노동자들이 실업자가 된다고. 그리고 수백만 명이나 되는 그 가족들이 굶주리게 되지.

『대영제국을 사랑하는 모든 영국인 여러분, 그리고 자유를 되찾기를 원하는 모든 유럽 시민 여러분! 히틀러에게 속지 마십시오. 달콤한 유혹을 경계하십시오! 비록 지금은 저들이 여러분에게 달콤한 약속을 할지도 모릅니다. 이 전쟁이 끝난다면, 독일이 유럽을 지배하는 것을 받아들이기만 한다면 평화와 번영이 온다고 여러분에게 속삭일지도 모릅니다. 독일을 상전으로 받들어 모시기만 하면 자유도, 독립도 인정한다고 할지도 모릅니다.

그러나 독일이 하는 이 모든 약속이 거짓이라는 사실을 명심하십시오! 독일, 아니 나치를 상전으로 모시고 사는 삶이 어찌 자유롭겠으며, 독일에게 지배당하는 나라가 어찌 독립국이겠습니까? 그것은 노예가 가진 자유입니다! 노예가 가진 독립입니다!

히틀러가 하는 약속을 믿지 마십시오. 히틀러가 주는 정보를 믿지 마십시오. 히틀러는 신뢰할 수 없는 자입니다. 히틀러는 폴란드와 불가

---

**1** 벨기에의 총기제조업체.

**2** 프랑스의 주요 항공기 엔진 제조회사.

침조약을 맺고 폴란드를 침공했습니다. 덴마크와 벨기에, 네덜란드, 노르웨이를 보호해 주겠다고 약속해놓고 그 말이 귓가에서 사라지기도 전에 국경을 넘었습니다. 소련과 불가침조약을 맺었으면서 소련을 침공했고, 일본과 군사동맹을 맺었으면서 일본이 전쟁을 시작하자 외면하고 돕지 않고 있습니다.』

이 부분에서는 내가 할 말이 없군. 다 사실이니까. 독일은, 아니 〈히틀러〉는 정말로 폴란드부터 소련까지 모조리 배신했다. 하지만 난 안 할 거다! 적어도 내가 지키겠다고 한 약속은 지킬 거다. 그리고 지난 2년 동안 점령지 통치가 무척 '자애롭게' 유지되었다는 점을 감안하면 현지 주민들이 독일에 대해 어느 정도는 신뢰하게 되었으리라는 건 당연한 사실 아닌가?

그리고 처칠은 우리가 일본을 배신했다고 비난하는데, 일본제국처럼 썩어빠진 쓰레기들의 나라를 배신하지 않으면 누구를 배신할 수 있어? 그 새끼들은 온 세상에서 버림받아도 싼 막장 병신 새끼들이잖아!

『우리 영국이 힘겹게 전쟁을 치르고 있는 것은 사실입니다. 많은 피해를 입은 것도 사실입니다. 하지만 독일은 우리가 입은 것 이상으로 큰 피해를 입고 있습니다. 독일 육군은 아프리카 전선에서 궤멸적인 타격을 입고 코딱지만 한 근거지에 틀어박혀 농성하고 있으며, 독일 해군은 압도적인 우리 대영제국 해군에게 밀려 바다로 제대로 나오지도 못하고 있습니다. 우리 호위함과 초계기들은 지난 주 한 주에만 독일 잠수함을 최소한 11척 격침시켰습니다. 독일 공군은 우리 폭격기들이 독일 도시를 밤마다 폭격하는데도 막아낼 수단이 없어 속수무책으로 당하고 있습니다.』

어쭈, 이것 봐라? 자기들한테 유리한 소리만 지껄이고 있네? 그 '코딱지만 한 근거지'를 몇 달째 함락시키지 못하고 있는 건 누구지? 우리 잠수함 11척이 격침될 동안 호위함 3척과 수송선 40척을 잃은 건 어느 나라야? 밤마다 날아온다는 영국 폭격기들 중에 비행장으로 돌아가지 못하는 녀석들 비율이 몇 퍼센트나 되더라? 일단 그렇게 자신만만하면 낮에 한번 날아와 보시지? 슈발베 실전 투입 한 번 제대로 해 보게.

그리고 자기들이 하루에 백여 발씩 처 맞는 F1 이야기는 왜 안 해?

『여러분, 암흑과 공포에서 해방되는 날이 반드시 옵니다. 미국은 지금 사정상 물자 제공만 하고 있지만, 상황이 정리 되는대로 반드시 유럽 전선에 참전할 것입니다. 그리고 지금 나치와 힘든 싸움을 하고 있는 소련은 끝까지 타협하지 않고 독일과 싸울 것입니다. 물론 우리 영국도 절대 항복하지 않습니다. 우리 영국 및 소련과 더불어 세계 최대 강국인 미국까지 상대로 해서 히틀러가 얼마나 버틸 수 있으리라고 생각하십니까? 히틀러는 분명히 패합니다!

여러분, 히틀러에게 맞서십시오. 절대 굴복하지 마십시오. 그리고 히틀러에게 협력하는 자들을 기억해 두십시오. 그리고 우리가 유럽 대륙에 복귀했을 때, 해방이 왔을 때 그들에게 받아 마땅한 보답을 해주십시오. 우리 대영제국은, 그리고 미합중국과 소비에트 연방은 독일과 맞서 싸우는 모든 이들을 위해 함께 협력할 것입니다.』

니들이 당장 싸울 능력이 부족하니까 힘없는 사람들한테 싸우라고 부추겨서 너희 대신 죽게 하려고? 니미 뿡이다.

『하지만 독일에게 협력한 이들은, 독일에게 협력한 국가와 국민들은 그에 합당한 처우를 받을 것입니다. 독일이 뿌려주는 빵 부스러기라도 얻어먹을까 하여 협력한 정치가들은 인류 사회를 정화할 법정에서 사악한 침략자들과 함께 단호한 심판을 받을 것입니다. 은화 30닢에 애국자들을 팔아넘긴 배반자들은 나무에 목을 매달게 될 것입니다.』

유다드립 돋네. 야 이 양반아, 이 전쟁이 예수 때문에 벌어진 것 같아? 독일과 벌이는 전쟁이 신으로부터 계시를 받아 악마와 싸우는 성전이라도 되냐? 난 로마처럼 전 유럽을 정복해서 통치할 생각도 없다고. 그 골치 아픈 일을 왜 해? 난 나만 살면 돼.

『여러분, 유럽이 직면한 위기는 아직 끝나지 않았습니다. 지금 우리 머리 위에 드리운 먹구름은 아직 시커멓습니다만, 얼마 안 가서 꼭 걷힐 것입니다. 막연한 이야기만 하지 말라고요? 구체적인 해답을 보여 달라고요? 여러분에게 내가 가진 강력한 의지를 보여드리는 것이야말로 진정한 해답입니다. 우리 대영제국은 절대 악마에게 굴복하지 않습니다. 히틀러는 절대 영국을 침략할 수 없으며, 우리 영국군은 최후의 한 사람까지 나치를 타도하기 위해 싸울 것입니다. 영국, 미국, 소련이라는 우리 세 연합국은 나치가 뻗은 마수로부터 유럽을 해방시키고자 최후까지 투쟁하기로 되어 있습니다. 승리, 오직 승리를 얻을 때까지 우리는 멈추지 않을 것입니다.』

이젠 대놓고 미국을 연합국으로 취급하는구만. 대일전이 아무리 잘 풀린다고 해도 1944년 안에 끝나기는 힘들 텐데, 그럼 미국이 유럽 전선에 공식적으로 참전하는 건 빨라도 1945년 중반은 되어야 한다.

떠올려놓고 보니 이건 저쪽 세계에서 소련이 대독전을 끝내고 대일전에 참가할 때까지 있었던 상황과 제법 비슷하다는 생각이 들었다. 루즈벨트는 스탈린에게 하루라도 빨리 대일전에 참가하라고 종용했지만 스탈린은 독일을 완전히 끝낸 뒤가 아니면 일본과 싸울 수 없다고 거절했지. 어째 이쪽 세계에서 처칠이 대독전에 참가해 달라고 조르니까 루즈벨트가 일본을 완전히 쳐부수기 전에는 곤란하다고 주저하는 모습이 겹쳐 보이는군.

『절망과 포기를 부추기는 악마가 여러분에게 이제 그만 굴복하라고 속삭일지도 모릅니다. 허리를 숙이기만 하면 평화를 얻을 수 있다고 부추길 수도 있습니다. 하지만 진정한 평화는 악을 물리친 뒤에야 얻을 수 있습니다. 악에게 굴종한 뒤에 얻는 것은 노예의 멍에를 멘 채 이어가는 속박의 나날일 뿐, 진정한 평화가 아닙니다!

여러분, 유럽이 사상 최악이라고 할 수 있는 위기를 겪고 있는 지금 시점에 제가 더 자주, 더 길게 말씀드리지 못하는 점을 용서해주시리라고 생각합니다. 한 번이라도 더 방송을 통해, 지면을 통해 여러분에게 용기를 드리고 싶습니다만 그러지 못하고 있습니다. 저를 원하는 장소가, 저를 원하는 시간이 너무도 많습니다. 이 글에서도 제가 하고 싶은 이야기를 다 표현하기에는 시간이 부족합니다.

나는 이 전쟁이 본격적으로 시작되던 시점에 우리 국민들에게 이렇게 말했습니다. 〈나는 여러분에게 피, 수고, 눈물, 땀밖에 달리 드릴 것이 없다〉고 말입니다. 3년이 지난 지금 이 시점에서도 나는 달리 여러분께 드릴 것이 없습니다. 하지만 이 전쟁이 끝났을 때, 여러분은 후손들에게 자랑스럽게 말할 수 있을 겁니다. 〈나는 히틀러와 싸웠다〉고 말입니다.

나는 이 자리에서 단호하게 말씀드립니다. 우리는 절대 굴복하지 않을 것입니다!』

처칠이 발표한 「유럽에 대한 호소문」을 끝까지 읽고 나니 코웃음이 나왔다. 이 영감이 왜 이렇게 약해지셨어? 신문기자 경력에, 젊어서부터 회고록을 줄줄이 쓰고 나중에 노벨 문학상을 탈 만큼 문필가로 유명한 양반답지 않게 연설문도 왜 이렇게 유치해? 결국 할 수 있는 말이 겨우 감정에 대한 호소뿐인가? 혹시 처칠 이름만 걸고 누가 대신 쓴 거 아냐?

나는 처칠이 발표한 결의문을 두 손으로 구겨서는 뒤로 던져버렸다.

## 4

"처칠이 이런 성명을 낸 것은, 영국이 그만큼 절박한 상황에 몰려 있다는 의미로 보입니다."

리벤트로프가 조심스럽게 자기 의견을 내놓았다.

"총통께서도 이미 알고 계시는 일이지만 지금 덴마크, 벨기에, 프랑스 정부는 우리 제3제국을 향해 중립국으로서 의무를 준수하겠으니 지난 4월에 총통께서 제안하신대로 확고한 평화조약을 체결하자는 요청을 하고 있습니다. 네덜란드, 노르웨이에서도 현지 우호세력이 강화조약 체결을 위해 움직이고 있습니다. 영국으로 망명한 왕실 대신 자국

내에 신정부를 조직해서 공화국으로 국가 정체를 재수립하고, 신정부가 독일과 정식 강화조약을 맺도록 한다는 겁니다."

구미가 당겼다. 전쟁 중에 혁명이 일어나는 셈이니까. 만약 정말로 국민들이 내세운 공화정이 수립되면 망명정부가 가지고 있는 정통성은 결정적으로 훼손된다. 물론 영국에서는 괴뢰정부라고 주장하겠지만.

"그거 괜찮은 생각이군. 한번 국민투표로 추진해 봐."

내 얼굴에 떠오른 사악한 미소를 보고 도리어 리벤트로프가 당황했다.

"구, 국민투표라고 하셨습니까?"

"그래. 투표권은 네덜란드, 노르웨이 국적을 가진 18세 이상 모든 남녀에게 준다. 유권자 조사에 3개월 정도면 충분하겠나?"

"현지 행정당국을 최대한 동원한다면 아마 가능할 겁니다."

"그럼 좋아! 11월 1일 부로 네덜란드, 노르웨이에서 전 국민을 대상으로 한 국민투표를 전개한다. 선택지는 셋으로 하도록. 1번, 망명정부를 지지하며 망명정부가 포기하지 말고 독일과 계속 싸웠으면 좋겠다. 2번, 망명정부를 지지하나 망명정부가 독일과 평화조약을 체결했으면 좋겠다. 3번, 망명정부를 지지하지 않으며 독일과 평화관계를 수립할 신공화국정부를 수립하기를 원한다. 그리고 부정선거 이야기가 나오지 않도록, 적십자에 위탁해서 선거관리를 시키도록 하는 거지."

리벤트로프는 뭐라 말할 수 없이 복잡한 표정을 지었다. 그동안 나한테 몇 번 질타를 받고 군사적인 문제가 오갈 때는 입을 다물고 있던 괴벨스였지만, 이 문제는 가만히 있을 수 없는지 인상을 찌푸리면서 나섰다.

"총통! 노르웨이도, 네덜란드도 모두 게르만족이 거주하는 나라로서 장기적으로는 우리 제3제국에 병합해야 할 땅입니다. 국민투표를 거쳐서 독립을 보장받은 신정권을 수립해준다니요? 말도 안 됩니다."

하 이 새끼가 꼴통 나치라는 걸 깜박했다. 이놈 없는 자리에서 이야기를 했…어도 어차피 알게 되었겠군.

"총통, 말씀하신대로 투표를 한다고 가정하겠습니다. 만약 1번이 다수로 나오면 어떻게 하시겠습니까? 곧이곧대로 1번이 가장 많이 나왔다고 발표하시겠습니까?"

"물론."

내가 선뜻 대답하자 경악한 괴벨스는 입을 다물지 못했다. 나는 의자 등받이에 기댄 채 태연하게 입을 열었다.

"뭘 고민하는가? 1번이 다수로 나온다면, 해당 국민들이 여전히 독일을 적으로 여긴다고 공언한 것이니만큼 현재 유지되는 점령정책을 지속해 나가면, 아니 더 강화하면 그만이지. 설마 점령지 주민들도 바보가 아닌 이상 후환이 두려워서라도 대놓고 1번에 투표하지는 않을 걸."

어차피 믿지 않을 거다. 국민투표 결과에 대해 어떤 보복도 없을 거라고 약속해도 말이지. 전쟁 전부터 나치가 쌓아올린 이미지를 생각하면, 투표용지마다 비밀 코드를 입력해서 1번에 투표한 사람을 색출해내지는 않더라도 어떤 수단으로든 1번 투표에 대해 보복조치를 하리라고 생각하는 게 정상이다. 내가 2년간 칼을 휘두르지 않았다고 해서 칼을 가지고 있다는 사실까지 잊어버리진 않았을 테니까.

"2번과 3번 중 어느 선택이 더 많은 지지를 받든 망명정부에게는 압력이 될 것이고, 그중에서도 3번이 승리한다면 즉시 의회 및 대통령을 뽑기 위한 선거 준비에 들어간다. 준비가 완료되면 즉시 선거를 실시하고 선거 결과에 따른 신정부를 수립하겠다고 선포할 걸세. 당연히 구

왕실이 보유한 모든 지위와 재산은 몰수되는 거지. 대혁명기 프랑스 왕실처럼."

"하지만 총통, 노르웨이, 네덜란드, 덴마크, 벨기에 등이 정말로 중립을 선언하고 전쟁에서 완전히 이탈할 수 있게 되면 우리도 불리해집니다. 영국군이 네덜란드나 프랑스에 상륙하지 않는다고 해도, 우리 역시 이 나라들을 이용할 수 없게 되지 않습니까?"

잠시 입을 다물고 있던 요들이 끼어들었다. 나는 가볍게 대꾸했다.

"서로 침범하지 못한다면 상관없지 않은가? 어차피 우리가 싸워 물리쳐야만 하는 상대는 소련이지 영국이 아닌데."

"하지만 영국 쪽에서는 그렇게 생각하지 않을 겁니다, 총통. 서방 소국들을 모두 해방시켜준다면 전략적으로는 1940년 4월로 돌아가게 되는 셈인데, 그렇게 되면 우리는 대서양 항로에 잠수함을 보낼 수도, 영국을 폭격할 수도 없습니다. 소련으로 가는 물자수송선단도 차단할 수 없을뿐더러, 독일로 날아오는 폭격기를 조기에 경보할 수도 없습니다."

"귀관이 생각하는 애로사항은 그것뿐인가?"

"물론 아닙니다. 현재 점령한 국가들로부터 제공받고 있는 각종 무기에서 농산물에 이르기까지, 물자 공급도 제대로 이루어질지 장담할 수 없습니다. 결론적으로 우리 제3제국은 엄청난 곤란에 처하게 됩니다."

나는 웃으면서 요들에게 핀잔을 주었다.

"내가 언제 조약을 체결하는 즉시 철수한다고 했나? 서유럽 제국에서 바로 철수한다고? 말도 안 되는 소리지. 그 나라들이 중립을 선언한다고 영국이 그 중립을 존중할 리도 없고, 우리 군대가 철수하는 작업이 하루 이틀 사이에 끝나지도 않아. 우리는 영국이 해당 국가의 중립을 보장하는지 확인하기 위해서 '아주 천천히' 철수할 것이고, 영국군이 한 번이라도 해당 국가 주변에 나타나면 철군 연기에 대한 명분으로 삼으면 된다."

"노르웨이나 네덜란드가 약속을 어겼다고 항의하지 않을까요?"

"중립은 양쪽에서 보장해야 의미가 있지. 우리가 베네룩스에서 물러나건 말건 영국 공군은 그 위로 폭격기를 보낼 게 빤하지 않은가? 설마, 놈들이 북해 연안으로만 날아올 거라고 여기는 건 아니겠지?"

나는 냉소적으로 내뱉었다.

"노르웨이와 네덜란드에서 국민투표를 실시하자는 것도 결국 쇼일 뿐이야. 유권자 조사를 핑계로 삼아 대대적인 지하운동 단속을 실시한다. 타인으로 신분을 위장한 자, 저항운동을 위해 지하로 잠적한 자, 영국에서 숨어든 자 등등을 모조리 1939년 기준 거주자 명부와 대조해서 샅샅이 찾아내. 게슈타포가 해야 할 일이 많네."

"알겠습니다, 총통."

괴벨스, 리벤트로프 등 문관들이 얼떨떨해 하는 옆에서 셸렌베르크가 고개를 숙였다. 비록 셸렌베르크는 게슈타포를 지휘할 권한이 없지만, 하이드리히를 대신해 여기 있는 만큼 게슈타포에 내 지시를 전달할 책임이 있었다. 나는 괴벨스를 향해 심술궂게 한 마디를 더 던졌다.

"아무리 빨리 진행된다고 해도 신정부를 수립하기까지 지금부터 1년은 족히 걸릴 거야. 명목상으로는 네덜란드 국민이 원하는 바를 민주적으로 잘 반영하기 위해 절차를 차근차근 진행하는 거지만, 실제로는 저들을 갈라놓고 우리 편에 유리하게 움직이게 만들기 위한 수단일 뿐이지. 선전장관, 그대가 우려하는 것 같은 사태는 없을 걸세."

## 5

"난 휴가를 온 거다. 긴 회의는 필요 없어."

노르웨이와 네덜란드에서 국민투표를 실시한다는, 진짜 히틀러라면 절대 하지 않았을 기상천외한 지시를 내리고 나서 임시회의를 끝내버렸다. 그리고 다른 참석자들은 죄다 자기 방으로 보내버리고 리벤트로프 한 사람만 데리고 테라스로 나갔다.

"자, 이제 듣는 귀가 없으니 스톡홀름 접촉에 대해 보고해 보게."

"알겠습니다."

리벤트로프는 들고 있던 가방에서 단단히 봉한 서류봉투를 꺼냈다. 봉투 속에는 빨간 종이로 다시 한 번 포장한 서류뭉치가 들어 있었다.

"스탈린은 원칙적으로는 강화조약을 체결할 의사가 있습니다. 스웨덴 주재 소련 대사 알렉산드라 콜론타이를 통해 만난 전 베를린 주재 대사 블라디미르 데카노조프가 전한 바에 따르면, 스탈린은 우크라이나 및 벨라루스를 반환하고 1914년 8월에 독일과 러시아가 확보하고 있던 국경선을 회복해준다면 강화조약을 맺겠다고 했다고 합니다. 뿐만 아니라 석유 및 곡물, 기타 금속자원 등 우리가 필요로 하는 물품 역시 전쟁 전처럼 제공하겠다고 약속했습니다."

이거야말로 리벤트로프가 베를린에서 날아온 진짜 이유였다. 처칠이 발표한 성명서 따위, 하나도 중요하지 않았다. 프로파간다에 불과한 문서 하나가 내 휴가를 방해할 만한 가치가 있을 리가 있나.

"불쌍한 처칠 영감. 바다에서는 우리 신형 유보트가 수송선단을 박살내고 있고 하늘에서는 제트기가 슬슬 위용을 선보이고 있는데, 대륙 동쪽에서는 스탈린이 자기를 배신할 궁리를 하고 있는 줄은 꿈에도 모르고 있겠지."

나는 내 상상 속의 처칠을 향해 이죽거리면서 리벤트로프가 내놓은 서류를 펼쳤다. 한 장씩 넘기면서 내용을 보니 데카노조프와 주고받은 대화록, 데카노조프로부터 전달받은 소련 측의 간략한 요구, 지도 등이 첨부되어 있었다. 리벤트로프로부터 받은 서류를 읽다가 기분이 나빠진 나는 서류뭉치를 탁자 위에 거칠게 내려놓았다.

"가소롭군. 지금 벨라루스나 우크라이나는 둘째 치더라도 유럽 러시아가 절반 가까이 내 손에 들어와 있는데, 그걸 다 내놓으라고? 게다가 1914년 국경이면 폴란드조차 절반 이상 소련 영토가 되는 것 아닌가?"

"일단 요구는 그렇습니다."

"설마 내가 이런 말도 안 되는 요구를 받아들일 거라고 생각해서 들고 온 건가?"

"하지만 총통, 저로서는 스탈린의 요구를 받아들여도 괜찮으리라고 생각됩니다."

"뭐라고?"

내가 눈을 치켜뜨자 리벤트로프가 움찔했다. 곧바로 호통 소리가 테라스에서 허공으로 울려 퍼졌다.

"자네는 제정신인가! 2년, 2년 동안 수많은 우리 장병들이 죽어가고 막대한 전비를 소모하면서 소비에트를 굴복 직전까지 몰았어. 그리고 발트, 우크라이나, 벨라루스를 겨우 해방시켰는데 그걸 다 그냥 내주자고?"

"아니! 일단 제 이야기를 들어 보십시오."

리벤트로프가 허겁지겁 두 손을 맞잡았다. 그 모습을 보자 나도 갑자기 진정이 됐다.

나는 히틀러가 아냐, 나는 히틀러가 아냐! 땅쪼가리 따위에 집착하지 말자, 집착하지 말자! 이 자리에 앉아 있다 보니 나도 모르는 새 진짜 히틀러에게 물이 들고 있는 모양이다. 세차게 고개를 내젓는 내 모습을 본 리벤트로프가 걱정스러운 듯 내 용태를 물었다.

"총통, 갑자기 어디 불편하기라도 하십니까?"

"아니, 괜찮네. 하려던 이야기나 해 보게."

부축하려고 다가오는 리벤트로프에게 손을 저어 보인 뒤 등나무 의자에 기대앉았다. 리벤트로프는 다행이라는 표정을 지으며 탁자 옆으로 돌아갔다. 그리고는 내 얼굴을 열정적인 태도로 바라보며 입을 열었다.

"총통, 우리가 소련과 강화를 맺고 이를 공표한다면, 적어도 세 가지 이점이 있습니다."

"세 가지 이점?"

의문을 표하는 내 얼굴을 향해 리벤트로프는 의기양양한 미소를 지었다.

"일단, 영국과 미국이 소련에 대해 제공하고 있는 물자원조가 곧바로 중단됩니다. 그리고 두 번째로 동부전선에서 연이어 격전을 치르며 지쳐 있는 우리 병사들에게 충분히 휴식을 취하게 해줄 수 있습니다. 그리고 놈들은 영토를 되찾았다고 기뻐하겠지만, 그 지역은 전쟁이 쓸고 지나가면서 상당히 파괴된 상태입니다. 놈들이 영국과 미국으로부터 원조도 받지 못하고 전후복구에 매달리려면 우리를 공격할 엄두는 내지 못하지 않겠습니까."

확실히 일리 있는 이야기기는 하다. 하지만 리벤트로프를 혹하게 한 강화조건이 내게는 별로 탐탁지 않았다.

"물론 자네가 이야기한 것 같은 장점도 있어. 하지만 내게는 마음에 들지 않는 조건이군. 내가 보기에는 문제도 세 가지가 있네."

"어떤 문제이십니까?"

"첫째, 우크라이나 일부를 우리가 얻는다고 하지만 놈들이 너무 서쪽으로 치고 나온다. 심지어 바르샤바까지 소련 영토가 되는데, 이게 우리에게 얼마나 전략적으로 불리하게 작용할지 짐작이 안 되는가? 설사 소련이 영미로부터 원조를 얻지 못하여 전력이 약화된다고 해도 1941년보다 더 후퇴한 전선에서 전쟁을 다시 시작하면 우리가 쉽게 승기를 잡을 수 있겠나?"

리벤트로프는 뭐라고 항변을 하려고 했다. 하지만 나는 손을 저어 입을 다물게 했다.

"그리고 두 번째 문제. 스탈린이 내놓은 요구대로라면 우리가 소련으로부터 해방시킨 우크라이나, 벨라루스, 리투아니아, 에스토니아, 라트비아를 모조리 스탈린에게 다시 넘겨야 해. 블라소프가 이끄는 러시아 해방군은 말할 필요도 없지. 볼셰비키로부터 해방시켜주겠다고 그렇게 약속해 놓고 저들의 땅을 스탈린에게 넘겨준다면, 앞으로 누가 우리를 믿고 따르겠나? 땅만 내주고 병력은 독일로 데려와? 놈들이 따라올 거라고 생각하나? 자기들 땅에 남아서 소련군과 싸우겠다고 설칠 거고, 소련은 소련대로 휴전협정 위반이라면서 전투를 계속하려 들 거야. 이런 위험 부담을 무릅쓰는 대가로, 독일 본토보다 두 배나 넓은 영토를 내주라고?"

리벤트로프가 침묵했다. 나는 마지막 세 번째 문제점을 지적했다.

"그리고 그 전선에는 강이나 산맥 같은 자연 장애물도 없어! 결국 방어전을 치르자면 독일 본토로 물러나게 된다. 그래서야 어떻게 소련군을 막겠는가?"

내가 버럭버럭 소리를 지르면서 화를 내자 리벤트로프가 기어들어가는 목소리로 질문했다.

"하오시면, 총통께서는 어떤 조건이면 소련과 강화하시겠습니까?"

이 문제에 대해서는 내가 히틀러로서 전쟁을 지도하기 시작한 이래 생각해 놓은 선이 있었다. 이제까지 누구에게도 말하지 않았던 바, 리벤트로프에게 말하기 전에 나는 잠시 생각을 정리했다. 일단 좀 크게 질러 보자.

"소련과 강화를 맺을 의사는 있다. 소련 영토도 요구하지 않는다. 단, 발트 제국 및 벨라루스, 우크라이나는 독일과 소련 어느 나라에도 속하지 않는 독립국으로서 존속해야 한다. 핀란드와 소련 사이의 국경선은 1939년 9월까지 유지되던 선으로 하며, 블라소프가 이끄는 반공 러시아군을 위해 러시아 영토 일부를 내주어야 한다. 이들이 독일과 소련 사이에서 완충지대를 형성하게 되는 거지. 이 정도 조건을 들어준다면, 당장이라도 강화조약을 체결할 수 있다."

"…스탈린이 절대 받아들이지 않을 겁니다."

"그건 그대가 협상해서 받아들이게 만들어야지. 놈이 제시한 선과 내가 제시한 선 사이에는 수백km라는 거리가 있어. 그대도 교섭이라면 충분한 경험이 있지 않나? 적절한 선에서 타협할 수 있으리라고 믿겠네."

"아, 알겠습니다."

리벤트로프는 허겁지겁 물러갔다.

혼자 남은 나는 테라스 아래, 넓게 펼쳐진 산줄기를 보면서 잠시 명상에 빠졌다. 아아, 스탈린은 협상에 응하건 말건 적어도 겨울까지는 공세로 나서지 못할 거다. 그 동안 여흥 삼아 비밀 협상 같은 걸 즐겨

보는 것도 괜찮겠지. 아마 스탈린도 스톡홀름에서 진행되는 협상에 큰 기대를 걸고 있지는 않을 거야.

알프스 골짜기에서 불어오는 시원한 바람은 정말 기분이 좋았다. 이 세상 그 에어컨보다, 선풍기보다 시원한 바람을 맞으며 서 있으려니 머릿속에 쌓여 있던 정신적인 피로가 말끔히 사라지는 기분이었다.

"저…총통, 마실 것을 가져왔습니다만."

고개를 돌리자 엘사가 콜라 한 병과 유리잔을 담은 쟁반을 들고 서 있었다. 메이드도 많은데 왜 얘가 이걸 들고 나왔지, 싶었지만 별 생각 없이 응대했다.

"음, 탁자 위에 두도록."

엘사가 약간 떨리는 손으로 콜라병과 잔을 내려놓았다. 지난봄에 있었던 소풍 사건 이후 엘사가 나를 대할 때 좀 어색해하는 모습이 느껴졌다. 부끄러워하나? 아니면 권력으로 자신에게 성적인 욕구를 해소하려 한 데 대한 거부감을 표현하는 건가.

"무슨 할 말이라도 있나?"

무슨 이유에선지 엘사는 용무를 마치고 바로 안으로 들어가지 않았다. 빈 쟁반을 든 채 탁자 옆에서 머뭇거리고 있는 엘사를 보고 의아해진 내가 넌지시 물어보자 엘사는 화들짝 놀라면서 얼굴을 붉혔다.

"아, 아닙니다. 호, 혹시 총통께서 뭔가 내리실 분부가 더 없으신지 해서."

"지금은 시킬 일이 없다. 잠시 혼자 있고 싶으니 들어가도록."

"예, 총통."

고개를 숙여 인사를 한 엘사는 볼이 약간 상기된 채 몸을 돌려 안으로 들어갔다. 나는 한껏 풍성하게 부풀린 엘사의 금발이 멀어져가는 모습을 보며 잠깐 어깨를 으쓱한 뒤, 다시 골짜기를 바라보며 생각에 잠겼다.

아아, 평화롭다. 그리고 이제 잘하면 협상 여하에 따라 전쟁도 끝날 수 있다. 소련과 강화협상을 맺고 나면 혼자 남은 영국은 미국이 참전할 때까지 버틸 수 있을 리가 없다. 지금도 하루에 150발씩 F1이 런던으로 날아가고 있고, 8월 1일부터는 F2도 매일 30발씩 발사할 예정이니까. 그래봐야 영국군 폭격기가 수백 기씩 날아와 폭탄을 투하하는 데 비하면 비교가 안 되기는 하지만, 대신 우리는 사람이 죽지 않는다.

다시 고독을 즐기던 중에 문득 생각했다. 지금 처칠과 루즈벨트는 뭘 하고 있을까? 이쪽 세계에서는 추축국에게 무조건 항복을 요구한 카사블랑카 회담이 없었다. 미국이 독일과 전쟁 상태가 아니다 보니 협조체제를 대놓고 구축하기는 곤란하지 않겠나. 테헤란 회담도 아마 힘들겠지? 적어도 스탈린은 스톡홀름에서 진행되는 협상이 완전히 결렬될 때까지는 기다릴 테니 말이다. 나 역시 더 이상 공세로 나갈 생각도 없고.

정말 궁금하다. 처칠, 루즈벨트, 이 양반들 지금쯤 뭘 하고 있으려나? 팔켄하우젠이 보낸 정기 주간보고에 장제스가 여행 준비를 하는 것 같다는 내용이 있었는데, 혹시 카이로 선언이라도 준비하나?

## *6*

『1943년 7월 21일, 북아프리카 카이로에서.

루즈벨트 대통령, 장제스 대원수, 처칠 수상은 각자의 군사, 외교전문 보좌진과 함께 북아프리카에서 연 회의를 마치고 이와 같이 발표한다.

수차에 걸친 군사 관계 회의에서 미국, 중국, 영국은 일본을 상대로 앞으로 전개할 군사작전들에 관해 상호 의견의 일치를 보았다. 우리 세 연합국은 세 나라 모두를 위협하고 있는 잔인무도한 적국에게 바다, 육지, 하늘을 통한 지속적인 압박을 가하기로 결의했다. 일본에 대한 압박은 이미 가중되고 있다.

세 연합국은 침략을 통해 세계 평화를 깨트리는 일본의 행위를 제지하고 응징하기 위해 이 전쟁을 치르고 있다. 연합국은 자신의 이익을 위해 노력하지 않으며 또한 영토 팽창을 위한 야심도 갖고 있지 않다.

연합국이 전쟁을 치르는 목적은 1914년 제1차 세계 대전이 발발한 이래 일본이 강탈했거나 점령해 온 아시아 지역 영토와 태평양의 모든 섬들을 몰수하는 것과 만주 및 대만과 팽호 열도처럼 1894년 이래 일본이 중국으로부터 탈취한 모든 영토를 중국에 반환하도록 하는데 있다. 일본은 또한 폭력과 탐욕으로 탈취한 다른 모든 영토에서부터도 추방당할 것이다.

이에 더불어 세 연합국은 한국 국민이 일본에 의한 노예상태에 놓여있음을 인정하면서 적당한 시기에 한국을 자유롭고 독립적인 국가로 만들 것을 굳게 다짐한다.

이러한 목적을 실현하기 위하여 세 연합국은 일본과 싸우고 있는 다른 국가들과 보조를 맞추어 가면서 일본의 무조건 항복을 받아내는데 필요한 진지하고도 장기적인 군사 행동을 지속적으로 감행해 나갈 것이다.』

정말이었다. 카이로 선언이 발표된 것은 내가 휴가를 마치고 베를린으로 돌아온 지 고작 사흘 뒤였다. 내가 아는 역사보다 넉 달 가까이 빨랐다. 확실히 역사의 바뀐 일면인 모양이다.

"평화를 지키기 위해 뭉친 세 연합국이라…."

"결국 자기들 욕심을 지키려는 행동들이지요."

보고하러 찾아온 괴벨스가 비웃었다. 선전장관인 괴벨스는 내외에 발표되는 온갖 선전문서를 제작하기 위해 외부에서 벌어지는 동향에 대한 정보도 다방면으로 수집하고 있었으므로 외무장관 리벤트로프를 통하지 않고도 이런 자료 정도는 손에 넣을 수 있었다.

"총통께서 미국을 태평양에 묶어두신 덕분에 우리는 한결 쉽게 전쟁을 치를 수 있게 되었습니다. 미국이 일본을 향해 쏟아 붓고 있는 저 막대한 물량이 우리 앞에 나타났을 수도 있다는 생각을 하면 끔찍합니다."

"나도 마찬가지일세. 미국은 가능한 한 대서양 저쪽에 있으면서 유럽에 대해서는 관심을 끊도록 해야 해."

미국과 싸우다니, 천부당만부당한 일이다. 영국까지 한편으로 만들고 소련을 지배하는 상황이라면 미국과 붙어볼 만도 하겠지만, 그 둘을 상대로 싸우면서 미국까지 적으로 돌린다면 미래에 나를 기다리는 운명은 버섯구름밖에 없을 게 분명하지 않은가.

"그러고 보니 일본이 차지한 영역 중에서 유독 한국을 독립시키겠다는 선언이 들어가 있는데, 이건 역시 장제스 총통이 영향을 미친 건가?"

"팔켄하우젠 장군이 계속 설득을 하고 있으니까요. 한국은 지난 천여 년 동안 중국과는 대체적으로 우호관계였고, 장래 일본과 소련을 견제하는 좋은 동맹국이 될 수 있으리라는 이야기를 반복하면서 한국이 독립하는 편이 중국에 유리하다는 설득을 계속하고 있습니다. 장제스 총통도 수긍하면서 한국망명정부에 대한 지원을 좀 더 늘리는 추세라고 했습니다."

"좋아."

나는 고개를 끄덕이며 자리에서 일어섰다.

"지금 중요한 건 소련과 영국을 압박하면서 미국이 일본에 대해 품은 적대감이 가라앉지 않도록 부채질하는 거다. 선전부에서는 세 나라 모두에 대해 보다 효율적인 선전활동 방안을 연구하도록 하라. 이만 물러가도록."

"알겠습니다, 총통."

괴벨스가 나가자마자 교대하듯 슈페어가 들어왔다. 슈페어도 일본과 관련된 보고사항을 가지고 온 참이었다.

"아시아에서 각종 물자를 싣고 온 마지막 특별 수송선이 보르도에 무사히 도착했습니다. 이로써 올해 출발한 동남아시아 발 수송선 중 2/3가 무사히 유럽에 도착했으며, 이 배들이 싣고 온 고무, 주석, 니켈이면 독일이 필요로 하는 전시소요량을 2년 동안 감당할 수 있습니다."

"좋아. 귀관에게 군수 생산에 관한 전권을 부여한 만큼, 전선에서 필요로 하는 장비가 부족하지 않도록 만전을 기해 주기 바란다. 전쟁 전에 착공한 산업단지도 이제 다 완성되었으니, 미국만큼은 못할지 몰라도 온갖 장비를 대량으로 생산할 수 있으리라 기대하겠네."

그러고 보니 주전선인 유럽 방면에 몰두하느라 일본이 날뛰는 태평양 전선 방면은 상황이 어떻게 움직이고 있는지 살피는 걸 잊었다. 과달카날 전투 이후 태평양에서는 무슨 일이 벌어지고 있는지 잠시 살펴야겠다.

# 외전 4
# 프랑스 VS 프랑스

## *1*

머리 위에서 계속 엔진 소리가 울렸다. 저속으로 상공을 회전하는 경비행기 엔진 소리였다.

"제기랄, 쏴서 떨어트려버리자!"

"안 돼, 장! 아직 어두워서 저 위에서는 우리가 안 보일 거야. 그냥 겁주려고 날아다니는데 괜히 사격하면 놈들이 우리 위치를 눈치 챈다고!"

"빌어먹을!"

본부 쪽에서는 아직도 총성과 고함소리가 들렸다. 뒤에서는 헌병들이 개에게 발자취를 냄새맡게 하면서 추격해 오고 있었다. 지금 은신처가 아직까지는 안전하다고 생각했는데 어떻게 들킨 건지, 알 수가 없었다.

"분명히 배신자가 있었어. 적에게 영혼을 팔다니, 쓰레기 같은 놈들!"

해가 뜨려면 아직 시간이 남은 새벽녘, 전혀 예상하지 못한 순간에 창문으로 총탄이 쏟아졌다. 헌병들이 펼친 포위망을 겨우 탈출한 마키[1]단 대원은 십여 명에 불과했다. 여기까지 온 사람은 그중에서도 일곱 명 뿐이었다. 단장인 샤를도 탈출하지 못했다.

하필이면 정기 회합일에 습격을 당할 줄은 몰랐다. 근거지를 더 은밀한 곳으로 옮기는 문제를 토의하느라 대원 전체가 모여 있는데 공격이 시작되었고, 그 바람에 조직이 완전히 괴멸될 상황이었다. 지금 여기 모인 사람들 중에 가장 먼저 입단한 대원인 피에르가 장을 타일렀다.

"장, 일단은 여기서 빠져나가는 게 급선무야. 괜히 비행기나 쏘고 있다가 헌병들에게 잡히면 다 죽는다고. 어서 가자!"

"알았어."

장이 마지못해 수긍하자 피에르가 급히 지시를 내렸다.

"로베르, 네가 앞장서! 숲속 길은 네가 가장 잘 아니까. 일단 가능한 멀리 떨어진다."

살아남은 마키단 대원들은 한 줄로 숲을 달렸다. 정부도, 경찰도, 헌병도 모두 독일 편이다. 일부 관리나 경찰관들은 자기 자리를 지키면서 계속 독일에 저항하고 있었지만 그런 이들은 많지 않았다. 대부분은 저항을 포기하고 페탱을 따랐다.

"나, 놈들 속에서 얼핏 줄리앙을 본 것 같아. 줄리앙 피카르 말이야."

---

1 독일에 맞서 싸우던 프랑스의 게릴라 조직. 마키(Maquis)는 원래 코르시카 섬에 널리 퍼져 있는 관목 숲을 가리키는데, 이들 게릴라가 숲에 숨어서 독일군과 싸운 데서 이 이름이 붙었다. 보통 말하는 지하활동 중심의 레지스탕스와는 약간 차이가 있으나, 넓은 범주에서는 레지스탕스에 속한다.

장 뒤에서 헐떡거리며 뛰어가던 미셸이 문득 생각난 듯 중얼거렸다. 그 소리를 들은 장이 벌컥 화를 냈다.

"그 자식 이야기는 입 밖에 꺼내지도 마!"

## *2*

"장, 대세는 독일이야. 저항운동 따위 성공할 가능성도 없고, 잡히면 모조리 총살당할 뿐이라고. 아직 기회가 있을 때 집어치워. 지금이라면 아무 일도 없었던 걸로 할 수 있으니까."

번쩍이는 밀리스[1] 제복을 입은 줄리앙이 숲속 빈터에서 열심히 장을 설득했다. 두 사람은 같은 마을에서 자란 이웃이자 함께 중학교까지 다닌 학우였고 절친한 친구 사이이기도 했다.

"이제 남은 건 영국과 소련뿐이야. 그런데 영국인들은 바다를 건너지 못하고, 소련인들은 패망 직전으로 몰리고 있어. 바로 지난달에 쿠르스크라는 곳에서 백만 명도 넘는 병력을 또 잃었다고. 곧 소련은 망해. 여기에 무슨 희망이 있다는 거야?"

"줄리앙! 그런 말이라면 듣지 않겠어. 독일은 악이야! 물리쳐야 한다고!"

"소련을 침공했다고 그러는 거야?"

줄리앙의 눈이 차갑게 빛났다. 갈색 눈동자에 혐오감이 비쳤다.

"우리 프랑스가 침공을 당했을 때, 너는 전혀 화내지 않았어. 도리어 너랑 네 친구들은 나처럼 분개하는 사람들을 보고 참으라고 설득했지. 하지만 그 태도가 언제 바뀌었지?"

---

1 비시 프랑스의 친독 민병대. 정식 명칭은 프랑스 민병대(La Milice française)이다. 단순히 민병대로 호칭할 경우 시대 및 지리적 배경을 확정하기 힘들기 때문에 대부분의 서적에서 밀리스로 통칭한다.

장은 대답하지 못했다. 줄리앙은 그런 장을 멸시하는 눈으로 노려보았다.

"너희 공산주의자들은 소련이 침공당하는 순간까지 우리를 향해 독일과 친하게 지내야 한다고 역설했어. 하지만 소련이 공격을 받자마자 태도를 바꿔서 독일을 저주하고 나섰지. 나 같은 사람들이 너희를 보고 뭐라고 생각할까?"

"지나간 과오는 지나간 과오일 뿐이야. 지금 중요한 건 침략자인 독일군을 쫓아내려면 맞서 싸워야 한다는 거라고. 너야말로 조국을 배반하고 있잖아!"

장에게 비난을 들은 줄리앙은 콧방귀를 뀌었다.

"웃기지 마. 난 원래 사회당[1] 지지자였어. 독일이 프랑스를 정복한 건 솔직히 불쾌하지만, 분열된 프랑스가 얼마나 약한지 우리 모두에게 잘 알게 해 주었지. 우리 프랑스도 독일처럼 단결해야 할 때야. 페탱 원수를 달갑게 생각하지는 않지만, 그 권위와 지도력이 필요해."

두 사람이 서로를 노려보았다. 눈빛이 마주치며 불꽃이 튀었다. 잠시 긴장이 서리다가 줄리앙이 먼저 시선을 돌리며 고개를 내저었다.

"그만두자. 난 너랑 싸우려고 온 게 아니야. 제발 지금이라도 그만둬. 사상이야 어쨌건 우린 친구잖아? 난 네가 죽는 모습을 보고 싶지 않아."

장의 눈에서도 분노가 사라졌다. 비록 파시스트일망정 줄리앙은 오랜 친구였으니까.

"줄리앙, 너야말로 밀리스를 그만두길 바라. 지금 당장은 독일이 승

---

**1** 줄리앙이 언급한 프랑스 사회당(Parti social français, PSF)은 사회주의 정당이 아니라 중도를 표방한 파시즘 정당이었다. 오늘날의 프랑스 사회당(Parti Socialiste, PS)은 이 시기에는 SFIO(Section Française de l'Internationale Ouvrière, 노동자 인터내셔널 프랑스 지부)라는 이름을 사용했다.

승장구하는 것처럼 보일지 몰라도 얼마 안 가서 결국 패망할 거야. 소비에트 러시아는 그 누구에게도 굴복하지 않는 저력이 있으니까. 그때가 되면 너는 침략자에게 협조한 매국노가 될 거야."

"장, 내 인내심을 시험하지 말아 줘. 나는 언제 올지 모르는 미래에 대해서 이야기하고 있는 게 아냐. 당장 죽을 너를 구하려고 이러고 있는 거라고. 지금 우리 지부에서 너희를 쫓고 있단 말이야. 헌병대[1]와 합동으로 토벌작전이 벌어질 거야."

줄리앙의 이야기를 들은 장이 긴장한 표정으로 눈을 부릅떴다. 얼굴이 새파래진 그가 줄리앙을 무섭게 다그쳤다.

"그게 언젠데? 어떻게 우릴 토벌한다는 거지? 우리 근거지나 대원들의 정확한 신상을 알고 있는 거야?"

"그건 나도 몰라! 그리고 너희들 신상 정도야 헌병이 동네를 뒤지면 금방이라도 알 수 있어. 누가 집에 있고 누가 없는지, 누가 행선지도 알리지 않고 자주 외출하는지, 당국에서 모를 것 같아? 정말 모른다고 생각했다면 너희는 진짜 바보야!"

줄리앙의 지적을 받은 장이 움찔했다. 줄리앙은 장이 약해졌다고 판단했는지 설득을 다시 시작했다.

"너희 동료들을 대놓고 배반할 필요도 없어. 당분간 모임에 나가지 말고, 그냥 집에만 있어. 전투 중에 확실히 목격되지만 않으면 널 일부러 찾아올 사람은 없어. 잡힌 녀석들이 불지만 않으면 돼."

"하지만 동지들이 죽도록 내버려 둘 수는 없어! 경고를 해 줘야 해. 줄리앙, 정확한 공격 날짜가 언제지?"

---

1 프랑스는 국가 헌병대 제도를 채택하고 있어서 농촌 지역에서는 경찰이 아닌 헌병이 치안 유지를 맡는다. 독일이 점령했을 때도 헌병과 경찰은 국내 치안을 담당했고, 많은 수가 레지스탕스에 가담했다.

"정확한 날짜는 몰라. 대충 짐작하는 일시가 있긴 하지만, 네게 말해줄 수는 없어."

"어째서?"

장이 외치자 줄리앙은 기가 막혀 하는 표정으로 바라보았다.

"장, 네가 동료들에 대한 입장이 있듯이 나도 내 동료들에 대한 입장이 있어. 난 이곳, 생 에띠엔느 지부의 밀리스 부지부장이야. 이런 내가 기밀을 누설할 수 있겠어? 너한테 공격이 있을 거라고 알려주는 것만 해도 엄청난 배반행위야."

장이 앉아있던 풀밭에서 일어섰다. 두 주먹이 분노로 떨리고 있었다.

"좋아. 고마워. 하지만 네 충고는 받아들일 수 없어. 다음 회합에서 동지들에게 위기를 알리고, 근거지를 옮기겠어."

"장, 그만 미련을 버려!"

줄리앙이 따라 일어서며 고함을 질렀다.

"네가 원하는 공산혁명, 그따위 게 이루어질지 안 이루어질지는 몰라도 네가 죽는다면 그건 아무 소용도 없어! 길어야 한 달이야. 한 달만 아무 데도 가지 말고 집에 죽치고 있어. 한번 쓸고 나면 위에서도 한동안 토벌을 실시하라고 재촉하지 않을 거야. 소강기가 될 거라고."

"그래? 내가 그렇게 혼자 숨어서 한번 살아남으면, 다른 동료들은? 나보고들 뭐라고 할까?"

"알 게 뭐야! 네가 몸이 안 좋았나보다 하고 말겠지. 네가 오늘 날 만났다는 사실은 아무도 몰라. 그런데 누가 널 의심하겠어? 그리고 널 의심할만한 놈들은 모두 죽어버릴 거야. 그 뒤에 네가 조직을 재건하건, 투쟁을 포기하건 그건 그 뒤에 가서 생각하면 돼."

"…그럴 수는 없어. 모두 내 동료들이야. 함께 하기로 맹세했어."

"다람쥐 쳇바퀴 도는 것 같은 대화로군. 그만두겠어. 난 충분히 경고했으니까."

줄리앙이 진절머리를 내며 뒷걸음질을 쳤다. 서너 걸음 뒤로 간 줄리앙이 몸을 돌리려다 말고 갑자기 물었다.

"하나 묻자. 네가 그토록 동료들을 포기하지 않으려는 건 사상 때문이야? 아니면 레베카 때문이야?"

"레베카 이야기는 하지 마!"

"그 계집애 때문이 맞구나."

줄리앙이 딱딱하게 인상을 일그러뜨렸다.

"빌어먹을 유대 계집애. 진즉에 그 망할 년을 족쳤어야 했어. 당장 대원들에게 그년을 잡아오라고 해서 독일로 보내버리겠어!"

"레베카에게 손을 대면 죽여 버리겠어!"

두 사람 사이에 팽팽한 긴장이 흘렀다. 두 사람 모두 무기를 가지고 있지는 않았지만 당장이라도 충돌할 것 같았다. 잠시 후 줄리앙이 비웃듯이 입술을 일그러뜨리면서 몸을 돌렸다.

"좋아. 그럼 그 계집애랑 운명을 함께해 보도록 해. 난 내 할 일을 할 테니까. 안녕."

줄리앙은 그대로 숲속으로 사라졌다. 장은 한참 동안 발을 떼지 못하고 그대로 서 있었다. 18년에 걸쳐 쌓아올린 우정이 사라지고 있었다.

## *3*

"로베르, 앞쪽 길은 괜찮아?"

"괜찮아!"

헉헉거리며 달리는 동안 열흘 전 줄리앙과 주고받은 대화 내용을 되새기던 장은 이를 악물었다. 스스로가 멍청이였다는 사실을 깨달았기 때문이다.

아, 나는 왜 줄리앙에게 이야기를 들으면서도 배반자가 있다는 사실을 눈치 채지 못했을까? 줄리앙은 '너에게 의혹을 품을 만한 녀석들은 〈모두〉 죽을 거야'라고 했잖아. 그게 바로 실마리였는데, 멍청이!

장은 쉴 새 없이 스스로를 꾸짖었다. 단원 〈모두〉가 한 자리에 모이는 날은 오늘, 회합일 뿐이었다. 줄리앙이 회합일을 알고 있다는 건 조직 내부에 배반자가 있다는 사실을 뜻했다! 자신이 조금만 더 현명했다면 줄리앙의 말을 듣자마자 오늘 회합을 취소하게 했을 것이다.

"일어서. 쓰러지면 죽어!"

장은 자기 앞에서 뛰다가 갑자기 비틀거리는 레베카를 부축했다. 장애물이 많은 숲속을, 걷는 것도 아니고 뛰어서 이동하려니 장 자신도 피로했지만 레베카를 두고 갈 수는 없었다.

"날 두고 가, 장."

레베카의 목소리가 떨렸다. 그리고 그녀가 바닥에 쓰러졌다. 그제야 장은 레베카가 이미 총을 맞았음을 알았다. 통이 넓은 바지가 피에 젖어 시커멓게 변해 있었다.

"레베카!"

"장, 소리 지르면 헌병에게 들켜!"

뒤에 있던 피에르가 급히 달려와 레베카의 상처를 살폈다. 이 서슬에 멈춰선 다른 대원들은 주변을 살피며 잠시 휴식을 취했다. 레베카의 옷을 들춘 피에르가 절망적인 한숨을 쉬었다.

"옆구리에 총을 맞았어. 어떻게 여기까지 온 거지? 흘린 피도 많고, 당장 병원에 가서 치료를 받지 않는다면 죽을 거야."

"그럼 내가 병원으로 데려갈게. 너희는 빨리 마르셀네 오두막으로 가. 다른 동료들이 탈출해서 그리로 왔을지도 몰라."

마르셀네 오두막은 5km쯤 떨어져 있는 빈 통나무집이었다. 숯쟁이인 마르셀 영감이 살다가 죽은 이후 쭉 비어 있었고, 이들 마키단원들은 그 집을 제2의 본거지로 삼고 있었다. 피에르가 걱정스러운 표정을 지었다.

"제일 가까운 병원이 여기서 두 시간이야. 게다가 숲속 길을 가야 하는데 아직 어두워. 혼자 갈 수 있겠어?"

장이 굳은 표정으로 고개를 끄덕였다.

"혹시 모르잖아. 위험은 나 하나만 무릅쓰면 돼. 레베카는 가벼우니까, 뭐."

"알았어. 우리 먼저 가 있을 테니까, 레베카를 병원에 데려다 준 다음 너도 어서 와. 이렇게 된 이상 우리 모두 집에 돌아갈 수는 없을 거야. 참, 그 소총은 무거울 테니 나한테 줘. 대신 여기 내 권총 가지고 가고."

"그래, 고마워."

총을 교환하고 눈빛으로 인사를 나눈 뒤 동료들은 서둘러 숲속으로 사라졌다. 마음을 단단히 먹은 장이 레베카를 부축하려고 했다. 하지만 레베카는 고통스러운 신음을 내뱉더니 그대로 놔둬 달라고 부탁했다.

"부탁이야, 장. 도저히 설 수가 없어. 너무 아파."

어쩔 줄 몰라 하던 장은 레베카를 나무에 기대 앉혔다. 마키에 가입한 지 반 년 가까이 지났다. 그동안 전투를 서너 번 치르긴 했지만 단 한 번도 눈앞에서 동료가 죽어가는 모습을 본 적은 없었다. 그런데 처음으로, 그것도 세상에서 가장 사랑하는 사람의 죽음을 보게 되었다.

"컥, 쿨럭…."

레베카가 울컥 하고 피를 토했다. 옆구리를 뚫은 탄환이 내장까지 상하게 한 모양이었다.

이 정도로 피를 토한다면 병원에 도착하기도 전에 죽을 가능성이 높아보였다. 설사 병원에 늦지 않게 도착하더라도 치료를 받을 수 있다는 확신도 없었다. 마을 사람이나 의사가 총상을 입은 레베카를 관헌에게 고발할 수도 있었다.

체포되면…생각하고 싶지 않았다. 박해받는 유대인 소녀, 게다가 무장을 하고 마키에 가입했던 레베카에 대한 대우는 끔찍할 게 분명했다. 독일군이 굳이 강요하지 않아도, 반유대주의자로 가득한 경찰과 헌병은 유대인에게 충분히 잔인했다.

"자, 장, 초, 총 있어…?"

"그래! 권총 있어."

장은 피에르가 주고 간 권총을 힘주어 잡았다. 헌병이 쫓아온다면 이 권총으로 레베카를 지키리라. 그녀와 함께라면, 얼마든지 최후를 맞아도 좋았다. 하지만 레베카가 헐떡이며 속삭인 다음 말은 장을 충격 속에 빠트렸다.

"그럼, 끄, 끝내 줘…."

"뭐, 뭐라고?"

장은 자기도 모르게 몸을 일으켰다. 장이 제대로 듣지 못했다고 생각했는지 레베카가 떨리는 팔을 뻗어 장을 끌어당겼다.

"너, 너무 아파…이젠 숨 쉬기도 힘들어. 제, 제발…더 아프지 않게…부탁이야."

힘겹게 말을 이어가던 레베카가 또 울컥 피를 토했다. 도대체 어디에 상처를 입으면 저렇게 피가 나오는지 알 수 없었지만, 장은 가슴이 찢어지는 고통을 느끼며 바라보기만 할 수밖에 없었다. 차라리 외출혈이라면 옷이라도 찢어서 지혈해 보련만.

이를 악문 장이 허리춤에 찔러둔 스페인제 권총[1]을 뽑아들었다. 그리고 슬라이드를 당겨 총알을 장전했다. 철컥 하는 소리가 나자 눈을 감고 있던 레베카가 피범벅이 된 입으로 간신히 미소를 지었다.

"고마워, 장…사랑해."

질끈 감은 두 눈에서 눈물이 흘렀다. 하지만 어쩔 수 없었다. 장도 눈을 감은 채 나지막하게 속삭였다. 그의 눈에서도 눈물이 흐르고 있었다.

"나도 사랑해, 레베카."

고요한 숲속에서 총성이 한 발 울렸다. 잠시 침묵이 흐른 뒤, 나지막하게 흐느끼는 울음소리가 조용히 주변으로 퍼져나갔다.

## *4*

장은 숨을 몰아쉬면서 숲속을 뛰고 있었다. 레베카를 쏘면서 낸 총성을 들은 헌병들이 장이 어디에 있는지 파악하고 쫓아오기 시작했던 것이다. 헌병들이 개를 앞세워서 추격해 오자 장으로서는 미친 듯이 뛰는 수밖에 없었다.

---

1 당시 프랑스군은 군용 제식으로 스페인제 혹은 라이센스 생산한 스페인제 권총을 많이 사용했다.

도망치는 와중에도 사방에서 개 짖는 소리와 총성이 울렸다. 도망친 동료들이 더 있는지, 아니면 조바심 때문에 착각하고 있는지 장 스스로도 판단할 수 없었다. 그저 최선을 다해 전력으로 달릴 뿐이었다.

냇물을 건너고 샛길을 지나며 간신히 추격대를 따돌리고 나니 어느새 해가 떠 있었다. 온몸은 나뭇가지와 가시에 찔려 상처투성이가 되었고 갈증도 심했다. 장은 터덜거리며 피에르와 동료들이 있을 마르셀네 집을 향해 걷고 있었다.

한참을 걸은 끝에 거의 도착했는데 앞에서 떠들썩한 사람 소리가 들려왔다. 잠시 멈춰선 장이 짜증을 내며 나지막하게 욕지거리를 내뱉었다.

"이 자식들 왜 이렇게 소란스러워? 미쳤나?"

마르셀네 집은 마키들이 모일 때가 아니면 늘 빈집이었고, 근처를 지나다니는 사람도 없었다. 안심하고 목소리를 높일 수 있는 곳이지만 지금은 그럴 상황이 아니었다. 동료를 몇 명이나 잃었는지 모르는 상황이 아닌가.

화가 난 장은 늦췄던 발걸음을 다시 빠르게 했다. 당장 저 정신 나간 놈들에게 욕지거리를 퍼붓고 싶었다. 바로 조금 전에 단장이던 샤를을 잃었다. 많은 단원을 잃었다. 그리고 장에게는 그 누구보다 소중한 레베카를 잃었다.

잡화상집 딸인 레베카는 어릴 때부터 함께 지내던 친구였다. 자라면서 점점 예뻐졌고, 장에게는 레베카 없는 세상은 존재하지 않았다. 하지만 어릴 때는 같이 어울리던 줄리앙은 어느 순간부터 레베카를 혐오하기 시작했다. 유대인은 사라져야 한다면서 말이다.

레베카와 보낸 즐거웠던 순간들이 떠오르자 또 눈물이 주르르 흘렀다. 지나간 20여 년, 이제는 다시 돌아오지 않을 날들.

장이 눈물을 흘리며 과거를 떠올리는 동안에도 마르셀의 집 쪽에서 나는 시끌벅적한 소리는 그치지 않았다. 심지어 누군가가 큰 소리로 웃음보를 터트리는 소리까지 들려왔다.

"이 X같은 새끼들이…!"

이 판국에 웃고 있어? 장의 가슴 속에 분노가 치밀어 올랐다. 손에 권총을 쥔 채 마르셀네 집을 향해 뛰어가려는 참에 갑자기 뒤통수를 몽둥이로 후려치는 충격이 찾아왔다.

웃어? 웃는다고? 지금 단원들이 웃고 있다고 생각한 거야?

포위를 탈출한 동료들이 크게 떠들 수는 있다. 살아났다는 안도감에 흥분했을 수도 있고, 끄나풀이 숨어들었다는 사실을 깨닫고 분노하고 있을 수도 있다. 하지만 웃는다고? 이게 웃을 일이야? 절대 그럴 리가 없잖아?

장은 그대로 나무그늘에 몸을 숨겼다. 그리고 매우 천천히, 조심스럽게 마르셀의 빈 통나무집으로 다가갔다. 거의 땅바닥에 닿을 정도로 몸을 숙이고, 발소리가 나지 않도록 천천히 접근했다.

한참을 그렇게 조용히 다가가자 숲 끝자락에 당도할 수 있었다. 마침내 공터에 접한 큰 떡갈나무 둥치 뒤에 도착하자 장은 나무에 기대서서 크게 심호흡을 했다. 그리고 몸을 돌려 조심스럽게 한쪽 눈을 내밀었다. 그리고 그 자리에서 굳어버렸다.

마르셀네 집 주변은 총을 들고 제복을 입은 밀리스 대원들로 가득했다. 30여 명은 족히 될 밀리스 대원들이 웃고 떠들며 마음대로 돌아다니고 있었다. 저편 나무그늘에는 트럭 두 대가 서 있는 광경이 보였다. 숯 운반차가 다니던 길로 차를 타고 들이닥친 것이다.

장의 동료들이 없지는 않았다. 피에르, 로베르, 그리고 미셸까지 모두 다 있었다. 하지만 그들은 아까 헤어진 그 동료들이 이미 아니었다. 입과 코로 피를 토하며, 가슴과 배에서 피를 흘리며 땅바닥에 누워 있었다. 10여 명쯤 되는 마키 대원들이 그렇게 시체가 되어 있었다.

살아서 잡힌 동료도 있었다. 세 명이 공터 저쪽, 통나무집 벽에 등을 대고 서 있었다. 밀리스 대원 여섯 명이 그들에게 총을 겨누고 있었다. 장은 손이 아프도록 권총 손잡이를 꽉 쥐었다. 당장이라도 뛰쳐나가고 싶었지만 혼자서 그들을 구출할 수는 없었다.

"철수하라는군! 작전 끝났다!"

저쪽에서 무전기를 붙들고 있던 밀리스 대원 하나가 고함을 지르며 이쪽으로 다가왔다. 장은 그자의 얼굴을 단박에 알아볼 수 있었다. 루이 마르탱. 장과 줄리앙 두 사람 모두 잘 아는 변호사였다. 읍내에서 가장 유명한 보수 꼴통이자 밀리스 지부장이기도 했다.

"줄리앙! 거기서 뭐 하는 거야? 어서 대원들 철수시켜!"

마르탱이 이쪽을 보면서 고함을 지르는 바람에 장은 멈칫했다. 하지만 왜 이쪽을 보면서 줄리앙을 불렀는지 생각해보기도 전에 줄리앙이 대답하는 소리가 바로 코앞에서 들렸다.

"지금 갑니다. 죄송합니다."

줄리앙은 장이 숨어 있던 바로 그 나무에 기대서 서있었다. 흠칫 놀란 장은 나무에 바짝 몸을 붙였다. 지금 들킨다면 끝장이었다.

다행히 줄리앙은 장이 내는 발소리나 숨소리를 듣지는 못한 모양이었다. 줄리앙이 별 기색 없이 멀어져가는 발소리가 들렸다. 마르탱이 줄리앙을 나무라는 소리도 들렸다.

손에 쥔 권총이 무섭게 떨렸다. 지금 나무 옆으로 몸을 내밀고 총을 쏜다면 분명히 저놈들을 맞힐 수 있다. 레베카의 원수를 갚을 수 있다. 샤를, 피에르, 로베르들의 원수도 갚을 수 있다. 생포당한 동료 세 사람을 구할 기회를 만들 수도 있다.

"어이! 거기 세 놈 데려와! 차에 그놈들 태울 자리 같은 건 없으니까, 손을 묶어서 끌고 간다! 산길이라 별로 빠르게 달리진 않을 테니, 뛰어오는 게 그다지 불편하진 않을 거야!"

결심하고 행동에 나서기 전에 마르탱이 지르는 고함 소리가 들려왔다. 와 하는 밀리스 대원들의 웃음소리가 곧바로 뒤를 따랐다. 낄낄거리며 저쪽으로 걸어가는 마르탱의 발소리를 들은 장은 결심했다. 원수를 갚기로, 동료들을 구출하기로.

장은 살며시 오른팔과 오른쪽 눈을 나무 옆으로 빼냈다. 그리고 10m쯤 떨어진 밀리스 대원의 등을 향해 조심스럽게 권총을 겨냥했다. 제일 가까이 있는 저 녀석을 쓰러뜨리면 나머지 녀석들을 제압하기 쉬워질 테니까.

가늠자 위에 녀석의 등이 올라왔다. 이제 방아쇠만 당기면, 저 매국노 녀석은 피를 뿜으며 땅바닥에 쓰러지리라. 패거리들은 당황할 거고, 동료들은 탈출할 기회를 잡을 수 있다.

막 방아쇠를 당기려는 참에 녀석이 고개를 돌렸다. 장의 손가락은 방아쇠를 당기려다 말고 심하게 떨리기 시작했다. 총구 저편에서 드러난 옆얼굴은 분명히 줄리앙이었다. 침울한 표정을 지은 줄리앙을 본 장은 비틀거리면서 권총을 든 손을 내렸다.

걸음마를 배울 때부터 친구였던 줄리앙, 자기 동료들을 배반하면서까지 장을 살리려던 줄리앙. 하지만 줄리앙은 레베카를 죽였다. 아니, 줄리앙이 직접 쏘지 않았을지는 모른다. 하지만 줄리앙이 속한 패거리가 레베카를 쏘았다. 그리고 다른 동료들도 쏘았다.

게다가 줄리앙은 프랑스를 점령하고 있을 뿐 아니라 사회주의 조국 소련을 침략하고 있는 독일 편에 서 있다. 장으로서는 레베카를 죽인 원수이자 조국 프랑스를 배반한 매국노, 사회주의 조국에 쳐들어간 침략자에게 동조하는 협조자를 그대로 넘길 수 없었다.

권총을 든 채 떨리던 오른손이 차츰 안정을 찾았다. 장은 천천히 팔을 들어 올려 나무둥치 옆으로 총을 내밀었다. 내려졌던 가늠자가 다시 줄리앙의 등 한가운데를 겨냥했다. 방아쇠에 걸린 장의 집게손가락에 천천히 힘이 들어갔다.

# 21장
# 태평양의 모래성들

## 1

“정말 그 쥐새끼가 그 자리에 나타나는 거 맞습니까?”

“틀림없다. 하여간 시간 지키는 건 철저한 놈이라니까, 분명히 통보받은 시각에 나타날 거야. 기억하겠지만 놈들 일행은 베티[1] 2기에 분산해서 탑승했고 호위기는 지크[2] 6기다. 놓치면 절대 안 돼. 목표지점 도착까지 2시간, 평소 할 일이 없는 초저공비행이지만 잘 해 내기 바란다.”

“알겠습니다.”

과달카날에 주둔하고 있는 미 육군 캑터스 항공대 소속 P-38 조종사, 토마스 랜피어 중위는 마지막 브리핑을 마치고 비행기로 이동할 준비를 했다. 선임자인 339 비행대대장 존 미첼 소령이 선두에서 대원들

---

**1** 일본 해군이 보유한 주력 뇌격/폭격기인 1식 육상공격기(일본 해군은 육상기지에서 활동하는 쌍발기로 장거리에서 적 함대를 요격하는 전술을 선호했다)의 미군 코드명. 방어력이 약해서 총알 몇 발만 맞으면 불이 붙었기 때문에 ‘원 샷 라이터’라는 별명도 있었다.

**2** 일본 해군이 보유한 주력 전투기 제로센(영전, 영식 함상전투기)의 미군 코드명

을 이끌고 있었다. 편대가 출격하기 전, 활주로 앞에서 미첼 소령이 마지막으로 부하 조종사들에게 주의를 주었다.

"목표지점까지 비행하는 중에 함부로 상승하지 마라! 놈들이 깔아놓은 대공초소나 순찰편대 중 어느 하나라도 우리를 먼저 발견하고 수상하다고 생각하면 이 작전은 그대로 수포로 돌아가는 거다. 알겠나?"

"알겠습니다!"

랜피어 중위는 심호흡을 하면서 약간 주저하는 기분을 느꼈다. 물론 임무에 대한 불만이 있는 건 아니었다. 하지만 어제 극비 브리핑에서 정보장교가 알려준 대로 목표가 정말로 나타날지는 아직까지 확신할 수 없었다. 놈이 행여 늦잠을 자거나 출발 직전 배탈이라도 나서 비행기를 띄우지 않는 바람에 출발이 늦어진다면?

그래도 놈이 예정대로 부갱빌에 나타나기만 하면 죽은 목숨이라는 점은 확실했다. 놈, 바로 일본해군 총사령관이라는 야마모토 놈이 이승에 작별을 고하게 만든다는 그 목적을 위해서 과달카날에 있는 P-38 전력을 모조리 긁어모아 출격하는 게 아닌가.

"그 원숭이 자식은 정말 위험한 놈인 게 분명합니다. 왜냐 하면 보통 원숭이를 잡으려면 바나나 한 개만 미끼로 매달아놓으면 되는데 이놈은 우리 같은 실력자를 이렇게 많이 투입해야 한다니까 말이죠."

윙맨인 렉스 바버 중위였다. 평소에도 장난기가 좀 있는 바버 중위가 농담을 하자 미첼 소령도 유쾌하게 맞받을 뿐 별로 나무라지는 않았다.

"그러게 말이다. 우리 캑터스 항공대 소속 P-38 18기를 몽땅 투입할 정도니 적어도 지크 54기쯤 되는 가치는 있는 모양이지. 아참, 호위하는 지크가 죄다 날고 기는 베테랑일 테니 주의하라고는 하더군."

유쾌한 대화 분위기에 랜피어가 끼어들었다.

"그래봐야 겨우 6기 아닙니까? 그 정도 호위 뚫고 베티 두 대 잡는 정도야 어린애 사탕 뺏어먹기보다 쉽죠. 까짓, 총알 두어 발만 맞으면 불덩어리가 되는 약골 아닙니까."

"랜피어 중위, 적에 대한 잘못된 정보를 퍼뜨리면 곤란해."

"잘못돼? 바버 중위, 뭐가 잘못됐는데?"

"한 방에 불이 붙는 원 샷 라이터를 두어 발 맞으면 불이 난다고 했으니 잘못된 정보지."

"푸핫핫!"

모여 있던 편대원들이 잠시 폭소를 터트렸다. 엄격한 편인 미첼 소령도 다른 조종사들과 함께 미소를 지었지만 곧 표정을 바로잡고 대원들에게 마지막 전달사항을 전했다.

"이제 출격하면 사전에 브리핑한 대로 철저하게 내 기체가 움직이는 데 따라서 방향 및 고도를 맞추도록. 만약 내가 더 이상 지휘할 수 없는 사태가 생기는 경우에는 별도 지시가 없어도 랜피어 중위가 지휘한다. 알겠나?"

"알겠습니다."

다시 표정을 굳힌 대원들이 일제히 자기 비행기로 뛰어가 조종석에 올랐다.

미첼 소령을 선두로 한 P-38 라이트닝 18기가 차례로 활주로로 진입했다. 마침내 이륙하기 직전, 미첼 소령이 한 번 더 주의를 환기했다.

– 마지막으로 확인한다. 작전 내용은 주지하고 있겠지? 카힐리 비행장 북방 35마일 상공, 1만 피트에서 랜피어 중위 편대 4기가 놈을 잡는다. 그리고 내가 이끄는 본대 14기는 2만 피트 상공에서 대기하면서 카힐리에서 출격하는 적 전투기를 상대한다. 지금 이 시간부터 모든 무전

은 봉쇄 상태로 들어간다. 신께서 우리 모두에게 은총을 베풀어 주시기를 빌자!

편대원들이 외치는 결의에 찬 함성이 무전기를 통해 흘러나왔다. 그리고 미첼 소령이 탑승한 전투기를 선두로 한 특공대가 한 대씩 핸더슨 비행장을 떠오르기 시작했다.

존 미첼 소령을 선두로 한 캑터스 항공대 소속 P-38들은 침묵 속에 초저공비행을 계속했다. 다만 랜피어 중위가 지휘하는 편대에서 1기가 이륙에 실패하고, 1기는 갑자기 고장으로 출격도 하지 못하는 사고가 터지는 바람에 숫자는 16기로 줄었다. 미첼 소령은 할 수 없이 자기가 거느린 상공엄호편대 전투기 중 2기를 수신호로 랜피어에게 붙여 주었다.

랜피어 중위는 조용히 미첼 소령을 뒤따르며 걱정스러운 표정을 지었다. 정말 놈이 그 시간에 올까? 카힐리 비행장은 핸더슨 비행장에서 출격하는 P-38에게는 거의 항속거리 한계지점에 있는 비행장이다. 증가연료탱크를 달고 뭔 짓을 해도 목표 상공에서 머무를 수 있는 시간은 단 5분에 불과했다.

마음 같아서야 무전을 켜고 동료들과 대화라도 나누고 싶었다. 하지만 일본군이 먼저 이쪽을 발견할까봐 고도도 높이지 못하는데 무전이라니 언감생심이다. 비록 일본군 전투기들이 무전기 없이 다녀서 방수될 염려는 낮다지만, 그래도 혹시 모르는 일이니까. 총사령관이 탄 1식 육상공격기는 분명히 일본군 무전기 중에서 가장 좋은 성능을 자랑하는 장비를 달고 있을 테고, 지상 기지 무전소가 방수할 수도 있다.

"제기랄, 무전기 성능이 하도 저질이라 차라리 전투기 무게라도 줄여 보려고 안 달고 다닌다니 웃기는 나라야."

최근에 알게 된 사실을 상기한 랜피어 중위가 혼자 코웃음을 쳤다. 난전을 벌이다 보면 어째 일본군 조종사들이 서로 협동이 잘 안 되는 것 같아 이유가 궁금했는데, 설마 무전기가 없어서일 줄이야.

– 목표 상공이다! 전기, 상승!

잠시 딴 생각을 하는데 비행대대장 존 미첼 소령이 호령하는 소리가 들려왔다. 반사적으로 조종간을 잡아당기자 애기인 P–38이 장착한 엘리슨 엔진 2기가 부르릉거리며 굉음을 냈다. 1600마력 엔진 2기가 출력을 올리자 2천 피트(600m)에서 비행하고 있던 P–38이 순식간에 1만 피트(3천m)로 급상승했다. 미첼 소령이 이끄는 엄호편대는 2만 피트까지 올라갔다.

– 찾아! 1분 뒤면 놈이 도착한다!

피를 말리는 1분이 흘렀다. 칸트[1]처럼 시간을 지킨다는 그 원숭이 새끼가 과연 계획한 시간표대로 나타날까?

– 발견! 10시 방향, 목표물 출현!

누군지 알 수 없는 편대원이 외쳤다. 랜피어 중위는 즉시 보조연료탱크를 투하한 다음 곧바로 표적이 타고 있을 1식 육상공격기를 향해 달려들었다. 윙맨인 바버 중위도 똑같이 했지만, 미첼 소령이 새로 딸려준 조종사들 중 한 사람은 보조연료탱크가 떨어지지 않는 바람에 자기 윙맨과 함께 뒤로 물러나는 모습이 언뜻 보였다. 보조연료탱크를 단 채로는 기동성이 떨어져 공중전을 치를 수 없다. 미첼 소령이 다른 대원을 보내주어도 이미 늦었다.

"제길! 바버 중위, 우리 둘이서 간다!"

---

1 독일의 철학자 임마누엘 칸트. 늘 정시에 산책을 해서 칸트가 살았던 쾨니히스베르크(현재 러시아령 칼리닌그라드) 시민들이 칸트가 산책하는 모습을 보고 시계를 맞추었다고 하는 일화가 있다.

– 좋아! 하나씩 맡자고!

P–38 2기는 전력을 다해 가속했다. 적 편대는 1.6km 거리까지 접근한 뒤에야 이쪽을 알아차렸다. 호위기 6기는 랜피어와 바버를 향해 3기씩 달려들었지만 1식 육공 2기 중 1기는 기수를 돌려 정글 상공으로 도망치고 1기는 이쪽으로 계속 날아왔다.

"우릴 혼란시키려는 수작이군. 대개 나서는 놈은 가짜이기 마련이지!"

랜피어 중위는 정글 쪽으로 도망치는 놈을 쫓았다. 제로 3기가 정면으로 그를 향해 달려들었고, 방아쇠를 당기자 그중 1기가 엔진과 조종석에 50구경 기관총탄 세례를 받고 곧바로 불덩어리가 되었다.

"한 놈 해치웠고!"

랜피어 중위는 나머지 제로 2기가 달려들자 페달을 밟으면서 조종간을 틀었다가 곧바로 내리꽂았다. 급회전한 P–38이 급강하를 시작하자 기골이 약한 제로는 따라오지 못했다. 추격을 간단하게 따돌린 랜피어는 황급히 시선을 돌려 목표를 찾았다. 운 좋게도 표적인 1식 육상공격기는 랜피어가 기수를 향하고 있는 바로 그 방향에서 필사적으로 도망치고 있었다.

"이얏호! 완벽한 사냥이구만!"

표적은 나뭇가지 위를 스칠 듯 말 듯 아슬아슬하게 낮은 고도를 날고 있었다. 자칫하면 추락하기 십상인 저고도였지만 P–38에게 격추될 가능성을 조금이라도 줄이려고 발악하는 모양이었다. 하지만 랜피어도 나무에 닿을 만큼 고도를 내리면서 뒤를 쫓았고, 마침내 도주하는 적기의 오른쪽 날개가 조준선에 가로놓이자 분노를 담아 외쳤다.

"진주만을 기억하라!"

손가락을 움직여 방아쇠를 당기자 기수에 장착한 50구경 기관총 4문이 일제히 불을 뿜었다. 수백 발은 족히 될 탄환이 퍼부어지자 시가형으로 생긴 일본군 육상공격기는 구멍투성이가 되었고 단박에 오른쪽 엔진에서 불꽃이 솟았다. 랜피어가 멈추지 않고 탄환을 더 퍼붓자 마침내 표적은 오른쪽 날개가 부러지며 추락하더니 정글 속에 처박혔다. 폭음과 불꽃이 솟았다. 자신도 모르게 벌린 입에서 환호성이 터져 나왔다.

"됐어! 잡았다고! 야마모토 원숭이 새끼를 잡았다고!"

급히 선회하면서 뒤를 살피니 바버 중위도 그가 쫓던 두 번째 폭격기를 막 격추시킨 참이었다. 랜피어를 쫓던 제로 2기가 기관총 탄환을 마구 퍼부어댔지만 P-38이 갖춘 튼튼한 장갑에 모조리 튕겨나갔다. 저만치 보이는 카힐리 비행장 활주로에서 미친 듯이 이륙하는 일본군 전투기들이 보였다. 이제 저놈들을 뚫고 돌아가는 일만 남았다.

## 2

"추후 태평양 전선에서 우리 연합군이 취해야 할 전략은 분명하오. 현재 확보한 솔로몬 군도를 발판으로 해서, 뉴기니 섬 북부 해안을 따라 일본군을 격파하며 서진하는 거요. 이후 필리핀을 탈환하고 동남아시아를 공략하면서 루손 섬을 기반으로 일본 본토를 공격하는 편이 유리하오."

1943년 4월 24일, 런던에는 히틀러가 퍼붓는 불벼락이 쏟아지고 있는 시점에 태평양에서는 태평양 전선에 있는 육군 대표 맥아더와 해군 대표 니미츠 제독, 그리고 워싱턴에서 날아온 해군참모총장 어니스트 킹 제독이 향후 태평양 전선을 어떻게 운영해나갈 것인가에 대한 담판을 벌이고 있었다. 육군참모총장 조지 마셜 대장은 오지 않았다.

"필리핀에는 우리 미국을 친구로 여기며 우리와 함께 피를 흘린 6천만 명이나 되는 필리핀 국민이 있소. 게다가 지금 이 시간에도 수십만 명에 달하는 필리핀 국민들이 저항군을 조직하여 일본군에 맞서 싸우며 우리가 어서 돌아오기를 기다리고 있소. 이만큼 든든한 우군이 있는 이상 필리핀 탈환은 생각보다 쉬울 거요."

"하지만 장군, 필리핀에는 대규모의 일본군이 주둔하고 있습니다. 우리는 아직 필리핀 공략에 활용할만한 거점도 확보하지 못하지 않았습니까?"

"거점은 차례로 확보하면 되지 않소. 그보다 전략 수립 과정에서 기본적으로 수행해야 할 과정이 최종 목표를 확실히 정하는 거요. 나 맥아더는 필리핀이야말로 우리 미국이 최우선적으로 탈환할 목표라고 믿어 의심치 않소. 그리고 제독께서도 필리핀에 주둔중인 대규모 일본군에 대해 언급하시지 않았소? 대만을 점령한다 하더라도 배후에 위치한 필리핀을 일본군이 장악하고 우리 배후를 위협하고 있다면 어떻게 일본 본토로 진격한단 말이오?"

맥아더는 해군을 대표하는 다른 두 사람에 맞서서 강경하게 필리핀 공격을 주장했다. 현임 육군참모총장 조지 마셜보다 앞서서 육군 최선임이라고 할 수 있는데다 성격도 강한 맥아더이니만큼 그 앞에서 버틸 수 있는 사람은 별로 없었다.

"또한 우리는 미국 시민을 구출한다는 숭고한 의무도 잊어서는 안 되오. 지금 필리핀에서 우리를 기다리는 사람들은 필리핀 국민들만이 아니오. 수천 명에 달하는 미국인들이 일본군에게 억류되어 여기저기에 있는 강제수용소에서 비참한 상황에 빠져 있소. 우리 미군은 자국민을 구출할 책임이 있소."

필리핀이 함락될 때 일본군에게 붙잡힌 미국인을 포함한 서양인 억류자들이 산토 토마스 대학을 비롯한 필리핀 각지의 수용소에 붙잡혀서 가혹한 대우를 받고 있는 것은 사실이었다. 세 사람 모두 필리핀 내부에 있는 저항조직에서 보내온 정보를 통해 이에 대해 알고 있었다.

"하지만 장군. 일본군은 수많은 섬을 장악하고 수비대를 배치해서 요새화하고 있습니다. 장군께서 주장하시는 대로 도중에 있는 모든 일본군을 격파하고 필리핀을 탈환하려고 시도한다면 우리 미군은 지나치게 비효율적인 전쟁을 수행하게 될 겁니다. 장병들이 치르는 희생이 커질수록 전쟁은 길어지며, 일본을 쳐부순다는 궁극적인 목표를 달성하는 날은 미뤄집니다."

지금 맥아더 앞에 앉아 있는 킹과 니미츠 두 사람은 맥아더가 가진 경력을 크게 신경 쓸 필요가 없는 해군이고, 더불어 두 사람 역시 성격이 만만치 않았다. 니미츠가 먼저 차분하게 맥아더를 설득했다.

"모든 일본군을 잡아 죽이면서 진격할 필요는 없습니다. 꼭 필요한 주요 거점만 우리가 차지하고, 꼭 공격할 필요가 없는 요새화된 섬들은 놈들이 배치해 놓은 해군이나 공군 전력만 제거하고 우회합니다. 그 편이 우리 희생을 줄이면서 일본군을 효과적으로 죽일 수 있는 방법입니다. 보급로가 끊긴 일본군은 수천 명씩 굶어 죽을 테니까 말입니다."

"그렇다고 칩시다. 그래서 최종 목표는 어디로 잡을 거요?"

맥아더는 여전히 고압적인 태도였다. 사실 양측은 전쟁 초기부터 향후 전쟁 지도에 대해서까지 상당한 이견을 가지고 있었지만, 일본군이 일방적으로 공세를 펼치고 연합군은 사실상 수세로 일관하고 있던 1942년 말까지는 이 문제가 크게 드러나지 않았다.

하지만 미군 입장에서 일종의 공세적 방어였던 과달카날 전역이 성공적으로 마무리되자 태평양에서 일본과 연합군이 벌이는 이 전쟁의 흐름은 이제 반대편으로 기울었음이 분명해졌다. 일본군은 더 이상 공세를 펼쳐 점령지를 확장할 능력을 상실했고, 연합군은 반격에 나설 여유를 가지게 되었다. 이제 목표를 확실히 정해야 했다.

"좋습니다, 말씀드리지요. 우리도 최종 목표를 필리핀으로 하는데 동의합니다."

뜻밖의 대답을 들은 맥아더가 눈을 동그랗게 떴다. 니미츠 제독이 상대가 입을 다문 틈을 타 차분하게 이야기를 계속했다.

"해군 내에서는 중국을 지원하려면 대만을 공략하는 편이 낫다는 의견이 아직 강합니다만, 필리핀이 가지고 있는 많은 인구와 지리적 가치, 정치적 요인 등을 생각하면 대만보다는 필리핀이 더 중요합니다. 동남아시아에서 일본 본토로 가는 해상로를 차단하는데도 훨씬 효과적이고 말입니다."

니미츠가 너무도 선뜻 자신의 의견에 동조하자 맥아더는 당혹스러워했다. 이제까지 해군은 대만을 점령한 뒤 중국군과 연계하여 중국대륙에서 일본군 주력을 격파함으로써 일본을 무릎 꿇게 만들겠다는 계획을 추진해 오고 있었다. 일단 대만이 중국 본토와 더 가깝기도 하고, 일본 영토인 오키나와와 인접해 있다는 것도 플러스 요인이었다.

해군이 주장하는 대만 진격에 반대하고 필리핀 탈환을 강력하게 주장해 온 맥아더로서는 지금 해군이 참모총장 킹 제독까지 불러다 자신을 압박하려고 한다고 생각하고 있었다. 그런데 전혀 예상하지 못한 방향으로 상황이 전개된 것이다.

"다만, 필리핀으로 가는 길을 고르는 데 있어서는 장군께서 제안하신 바를 따를 수 없습니다. 효과적인 전쟁 수행을 위해서는 개구리가 뜀을 뛰듯, 필요한 거점만 확보하면서 일본군 대부대를 각 섬에 못박아 놓을 필요가 있습니다. 이는 저를 비롯한 해군 수뇌부가 수립한 작전일 뿐만 아니라, 대통령께서 결정하신 사항이기도 합니다."

니미츠의 말을 들은 맥아더가 반발할 기미를 보이자 킹이 나서서 못을 박았다. 니미츠가 태평양함대 사령관이라고는 하나, 워싱턴에서 내근 임무를 맡고 있다가 진주만 기습 직후에 소장에서 대장으로 곧바로 진급한 사람이다. 킹 제독이 워싱턴에서 직접 날아온 이유는 바로 경력면에서 부족한 니미츠를 맥아더가 무시할까봐 염려한 탓이었다.

"본관은 대통령께서 확고히 결단을 내리셨음을 장군께 알려드리고자 하오. 향후 태평양에서 우리 미군은 길버트-마셜-마리아나 제도 순으로 공략하면서 해로를 통해 곧바로 필리핀으로 진격하기로 결정되었소. 필리핀을 제압한 뒤에는 이오지마, 오키나와를 점령하여 일본 본토로 들어가는 발판으로 활용할 예정이오. 뉴기니와 동남아시아는 그대로 내버려 두기로 합의를 보았소."

미국으로서야 동남아시아 지역을 굳이 건드릴 필요가 없다. 이 지역에 식민지를 두고 있는 영국은 분명히 반발할 테지만, 그게 불만이라면 영국이 직접 탈환하면 될 것 아닌가? 영국이 싱가포르와 말레이를 빼앗기면서 굴욕을 당했다고 해서, 미국에겐 꼭 필요하지도 않은 동남아시아 작전을 펼쳐 영국을 위해 희생을 치를 필요는 없었다.

"본관은 그런 작전에 찬성할 수 없소! 육지에 확고한 거점을 마련하며 진격해야 안정적인 작전 수행이 가능하단 말이오. 섬과 섬 사이만 연결하면서 중부 태평양으로 진격하는 방안은 진격로가 너무 불안하오."

킹은 맥아더가 왜 반대하는지 그 속을 뻔히 들여다보고 있었다. 맥아더가 주장하는 것처럼 뉴기니와 인도네시아 방면으로 진격하면 육상전이 큰 비중을 차지하게 되므로 맥아더가 지휘하는 남서태평양 지역군이 대일전 주도권을 잡게 된다. 하지만 중부 태평양으로 진격하면 해군이 절대적인 비중을 차지하므로 맥아더로서는 작전에 개입하기가 곤란해지는 것이다. 물론 맥아더가 해군까지 자기 손에 넣으려들 수도 있다.

"원한다면 워싱턴에 연락해서 재고를 요청해 보셔도 좋소. 대통령께서는 분명히 중부태평양 전략을 승인하셨으니까. 다만 지금 당장은 중부태평양 방면에서 준비한 길버트 제도 공략을 실시할 거요. 마침 야마모토를 제거했으니, 적이 혼란스러워하는 틈에 공격해야 하오."

"그건 알아서 하시오. 난 이만 일어나겠소."

맥아더는 해군 지휘부가 뭔가 숨기고 있다는 인상을 받은 듯, 두 사람을 노려보다가 인사도 없이 회의장에서 나가버렸다. 맥아더 쪽 참모들이 급히 자리를 수습하며 나가자 니미츠가 한숨을 쉬었다.

"만날 때마다 사람을 피곤하게 만드는 양반입니다."

"내 생각에 마셜 원수가 여기 오지 않은 이유는 대통령을 군사적으로 보좌해야 하는 업무 때문이 아닌 것 같아. 저 고집불통을 상대하기 싫다는 게 진짜 이유겠지."

킹이 냉소하듯 내뱉었다. 실제로 마셜과 맥아더는 참모총장 진급부터 시작해서 여러 번 충돌한 사이였고, 각각 대립각을 세우는 파벌을 이끌고 있다고 해도 좋은 사이였다.

"확실히 고집불통인 사람입니다만…. 해군 상층부에서 왜 대만 공격 대신 필리핀 탈환으로 방침을 바꾸었는지 이해가 가지 않습니다. 맥아더를 기고만장하게 해줄 의도는 아니실 텐데요."

"음, 그런 게 있네."

킹은 여전히 인상을 찌푸린 채 대답했다.

"저 자식 말마따나 필리핀 사람들은 확실히 우리 편이지만 50년 동안 일본 식민지로 살아온 대만 사람들은 일본 편을 들 가능성이 크지. 당연히 우리에게 협조하지 않을 가능성이 높아. 게다가 필리핀을 확보할 경우 얻을 수 있는 장점도 있고. 무엇보다 과연 중국군이 우리와 힘을 합쳐 일본군을 쳐부술 수 있을지가 의심스럽다는, 확실한 정보가 들어왔네."

"확실한 정보라고 하시면…?"

"아, 그건 일단은 이런 자리에서는 밝히기가 좀 곤란하고."

킹 제독이 헛기침을 했다. 회의실에는 아직 다른 참모들이 여럿 있었다. 니미츠도 고개를 끄덕였다.

"알겠습니다. 그럼 제 사무실로 가시지요."

"그래. 그리고 내가 들려줄 이야기는 누구에게도 비밀로 해야 한다는 점을 잊지 말도록 하게. 워싱턴에서도 나와 마셜 장군을 비롯해 대통령께서 승인하신 극소수 인원들만 알고 있는 이야기니까. 자네가 알면 무척 재미있을 거야. 맥아더도 여기에 대해서는 모르고 있지."

니미츠가 고개를 갸웃거렸다.

"얼마나 큰 기밀이기에 그러십니까?"

"자네 혈통과 관련이 있는 이야기라네. 자네 방으로 가세."

### *3*

미 해군 전함 BB-45 콜로라도 호는 푸른 남태평양 바닷물을 가르며 쾌속으로 달렸다. 사방은 물 뿐이었지만, 그렇다고 정처 없이 헤매는 것은 아니다. 목적지는 명확했다.

"조금만 더 가면 중간 기착지에 도착합니다."

"진주만에서 진 빚을 갚을 때가 드디어 왔군."

콜로라도 함장 엘머 L. 우드사이드 대령은 함교에 서 있는 54기동부대 사령관 리치몬드 K. 터너 소장과  짧은 대화를 나누었다. 터너 소장은 중간에 잠깐 승선한 참이었다.

"알류샨에서는 조만간 킨케이드 제독이 애투 섬과 키스카 섬을 탈환할 거야. 두 섬 모두 지난 석 달 동안 완벽하게 봉쇄됐고, 한 달쯤 더 굶긴 뒤 상륙하면 우리는 놈들이 남긴 백골을 끌어다가 바다에 던지기만 하면 되겠지."

"잠수함대가 활약이 큽니다."

태평양함대 사령부에서는 일본을 향해 가는 중부 태평양 방면 공세와는 별개로 과달카날 전역이 종료되자마자 아투, 키스카 두 섬을 다음 목표로 삼았다. 이 지역은 자원이 풍부하거나 전략적인 가치가 크지는 않았지만, 분명한 미국 영토였다. 게다가 일본군이 이 섬들을 발판으로 알래스카, 더 나아가 캘리포니아까지 침공할지 모른다고 호들갑을 떠는 떠버리들 때문에라도 서둘러 탈환해야 했다. 다만 무슨 이유에서인지 몰라도 워싱턴에서는 포격과 폭격을 수반한 대규모 정면공격을 허락하지 않았다.

킹 제독의 명령을 받은 태평양함대 사령관 니미츠 제독은 수상함대는 중부 태평양 반격작전에 투입하고, 대신 이 방면에는 신형 잠수함들을 동원해 두 섬을 철저히 봉쇄하라고 명령했다. 육군 항공대는 알래스카로부터 장거리 폭격기를 투입해서 두 섬에 주둔한 일본군을 폭격함으로써 적을 압박하는데 동참했다.

알류샨 일대에 투입된 잠수함대는 마침 1년 반 가까이 계속된 어뢰 문제가 겨우 해결되어 잔뜩 신이 나 있었다. 신형인 Mark.14 어뢰는 잠항심도 설정 및 격발장치에 결함이 있었고, 역시 신형인 Mark.6 자기신관은 목표물인 적함 바로 밑에서 터져 용골을 부러뜨려 놓아야 함에도 불구하고 거의 터지지 않았다. 잠수함이 사용하는 주무장인 어뢰에 심각한 결함이 있었으니 전투가 제대로 될 리가 없었다.

미 해군 잠수함장들은 너무 깊이 지나가거나 맞아도 터지지 않는 어뢰 때문에 전쟁 초기부터 골머리를 앓았다. 6잠수함대 사령관 찰스 록우드 제독을 비롯한 잠수함 부대원들은 근 1년 전부터 어뢰를 바꿔 달라고 병기국에 격렬하게 항의했지만 병기국에서는 도리어 잠수함장들을 공박했다. 어뢰에는 문제가 없으며 일선 요원들이 잘못 다룬 탓에 제 성능을 발휘하지 못할 뿐이라는 입장을 고수한 것이다.

문제가 되는 어뢰와 기폭장치를 개발한 당사자이자 병기국장으로 재직하다가 7잠수함대 사령관으로 일선에 나오게 된 랄프 크리스티 소장은 한술 더 떴다. 크리스티 소장은 휘하 잠수함장들에게 Mark.6 자기신관을 사용하지 않을 경우 처벌하겠다고 위협했으며, 터지지 않는 어뢰를 떠안은 잠수함장들은 미칠 지경이었다.

그런데 해군 참모총장 어니스트 킹 제독이 갑자기 3월부터 이 문제에 개입했다. 킹 제독은 참모총장으로서 문제가 된 자기신관에 대한 사용 금지령을 내렸고, 병기국이 어뢰 개발 과정에서 실수를 범했음을 인정하게 했다. 그리고 기존 어뢰가 갖는 문제점을 고칠 상세한 개선 사항을 직접 지시하며 병기국에 어뢰를 다시 만들라고 명령했다.

개선된 어뢰로 무장한 잠수함대가 일본 북부에서 알류샨으로 들어오는 주요 항로를 봉쇄하자 두 섬으로 들어오는 일본 선박은 거의 없게 되었다. 일본 해군은 남양으로 주력을 보냈기 때문에 외따로 떨어진 이

두 섬으로 가는 항로를 보호할 전력을 마련하지 못했다. 지난 석 달 동안 알류샨 열도에 틀어박힌 일본군은 사실상 완전히 본국으로부터 고립되었다.

"그런데 말이야, 좀 이상하지 않나? 일반적으로 생각하면 전쟁을 이끄는 흐름 자체를 좌우할 수 있는 전략 결정 과정에는 몇 달 이상 시간이 걸리는 것이 상식이다. 그런데 마치 전투가 끝날 시점을 알고 있기라도 했던 것처럼, 과달카날 전역에서 일본군이 물러나자마자 숨 쉴 틈도 없이 다음 작전 일정이 내려왔어. 길버트 제도에 상륙할 테니 준비하라고 말이야. 꼭 일본군이 언제 물러날지 상층부가 미리 알고 다음 작전을 계획해 놓은 것 같지 않은가?"

생각해보면 정말 신기할 정도로 모든 사건을 연결하는 시간적인 순서가 꼭 맞아 들어갔다. 과달카날 전투가 끝나자마자 해병 2개 사단이 상륙전 훈련에 들어가고, 하와이에 일본군이 구축한 것과 동일하다는 모의요새가 만들어졌다. 도대체 어디에서 입수했는지 알 수 없는 설계대로 만들어진 그 요새들은 다양한 포격, 폭격 표적이 되었고, 일본군이 구축한 도서(島嶼)지역 요새들을 제압하기 위한 귀중한 시험장이 되었다.

"상부에서 뭔가 정보를 얻는 수단이 있지 않겠습니까. 공격을 시작하기 일주일 전부터 육군 폭격기들이 살포하고 있는 전단도 그렇고, 일본군 내부가 어떻게 돌아가는지 상세한 정보를 입수하고 내린 지시겠지요."

"그 상세한 정보가 지나치게 상세하니 의구심이 생긴단 말이야."

터너 제독은 인상을 찌푸리며 바다 저편으로 시선을 돌렸다. 그 방향에는 곧 수평선 위로 나타날 길버트 제도의 수도, 타라와가 있었다.

## 4

"불온한 낌새를 보이는 놈들은 용납할 수 없다! 철저히 감시해!"

일본군 베티오 섬 수비대장으로 착임한지 이제 갓 1주일이 된 제4함대부 제3특별근거지대 사령관 시바자키 게이지 해군소장은 하루 전부터 섬 전체에 뿌려지다시피 한 전단을 보고 경악을 금치 못했다.

섬을 폭격하러 온 미군 폭격기들이 폭격을 마치고 돌아가기 전 베티오 섬에 펼쳐진 하얀 모래밭을 모조리 뒤덮을 만큼 많은 전단을 뿌렸는데, 전단을 뿌리는 것 자체야 있을 수 있는 일이다. 문제는 전단에 적힌 글이었다.

『일본제국의 강압에 이끌려 최전선에 나오게 된 여러분에게 진심으로 유감을 표합니다.

오늘 여러분은 미합중국이 가진 가공한 힘을 매우 작은 부분이지만 직접 보았을 것입니다.

그리고 우리 미합중국은 여러분이 지금 머무르는 베티오 섬을 공략하기로 결정하였습니다.

이 전투는 빠른 시일 안에 시작될 것이며, 시바자키 소장이 사령부에 계양하고 있는 일장기는 그 자신이 불태우지 않는다면 전리품으로서 워싱턴에 보내지게 될 것입니다.

참혹하고 파괴적인 전투를 시작하기에 앞서서 우리는 여러분에게 고하고자 합니다.

여러분은 왜 여기에 있습니까?

이 전쟁이 여러분을 위한 것입니까?

여러분은 오직 일본제국이 위협했기 때문에 끌려나오지 않았습니까?

맞서십시오, 반항하십시오, 감시자의 눈을 벗어나 은신하십시오.

일본제국에 아무리 충성하더라도 전투가 시작되면 여러분은 처형될 겁니다.

여러분은 일본인이 아니기 때문입니다.

조선인이라는 이유만으로 일본인들에게 받았던 수많은 차별과 학대를 상기하십시오.

일본군은 여러분이 언제 등에 칼을 꽂을지 모르는 위험한 배신자들이라고 생각합니다.

무고하게 처형당하느니 미군 편에 서는 게 낫지 않겠습니까?

우리 미군은 투항하는 여러분을 환영할 것입니다.

혹시 여러분과 함께 투항하고 싶어 하는 일본 병사가 있으면 데려와도 좋습니다.

우리는 일본제국을 상대로 함께 싸우는 동지입니다.

이 전쟁에서 일본이 패망하면 조선은 독립할 것입니다.

해방된 조국에서 살기 위해서, 여러분은 이 전투에서 억울하게 죽어선 안 됩니다.

싸우십시오, 도망치십시오!

일본제국은 여러분이 충성할 조국이 아닙니다!

우리 미합중국은 베티오 섬의 조선인 노무자 여러분이 현명하게 판단하기를 기원합니다.

미합중국 해군 태평양함대 사령관, 체스터 W. 니미츠』

이런 내용이 조선말과 일본말로 나란히 인쇄된 전단이 수천 장이나 섬 내외에 살포된 것이다. 베티오 섬에 있는 모든 사람이 한 장씩 주워서 읽어보고도 남아돌 정도였다. 전투부대 주력을 지휘하는 사세보 제7특별육전대장 스가이 다케오 중좌가 굳은 표정으로 제안했다.

"어떡할까요, 사령관? 1개 중대를 동원해서 눈에 띄는 대로 전부 줍게 했습니다만, 이 많은 찌라시를 조선인들이 보기 전에 몽땅 주울 수는 없습니다. 분명히 주워서 읽은 놈이 있을 겁니다. 불온한 생각을 품는 놈이 나오는 건 시간문제입니다."

잠시 심호흡을 한 스가이 중좌가 제안했다.

"조만간 미군이 진공해 올 것이 분명한데 언제 터질지 모르는 위험한 요소를 안고 갈 수는 없습니다. 최악의 사태가 발생하기 전에 우리가 먼저 조선인들을 모조리 사살해서 바다에 던져버리면 어떻겠습니까."

"말도 안 되는 소리!"

시바자키 소장이 스가이 중좌를 향해 호통을 쳤다.

"이 섬에 있는 우리 병력은 2천 6백 명이지만 제111설영대에 소속되어 있는 조선 노무자는 1천 2백여 명이나 된다! 무슨 수로 그걸 다 죽인단 말인가? 정말로 반란이 일어나게 만들 작정인가! 게다가 작업인원을 다 죽여 버리면 방어진지를 구축하는 축성공사는 어떻게 하고?"

"제4건축부 설영반에 속한 내지인 노무자 1천 명이 남아있지 않습니까."

"그 인원으로는 턱도 없어. 아직 건설해야 할 장애물이 잔뜩 남아 있는데 절반이 넘는 노무자를 우리 손으로 죽일 수는 없다."

시바자키 소장이 주먹을 움켜쥔 채 신음을 토했다.

"설사 죽인다고 해도, 이 좁은 섬에서는 놈들이 모르도록 은밀하게 처리할 방법이 없다. 총성이 울리기 시작하면 단박에 사태가 드러날 거야. 으음, 스가이 중좌. 귀관 휘하에 조선인 장교는 없겠지?"

스가이 중좌가 콧방귀를 뀌었다.

"우리가 육군입니까? 해군에 조선인 따위가 들어온 적이 없다는 건 사령께서도 잘 아실 일이 아닙니까. 장교는커녕 사병 중에도 없습니다."

"그건 그렇지. 할 수 없다. 물질적인 회유책으로 나가는 수밖에."

시바자키가 한숨을 쉬더니 지시를 내렸다.

"111설영대에 지시를 내려서 조선 노동자들에게 주는 급식을 두 배로 늘이도록 하라. 어차피 이 섬에서는 과달카날과 같은 장기전은 의미가 없으니까 식량을 아껴 봤자 쓸 데도 없을 거다. 진지 구축을 늦출 수 없으니 일을 시키지 않을 수는 없지만, 작업 도중에 주는 휴식은 규정대로 확실히 보장하라고 해. 그리고 뭐, 내선일체라고 했던가?"

"맞을 겁니다."

"그래, 조선은 대일본제국에 속한 일부이며 너희 모두는 천황폐하께서 베푸시는 은혜 덕분에 가족과 함께 살고 있다고 틈만 나면 강조하라고 하게. 안 하는 것보다야 나을 테니까. 그리고 지금부터 구타도 절대 금지다."

여기까지 이야기한 시바자키는 잠시 입을 다물었다. 하지만 곧 입술이 열리며 씁쓸한 어조로 만약의 사태에 대비한 지시를 내렸다.

"하지만 미군이 상륙하고, 이때 조선인들이 내응하는 최악의 사태가 발생할 경우 우리는 조선인들을 제거할 수밖에 없다. 전투가 시작되면 조선인들을 가능한 분산시켜 수용하고, 각 집단에 감시할 인원을 붙여서 여차하면 전투 와중에 처리하도록 하라."

"알겠습니다."

## 5

"폭파 개시 시간입니다!"

아직 어두컴컴한 1943년 7월 8일 새벽녘, 베티오 섬 북쪽 해안을 둘러싼 바닷물 속에서 천지를 진동하는 폭음이 울리기 시작했다. 십여 개나 되는 물기둥이 일제히 치솟으면서 목재와 산호, 철근 콘크리트 조각들이 바닷물과 섞여 사방으로 흩날렸다. 폭발은 한 번으로 그치지 않고 계속해서 이어졌다.

"모조리 날려 버려야 해. LVT[1]가 해안까지 곧바로 갈 수 있도록, 방해가 되는 수중장애물은 하나도 남기지 말고 파괴한다."

"수중파괴 팀이 모조리 폭약을 설치했습니다. 믿고 맡겨 보십시오."

해병 2사단장 줄리안 스미스 소장은 걱정스럽게 베티오 섬 북쪽 해안선을 살폈다. 겨우 하룻밤 사이에 산호초에 설치된 모든 장애물을 파악하고 폭약을 설치하기는 결코 쉬운 일이 아니다. 태평양함대 사령부가 최정예 잠수요원을 모아 수중파괴팀(Underwater Demolition Team, UDT)을 편성했다지만, 사람이 가진 능력만 가지고 하룻밤 새에 모든 장애물을 제거할 수 있을 리가 없었다.

"그리고 일부 남은 장애물이 있다 한들, 이미 파괴된 것만으로도 놈들이 설정해 놓은 화집점은 모조리 무용지물이 되지 않았습니까? 아군이 확보한 LVT는 300량이고, 이 정도면 상륙 제1파에 우리와 1사단이 각각 1개 연대 병력을 모조리 상륙시킬 수 있습니다. 잽스들이 퍼붓는 기관총탄 따위는 죄다 튕겨내면서 말입니다."

작전참모 쇼업 중령은 베티오 섬 상륙을 위해 심혈을 기울여 작전을

---

1 Landing Vehicle Tracked, '상륙용 궤도차량'의 약자. 상륙부대를 안전하게 해안에 올려보내기 위해 개발한 장갑차량이다. 이게 개발되기 전 상륙작전을 벌이는 수단은 작은 배에 탄 보병들이 해안으로 돌격하는 것뿐이었다.

수립한 장본인이었다. 태평양함대 사령부에서 LVT를 대량으로 공급해 주자 니미츠 제독이 보는 앞에서 환호성을 질렀다고 하는 이야기가 있었다.

"게다가 어제 아침부터 함대와 항공대가 섬 전체를 쑥대밭으로 만들고 있습니다. 잽스들이 만들어 놓은 요새 요소요소에 전함이 철갑탄 사격을 가하고 항공기가 철갑폭탄을 투하해서 부숴놓고 있지 않습니까? 덕분에 우리가 포격을 받지 않고 접근할 수 있고 말입니다."

타라와 환초 공략에 투입된 미 해군은 정확히 현지 시간으로 7월 7일 07시부터 포탄과 폭탄을 퍼부어 섬을 통째로 갈아엎었다. 한 번 공격은 50분, 그리고 포격으로 얻은 성과를 확인하기 위해 10분간 중단했다가 또다시 불벼락을 쏟아 부었다.

줄리안 스미스 소장은 처음에 48시간 동안 준비사격을 해달라고 요청했지만 상급부대인 제5상륙군단에서는 섬 주변에 함대를 오래 두었다가는 일본군 잠수함에게 노출될 수 있다는 이유로 각하되었다. 결국 준비사격에 주어진 여유는 24시간으로 축소되었지만 시간은 줄었을지 몰라도 규모는 충분히 만족스러웠다. 일본군 탄약고가 유폭하는 불꽃이 여기저기서 보일 정도였다.

"이만하면 조직적인 저항이 거의 불가능한 상태라고 보셔도 될 겁니다. 우리 장병들은 큰 희생 없이도 베티오 섬에 성조기를 꽂을 수 있을 겁니다."

## *6*

수개월간 심혈을 기울여 건설한 요새가 제대로 위력을 발휘해 보지도 못하고 폐허가 되었다. 베티오 섬 남해안, 북해안에 설치되어 있던 모든 대구경 해안포가 포격과 폭격으로 파괴되었고 탄약고 및 주요 요새도 무너졌다. 미군이 장갑차를 타고 해안을 기어오르고 있는 지금, 수비대 사령부가 손에 쥐고 있는 병력은 전투 시작 전과 비교하면 1/3도 채 되지 않았다.

"애초에 섬이 너무 작았다."

시바자키 소장이 탄식했다.

"과달카날 정도 면적만 되었더라도 이렇게 싸워보지도 못하고 일방적으로 무너지지는 않았을 것을. 항공대를 두어 제대로 정찰도 하지 못하고, 종심을 두고 진지를 편성하지도 못하고 있으니 적군이 모래밭에 발을 디디기도 전에 이렇게 무너지는구나."

남아있는 참모들은 고개를 숙인 채 아무 말도 하지 못했다. 분명 베티오 섬은 시바자키의 전임자로 공병 출신인 도미나리 사이치로 소장에 의해서 철저하게 요새화되었다. 하지만 미군이 투입한 화력은 이 섬이 감당할 수 있는 수준을 넘어섰다.

도미나리 소장이 최대한으로 노력한 것은 사실이었다. 하지만 전함이 쏘는 14인치 철갑탄이나 항공기에서 투하하는 천 파운드짜리 철갑폭탄이 수직으로 떨어지는 상황을 상정하고, 그만큼 단단한 요새를 만들기에는 시간도 자원도 부족했다. 게다가 미군은 어떻게 위치를 알았는지 몰라도 요새포와 탄약고가 있는 곳을 정확히 겨냥하고 포화를 가했다.

"역시 조선인 노무자들 중에 배신자가 있었던 게 분명합니다. 그렇지 않고서야 어떻게 놈들이 포대와 탄약고를 정확히 노리고 포격을 가한단 말입니까? 도쿄에서도 우리 탄약고가 정확히 어디 위치하는지 모릅니다. 게다가, 이제는 노동력을 확보해봐야 별 의미가 없습니다."

예하 병력을 지휘하러 나갔다가 초연과 먼지로 먼지투성이가 되어 돌아온 스가이 중좌가 결단을 재촉했다. 초조해하던 시바자키가 물었다.

"지금 남아 있는 조선인 노무자는 얼마나 되나?"

"미군이 쏜 포격에 반쯤 죽어서 7백 명 정도 남았습니다. 하지만 놈들을 감시하는 데만 우리 육전대원 2백여 명이 잡혀 있으니, 놈들을 모조리 처치하면 그만큼 미군과 맞서 싸울 전력을 증가시킬 수 있습니다. 사령관, 이제 와서 망설일 필요가 있습니까?"

시바자키가 곤혹스러운 듯 인상을 찌푸리면서 이마에 깊게 골이 패었다. 시바자키가 아무 말도 하지 않는 사이 함포사격이 또 한 발 명중하면서 사령부가 크게 흔들렸다. 마침내 이를 악문 시바자키가 스가이를 향해 명령을 내렸다.

"귀관이 한 제안을 받아들이겠다. 방법은 귀관이 임의로 하고, 남아 있는 조선인들을 모조리 처치하라. 놈들이 반항하지 못하도록 주의해야겠지만, 한둘쯤 도주하는 놈이 생겨도 추격하기 위해 애를 쓸 필요는 없다. 우리 대오가 흐트러져 공연히 병력을 잃게 될 수도 있으니까."

"알겠습니다."

거수경례를 한 스가이 중좌가 사령부를 빠져나갔다. 씁쓸한 표정을 지으며 한숨을 쉰 시바자키는 참모들과 함께 잔존 전력을 모아 조금이라도 더 저항할 계획을 세우기 시작했다.

## *7*

"빨리빨리들 움직여!"

지하요새와 방공호에 틀어박혀 있던 조선인 노무자들은 일본군 감시병들이 독촉하는 대로 지하통로와 교통호를 통해 급히 섬 동쪽으로 움직였다. 미군도 비행장과 사령부가 있는 섬 서쪽을 1차 상륙 구역으로 삼았으므로 섬 동쪽은 상대적으로 안전했다.

"너희는 비전투원이다! 따라서 적이 공격하지 않는 섬 동쪽으로 이동한 후 안전하게 보호할 것이다. 우리가 미군을 물리치고 나면 다시 복귀해서 방어시설 복구공사를 진행하라!"

일본군 장교들은 이렇게 소리치면서 노무자들을 몰아댔다. 평소 '너희도 군인이나 마찬가지니 유사시에는 천황폐하를 위해 싸우다 죽어라!'하고 요구하던 일본인들이 갑자기 다르게 대하자 노무자들 사이에는 강한 의구심이 흘렀다. 게다가 3백 명 정도 남아있던 제4건축부 소속 일본인 노무자들은 조선인 노무자들과 달리 무기를 지급받고 전투에 투입되었다. 수상할 수밖에 없었다.

"어이, 왜놈 노무자들은 싸우라고 하고 왜 우리는 동쪽으로 보내제? 싸우게 하려고 그동안 잘 맥인 거 아인가?"

"찌라시 봤잖아? 쪽발이 새끼들이 우리 안 믿으니까…."

"그럼 그냥 굴속에 박아 놓기나 하지, 굴도 제대로 안 판 동쪽으로 보내는 건 뭐여?"

"그라고 우리 지금 삽자리 하나 안 들고 간다 카이? 다 뽀사지믄 돌아와서 멀로 일하노?"

이동이 잠깐씩 멈출 때마다 수군거리는 소리가 점점 커져갔다. 인솔하는 일본군 육전대원들이 입 닥치라고 고함을 쳤지만 그때뿐이었다. 조선인 노무자들 사이에서는 다시 앞날에 대한 걱정이 오갔다.

"개새끼들, 동쪽에 있는 덜 만든 동굴에 우릴 몰아넣고 묻어버릴 작정인 게 분명해!"

"워메, 여기서 죽는다꼬? 아이고 내 자식새끼들은…."

"안 뒤야, 안 뒤야! 난 못 죽어!"

이동하던 노무자들의 분위기가 어수선해지고 이동이 느려지자 일본군 인솔대원들은 초조해졌다. 발길을 재촉하기 위해 욕설이 튀어나왔고 일부 병사들은 개머리판을 휘두르기 시작했다. 여기저기서 비명이 치솟았고, 노골적인 폭력에 반발하는 심리도 강해졌다.

"에이 씨펄! 이래 죽으나 저래 죽으나 매일반이여!"

노무자 한 명이 분개하더니 바닥에서 호박만 한 돌멩이를 주워들었다. 그리고는 자기 옆에 있는 동료를 구타하는 일본군 병사의 뒤통수를 그대로 두 손으로 내려찍었다. 말 그대로 사람 잡는 비명소리에 주변의 시선이 집중되었다.

"야 이 씨발놈들아! 복날 똥개도 짖다가 뒈진다! 이 쪽발이 새끼들이 우릴 다 죽이려드는데 순순히 끌려가 뒤질 꺼냐? 니미, 뒈져도 한 새끼라도 쳐 죽이자!"

사내가 손에 든 돌에서 피가 뚝뚝 떨어졌다. 목이 터져라 외치는 소리에 주변이 일순간 잠잠해졌다. 하지만 다음 순간 폭풍과 같은 함성이 몰아쳤다.

"그려! 다 죽여뻬자!"

"어차피 가만있으면 다 뒤질 것이여!"

"폭격에 뒈지나 왜놈한테 뒈지나!"

"어서 미군한테 가장께!"

상황이 뒤바뀌는 건 한순간이었다. 기껏해야 두세 명 정도가 한꺼번에 오갈 수 있는 좁은 통로, 드문드문 배치되어 있던 일본군 감시병들은 뭐가 어떻게 된 상황인지 파악하기도 전에 노무자들에게 제압당했다.

총성이 몇 발 울렸지만 일본군이 든 38식 소총은 기관총이 아니다. 총을 쏜 병사들은 다음 탄환을 장전하기도 전에 목이 졸리고 팔을 비틀려 총을 빼앗겼다. 주먹과 몽둥이, 돌멩이가 무기를 잃은 병사들을 무자비하게 내리쳤다. 3백여 명에 달하는 노무자들을 호송하던 일본군 1개 소대가 제압되는 데는 3분도 걸리지 않았다.

"해변으로 가자! 포격에 죽더라도 왜놈 손에는 안 죽는다!"

"씨발! 백기 만들어!"

흥분한 노무자들은 죽은 일본군 병사들이 입고 있는 속옷을 위아래 가리지 않고 벗긴 다음 소총에 붙들어 매 백기를 만들었다. 처음 반란을 주도한 사내가 숨찬 목소리로 외쳤다.

"남쪽 해안으로 가! 거기 기관총좌 없는 쪽 해안! 그리 가면 미군이 있을 거여!"

"그려, 가자!"

노무자들은 곧바로 통로를 벗어나 해안으로 달렸다. 이때 상공을 날던 미군기 두어 대가 이들을 발견하고 기총사격을 퍼부을 태세로 급강하했다. 위험을 느낀 노무자들이 급히 엎드려 엄폐를 시도했지만, 탄환은 쏟아지지 않았다. 노무자들이 고개를 들자 미군 전투기는 이들을 공격하는 대신 마치 보호하려는 듯 상공을 선회하고 있었다. 용기를 되찾은 노무자들은 급히 해안을 향해 달렸다. 일본군에게 벗긴 속옷으로 만든 백기를 높이 들고서.

## *8*

"이틀이라. 걱정했던 것보다는 빨리 끝났군."

"사실 베티오 섬을 제압하는 데는 하루면 충분했습니다. 나머지 하루는 지하실 속에 틀어박힌 일본군을 소탕하는 시간이었으니까 말입니다."

보고서를 들고 온 참모장교는 싱글벙글 웃는 표정을 감추지 못했다.

"중간에 투항한 한국인 노동자들이 중요한 정보를 제공해 주었습니다. 일본군 사령관이 소재하고 있는 지휘소 구조 및 위치, 여러 벙커의 구조 및 취약점, 연결 및 통신 수단에 대한 정보 등등. 그들이 제공한 정보가 아니었다면 완전한 소탕에 이틀 정도 더 걸렸을 겁니다. 사상자도 지극히 적습니다."

"그런가. 피해와 전과는?"

"우리편 피해는 1사단과 2사단을 합친 전사자 수가 265명, 부상자는 673명뿐입니다. 반면에 일본군 3천 8백 명 이상을 사살했고 장교 1명을 포함한 포로 17명을 잡았습니다. 한국인 투항자는 537명입니다. 앞으로 다른 섬에서도 한국인 노동자나 일본군 장병에 대한 심리전을 지속적으로 시도할 가치가 있어 보입니다."

"알았다. 보고서 놓고 나가보게."

타라와 환초 함락에 대한 보고를 받은 킹 제독은 잠시 고개를 수그린 채 생각에 잠겼다. 그리고는 서랍을 열더니 빽빽하게 타이핑된 서류 한 부를 꺼냈다. 킹 제독이 펼쳐든 문서 첫 페이지 첫 줄은 아래와 같은 문장으로 시작하고 있었다.

〈중부 태평양 전략에 있어서 진격로 선정은 지극히 중요하다. 추천하는 진격 경로는 아래와 같다…〉

그리고 그 뒤에는 길버트 제도, 타라와 섬을 필두로 하여 콰잘레인, 사이판, 이오지마, 오키나와, 최종적으로 일본 본토에 이르는 목표지점들이 부가된 세부정보와 함께 죽 나열되어 있었다. 주둔 병력 규모, 요새화 정도, 일본군이 부여한 전략적 가치에 이르기까지. 미 해군이 태평양에서 어떻게 움직여야 할지 방향을 알려준 고마운 문서였다.

물론 여기 기재된 정보는 완전하지는 않다. 작성 시점에는 정확하나, 예측할 수 없는 일본군의 활동에 따라 변동될 수 있으므로 추가 정보 수집을 게을리 하지 말라는 단서 조항이 붙어 있기는 했다. 그럼에도 이 문서는 분명히 킹 자신의 몸무게만큼의 황금보다 더 가치가 있었다.

킹 제독은 이 문서가 어떻게 만들어졌는지에 대해서는 그다지 의문을 가지지 않았다. 저들도 일본에 정보망을 구축했을 것이고 군사교류를 한 만큼 이런 정보를 얻을 수 있는 루트도 있었을 것이다. 하지만 정말 중요한 것은 놈들이 이 문서를 도대체 무슨 목적으로 미국 정부에 제공했는지 그 이유를 도무지 알 수 없다는 데 있었다.

킹 제독은 이 문서를 볼 때마다 의심이 치솟았다. 도대체 독일 놈들이 품고 있는 속셈이 뭐지? 이런 식으로 일본에 대한 정보를 제공해서 독일이 대일전을 간접적으로 돕더라도, 일단 일본이 무너지고 나면 분명 미국은 독일에 대한 선전포고를 실시할 것이다. 독일이 아무리 기를 써도 미국은 본질적으로 영국을 지지할 수밖에 없는 국가니까. 위기에 처한 유대인들 을 돕지 않는다고 영국 정부를 비난하는 로비를 전개해 봐야, 그 위기 자체를 만든 장본인이 독일이라는 점을 생각하면 씨알이 먹힐 리가 없었다.

반공 십자군? 개뼉다귀 같은 소리다. 감상적인 반공주의자들은 독일이 내세우는 선전에 넘어갈지 모르지만, 킹이 보기에는 침략을 일삼는 나치들이 자기네 방구석에 처박혀 있는 빨갱이들보다 미국에게 더 위험한 존재였다. 찌질한 빨갱이들이 바다 건너 미국을 침공할 수 있을 리는 없지 않은가.

미국이 이런 경계심을 품고 있다는 사실은 독일 놈들이라고 모를 리가 없다. 그런데 왜 놈들은 일본을 돕기는커녕 얼른 망하게 만들지 못해 안달이 난 것처럼 행동하는 거지? 미국에게 이렇게 중요한 정보를 무더기로 주다니!

설마 단순한 정의감으로 침략에 대한 분노를 품은 때문에? 개뿔, 지들도 침략자인 주제에 그런 게 어디 있어! 혹시 백인국가들끼리 서로에게 대해 갖는 동질감? 으음, 그건 가능성이 있을지도 모르겠다. 그게 아니라면 독일이 미국을 돕는 이유를 도저히 설명할 수가 없었다.

도무지 답이 나오지 않는 생각 끝에 한숨을 토한 킹 제독은 타라와에서 온 보고서 뭉치를 들고 일어섰다. 루즈벨트 대통령에게 지시받은대로 이번 전투 결과에 대한 대면보고를 해야 했으니까. 대통령은 승전보를 들으면 매우 기뻐할 것이다. 그리고 언제쯤 영국을 도와 유럽 전선에 참가할 수 있을지 킹 제독에게 의견을 물으리라.

"좆같은 영국 놈들! 지들 나라도 제대로 못 지키나!"

킹은 나지막하게 욕지거리를 퍼부으면서 현관으로 내려갔다. 차가 기다리고 있었다.

# 외전 5
# 베른 통신

## *1*

전쟁을 치르는 중이지만 워싱턴은 비교적 평온했다. 전선이 머나먼 태평양이다 보니 대서양에 면한 이곳에서는 전쟁 분위기를 느끼기가 쉽지 않았다. 물론 전쟁부[1]나 해군부, 국무부는 예외였다. 백악관은 물론이고.

"킹 제독, 어제 타라와에서 거둔 의미 있는 승리를 축하드립니다. 타라와 전투는 앞으로 진행할 태평양 전역에서 중요한 전기(轉機)가 될 겁니다."

"감사합니다, 리히 제독님."

고슴도치 싸움꾼 같은 킹 제독이지만, 대선배인 리히 제독 앞에서만

1 2차 세계대전이 종결되는 시점까지 미국에는 국방부가 없었고, 육군부 역할을 하는 전쟁부와 해군부가 병립하고 있었다. 공군의 전신인 육군항공대는 전쟁부 예하에 있었다. 전쟁이 끝난 후 1947년에 공군부가 독립하면서 전쟁부가 육군부로 이름을 바꾸고, 육해공 3군부를 상위에서 통괄하는 국방부가 설치된다. 전쟁부는 그냥 육군부로 표기할 때가 많다.

큼은 그래도 점잖았다. 평소 마셜 대장 같은 사람과 싸우던 모습에 비하면 확실히.

백악관 회의실에서는 지금 합동참모회의가 열리고 있었다. 이 자리에는 최고사령관 참모장[1] 윌리엄 리히 제독, 육군참모총장 조지 마셜 대장, 해군작전부장[2] 어니스트 킹 제독, 육군항공대 사령관 헨리 아놀드 대장 등 대통령 이하 최고 전쟁지도부 멤버들이 참석한다.

하지만 오늘 루스벨트 대통령은 몸 상태가 좋지 않아 10분 정도 늦어질 거라는 연락이 있었다. 소아마비를 앓아 몸이 불편한데다 연로한 루스벨트는 피로를 쉽게 느끼는 편이었다. 이미 출석해 있던 합동참모회의 구성원들은 잠시 생긴 틈을 이용해 잡담을 나누고 있었다.

"우리 장병들이 성공을 거둔 건 철저한 사전 연습 덕분입니다. 잽[3]들이 구축한 요새를 어떻게 공략할지, 함대와 항공대가 피나는 연습을 실시했습니다. 미리 주어진 조언을 참고해서 연구한 결과 최적의 공격법을 개발하여 숙지할 수 있었습니다."

물론 올해 초 종료된 과달카날 전투도 큰 승리였다. 하지만 과달카날 전투는 근본적으로 미국과 오스트레일리아 사이를 차단하려고 시도하던 일본군을 저지한 전투였다. 미국이 본격적으로 공세에 나서 적 거점을 격파한 것으로는 타라와가 첫 전투인 셈이었다.

더구나 이 전투는 육군에게 도움을 받지 않고 순전히 해군 혼자 힘으로 해치웠다. 해군이 동원한 함포가 지원사격을 했고, 해군과 해병대 항공대 소속 전폭기들이 폭탄을 퍼부었다. 육군이 한 일은 폭격기를 동

---

1 현재의 제도로는 합동참모본부 의장(합참의장)에 해당한다. 2차 세계대전 당시에는 합참의장이라는 직책명이 없었다.

2 참모총장이 아닌 이유는 미 해군 조직체계가 육군과 다르기 때문이다. 번역할 때는 편의상 해군참모총장으로 표기하는 경우도 있다.

3 Jap. 일본인을 가리키는 비칭.

원해서 투항 권고 전단을 뿌린 것 정도였다. 킹이 뿌듯해할 만했다.

"그래도 요새화되고 연대 규모 병력이 주둔하고 있는 섬을 겨우 이틀 만에 점령했다는 건 확실히 대단한 일이오. 최대 닷새까지 걸릴 수 있다고 했는데 겨우 이틀로 끝났으니까."

킹 제독에게 승전 축하 인사를 건넨 리히 제독은 흐뭇한 얼굴로 고개를 끄덕였다. 그러더니 고개를 돌려 오른쪽 옆에 앉은 마셜에게 슬쩍 말을 건넸다.

"육군참모총장께서는 심기가 별로 편치 않으신 모양입니다?"

조용히 앉아 있던 마셜은 리히가 건네는 인사에 답하면서도 표정을 풀지 않았다.

"어떻게 편안할 수 있겠습니까. 나치가 유럽을 제패하고 있고, 영국은 고전중입니다. 더구나 닷새 전에는 쿠르스크에서 포위망에 갇혀 있던 소련군이 완전히 궤멸되었습니다. 소련 야전군 140만이 무너져 사라졌습니다."

마셜은 유럽과 대서양을 매우 중요하게 여겼다. 몇 년째 중국에서 허덕이고 있는 허약한 일본을 쳐부수는 일 따위는 마셜에게 있어서 별로 중요하지 않았다.

"리히 제독, 이대로 두다가는 정말로 나치가 유럽을 제패하고 말 겁니다. 소련이 완전히 무너지면 영국도 더 이상 버틸 희망을 잃고 말겠지요. 전 유럽을 손에 넣은 히틀러가 다음 차례로 우리 미국을 노린다면 어쩌시겠습니까? 우리는 홀로 전 유럽을 상대해야 합니다."

"그럴 일은 없다고 봅니다, 마셜 장군. 영국은 대륙으로 진격해서 히틀러를 쓰러트릴 힘은 없겠지만 자기 나라를 지킬 힘은 있습니다. 왜냐고요? 히틀러와 그 군대가 바다에서는 완전히 쓰레기이기 때문이죠."

대화에 끼어든 킹이 비웃듯이 말을 이어갔다.

"독일이 빠른 시일 안에 해군력을 증강할 가능성도 없습니다. 이탈리아 해군은 이미 만신창이 상태고, 잔존 프랑스 함대는 영국이 손에 넣었습니다. 유럽에 남아 있는 군함을 모조리 긁어모은다고 해도 영국 해군 분함대 하나도 감당할 수 없을 겁니다."

"하지만 히틀러가 유럽 대륙을 차지하고 지배를 굳힌다면 전 유럽에서 끌어모은 자원으로 강력한 대함대를 건설하는 일도 불가능하지 않습니다. 그렇게 되면 영국은 패망하고 우리 미합중국을 방어하는데도 부정적인 영향을 주게 될 겁니다."

"해군력이란 그렇게 간단히 만들어지는 존재가 아닙니다. 배 한 척을 만드는 데는 몇 년이라는 시간이 걸리고, 전력화하는데도 시간이 필요합니다. 전 유럽에서 함대를 만들어요? 영국이 그걸 두고 보겠습니까? 웃기는 이야깁니다. 고려할 가치도 없습니다."

킹의 장담에도 불구하고 우려를 표하던 마셜은 대화가 논쟁으로 변할 낌새를 보이자 대답을 멈췄다. 하지만 킹은 그동안 쌓인 유감이 많았는지 멈추지 않고 한껏 감정을 쏟아냈다.

"우리에게는 감히 우리 뺨을 후려친 잽들을 족치는 쪽이 더 시급합니다. 일본 본토를 완전히 잿더미로 만들고 나면 유럽을 쳐다볼 여유가 생기겠지요. 하지만 독일 정부는 우리 미합중국에게 적대적인 태도를 전혀 보이고 있지 않습니다."

누구도 킹에게 반박하지 않았다. 하지만 킹은 이들이 자신에게 동조하지 않는다는 정도는 이미 알고 있었다. 대서양 중심주의자인 마셜은 물론이고, 대통령이 생각하는 바를 크게 고려할 수밖에 없는 리히 제독도 자기편은 아니었다. 마셜의 부하인 아놀드야 말할 필요도 없고.

"하지만 독일은 우리가 일본과 더 잘 싸울 수 있도록 귀중한 정보를 계속 보내주고 있습니다. 이번 타라와 전투에서도 독일 정보가 정말 긴요하게 쓰였습니다. 일본군 수비대 편제, 요새 구조, 방어시설 배치까지 다 말입니다. 그런데 왜 독일을 적으로 봐야 한단 말입니까?"

"그런데 그거 말일세, 귀관이 보기에는 왜 독일이 우리를 돕는 것 같은가?"

킹이 마셜을 상대로 너무 흥분했다고 판단했는지 리히 제독이 끼어들었다. 조용히 듣고만 있던 아놀드 대장 역시 싸움을 말리고 싶었는지 리히에게 동조했다. 온화한 성품인 아놀드는 킹과 마셜 사이에 싸움이 벌어지면 가능한 말리려고 노력했다.

"저 역시 그 문제가 심히 궁금합니다. 그 〈베른 통신〉 덕분에 우리 육군 항공대도 큰 도움을 얻고 있긴 합니다. 정말 긴요한 정보들입니다."

반 년 전부터 독일은 각종 일본에 대한 각종 군사정보 및 정치, 산업에 관한 각종 기밀정보를 베를린 주재무관을 통해 보내주기 시작했다. 하지만 대통령과 국무장관에게 독일과 몰래 접촉하지 말라는 명령을 받은 대사관 직원들은 주재무관이 통신장비를 이용하지 못하게 했다.

때문에 주재무관은 독일 측이 제공한 각종 정보를 외교행낭으로 베른에 있는 스위스 주재무관에게 보내야 했고, 외교행낭은 다시 마드리드를 거쳐 워싱턴으로 왔다. 덕분에 이 정보들은 베를린에서 직접 전파를 타고 날아오는 지금도 〈베른 통신〉이라고 불리고 있었다.

"일본군 항공기가 가진 각 기종별 특징과 장점, 단점에 대한 정보는 그에 맞서는 우리 측 항공기 개발이나 대응전술 개발에 큰 도움이 되었습니다. 본토 폭격을 시행할 폭격기 개발에도 긴요했고요. 헌데 이걸 왜 알려주는지 그 이유는 아무리 생각해도 모르겠습니다."

아놀드가 고개를 내저었다. 이 의문에 대해서 참모들과 논의해 볼 수도 없었다. 〈베른 통신〉의 실체를 정확히 알고 있는 사람은 여기 있는 네 사람 외에는 코델 헐 국무장관, 헨리 스팀슨 전쟁부 장관, 프랭크 녹스 해군 장관, 그리고 대통령까지 해서 8명뿐이었기 때문이다.

독일이 보내주는 일본에 대한 각종 정보들은 전쟁 수행을 엄청나게 쉽게 해 주었다. 미국 정보부는 이미 일본이 사용하는 모든 암호를 해독하고 있는데 독일이 제공한 정보가 더해지자 전쟁은 그야말로 순풍에 돛 단 듯 진행되었다. 고개를 끄덕이던 리히 제독이 제안했다.

"좋습니다. 이야기가 나온 김에, 대통령께서 나오시기 전에 우리 그 문제에 대해서 토론이나 한번 해 볼까요? 여러분은 독일이 우리에게 정보를 주는 이유가 뭐라고들 생각하십니까?"

## *2*

아놀드 덕분에 화제가 확실히 바뀌었다. 리히가 속으로 안도의 한숨을 쉬었다.

"자, 지금은 공식적인 회의도 아니니까 자유롭게 한번 이야기해 봅시다. 놈들은 도대체 뭘 노리는 걸까요? 설마 완전한 호의로 정보를 주는 건 아니지 않겠습니까?"

"제가 보기에 독일이 원하는 건 우리와 영국 사이가 멀어지는 겁니다."

마셜이 차분한 목소리로 입을 열었다.

"영국 정부는 히틀러 정권을 완전히 쓰러트려야 한다고 주장하고 있습니다. 우리한테도 의용병 파견으로 그치지 말고 정식으로 참전해 달라고 계속 요청하고 있지요. 그런데 우리가 독일과 뒤에서 손을 잡고 있다는 사실을 알면 경악할 겁니다. 처칠 수상이 기절할지도요."

미국은 유럽 전선에 정식으로 참전하지 않았다. 하지만 파시즘 타도를 위해 나선 행동가들, 또는 스릴을 찾는 모험가들 중에는 영국군에 입대하여 싸우는 이들이 있었다. 합동참모회의는 그 수를 약 3천 명 정도로 어림잡고 있었다. 하지만 이들은 어디까지나 극소수였다.

본래 고립주의가 강했던 미국에서는 구대륙에서 벌어지는 어떤 전쟁도 개입하길 원하지 않는 사람이 훨씬 많았다. 게다가 독일은 이번 전쟁을 공산주의와 유대인에 맞서는 성전으로 포장했고 이는 미국에도 잔뜩 있는 반공주의자와 반유대주의자들에게 강한 동조를 얻었다.

여기에다 독일계 미국인 인구는 주류인 영국계에 버금갈 만큼 많았다. 이들은 '모국'인 독일에 대해 호감을 가지고 있었고, 아예 바다를 건너가서 독일군에 입대한 이들도 상당수였다. 영국군에 입대한 이들만큼 많지는 않지만 이들도 수백 명 단위는 충분히 되었다.

상황이 이러니만큼 영국 정부는 미국 내에서 고조되고 있는 유럽 불개입 여론을 설득하기 위해 최선을 다했다. 매스컴과 유명인사를 동원한 개인적인 만남 등 각종 채널을 총동원해서 영국이 전하려는 메시지는 하나였다.

히틀러는 수많은 약속을 깨트린 거짓말쟁이이고, 나치는 범죄자 정권이며 어설픈 강화는 독일에게 다시 힘을 길러 세 번째 세계대전을 일으킬 기회를 줄 뿐이라는 것이었다. 영국은 유럽에서 자유를 회복시키고 평화를 가져오려면 히틀러와 나치를 타도해야만 한다고 선전했다.

"자기들은 사력을 다해 나치와 싸우고 있는데 우리가 그들과 거래를 하고 있다는 사실을 알기만 해도 저들은 미쳐 날뛸 겁니다. 영국과 우리 사이가 완전히 파탄을 맞게 된다고 해도 과언이 아니지요. 독일이 세운 목적이 그거라면, 조만간 놈들 스스로 이 거래를 폭로할 겁니다."

"영국 놈들이 미쳐 날뛰다가 우리와 관계를 끊는다면 우린 유럽 전쟁에 더더욱 참전할 필요가 없겠군요. 환영할 일입니다!"

킹이 냉소적으로 내뱉었다. 하지만 리히 제독이 말리는 눈으로 쳐다보자 킁 하고 콧소리를 내더니 입을 다물었다.

"킹 제독. 영국은 비록 늙은 제국주의자들이 다스리는 나라일지언정 민주국가이고 보편적 자유를 옹호합니다. 하지만 독일은 한 사람이 독재하는 전체주의 국가입니다. 그런 정권이 유럽을 지배한다면 장기적으로 보아 절대 우리 미합중국에 도움이 되지 않습니다."

마셜은 조용히 자기 견해를 설명했다. 하지만 킹은 굳이 나서서 반박하지 않았다. 리히 제독이 자신을 다독이는 눈으로 바라보고 있었기 때문이다.

"본관이 판단하기에는…나치가 가진 인종적인 시각이 반영되지 않았을까 합니다."

네 사람 사이에 쌓인 침묵을 깨트리듯 아놀드가 입을 열었다. 얼마 전 일으킨 심근경색 때문인지 조용조용한 말투였다.[1]

"본관이 알기로 나치들은 백인, 그중에서도 게르만족 계열을 가장 우수한 인종으로 취급한다고 들었습니다. 그래서 게르만족 일파인 앵글로색슨인이 건설한 영국에 대해서도 애증을 가지고 있고, 역시 앵글로색슨이 주류인 우리 미합중국에도 호감을 갖는다는 거죠."

"그렇다고 듣기는 했소."

---

1 아놀드는 실제로 건강이 좋지 못해서 대전 중에만 심근경색을 4번이나 일으켰다. 건강 문제 때문에 전쟁이 끝나자마자 1946년에 퇴역했고, 1950년에 루스벨트와 같은 63세에 사망한다.

"하지만 아시아인에 대해서는 백인보다 뒤떨어진 열등인종, 흑인에 대해서는 인간 이하인 짐승 정도로 취급하더군요. 과거 카이저(독일 황제 빌헬름 2세)가 주장하던 황화론[1] 처럼 말입니다. 때문에 정말 일본에 대한 '징벌'로 우리를 돕는 게 아닐까요?"

"설마 그저 같은 백인국가라는 이유로 우리를 도울 리가…."

아놀드 대장이 내놓은 의견을 들은 세 사람은 잠시 생각에 잠겼다. 정말 전쟁이라는 중요 사건, 그것도 세계 패권을 놓고 싸우는 이 전쟁에서 인종적인 요소가 그렇게 크게 작용할까? 다른 인종이라고 해도 자기편으로 끌어넣고 싸우는 편이 훨씬 현명하지 않을까?

"사실 난 이렇게 생각했소."

이번에는 리히 제독이 입을 열었다. 오늘 이야기에서는 처음 자기 의견을 내는 셈이었다.

"독일이 진정으로 원하는 건 단지 우리와 싸우지 않는 거라고 말이오. 독일은 이미 지난번 대전에서 우리 미합중국의 힘을 보지 않았소? 영국, 프랑스, 러시아 세 나라를 상대로 우세하게 버티던 독일은 우리까지 가세하자 그대로 무너졌소. 다들 기억하실 거요."

여기 있는 네 사람 모두 1차 세계대전에 참전한 베테랑이었다. 미군이 참전하면서 독일제국이 결정적으로 붕괴했음을 잘 알았다. 리히는 자기가 하는 말이 갖는 의미를 깊이 생각하면서 한 마디씩, 한 마디씩 천천히 이야기했다.

"때문에 저들은 우리에게 정보를 제공하면서, 그리고 잠수함 작전도 자제하면서 비위를 맞추는 거요. 지난번 전쟁에서 무지하게 군 탓으로

---

1 黃禍論. 중국과 일본이 국력을 키워 세계를 정복할 것이니 백인들이 단결하여 이를 막아야 한다는 이론. 이를 처음 주창한 빌헬름 2세는 영국과 러시아가 유럽에서 아시아로 관심을 돌리게 할 목적으로 이를 퍼트렸다. 이게 미국으로 넘어가서는 동양인에 대한 심각한 인종차별 사상으로 기능하게 된다.

우리가 참전했으니까. 하지만 그렇게 보기에는 도저히 이해가 안 가는 점이 하나 있단 말이오."

"어떤 점이 이해가 가지 않으십니까?"

킹이 공손하게 물었다. 리히 제독은 고개를 내저으며 대답했다.

"독일이 원하는 바가 우리 시선이 태평양에 못 박혀 유럽을 외면하는 거라면, 이렇게 많은 정보를 제공해서는 안 되오. 일본이 빨리 무너지고 전쟁이 조기에 종결되면 우리가 유럽으로 시선을 돌리지 않겠소? 일본을 상대로 고전하면서 시간을 끌어야 저들에게 유리하단 말이오."

네 사람 모두 신음을 토했다. 리히 제독의 말이 옳았다. 독일이 먼저 선전포고를 하지 않는 이상, 일본이 무너지기까지는 독일을 향해 창끝을 돌리기가 곤란했다. 하지만 일본이 완전히 무너지고 나면 곧바로 영국을 돕자는 주장이 각계에서 제기될 게 분명했다.

독일이라고 그 점을 모를까? 물론 독일 대사관이 미국 내에서 반소 여론을 불러일으키려고 갖은 애를 다 쓰고 있긴 하다. 하지만 근본적으로 미국은 독일보다는 영국을 더 우호적으로 대할 수밖에 없는 나라였다. 둘이 싸우면 어느 쪽을 편들지는 뻔했다.

"도대체 일본 붕괴를 촉진해서 독일이 얻을 수 있는 이득이 뭘까요? 황화론이라는 비합리적이고 감정적인 논리가 아니라면, 도저히 해석이 나오지 않습니다. 하지만 히틀러가 그런 생각을 했다면 애초에 일본과 협정을 맺고 소련을 견제하려고 들지도 않았을 겁니다."

"그러게 말이오. 히틀러 머릿속에 들어가서 살펴볼 수도 없고, 참 알 수가 없어요."

아놀드가 고민을 털어놓자 리히가 한숨을 쉬었다. 이들 두 사람에 비해서 킹과 마셜은 훨씬 판단이 단순했다.

"복잡하게 고민할 필요 없습니다. 지금 분명한 건, 잽들이 먼저 우리 미합중국 국기를 모욕했다는 겁니다. 놈들을 먼저 철저하게 응징하고, 그에 도움이 되는 거라면 뭐든지 활용합시다. 베른 통신은 정말 긴요한 정보입니다."

잠시 말을 멈춘 킹은 비웃는 듯한 표정을 짓더니 풍자적인 태도로 자기 발언을 마무리했다.

"처칠 수상은 히틀러와 싸우기 위해서라면 지옥의 악마와도 동맹을 맺겠다고 했다지요? 그렇다면 저는 이렇게 말하겠습니다. 인간 이하인 잽들을 불구덩이에 처넣을 수 있다면, 히틀러와도 동맹을 맺을 수 있다고 말입니다."

"저는 생각이 다릅니다."

마셜은 킹과 달리 여전히 차분한 태도를 유지했다.

"베른 통신은 아예 사용하지 않거나 최소한으로만 참고해야 합니다. 동맹국으로서, 그리고 가치를 공유하는 자유국가로서 영국이 가진 가치는 독일과 비교할 수 없습니다. 독일은 히틀러 개인이 변덕을 부리는 데 따라 언제 국가 방침이 바뀔지 알 수 없는 위험한 상대입니다."

"독일이 지금 제공하고 있는 선의를 신용할 수 없다고 생각하시는 겁니까?"

"그렇습니다. 독재국가는 독재자 일개인이 모든 것을 좌우하니까요. 히틀러가 생각이 바뀌거나, 그 후계자가 어떤 마음을 먹느냐에 따라 두 나라 관계는 순식간에 파탄에 직면할 수 있습니다. 더불어 영국과도 관계가 끊어지겠지요. 그런 위험을 무릅쓸 가치는 없습니다."

마셜 역시 잠깐 말을 멈추더니 킹을 정면으로 바라보며 마지막 발언을 했다.

"우리 미합중국은 나치 따위에게 도움을 받지 않더라도 간단히 일본을 쳐부술 수 있습니다. 아니, 일본과 나치, 거기에 이탈리아까지 함께 쳐부수는 것도 얼마든지 가능합니다. 그게 바로 미합중국이 가진 진짜 힘입니다."

잠시 회의실 안에 팽팽한 긴장이 흘렀다. 하지만 긴장된 분위기는 곧 깨졌다. 문이 열리는 소리와 함께 비서관 한 사람이 들어와 조용한 목소리로 알렸다.

"대통령께서 들어오십니다."

## *3*

제32대 미국 대통령, 프랭클린 델라노 루스벨트가 휠체어에 탄 채 회의실로 들어왔다. 휠체어를 밀고 들어온 비서관은 대통령을 자리까지 모셔다 놓은 뒤 정중하게 절을 하고 회의실 밖으로 나갔다.

"늦어서 미안하오. 나도 이제 60이 넘고 보니 체력이 떨어지는 게 점점 느껴지는구려. 깜빡 잠이 들었는데 아무도 날 깨우지 않지 뭐요."

"괜찮습니다, 대통령님[1]."

일제히 자리에서 일어서서 루스벨트를 맞이한 네 사람의 장군들이 자리에 앉았다. 미소를 지은 루스벨트가 장군들에게 인사를 건넸다.

"복도에서도 뭔가 심각하게 이야기하는 소리가 들리던데, 무슨 이야기였소? 뭔가 대단한 논의가 있었던 모양인데 내게도 좀 들려주시오."

"별건 아닙니다, 대통령님. 이미 알고 계시는 이야기지요. 베른 통신에 대해서 서로 생각하는 바가 달라서, 그 점에 대한 의논이 좀 있었습

---

**1** 미국에서 대통령을 부를 때 쓰는 호칭은 '미스터 프레지던트'이다. 과거에는 '대통령 각하'라고 번역하기도 했으나, 용어의 격에서 차이가 나므로 적절하지 않다.

니다."

최고사령관 참모장, 즉 대통령을 직접 보좌하는 참모들 중 우두머리인 리히 제독이 정중하게 발언했다. 베른 통신이라는 말을 들은 대통령은 곧바로 인상을 찌푸렸다.

"해군이 강력하게 요청한 때문에 승인하기는 했소만, 나는 베른 통신을 별로 좋게 생각하지 않소. 우리는 궁극적으로는 나치와도 싸워야 한다는 게 내 판단이오. 자유와 평등이라는 보편적 가치를 억압하는 집단과 어떻게 친구가 될 수 있겠소?"

나치에 대해 확실히 거부감을 표하는 대통령의 태도를 보고 리히 제독은 이미 알고 있었다는 듯 푸근한 미소를 지었다. 마셜은 대통령이 뭐라고 하거나 말거나 여전히 담담했고, 킹은 노골적으로 불만스러운 표정을 지었다. 아놀드는 대통령의 의중을 알고 안도하는 표정이었다.

"히틀러와 그 일당이 어떻게 유럽을 지옥으로 만들었는가 하는 점에 대해서는 이미 익히 들었소. 요 1,2년 동안 갑자기 무슨 생각이 들었는지 정상인처럼 굴려고 한다는데, 그래봐야 히틀러가 거짓말쟁이 악당이라는 사실은 변하지 않소. 여러분도 명심하시오."

"알겠습니다, 대통령님."

네 사람이 일제히 고개를 숙였다. 킹은 여전히 불만스러워 보였지만 차마 대통령에게 뭐라고 불평을 할 수는 없었는지 조용히 있었다.

"물론 지금은 일본부터 처리해야 하오. 나치에 비하면 훨씬 저열한 조무래기 악당들이지만, 바로 그 점 때문에 우리 국민들은 일본을 먼저 징벌하길 바라지요. 나로서는 안타깝지만 어쩔 수가 없소. 참, 킹 제독"

"예, 대통령님."

킹이 정중히 고개를 숙이자 루스벨트가 한껏 미소를 지었다.

"우리 해군과 해병대 장병들이 타라와 제도에서 요새화된 섬에 틀어박힌 일본군을 단 하루 만에 섬멸했다는 기쁜 소식을 들었소. 서류로는 이미 보고를 받았지만 기왕이면 오늘 귀관에게 직접 그 전투 이야기를 듣고 싶은데, 보고 준비는 되어 있소?"

"물론입니다."

자리에서 일어선 킹이 대통령을 앞에 두고 타라와 전투에 대한 브리핑을 시작했다. 대일전을 최우선으로 보는 자신이 대독 개전을 고려중인 대통령 앞에서 전황 보고를 하려니 뭔가 어이가 없었다.

하지만 작전을 준비하던 단계에서부터 설명하다 보니 이런 기회가 또 없겠다는 생각이 들어 자기도 모르게 점점 열성적인 태도가 되었다. 원활한 전쟁 수행을 위해 해군이 무엇이 필요한지 대통령에게 이렇게 솔직하게 이야기할 수 있는 기회가 얼마나 자주 있겠는가.

아직 태평양에는 해군이 점령해야 할 섬이 수백 개도 더 남아 있었다.

# 22장
# 봉황, 궁지를 벗어나다

## *1*

가로등이 몇 개 없어 어둑한 타이위안의 빈민가 뒷골목은 걷기가 무척 힘들었다. 조명이라고는 달빛과 건물 창문 틈으로 새어나오는 불빛뿐이었다. 이 어둠 속에서 모자를 푹 눌러쓴 사람 셋이 짧은 행렬을 이룬 채 조용히 발걸음을 재게 놀렸다. 그런데 난데없이 날카로운 고함 소리가 울려 퍼졌다.

"정지! 뭐 하는 놈들이냐?"

순찰을 돌던 일본 헌병 세 명이 갑자기 앞에 나타났다. 한 명은 허리에 권총과 군도를 차고 두 손을 허리에 짚고 있고, 다른 두 명은 등에 소총을 메고 손에는 손전등을 들고 있었다. 권총을 찬 놈은 장교고 나머지 둘은 병사 같기는 한데, 워낙 어둡다 보니 계급장은 제대로 보이지 않았다.

"아이구, 나리님들! 밤새 고생이 많으십니다! 접니다, 저라고요!"

안내인인 중국인이 급히 앞으로 나서서 허리를 굽실거렸다. 뒤쪽에 있던 두 사람은 조용히 그 자리에 서 있었다. 안내인이 급하게 일본어로 주워섬겼다.

"옌시산 패거리가 아직도 돌아다니는 모양이죠? 그 망할 놈, 타이위안에서 밀려난 지 6년이나 됐으면 자기 주제를 알고 찌그러져 있을 것이지 왜 그리 설치는지 도무지 모를 일입니다. 나리님들께서 편히 쉬지도 못하시고 이 오밤중에 순찰이나 도시게 만들다니 말입니다. 그 망할 놈들만 없어도 편히 쉬고 계실 시간이 아닙니까."

권총을 찬 헌병 장교 앞에까지 다가가 굽실거리던 안내인이 슬그머니 손을 내밀어 상대방 손에 뭔가를 쥐어주었다. 슬쩍 손을 펴 자기 손에 들어온 물건을 확인한 장교가 음흉한 미소를 지으며 주먹을 다시 쥐었다. 그리고는 바지 주머니에 손을 넣어 노획품을 갈무리했다. 어느새 그 목소리는 아까와는 딴판으로 누그러져 있었다.

"오, 장 대인이었군. 아까 놀라게 한 것은 미안하오. 사실 지난봄에 우리 사령부와 평화협상을 체결한 뒤로는 요즘 옌시산 놈은 조용해. 헌데 마오쩌둥을 따르는 공산당 놈들은 준동이 더 심해졌소. 항일선동을 하는 벽보를 붙이는 정도는 약과고, 납치나 방화까지 수시로 저지르고 다니거든. 그래서 순찰이 강화된 거요."

"아, 그렇군요. 몇 달 상하이에 갔다 왔습니다만 그 사이 상황이 이렇게 바뀐 줄은 몰랐습니다. 어서 가야 하는데 조심해서 다녀야겠습니다."

안내인은 두 손을 맞잡은 채 열심히 굽신거리며 머리를 조아렸다. 그 모습에 감탄했는지 아니면 아까 쥐어준 뇌물 때문인지, 헌병 장교는 묻지도 않은 이야기를 가르쳐 주었다.

"어디로 가는지는 모르겠지만, 장 대인과 오래 알고 지낸 처지라 한 가지 알려주겠소. 시내에서 길을 다니려면 이런 뒷골목 말고 좀 돌아서 가더라도 환한 대로로 가시오. 뒷골목에서 다른 순찰대에 잡히면 잡힐 때마다 수상한 놈이라고 검문을 받느라 곤욕을 치러야 할 테지만, 큰길에서는 특별히 의심받을만한 모습을 보이지 않으면 잡지 않을 거요."

"감사합니다. 돌아서 가는 길이라도 검문을 덜 받으면 실질적으로 더 빨리 가게 되지요. 지극히 옳은 말씀입니다."

안내인은 허리에 용수철이라도 달고 있는 것처럼 계속해서 굽실거렸다. 그리고는 안주머니에 손을 넣어 뭔가를 또 끄집어냈다.

"이렇게 잘 챙겨 주시는데 어떻게 제가 빈손으로 보내드릴 수 있겠습니까. 제 작은 성의니 부담 느끼시지 말고 이것도 받아주십시오."

헌병 장교는 이번에는 안내인이 쥐어주는 물건을 눈으로 확인하지도 않았다. 그저 손바닥에 전해져오는 느낌으로 무언가 좋은 것이려니 하고는 흐뭇한 표정을 지었다. 주먹을 쥔 채로 건네받은 물건을 바지 주머니에 집어넣은 헌병 장교는 헛기침을 하면서 두어 발짝 뒤로 물러섰다.

"뭐, 다른 사람도 아닌 장 대인이니까 내가 이 만큼 편의를 보아 주는 거요. 그런데…."

헌병 장교는 안내인이 굽실거리고 있는 머리 뒤를 의혹에 찬 눈길로 쏘아보았다.

"당신 뒤에 있는 저 거인은 뭐요?"

안내인의 뒤에는 보통 키를 가진 남자 한 명과 그보다 머리 하나는 족히 더 크고 체격도 건장한 거한 한 명이 서 있었다. 높직한 모자를 쓰고 있어서 더 커 보였다.

"아, 이 사람은 하얼빈에서 온 백계 러시아인입니다. 하얼빈에서 커다란 카바레를 경영하고 있는데, 타이위안에 새 가게를 하나 내 볼까 해서 시장을 한번 살피러 왔습지요."

"호, 러시아인 카바레라!"

헌병 장교가 갑자기 눈을 커다랗게 떴다. 거한은 일본어를 모르는 듯, 무뚝뚝한 표정으로 장교를 내려다보고만 있었다.

"네, 타이위안은 장래 산시성을 지배하기 위한 거점이 될 곳이니 일본군도 많이 주둔하고 일본 사업가들도 많이 몰려오지 않겠습니까? 하얼빈에 있는 가게보다야 작겠지만, 여기에 카바레를 열면 한 몫 벌 수 있을 거라고 생각해서 한번 살펴보러 온 겁니다. 나리께서도 아마 아실 거라고 생각합니다만…."

안내인은 은근슬쩍 말꼬리를 흐렸다. 헌병 장교 역시 그 의도를 알 수 있었다. 러시아 미녀들이 나오는 술집은 북만주 일대에서 최고 인기 있는 관광 코스이자 접대 장소가 아닌가.

"크크, 타이위안에서도 백마를 탈 수 있다, 이 말인가 지금?"

"물론입죠! 나리께서 오시게 되면 제가 이 양반에게 특별히 이야기해서 최고급 코스로 모시겠습니다요."

"으흠, 거 괜찮군."

벽옥처럼 파란 눈에 눈처럼 하얀 피부, 황금처럼 노란 머리카락과 풍만한 몸매를 가진 러시아 미녀들에게 둘러싸인 자신을 상상했는지 헌병 장교는 온몸을 부르르 떨면서 환희에 찬 표정을 지었다. 카바레 경영자라는 덩치 큰 러시아인은 마치 멸시하는 것 같은 표정으로 헌병 장교를 계속 내려다보고 있었지만, 일본인은 미처 이를 눈치 채지 못했다.

"좋소, 그럼 지금 가는 목적지가?"

"가게로 쓸 적당한 건물을 알아보려고 저랑 친한 부동산 거래업자를 찾아가는 길입니다. 그 인간이 발이 넓어서 매물로 나온 건물을 많이 알고 있는데, 하필 약쟁이라서 번듯한 곳에는 잘 나타나질 않는 바람에요. 저희라고 왜 뒷길로 다니고 싶겠습니까, 헤헤."

안내인이 계속 굽실거리자 헌병 장교가 웃음을 터트렸다.

"하하! 좋소. 조심해서 가시오. 조만간 또 봅시다."

"예, 예. 늘 살펴 주셔서 감사합니다, 나리!"

헌병 장교는 거드름을 피우며 골목 저쪽으로 발걸음을 돌렸다. 뒤를 따르던 헌병 한 명이 아직도 고개를 굽실거리고 있는 안내인을 한 번 흘겨보더니 갑자기 손전등을 돌려 안내인 뒤편에 서있는 러시아인 거한의 얼굴을 비추었다. 뺨 한편에 그어진 큼직한 흉터가 불빛에 드러나자 헌병이 흠칫 놀라며 뒤로 물러섰다. 거한은 느닷없이 얼굴에 빛이 비춰지자 눈살을 찌푸리며 손으로 얼굴을 가렸고, 안내인에게 성난 목소리로 뭔가 빠르게 쏘아붙였다.

"저, 나리! 이 양반은 눈이 약한 편이라서 그렇게 빛을 쪼이는 걸 좋아하지 않습니다. 그만 등불을 거둬 주시죠."

"이, 이놈 아무래도 수상해. 어, 얼굴에 그 흉터는 뭐야!"

"이 사람이 원래 러시아 군대에 있었는데, 중국에 오기 전에 시베리아에서 로스케 빨갱이들하고 싸우다가 다친 상첩니다. 아유, 얼마나 지독한 빨갱이들이었는지! 이 양반 혼자 칼 한 자루 가지고 빨갱이 여섯 놈을 해치웠다는 거 아닙니까!"

"그, 그래? 로스케 빨갱이들 때문에 다친 거라고? 정말인가?"

뒤에 처진 헌병은 목소리를 떨면서도 의심스러운 듯 자리를 떠나지 않았다. 거한은 여전히 한 마디도 하지 않고 한껏 인상을 찌푸린 채 상대를 내려다보고 있을 뿐이었다.

"그러믄요! 이 양반 신원은 제가 보장합니다. 아무 걱정 마시고 저기 대위 나리나 따라가십시오. 얼른 따라가시지 않으시면 왜 안 오냐고 꾸중하실 겁니다!"

장교의 권위를 빌려 위협해도 헌병이 쉽사리 떠나지 않자 안내인은 한 번 더 안주머니에 손을 집어넣었다.

"그 약쟁이 중개업자 놈은 정말 성질이 괴팍한 작자라서, 약속한 시간까지 저희가 가지 않으면 서슴없이 거래를 취소해 버릴 겝니다. 아까 대위 나리께서 카바레 이야기를 듣고 좋아하는 것 보셨지요? 만약 저희 사업이 무산되게 되면 실망할 높으실 분들이 한둘이 아닙니다. 더구나 나리께서 저희를 붙들고 있었던 덕분에 일이 꼬였다고 하면…."

안내인은 일부러 말꼬리를 흐리며 손전등을 쥔 헌병의 손을 잡았다. 그리고 은근슬쩍 손 안에 자그마한 뭉치 하나를 쥐어준 뒤 두 손으로 주먹을 감쌌다. 그리고 달콤하게 속삭였다.

"자, 여기 섭섭하시지 않을 만큼 챙겨드렸으니 제발 그만 보내주십시오. 서로 좋은 게 좋은 것 아니겠습니까."

헌병은 잠시 안절부절 못하더니 고개를 끄덕이며 뒤로 물러섰다. 벌써 저만치 가버린 장교를 뒤따라갈 자세를 취하고서는 그래도 뒤끝이 남았는지 고개를 뒤로 돌렸다. 그리고 장 대인이라는 안내인에게 한 마디를 더 건넸다.

"그 카바레 주인이라는 놈, 얼굴이 아무리 봐도 군인이나 장사꾼 얼굴이 아니야. 마적단 두목 얼굴이지. 그럼 잘 가슈."

"예, 예, 감사합니다."

안내인은 계속 굽실거렸다. 헌병이 손에 든 손전등이 저만치 멀어져 가자 거한이 갑자기 소리 내서 웃었다.

"하하, 마적 두목? 거 괜찮은데!"

거한의 입에서 튀어나온 말은 놀랍게도 러시아어도, 중국어도 아닌 독일어였다! 이제까지 한 마디도 하지 않고 옆에 서 있던 동료가 크게 놀라 주변을 둘러보면서 급히 소리쳤다.

"소령님! 독일어로 말하시면 어떡합니까!"

"알아, 알아. 그런데 지금 이 골목 주변에 내 말을 알아들을 사람이 있나? 이 창문 안에 있는 작자들은 독일어랑 러시아어도 구분을 못 할 텐데. 그러는 자네도 지금 독일어로 지껄이고 있지 않나."

여유 있는 미소를 지은 슈코르체니가 손을 들어 바로 옆에 있는 불 꺼진 창문을 두들겼다. 안에서는 아무 소리도 들리지 않았다.

"아, 정말이지! 소령, 이번 작전은 우리가 알아서 한다고 몇 번이나 말했잖소. 가뜩이나 눈에 띄기 쉬운 그 외모를 가지고 타이위안까지 왜 따라온 거요?"

이번에는 중국인으로밖에 안 보이던 안내인이 갑자기 조선말을 하기 시작했다. 독일 무장친위대 소령, 오토 슈코르체니는 아직 어눌하지만 이해는 충분히 가능한 조선말로 대꾸했다.

"그야 내가 기획한 작전이고, 실행도 내가 해야 하니까. 어서 접선이나 하러 갑시다."

안내인은 마지못해 앞으로 나서면서 계속 툴툴거렸다.

"거 참, 중국말도 러시아말도 할 줄 모르는 양반이 백계 러시아인으로 위장할 생각은 어떻게 했소?"

"푈케르삼이 러시아어를 능숙하게 구사하니 괜찮소. 원래 높은 사람은 뒤에서 점잖게 무게나 잡고 있으면 되는 거요."

"그럼 댁도 충칭에서 무게나 잡고 있지 왜 이 먼 타이위안까지 나왔냐 말이오. 만의 하나 왜놈들한테 들키면 다 끝장인데!"

"그야, 나는 높으신 분이 아니라 고작 소령 나부랭이니까. 자, 잔말 말고 어서 갑시다. 길에서 이러고 있다가 또 일본군 순찰대를 만나면 어쩌겠소?"

안내인은 투덜거리면서 다시 길을 안내했다. 대한민국 임시정부 파견 독일 제3제국 군사고문단장 오토 슈코르체니 친위대 소령과 휘하 제2특임중대장 아드리안 폰 푈케르삼 중위는 바삐 발걸음을 놀려 안내인의 뒤를 따랐다.

## 2

"슈코르체니 소령, 말도 서툰 당신이 직접 올 줄은 몰랐소. 저기 푈케르삼 중위라면야 러시아어도 능숙하고 하니 와도 괜찮지만…."

'중개업자'가 있는 사무실은 타이위안 빈민가 뒷골목 아편굴 안에 있었다. 아편굴 안으로 깊숙하게 들어간 사무실에서, 두꺼운 뿔테 안경을 쓰고 턱수염을 길게 기른 '중개업자'는 책상 앞에 앉은 채로 슈코르체니를 올려다보며 인상을 찌푸렸다. 가슴에 닿을 만큼 긴 턱수염은 때가 끼어 꼬질꼬질했다.

"말로 듣기는 했지만 정말 크군. 게다가 인상도 매우 험악하시구려. 삼국지에 나오는 장비 같소. 내가 관상을 좀 보는데, 유럽에서 여기까지 우리를 도와주러 오신 손님에게 이런 말을 해도 되나 싶긴 하지만 군인보다는 산적으로 나서면 대성할 상으로 보이오."

보통 사람이 들으면 매우 기분이 나쁠 말이다. 하지만 슈코르체니는 화를 내기는커녕 아무렇지도 않다는 듯 웃었다.

"오는 길에 만난 일본군 헌병도 똑같은 소리를 하더군요. 자, 그런 얘기는 그쯤 하고 일에 대한 이야기를 합시다. 나는 이 일을 처음부터 꾸민 사람이고, 당연히 실행 과정에 참여할 권리가 있소. 먼저 한 가지 확인하고 싶은데, 당신을 뭐라고 불러야 합니까?"

"이 근처 사람들은 모두 나를 오 대인이라고 부르지. 당신도 그렇게 부르시오."

"알겠습니다. 그럼 작전을 확인하죠."

슈코르체니가 손짓하자 펠케르삼이 서류가방을 가지고 와 한 묶음의 서류를 꺼냈다. 오 대인이라는 이 집 주인도 책상 서랍 속에서 종이 몇 장을 꺼냈다.

방에는 이들 세 사람뿐이었다. 안내인은 슈코르체니 일행을 여기까지 데려다주자마자 곧바로 사라졌다. 다행히 슈코르체니와 마주앉은 오 대인은 독일어를 능숙하게 구사했다.

"전하께서 계시는 집은 타이위안 시내에 있는 고급 주택가요. 일본군이 그 일대 집들을 여럿 징발해서 고급장교용 숙사로 쓰고 있는데, 그중 하나가 전하의 관사요. 전하는 계급이 소좌에 불과하나, 신분이 신분이다 보니 관사를 배정받으셨소. 여기 구조도가 있소."

"대공 전하와 연락은 어떻게 하고 있습니까?"

"중국인으로 위장한 우리 조직원 한 사람이 전하를 모시는 하인으로 채용되어 그 안에 들어가 있소. 전하와 오가는 연락은 전적으로 구두로 전달되오. 만의 하나 경비하는 일본군에게 들킬 경우를 생각해야 하니까."

슈코르체니가 고개를 끄덕였다.

"그건 옳습니다. 헌데 연락을 담당하고 있는 그 조직원은 믿을만한 가요? 대공 전하께서 전하시는 뜻을 확실히 전달할 수 있습니까?"

"그게 무슨 소리요?"

오 대인이 눈을 치켜떴다. 슈코르체니가 태연하게 맞받았다.

"신뢰할 수 없는 이가 전한 말만 가지고는 전하께서 확실히 우리와 함께하기로 결심하셨는지 확신할 수 없습니다. 전하께서 정녕 일본군을 탈출하실 의사가 있는지, 아니면 그저 일본군 복무에 대해 불만을 토로하신 것인지 확인할 필요가 있다 이 말입니다."

"우리 조직원은 확실한 사람이오. 정성을 다해 전하께 시중을 들어 총애를 얻었고, 신뢰를 얻은 뒤에야 비로소 신원을 밝히고 독립운동에 참여해 주실 것을 청하여 허락을 받았소. 모두 다 충칭에서 내려온 지시에 따랐단 말이오. 당신들이 지시한 계획대로 했잖소!"

자기 부하가 의심을 받자 오 대인이 격분했다. 저절로 언성이 높아졌지만 슈코르체니는 흥분하지 않았다. 자신이 의심하는 이유를 냉정하게 밝혔다.

"물론 그렇죠. 하지만 여기, 중국에는 이런 속담이 있다고 들었습니다. '위에서 정책을 만들면 밑에서는 대책을 세운다'고 말이죠. 나는 당신이 잠입시킨 공작원을 모릅니다. 만약 그 사람이 작전을 성공시켜야 한다는 부담감 때문에 대공 전하께서 동참하기로 했다고 거짓 보고를 했다면 어떻게 하실 생각입니까?"

"그럴 리가 없소! 거짓 보고를 했다가 작전을 실행할 때 어쩌려고 그런단 말이오?"

"그야 쉽죠. 그 연락원 한 사람이 대공 전하와 귀관 사이에 오가는 모든 연락을 전담하고 있다면, 전하께는 탈출 제안을 전달조차 하지 않았을 수도 있습니다. 이쪽에서는 연락원에게 받은 보고 내용에 기반해서 탈출 계획을 다 꾸며 놓았는데, 뒤늦게 연락원이 '감시가 강화되어 탈출할 수 없게 되었습니다'라고 하면 어떻게 대처하시렵니까?"

"그건…."

오 대인은 할 말을 잇지 못했다. 그 상황에서 마치 심문이라도 하는 것처럼 근엄한 표정으로 자신을 내려다보는 슈코르체니와 눈이 마주치자, 인상을 잔뜩 찌푸린 오 대인이 반문했다.

"그럼 소령은 그 문제를 어떻게 해결할 생각이오?"

"간단합니다. 제가 대공 전하를 직접 만나서 결심을 듣겠습니다."

"뭐, 뭐라고요? 당신이 전하를 만나?!"

"소령님! 진심이십니까?"

오 대인은 물론, 옆에서 듣고 있던 푈케르삼도 눈알이 튀어나올 지경으로 놀랐다. 하지만 슈코르체니는 태연했다.

"가능하다면 직접 대공 전하를 만날 필요가 있습니다. 전하께서 진심으로 탈출을 원하시는지도 확인해야 하고, 탈출 방법을 어떻게 할지도 논의해야 합니다. 그러자면 중간에 신뢰할 수 없는 중개자를 두고 움직이느니 직접 만나는 것이 낫습니다. 단 한 번만 만나면 그 뒤에는 만나지 않아도 됩니다."

"하지만…, 당신은 너무…."

오 대인은 이제까지 보여주던 침착한 태도는 어디로 갔는지 말을 더듬었다. 하지만 슈코르체니는 개의치 않았다.

"만약의 경우, 그 연락원이 소령님을 일본군에 팔아넘긴다면 어쩌시려고 그럽니까? 차라리 제가 가겠습니다."

푈케르삼이 말리고 나섰다. 하지만 슈코르체니는 간단하게 그 제안을 거절했다.

"아니, 내가 가야 해. 그래야 대공 전하가 어떤 생각을 하고 계시는지 확실히 파악할 수 있다. 그리고 탈출 작전을 짜려면 저택 도면만 볼 게 아니라 가능하다면 사전 답사를 통해 현장을 직접 관찰할 필요도 있어. 총통께서는 한국 망명정부를 도와 일본을 응징하라고 본관을 파견하시지 않았는가? 본관에게는 임무를 기필코 성공시켜야 할 의무가 있네."

푈케르삼은 대답할 말을 찾지 못했다. 잠시 멍해 있던 오 대인이 정신을 차리고 슈코르체니를 쏘아보았다.

"소령! 만약 소령이 전하를 알현하러 시도하다가 일본군에게 체포되면, 나는 중경에 뭐라고 보고하란 말이오?"

"자기 조직에 문제가 있었다고 시인할 생각이라면 당신 연락원이 실은 일본군 첩자였고, 배신해서 날 팔아먹었다고 보고하시지요. 뭣하면 그냥 내가 멍청해서 멍청한 짓을 시도하다가 멍청하게 잡혔다고 보고해도 좋습니다."

오 대인은 입을 딱 벌렸다. 슈코르체니는 두 눈은 물론 얼굴 전체에서 승리감을 표하며 자리에서 일어섰다.

"연락원에게 지령을 내려 회견 날짜를 잡아 주시죠. 만약 안전하다고 판단한 날짜에 내가 체포된다면, 그건 연락원이 저쪽 편이라는 확실한 증거가 될 겁니다."

## *3*

슈코르체니와 푈케르삼, 그리고 안내인까지 세 사람은 조심스럽게 한국 황실 대공이 거주하는 관사로 접근했다. 세 사람 모두 품속에는 소음권총을 숨기고, 눈에 잘 띄지 않도록 허름한 검은 옷을 입고 있었다.

가는 도중에 있는 골목길에서는 종종 일본 헌병들이 장교나 부사관 1인에 병사 2명씩 딸린 3인1조로 순찰 도는 모습을 볼 수 있었다. 헌병들은 날카로운 표정으로 돌아다니면서 행인들을 만나면 불문곡직하고 신분증명서를 요구하고 가차 없이 구타를 퍼부었다. 일행은 다행히 헌병과 마주치기 전에 잘 피해서 한 번도 걸려들지 않았다. 슈코르체니가 헌병들을 향해 어둠 속에서 혀를 찼다.

"형편없는 놈들이군. 민간인들은 괴롭히면서 정작 우리는 못 잡다니."

"놈들이 무능한 덕택에 우리가 싸울 수 있는 거 아니겠소? 자, 소령. 저기가 전하께서 계시는 관사요."

다행히 목적지 근처에는 순찰하는 헌병이 없었다. 골목 모퉁이에 선 안내인이 손가락으로 저편을 가리켰다. 2층 양옥인 관사는 정원은 꽤 넓지만 건물 자체는 그다지 큰 집이 아니었다. 다만 경비가 제법 삼엄해서 1개 분대 정도 되는 일본 헌병들이 대문 앞을 지키고 있었다.

"넘어 들어갈 수 있는 길이 있을까?"

"옆집으로 들어가서 옆집 담을 넘는 수밖에. 전하께서는 2층에 있는 침실에서 기다리고 계시오. 일단 담만 넘으면, 정원 안에는 경비가 없을 거요."

대공이 사는 관사는 원래 미국인 선교사가 살던 집이라고 했다. 오 대인이 보여준 도면에 따르면 1층에는 부엌과 응접실, 식당, 서재가 있고 2층에는 침실 세 개와 화장실이 있었다. 요리사를 빼고 네 명 있는 하인들은 별채에 있는 하인용 숙소를 이용하고, 밤 9시 이후에는 대공이 용무가 있어 부를 때를 대비한 하녀 한 명만 저택 안에 남는다고 했다.

"이 근처는 본래 고급 주택가라 집집마다 정원이 꽤 넓어요. 몇 채는 일본군이 징발해서 고급장교 숙사로 쓰고 있지만, 본래 주인이 그냥 살고 있는 집도 여럿 있소이다. 마침 전하께서 계시는 옆집은 지금 비어 있소. 그 집에 살던 대좌가 이틀 전에 광둥으로 전임되어 갔거든. 후임이 안 와서 아직 비어 있을 테니, 저 집 정원을 통해서 넘어갑시다."

안내인이 키득거리며 미소를 지었다. 안내인의 말을 들은 슈코르체니가 인상을 잠깐 찌푸리더니 인상을 확 펴면서 말을 건넸다.

"그런 이야기는 진즉에 알려줬어야지. 우리 기왕 카바레 개업하러 왔다고 한 거, 그 옆집에 세를 들면 어떻겠소? 공작 거점으로 아주 좋을 듯한데."

안내인이 눈을 휘둥그레 떴다.

"일본군 사령부 장교 숙사라고 하지 않았소? 놈들이 내놓을 리가 없소."

"어차피 지금 당장은 빈집이라면서 뭘. 내가 가져온 공작금을 사용하면 되니 돈 걱정은 말고, 당신이 알고 지내던 그 헌병 장교 통해서 한번 교섭해 보시오. 오래 머무를 것도 아니고 한 1주일 빌리면 충분할 테니까, 해봅시다."

슈코르체니는 중국에 올 때 총통이 한국인들에게 주는 돈과는 별도로 자신에게 직접 건네준 금괴를 떠올렸다. 총통은 필요한 때가 오면 어디든 자유롭게 쓰라면서 100그램짜리 금괴 스무 개를 주었다. 그중 두 개를 타이위안에 가져왔는데, 그중 하나만 써도 이 저택 정도는 몇 달이건 필요한 만큼 빌릴 수 있을 것 같았다.

예정에 없었던 엉뚱한 제안을 받은 안내인은 투덜거리며 모자를 눌러 섰다. 슈코르체니가 놀리듯이 말을 건넸다.

"당장 빌리자는 건 아니오. 일단 오늘 대공 전하를 뵙고 작전을 추진하기로 결정한 후에 말이오. 당장 지금부터 고민하지는 마시구려."

세 사람은 어둠 속에서 조용히 움직였다. 이 지역은 사흘 전 검문을 당했던 빈민가보다는 가로등이 많았다. 그래도 구름이 많이 낀 데다 골목 중간에 이런저런 잡동사니가 꽤 널려 있어서 옆집까지 접근하기는 수월했다.

"자, 어서."

일본군 경비병들이 이쪽을 보지 않는 틈에 세 사람은 밀어주고 당겨주며 하나씩 차례로 담을 넘었다. 벽돌로 된 담은 높이가 슈코르체니의 키와 비슷해서 한두 사람으로는 도구 없이 넘기가 힘들었다.

"이쪽이오. 조용히. 담장 저편에 있는 놈들이 들으면 곤란하니까."

세 사람은 발걸음 소리를 내지 않도록 조용히 정원을 걸었다. 비어 있는 집이지만 혹시 모르는 일이기도 하고.

"자, 이 담장만 넘으면 전하께서 계시는 집 정원이오. 하인들이 소리를 듣고 나올 수도 있으니, 저쪽에서는 더 주의하시오."

세 사람은 조심스럽게 담장을 넘었다. 마침 담장 옆에 커다란 매화나무가 한 그루 있어서 넘기가 한결 수월했다. 담을 넘은 세 사람은 허리를 한껏 숙이고 조용히 저택 현관으로 접근했다. 창문으로 새어나오는 불빛으로 시계를 확인한 안내인이 문을 두드렸다. 안에서 젊은 여자 목소리가 나지막하게 반응했다.

"누구시죠?"

"떡국 둘 배달이오."

대답을 들은 현관문이 소리 없이 열렸다. 하녀인 듯 검은색과 흰색으로 된 메이드복 차림을 한 묘령의 여인 한 사람이 고개를 살짝 내밀었다. 재빠르게 주변을 살핀 하녀는 아무 이상이 없자 슈코르체니 일행에게 어서 움직이라고 재촉했다.

"빨리 들어와요. 중국인 하인들이 밖에 나오기 전에."

일행이 현관 안으로 들어오자 하녀로 위장한 임시정부 요원이 서둘러 문을 닫았다. 그리고 매우 고까운 표정으로 슈코르체니를 올려다보더니 고개를 돌렸다. 슈코르체니가 깔끔하게 단발머리를 한 하얀 얼굴을 보고 제법 귀여운 인상이라고 생각하는데, 그녀가 안내인을 향해 눈살을 찌푸리며 조선말로 투덜거렸다.

"이 곰 같은 자식이 날 의심했다고요? 망할 놈의 자식, 임무만 끝나면 치도곤을 안겨 줄 테야. 근데 이놈들이 왜 떡국이에요?"

"덕국[1]에서 왔거든."

"네?"

무슨 소리를 하는 건지 바로 이해하지 못한 하녀가 얼굴을 찡그린 채 반문하자 안내인이 피식 웃으며 등을 떠밀었다.

"이화, 그런 건 중요하지 않으니까 어서 전하 앞으로 안내나 해. 시간이 없다."

"알았어요, 알았다고요."

메이드 요원은 계속 투덜거리면서 앞서서 계단을 올랐다. 코만 커다란 곰탱이 새끼라느니, 저 흉터가 가득한 산적같은 인상을 보니 군인이 아니라 밀수꾼이나 마적단이 분명하다느니, 조상에 도깨비 피라도 섞인 게 분명하다느니 하는 자신을 향한 온갖 불평을 들은 슈코르체니는 싱글거리며 웃었다. 마침내 대공의 침실 문 앞에 서자 메이드 요원이 문

---

1 독일을 중국식으로는 덕국(德國)이라고 표기한다.

에 대고 속삭였다.

"전하, 오기로 했던 떡국장수가 왔사옵니다."

"들어오게."

메이드 요원이 문을 열었다. 안내인이 제일 먼저 들어가고 슈코르체니, 푈케르삼의 순서로 그 뒤를 따랐다. 슈코르체니는 비로소 일본에게 나라를 넘긴 대한제국 황실에서 가장 반일적인 황족, 이우 대공을 만날 수 있었다.

"어서 오시오. 이우라고 하오."

"전하, 만나 뵙게 되어 영광입니다."

## 4

"그래, 내가 정말 탈출을 원하는지 확인하고 싶었다고?"

밤이라 그런지 이우는 편안한 가운 차림이었다. 편히 쉬는 방이라서인지 소파와 작은 탁자 외에는 가구가 없었다.

"그렇습니다. 만에 하나라도 중간 단계에서 잘못된 고리가 있을 경우, 작전 자체가 무산되니까요. 만약 실패한다면 저는 독일에 돌아가서 총통께 드릴 말씀이 없을 것입니다."

"맞는 말이오."

이우는 가볍게 고개를 끄덕거렸다. 이우도 독일어를 제법 유창하게 구사했으므로 통역은 필요하지 않았다.

"나는 일본이 한국을 지배하는 현재 상황이 매우 잘못되었다고 생각하며, 노예 상태에 처한 우리 한국인들을 구하기 위해 가능한 일은 무엇이든 할 생각이오. 그 수단으로서 일본군을 탈출해서 충칭에 있는 임시정부에 가기로 결정을 한 거요."

슈코르체니는 이우의 눈을 뚫어지게 들여다보았다. 빈말이 아닌, 진짜 의지가 엿보였다. 슈코르체니는 한숨을 쉬며 크게 고개를 끄덕였다.

"알겠습니다. 전하께서 이곳을 벗어나 망명정부에 합류하실 수 있도록, 최선을 다 해서 계획을 짜겠습니다. 결행하는 그날까지, 혹시 저를 만나게 되더라도 모르는 사람인 척 해주시기 바랍니다."

"물론이오."

이우가 미소를 지으며 고개를 끄덕였다. 하지만 여전히 굳어진 표정이던 슈코르체니가 조심스레 입을 열었다.

"하지만 전하께 몇 가지 여쭙고 싶은 게 있습니다. 전하께서 망명정부에 합류하기 위해서 일본군을 탈영하신다면, 분명 일본 정부는 전하께서 남겨놓고 가신 가족을 탄압할 겁니다. 그래도 괜찮으시겠습니까?"

"내 가족이 혹시 여기에 있다면 함께 데리고 가겠지만, 경성에 있는 이상 두고 갈 수밖에 없지. 하지만 내 숙부가 되시는 이왕 전하께서도 계시니까 일본인들도 내 처자에게 심한 짓은 하지 못할 거요. 게다가 왕공족으로서 거의 저들 황족에 준하는 예우를 받은 내가 스스로 항일 대열에 섰다고 하면 놈들 체면이 뭐가 되겠소? 놈들은 분명 내가 납치되었다고 주장하며 내 일가에 대한 예우를 유지할 거요."

"하지만 전하께서는 홀로 투쟁하려는 게 아니라 한국인들의 여론을 이끌어 독립 대열에 나서게 하려는 게 목적 아니십니까? 그렇다면 탈출 시점에서는 아니라고 해도 망명정부와 무사히 합류한 뒤에는 자의로 망명정부로 탈출하셨다는 성명을 내셔야 합니다. 전하께서 자의로 망명했다고 선포하셔도 일본인들이 그런 대우를 유지할까요?"

"당연한 걱정이요. 하지만 내가 아무리 자의로 탈출했다고 선언해도 일본인들은 협박에 의해 저런 소리를 하는 중이라고 주장할 테니 별 차이는 없을 거요. 그리고 만약에."

이우는 잠시 말을 멈추고 쓴웃음을 지었다.

"설사 일본인들이 내 가족을 해치려 한다 한들, 그 때문에 지금 하려는 일을 멈출 수는 없소. 이미 많은 이가 자신과 가족이 누리던 안위를 조국 광복을 위해 바쳤는데 나라고 그 길을 기피할 수는 없지 않소? 군주 된 자는 마땅히 그 도리를 해야 하오. 안전한 자리에서 명령만 내린다고 해서 군주가 해야 할 역할을 다 하는 것은 아니오."

"흠, 그러시다면 전하께서는 일본으로부터 한국을 되찾은 뒤 제위에 오르실 생각이십니까?"

"국민들이 내가 등극하기를 원한다면."

이우의 대답은 짧았지만 그만큼 힘찼다. 슈코르체니는 선선히 고개를 끄덕였다.

"옳은 말씀이십니다. 우리 총통께서도 독일 국민들에게 투표로서 자신을 선택할 기회를 주셨습니다. 전하께서도 전쟁이 끝난 뒤 한국인들에게 기회를 주시면 될 겁니다. 자! 하여튼 그 문제는 전쟁이 끝나 일본이 패망하고 한국이 다시 독립했을 때 논의하시고, 지금은 탈출 문제에 주력하시지요."

"그럽시다. 귀관은 어떤 계획을 세우고 있소?"

"간단합니다. 불바다를 만들고 빠져나가는 거죠."

"뭐, 뭐라고?"

이우는 깜짝 놀라 허리를 곧추세웠다. 슈코르체니가 목소리를 낮추더니 자신이 세운 기본 계획을 설명하기 시작했다. 안내인과 푈케르삼도 심각한 표정으로 귀를 기울였다.

이우와 작별한 슈코르체니 일행은 다시 담을 넘기 위해 현관을 나섰다. 아직 밤은 깊었고, 다행히 밖에 있는 경비병들은 별로 이상한 눈치를 보이지 않았다.

"이 곰탱이가 전하를 거스르지는 않았나요? 밖에서 들으니 전하께서 몇 번 역정을 내시는 것 같았는데."

메이드 요원은 여전히 슈코르체니가 거슬리는 모양이었다. 안내인이 웃으며 답했다.

"전하께서는 무척 즐거워하셨네. 그리고 이화, 곰탱이 운운은 그만 하는 게 좋겠어. 이 양반이 자네가 자기를 짐승으로 부르는 걸 알아들으면 어쩌려고 그러나."

"이 양놈이 설마 조선말을 알 리가 있어요? 딱 보면 면상이 사람 말이라곤 한 마디도 못 알아 처먹게 생겼는데. 어서 돌아가기나 하세요. 하인들 일어나기 전에."

"알았네, 가지 가! 그럼 다음 접선 때 보세."

안내인이 먼저 현관을 빠져나가 아까 담장을 넘은 위치로 가자 푈케르삼이 잽싸게 그 뒤를 따랐다. 그리고 맨 마지막으로 문을 나서던 슈코르체니가 갑자기 이화라는 이름의 메이드 요원을 향해 돌아섰다. 그리고는 살짝 모자를 들며 충분히 알아들을만한 한국어로 작별인사를 건넸다.

"대접에 감사드리며 물러갑니다, 마담. 작전을 실행하는 날까지 전하의 신변을 잘 돌봐주시기를 부탁드리겠습니다. 그럼 이만."

"어머머머머머머머!"

눈이 왕방울만 해진 이화는 두 손으로 입을 가린 채 그 자리에 굳어 꼼짝도 하지 못했다. 슈코르체니가 한번 씩 웃어주자 이화는 창백해졌던 얼굴을 순식간에 토마토처럼 붉히더니 현관 안으로 곧바로 뺑소니를 쳤다. 하마터면 쾅 하고 문 닫는 소리가 크게 날 뻔 했으나, 막판에 정신을 차렸는지 가까스로 문 닫는 속도를 늦추었다.

슈코르체니는 낄낄거리고 웃으며 담장 쪽으로 달렸다. 푈케르삼이 어서 오라고 담장 위에서 손짓하고 있었다.

## *5*

"전하, 길을 떠날 준비는 되셨습니까?"

"준비라고 해 봐야 권총과 현금을 챙기는 것밖에 더 있겠소. 갈아입을 겉옷은 그대가 가져왔으리라고 생각하오만?"

"전하께서 신분을 숨기시기에 적절해 보이는 옷으로 가져왔습니다."

슈코르체니는 가방에서 싸구려 옷감으로 만든 양복 한 벌과 때가 잔뜩 묻은 헌 셔츠, 낡은 구두 한 켤레를 내놓았다. 예상보다 초라한 옷을 본 이우가 인상을 찌푸렸다.

"이건 너무 허름한 것 아닌가?"

"아닙니다. 이 정도 옷이면 시골 사람들 중에서는 그래도 잘 입은 축에 듭니다. 약간 어리숙하게 굴면 큰 맘 먹고 차려입고 나온 농군처럼 보일 수 있고, 좀 약삭빠르게 굴면 장삿거리를 찾으러 다니는 조선인이나 일본인 상인으로 보일 수도 있습니다. 물론 저희와 같이 계실 때는 저희 하인 행세를 하셔야 합니다만, 그래도 그게 나을 겁니다."

"자네들이 둘 다 동양인으로 보이지 않으니 어쩔 수 없군."

이우는 한숨을 쉬며 옷가지를 집어 들었다.

"내 체통에는 맞지 않는 옷이지만 어쩔 수 없지. 그런데 하나 물어보리다. 지난번에도 총통께서 시키신 과업을 완수해야 하느니 어쩌느니 하는 언급을 했지 않소?"

"그렇습니다."

"귀국 총통께서는 왜 우리 한국을 도우려 하시오? 독일은 지금 영국 및 소련을 상대로 싸우는 것만 해도 벅찬 만큼 일본을 도와 미국과 싸우지 않는 것은 이해할 수 있소. 헌데 왜 우리 한국을 돕는지, 그건 도무지 모르겠소. 귀관을 포함한 군사고문을 보낸다, 나를 탈출시켜서 임시정부에 합류시킨다. 이런 행동들이 도대체 독일에 어떤 이익이 되기에 우리를 돕는 건지 이해가 가지 않소."

슈코르체니는 복잡한 표정으로 머리를 긁었다.

"그건 저도 잘 모릅니다. 저는 군인이고, 독일제국을 이끄는 총통께서 명령하신 바를 그대로 수행할 뿐입니다. 총통께서는 저를 직접 골라 파견하시면서 한국을 일본으로부터 독립시키기 위해 할 수 있는 최대한의 일을 하라고 명령하셨으며, 매번 보내는 정기보고도 매우 관심 깊게 받아보고 계십니다. 제가 말씀드릴 수 있는 건 이것뿐입니다."

"그런가…. 하긴 귀관의 말처럼 그대도 나 같은 소령일 뿐이니 총통께서 품고 계시는 깊은 속까지 알 수는 없겠지. 알겠소."

이우는 한숨을 쉬며 셔츠 단추를 채웠다. 슈코르체니는 창밖을 살피며 마땅찮은 목소리로 한 가지 불평을 했다.

"전하께서 빠져나간 사실을 조금이라도 더 오래 숨기려면 전하를 대신할 시체가 필요합니다. 전하께서 그렇게 노골적으로 반대하지만 않으셨다면 오 대인이 경영하는 아편굴에서 적당한 중국인을 하나 골라 메고 왔을 겁니다만."

"아무리 아편중독자라고 해도 멀쩡한 사람을 나 대신에 죽게 할 수는 없소. 이미 죽은 사람이라고 해도 마찬가지요. 그건 떳떳하지 못한 일이라고 생각하오."

"전쟁을 떳떳하게만 치를 수는 없습니다."

투덜거리던 슈코르체니의 귀에 문득 복도를 조심스럽게 걷는 발소리가 들려왔다. 한 사람, 천천히 걷는 남자의 발소리다. 메이드 요원, 이화의 발소리는 분명히 아니었다.

슈코르체니는 비상용으로 준비해 온 납주머니를 꺼내들고 문을 막아섰다. 대문 밖에 있는 경비병들 때문에 총을 쓸 수는 없었다. 마침 옷을 다 갈아입은 이우가 슈코르체니를 보고 무슨 일이냐고 물으려 하자, 슈코르체니는 조용히 둘째손가락을 입술에 가져다대어 소리를 내지 말라고 경고했다. 뭔가 위기상황이 닥쳤음을 깨달은 이우도 권총을 잡고 조용히 몸을 낮췄다.

다가오던 발소리가 마침내 문 앞에서 멈췄다. 그리고는 한참을 움직이지 않았다. 심호흡을 한 슈코르체니가 문을 홱 당겨 열었다.

"누구냐!"

나지막하게 소리치며 뛰어나가자 이우의 중국인 하인이 문 앞에 서 있었다. 귀를 곤두세우고 방안에서 나는 소리를 듣고 있었던 것이 분명했다. 체구가 작은 중국인이 얼굴에 당황한 빛을 띄웠다. 그리고는 냅다 도망치기 시작했다.

"이 자식! 멈춰!"

위험을 직감한 슈코르체니가 즉시 뒤를 쫓았지만 잡을 수가 없었다. 집안에는 추격에 방해가 되는 장애물이 많았고, 상대는 집안에 있는 모든 물건을 너무나 잘 알고 있었다. 무난하게 슈코르체니로부터 벗어난 하인은 잽싸게 1층으로 달려 내려갔다. 슈코르체니가 급히 계단을 내려뛸 때 놈은 이미 현관문을 붙들고 있었다. 도망친 하인이 밖으로 나가려고 현관문 손잡이를 잡는 순간 은빛 섬광 하나가 날아왔다.

"컥! 끅, 크으윽…."

하인의 목울대에는 비수 하나가 박혀서 빛나고 있었다. 잠시 목을 붙잡고 비틀거리던 하인은 그 자리에 쓰러져 꿈틀대다가 서서히 움직임을 멈췄다. 슈코르체니가 계단 위에 멍하니 서 있는데 문이 열린 부엌에서 중국 여자들이 입는 저고리와 바지를 챙겨 입은 이화가 천천히 걸어 나왔다. 손에는 두 번째 비수를 들고 있었다.

"뭐하는 거예요? 이런 녀석 하나 못 잡고."

"당신, 1층 제대로 안 지켜서 그렇잖소!"

"나도 챙겨야 할 게 많았다고요. 당신이 준 시한장치를 부엌에 설치하느라 얼마나 진땀을 뺐는지 알아요? 그 시방서[1]가 웬만큼 복잡했어야 말이지."

슈코르체니는 끄응, 하고 논쟁을 중단했다. 이화는 슈코르체니보다 40cm는 족히 작은 키를 가지고도 절대 지려고 하지 않았고, 슈코르체니가 익힌 한국어는 이화와 말다툼을 할 정도의 수준은 아니었다. 슈코르체니가 입을 다물자 이화도 차분하게 화제를 돌렸다.

"이놈은 일본군 상부에서 심어놓은 첩자였어요. 전하를 감시하는 끄나풀이었죠. 그동안 이놈 경계하느라 얼마나 애를 먹었는지…. 즉사시키지 않았으면 소리를 질러 밖에 있는 일본군을 불러들였을 거예요. 이놈이 없어진 걸 수상하게 여긴 다른 하인들까지 밖으로 나오기 전에 얼른 전하나 모시고 내려와요."

못 알아들을 단어가 많았지만 어서 이우를 데리고 내려오라는 소리

---

1 매뉴얼.

인줄은 알 수 있었다. 슈코르체니는 고개를 끄덕인 뒤 방금 뛰어내려온 계단을 다시 올라갔다. 아니, 올라가려다 말고 잠깐 생각하더니 다시 돌아와서 시신을 어깨에 걸머멨다. 깜짝 놀란 이화가 나지막하게 소리를 질렀다.

"아니, 뭐 하는 거예요? 지금은 정원에 시체를 묻을 틈 따위 없다고요!"

"땅에 묻는 거 아니오. 사실 위층에 시체가 필요한데 없어서 유감이었소. 그래서 가져가는 거요. 마침 체격도 아주 적당하군."

슈코르체니는 자기가 할 말만 하고 시체를 떠멘 채 얼른 계단을 올라갔다. 잠시 어안이 벙벙해 하던 이화는 콧방귀를 뀌더니 곧바로 창문에 몸을 기대고 바깥에 있는 일본군 경비병들의 동태를 살폈다. 위층에 있는 두 사람이 뭔가 다투는 것 같은 소리가 들렸지만 딱히 중요한 것 같지는 않았다.

## *6*

다섯 사람이 탄 시커먼 대형 승용차가 시동을 걸었다. 차고를 벗어난 차는 곧 대문 앞에서 잠시 멈췄다.

"이봐! 나리가 나가신다! 문 열어!"

운전석에 앉은 안내인이 고함을 지르자 문지기 하인이 헐레벌떡 뛰어나와 커다란 철제 대문을 열었다. 대문이 열리면서 검은색 승용차가 전조등을 밝게 켜고 천천히 골목으로 나갔다. 이우의 관사를 지키던 일본군 장교가 차가 나오는 광경을 보더니 반색을 하며 이쪽으로 다가왔다. 안내인이 차창을 내리자 장교가 그 옆에 서서는 껄껄 웃으며 인사를 건넸다.

"오, 슈테른베르크 상! 사업 준비는 잘 되십니까?"

타이위안에 와서 처음 마주친 바로 그 헌병 장교였다. 슈코르체니는 가볍게 웃으며 모자를 들어 인사했다.

"감사. 나 슈토크하우젠, 슈테른베르크 아니다."

슈코르체니는 일부러 서투른 일본어로 답했다. 안내인이 비굴하게 웃으면서 끼어들었다.

"아이고, 나리. 슈테른베르크는 저기 몽골을 지배했던 미친 러시아 놈이고, 우리 슈토크하우젠 상은 그 미친놈과 아무 상관이 없습니다, 헤헤."

"아, 그런가? 이름이 비슷해서 내가 혼동을 했네, 하하. 그나저나 이 밤중에 어인 행차신가? 벌써 자정이 다 되어 가는데."

지난 4일 동안 슈코르체니는 하얼빈에서 카바레를 경영하는 백계 러시아인 오토 폰 슈토크하우젠[1]이라는 가짜 신분을 내세우며 일본군에게 접근했다. 물론 대단한 사람을 만난 것은 아니고, 안내인을 중간다리로 해서 이 헌병 장교처럼 소소한 실무자 몇을 만났을 뿐이었다. 그래도 그 작자들하고 가까워진 덕분에 이 이우가 사는 관사 옆집을 1주일 기한으로 빌리는 것도 어렵지 않았다.

"잠시 후에 도착하는 기차로 하얼빈에서 러시아 계집 세 명이 오기로 되어 있어서 말입니다, 마중을 나가는 길입니다."

"세 명? 겨우 그 인원으로 카바레를 한단 말인가?"

헌병 장교의 얼굴에 실망한 기색이 역력했다. 안내인이 급히 추가설명을 했다.

"그럴 리가 있습니까! 오늘 오는 애들은 건물 구조가 자기들 쓰기에

---

1 제정러시아 귀족들 중에는 독일계가 많았다.

편한지 보러 오는 선발대 인원입니다. 개업하면 적어도 서른 명은 와서 장사를 할 테니, 나리께서도 한 달 동안 매일 상대를 바꿔가며 즐기실 수 있을 겁니다."

느물거리며 상대의 비위를 맞춘 안내인은 잠시 뜸을 들였다가 차창 밖으로 몸을 내밀고 상대에게 속삭였다.

"저, 오늘 오는 애들은 그중에서도 제일 날리는 년들입니다. 미모나 콧대나 다 으뜸가는 계집들이죠. 좀 있다가 데리고 오면 여기서 세 명 다 나리께 잠깐 선을 보이면서 미모에 대한 품평을 받도록 하겠습니다."

"음, 좋아. 그런데 왜 계집년들 마중을 나가는 일 정도에 사장인 슈토크 상이 직접 나서는가? 자네가 혼자 가거나, 아니면 저기 이바노프 상 정도만 같이 나가도 될 텐데?"

잠시 헤벌쭉거리며 웃던 장교가 손가락으로 가리키자 조수석에 앉아 있던 푈케르삼이 상대를 보며 살짝 고개를 숙였다. 푈케르삼은 이 작자들을 만날 때 '이반 이바노비치 이바노프'라고 자기소개를 했었다.

"슈토크하우젠 상이 자기 사업에는 철저해서 말입니다. 먼 길을 오는 자기 아랫사람들을 환영하는 건 자기 의무라면서 이런 일은 절대 빠트리지 않습니다. 참 대단한 사람입죠, 네."

"흠, 그건 참 높은 사람답지 않은 대단한 일이로군. 그런데 세 명을 마중하러 간다면서 차에 사람이 다섯이나 타고 가면 빈자리가 하나도 없지 않나? 계집들은 인력거에라도 태워 올 생각인가?"

"그야 역전에 늘 있는 삯자동차를 한 대 빌리면 그만입죠. 일행 중 세 명만 인력거를 타기는 좀 그렇지 않겠습니까요? 여기 이바노프 상이 계집애들을 데리고 삯자동차에 탈겁니다요."

"하긴 그것도 그렇군. 그런데 뒷좌석에 슈토크 상이랑 같이 타고 있는 짱꼴라들은 처음 보는 연놈들 같은데?"

장교가 고개를 살짝 젖혀 차창 안을 들여다보았다. 뒷좌석 가운데 앉아있는 슈코르체니 왼쪽에는 허리띠에 닿을 만큼 머리를 길게 기르고 발목까지 내려가는 드레스를 입은 묘령의 여자가, 오른쪽에는 때에 전 양복을 입고 낡은 중절모를 쓴 젊은 청년이 앉아 있었다. 두 사람 모두 머리카락과 모자에 가려 얼굴은 잘 보이지 않았다.

"슈토크하우젠 상이 저택에서 일을 시키려고 새로 채용한 하녀와 하인입니다. 아직 견습 기간이라, 어디든 데리고 다니면서 주인이 원하는 바를 빨리 알아채게 하는 교육을 하는 중입니다. 눈치가 있어야 잘 부릴 수 있으니 말입니다."

"그건 그렇지. 그럼 잘 갔다 오시오. 그런데 아니 잠깐, 아무래도 이 짱꼴라년 얼굴이 어디서 본 것 같은데…"

장교가 의심스러운 표정으로 고개를 더 낮췄다. 그리고 창문을 두드렸다.

"야, 너! 유리창 내리고 고개 좀 내밀어 봐."

하녀가 움찔했다. 드레스 자락 속에 감추어져있던 오른팔이 미세하게 꿈틀거렸다.

"야, 너 일본말 몰라? 창문 열라니까?"

하녀는 창문을 열지 않았다. 인상이 굳어진 헌병 장교가 중국어로 짧게 외쳤다.

"창문 열어! 아니, 너 내려!"

장교가 뒷문 손잡이를 거칠게 잡았다. 그리고 막 손잡이를 돌리려는 순간 갑자기 폭음과 불꽃이 주변을 진동시켰다.

"무, 무슨 일이야?"

혼비백산한 헌병 장교가 문손잡이를 잡은 채로 뒤를 돌아보았다. 차에 타고 있던 슈코르체니 일행 역시 일제히 그쪽을 보았다. 바로 옆, 이우가 살던 관사가 불꽃에 휩싸이는 모습이 여섯 사람의 눈에 선명히 들어왔다. 관사 경비를 서던 헌병들이 폭음과 진동에 놀라 모조리 바닥에 엎드려 있는 광경을 본 장교가 목이 찢어지게 고함을 질렀다.

"뭣들 하고 있나! 당장 소방국과 사령부에 연락해!"

장교가 하녀는 팽개쳐두고 자기 부하들 쪽으로 뛰어갔다. 조수석에 앉아 있던 푈케르삼이 안도의 한숨을 내쉬면서 코트자락 밑에 감추고 있던 루거를 꺼내 가방 속에 넣었다. 이화도 드레스 자락 사이에 감추고 있던 비수를 종아리에 찬 칼집에 꽂았다. 장교가 뛰어가는 뒷모습을 잠시 살피던 안내인이 뒤를 돌아보며 조심스레 입을 열었다.

"서두르면 저놈이 더 이상하게 여길지도 모르니, 천천히 빠져나가겠습니다. 전하, 아무쪼록 침착하게 기다려 주십시오."

"알겠네."

슈코르체니 오른편에 앉아 있던 이우는 한숨을 쉬면서 모자를 다시 눌러 썼다. 안내인이 조용히 핸들을 꺾었다. 검은 승용차가 골목을 누비다가 큰길로 나가니 벌써 소방차들이 줄줄이 달려오고 있었다.

## *7*

"먼 길 오시느라 고생하셨습니다, 전하. 이쪽으로 앉으시지요."

"감사하오, 주석."

타이위안을 탈출한 지 거진 두 달, 이우와 슈코르체니 일행 다섯 사람은 갖은 난관을 뚫고 1,500km에 달하는 먼 길을 달려 충칭에 도착할 수 있었다.

임시정부 측에서 대표 격으로 이우를 영접한 사람은 이범석이었다. 이범석은 여로가 길었으니 좀 쉬고 나서 일정을 진행하자고 했지만, 이우는 곧바로 임시정부 주석인 김구를 만나겠다고 했다.

이범석에게 보고를 받은 김구는 잠시 생각하다가 예정된 업무를 일단 미뤄놓고 이우를 자기 집무실로 맞아들였다. 이우는 두 달 동안 잠행하면서 입고 있던 꼬질꼬질한 옷을 벗어버리고 새로 지은 광복군 군복을 입고 있었다.

"힘든 여정이었다고 들었습니다."

"슈코르체니 소령 덕분에 모든 난관을 돌파할 수 있었소. 중국군과 일본군이 대치하고 있는 전선을 돌파한 것만 세 번, 공산당 게릴라에게 잡혀 담판 끝에 풀려난 것도 한 번, 토비들과 총격전을 벌인 건 여섯 번…. 어쩌면 토비인 줄 알았던 자들 중에 공산당 게릴라가 있었을 수도 있고. 그래도 도중에 동포들이 많이 도와주었소. 장 총통이 심어 놓은 요원들도 우리를 도왔고 말이오."

말없이 고개를 끄덕이던 김구가 천천히 입을 열었다.

"처음에 이범석 장군과 슈코르체니 소령이 전하를 구출하자고 제안했을 때는 실현 가능성이 전혀 없다고 생각했습니다. 감시도 있을 것이고, 전하께서 지금 가지고 계신 모든 것을 버리고 충칭으로 오실 수 있을지도 확신이 서지 않았습니다."

"나 역시 고민이 없었던 것은 아니오. 나는 대한의 황족이면서 사사로이는 두 아들을 거느린 아비이자 한 여인에게는 지아비가 아니오? 가족을 거느린 가장으로서 가족의 안위는 심히 걱정이 되는 문제였소. 허나 조선의 남아로서, 그리고 황실의 후예로서 조국을 위한 대의를 저버릴 수 없었소."

이우의 얼굴에 잠시 먹구름이 끼었다. 하지만 마음 속 갈등을 애써 억누른 듯 담담하게 다음 말을 이었다.

"옛 사람이 이르기를 부모는 머리와 같고, 처자는 의복과 같다 하였소. 의복은 찢어지면 꿰매면 되지만 머리가 잘리면 생명이 끊어져 회복할 길이 없소. 나라는 곧 만백성의 어버이라, 황족 된 자에게도 예외는 아니오."

"알겠습니다."

김구는 조용히 고개를 끄덕였다. 이 자리는 이우가 어떤 생각을 하고 온 것인지 파악하기 위한 자리지 이우를 설득하는 자리가 아니었다. 오늘은 몇 가지 질문을 하고 그에 대해 이우가 하는 답을 듣기만 할 생각이었다.

"전하께서 충칭으로 오기로 결심하신 것을 춘부장이신 의친왕께서는 혹시 알고 계십니까?"

"아니, 모르시오."

춘부장이라는 어휘에 잠깐 멈칫했지만, 이우는 단호하게 고개를 저었다. 이우의 아버지는 고종황제의 다섯째 아들, 의친왕 이강이다. 나라가 망하면서 왕호를 빼앗기고 사동궁 공(公)이 되었고, 지금은 일제가 가한 압력 때문에 공 칭호도 장남 이건에게 물려주고 은둔해 있는 처지다.

"하지만 가친…께서는 이미 20여 년 전에 상하이로 탈출하여 임시정부에 합류하려 하신 과거가 있소. 당시 나는 9세였고, 가친께서는 우리 형제들이 어떻게 될지 하는 걱정 때문에 스스로 옳다 생각하는 일을 멈추지는 않으셨소. 나 역시 내가 옳다 생각하는 일을 하겠다고 결심했고, 그래서 이 옷을 입었소."

충칭에 도착해서 임시정부 측의 영접을 받자마자 이우가 부탁한 것이 광복군 옷을 달라는 것이었다. 임시정부에서는 부랴부랴 충칭에서 구할 수 있는 최고급 옷감을 구해 이우를 위한 제복을 지었다. 너무 급하게 짓느라 마무리가 덜 된 부분이 눈에 띄었다.

"알겠습니다. 그럼 한 가지 더 묻지요. 20여 년 전 의친왕께서 상하이로 망명을 시도하셨을 시절 임시정부에 보내셨던 서한에 적힌 문구를 저는 선명히 기억하고 있습니다. 한국이 독립하여 자유를 찾을 수만 있다면, 당신께서는 친왕이 아닌 일개 백성이 되어도 좋다고 말이지요. 전하께서는 어떠십니까?"

김구는 탐색하는 눈빛으로 이우를 바라보았다. 하지만 이우는 상대가 뿜는 강한 기에 눌리지 않고 꿋꿋하게 김구를 마주 바라보았다.

"나는 약간 생각이 다르오. 만약 내가 필부였다면 도리어 일신의 안녕을 찾아 조용히 지내지 독립을 위해 싸우고자 먼 길을 떠나지 않았을 거요. 나는 대한의 황족이며, 황족으로서 마땅히 해야 할 의무를 다하고자 이 옷을 입고 귀 주석을 만나러 온 것이요."

"하지만 우리는 복벽(復辟, 군주를 복귀시키는 것)을 목표로 하지 않습니다. 전하께 그 잘못이 있다고 말하기는 어려우나, 우리가 나라를 잃은 데는 황실이 잘못한 바가 컸습니다. 때문에 우리가 대한을 군주국이 아닌 민국으로 만들기로 결의한 것입니다."

"알고 있소. 나 역시 임시정부가 내게 특권적인 지위를 주기를 바라지는 않소. 내가 여기 왔다는 사실만으로 임시정부가 정체(政體)를 갑자기 군주제로 바꾸고 나를 군주로 모시리라고 기대하지도 않았소. 나 역시 대한독립이 되는 그날까지, 한 사람의 장교로서 광복군에서 복무하고자 하오."

"그렇다면, 독립이 된 후에는 어떻게 처신하려 하십니까? 황족이라는 지위를 포기하고 시민 한 사람, 군인 한 사람으로서 조용히 살아가시겠습니까?"

이우는 바로 대답하지 않았다. 김구도 대답을 재촉하지 않았다. 침묵은 별로 길지 않았다. 5분이 지나기 전에 이우가 먼저 입을 열었다.

"그 전에 내가 한 가지 묻고 싶소. 우리 조국을 민국으로서 부활시킨다는 생각이 과연 조선 백성 전체의 의지요? 민의를 확실히 반영했다고 할 수 있냐 이 말이오."

김구 역시 바로 대답하지 않았다. 이우는 김구가 침묵하는데 개의치 않고 자신이 할 말을 이어나갔다.

"임시정부가 정체를 공화제로 한 것은 황실이 나라를 제대로 지키지 못한 탓도 있지만, 상하이에 모인 사람들이 그렇게 하기를 바랐기 때문일 것이오. 미국을 본뜨고 싶었겠지. 하지만 황실은 지난 500년 동안 이 나라를 이끌었으며, 그 자리는 4천 년 동안 왕조에서 왕조로 전해져 왔소. 미국처럼 불과 2백 년 밖에 되지 않은, 애초에 군주가 없었던 나라와는 다르오."

"미국도 처음에는 왕이 있었습니다. 하지만 민의를 따르지 않았기에 백성들이 스스로 왕을 물리치고 백성들의 나라를 세우지 않았습니까."

김구는 날카롭게 답변했다. 하지만 이우는 김구의 공격을 두려워하지 않았다.

"그렇소! 미국인들은 영국 왕이 제대로 통치를 하지 못하자 스스로 왕을 몰아냈소. 하지만 우리 조선 백성들은 어땠소? 조선 백성들은 임금을 받들어 충성을 바치고 있었소. 허나 외세인 일본이 힘으로 왕실을 주저앉히고 나라를 강탈한 것이오. 나는, 아니 우리 황실은 조선 백성들에게 거부당하지 않았소. 내 조부이신 광무황제께서 붕어하셨을 때 얼마나 많은 백성들이 조부께서 가시는 길을 배웅했는지 잊었소? 귀주석 역시 명성황후께서 엄혹한 일을 당하셨을 때 분기하여 그 복수를 하지 않았소!"

50여 년 전, 아직 젊은 시절이었던 20세에 김구는 을미사변으로 시해당한 명성황후의 원한을 갚기 위해 일본인을 때려죽인 일이 있다. 이우가 언급한 것은 그 사건이었다.

"물론 나 역시 황실에 대해 백성들이 갖는 원망과 서운한 감정은 알고 있소. 지금 임시정부에 참여하고 있는 이들이 죄다 공화주의자라는 것도 알고 있소. 이런 상황에서 임시정부가 내세운 정체를 바꾸어 군주제로 복귀하자고 하면 당연히 누구도 찬성하지 않을 거요."

"그걸 다 알면서 무엇을 바라시는 것입니까?"

김구는 의아한 표정을 지었다. 이우가 무엇을 바라는지 파악할 수가 없었다. 짐짓 말을 멈추고 뜸을 들인 이우가 강력하게 자기 의사를 전했다.

"우리 황실에도 기회를 달라는 것이오. 민의를 살펴, 황실이 백성들에게 선택을 받게 해 주시오. 독립이 되고 나면 우리 대한은 민국이 되건 제국이 되건 선거를 하고 의회를 구성해야 하오. 이때 대한국 국민이 될 우리 백성들에게 선택하게 해주시오. 미국처럼 대통령을 뽑아 나라를 다스리게 할지, 아니면 유럽처럼 군주가 의회와 함께 나라를 다스리게 할지 말이오."

"입헌군주제…를 시행하자 그 말씀이십니까?"

"그렇소! 광무황제께서는 전제황권을 추구하셨는데, 그렇게 함으로써 국력을 강화할 수 있다고 생각하셨던 것 같지만 이는 작금의 세계정

세에 어울리지 않는 행동이셨소. 민주주의는 세계를 움직이는 대세인 바, 마땅히 우리도 그 흐름을 따라야 함이 명확한데 다소 욕심이 과하셨던 거요."

"전하께서 생각하시기에 입헌군주제를 하게 된다면 제위에 오르는 이는 누구입니까?"

"융희황제께서 황태자로 삼았던 영친왕, 즉 지금의 이왕께서 법통으로 따지자면 1순위요. 하지만 이왕께서는 일본인과 결혼하셨고 일본 육군 중장이라는 지위에까지 오르신 만큼 새 대한의 군주로서 제위에 오르시기에는 결격사유가 너무 많소. 사동궁 공이신 내 형님께서는 그저 일본이 하라는 대로 순응하며 살고 계시니 역시 백성들이 지지하지 않을 거요."

"그럼…?"

김구가 말꼬리를 흐렸다. 이우는 김구의 두 눈을 마주보며 힘차게 고개를 끄덕였다.

"그렇소. 나야말로 독립된 조국에서 제위에 오를 자격이 있는 유일한 사람이오. 나는 일본과 맞서 나라를 구하기 위해 모든 것을 놓고 왔소. 그리고 지금 이 순간부터 내 마지막 피 한 방울까지 조국 독립을 위해 바치려 하오. 조선 땅에 살고 있는 3천만 백성이 내 뜻을 안다면, 그리고 조국이 독립하는 그날까지 내가 살아남는다면 우리 황실은 조상께 지은 죄를 씻을 수 있을 거요."

김구는 잠시 아무 말 없이 이우의 두 눈을 정면으로 쏘아보았다. 40살 가까이 나이 차이가 나는 두 사람이 불꽃을 튀기며 서로를 매섭게 노려보는 시간이 10여 분 정도 이어졌다.

"전하께서 발표하실 성명문을 준비해야겠습니다."

먼저 침묵을 깨고 자리에서 일어선 사람은 김구였다.

"1분1초가 급합니다. 어서 만방에 퍼진 동포들에게 전하께서 임시정부에 합류하셨음을, 우리 황실이 그 마지막 기개를 잃지 않았음을 널리 알려야 하니까요."

"내 제안을 받아들이시는 거요?"

"저 혼자서 모든 일을 결정할 수는 없으므로 확언할 수는 없습니다. 다만 전하께서 말씀하셨듯이 정체는 민의를 따라 결정되어야만 합니다. 일본으로부터 독립한 우리 한민족의 민의가 황실을 유지하고 대한을 군주국가로서 재건하고자 한다면, 그에 따를 수는 있습니다."

"감사하오!"

이우는 희색이 만면해서 자리에서 일어섰다. 김구도 자리에서 일어서며 미소를 지었다.

"하지만 투표를 통해 민의를 묻는 것도 독립을 얻어내야만 가능합니다. 독립을 이루는 그날까지, 전하께서도 전력을 다해주시기를 부탁드립니다."

"물론이오! 나 이우, 대한독립을 위해 내 피를 바치겠소!"

"감사합니다. 그럼 앞으로 어떻게 하실지, 구체적인 내용은 이범석 장군과 의논해서 정하시기 바랍니다."

"그러리다. 그럼 다음에 또 뵙도록 하겠소."

이우는 얼굴 가득 웃음을 띤 얼굴로 나갔다. 집무실 문을 닫고 책상 앞에 앉은 김구는 창밖을 보며 잠시 생각에 빠졌다.

군주제 복원이라, 가능성이 거의 없는 일이다. 혹시 이우가 청산리에서 싸운 김좌진처럼 일본군을 연파하기라도 한다면 혹시 대중적인 인기를 끌어 군주제 부활 논의에서 승리를 거둘 지도 모른다. 하지만 저 젊은이에게는 김좌진과 같은 군대가 없다. 광복군 자체에 군대가 없다. 그런데 어떻게 일본군을 쳐부수고 군공을 세워 옥좌에 오른단 말인가.

뭐, 이우 자신이 알아서 할 일이다. 적어도 황실에서 가장 반일적인 존재였던 이우가 임시정부에 가담했다고 하면 일본의 지배를 받고 있는 한반도 민중들 내에서, 그리고 일본군에 소속된 한국인들 중에서 동요가 일 것은 분명하다. 그것만 해도 충분한 가치가 아니겠는가.

그런데 하나 심상찮은 문제가 있었다. 원래부터 독일을 좋아했고 독일에 가서 고문단과 자금을 얻어오면서 완전히 친독파가 된 이범석, 그리고 고문단장인 슈코르체니가 직접 가담해서 이우를 구출해 왔다는 사실이 영 마음에 걸렸다. 혹시 독일이 이우를 왕으로 만들고 싶어 하는 걸까? 도대체 왜?

"어떻게 됐든 미국 편인 우남(이승만의 호) 형님[1]과는 양립할 수 없겠군."

김구는 동쪽 하늘을 바라보며 혼잣말을 중얼거렸다.

"우남 형님…, 그 양반은 안 그래도 고종황제 때 하도 치도곤을 당해서 황실을 싫어하지."

게다가 독일이 돕는 것 같은 이우와 달리 이승만은 미국에서 미국 정부로부터 지원을 받으며 외교활동에 주력하고 있다. 하지만 독일은 소량일지언정 금괴와 총기, 탄약을 계속 보내주고 있는데 미국은 총탄 한 발 임시정부에 주지 않았다. 완전한 외교적 실패인 셈이다.

"어쩌면 우남 형님이 국가원수가 되는 것보다는 차라리 저 젊은이가 근정전에 들어가는 게 나을지도 몰라. 일단은 되어가는 대로 두고 보도록 하지."

---

1 1946년까지 김구는 이승만을 형님으로 부르며 매우 호의적으로 대했다.

김구는 아까 덮어두었던 서류들을 다시 펼쳤다. 독립하는 그날까지, 무찔러야 할 서류들은 끊이지를 않았다.

김구와 이우는 뜻밖에 오랜 시간 이야기를 나누었다. 청사 밖에서 이우가 나오기를 기다리고 있던 슈코르체니가 이우를 차에 태워 다시 이범석에게 데려다 주었다. 그리고 고문단 사무실로 돌아오더니 싱글벙글 웃으며 통신실로 들어갔다.

"하인츠, 베를린에 전문을 보내라."

"어떻게 보낼까요?"

통신 담당관 하인츠 뮐러 중사는 슈코르체니가 얼마나 멋진 문장을 보내라고 할지 기대하는 눈빛으로 고개를 들었다. 슈코르체니는 피식 웃고는 간단히 답했다.

"간단히 보내. '피닉스가 쥐 둥우리에서 탈출했다. 아군 손실은 없다.' 이상이다."

# 외전 6
# 광복군 4지대

## *1*

일본군이 사용하는 1식 중기관총이 치열하게 불을 뿜었다. 머리 위를 스쳐가는 탄환의 바람 가르는 소리와 그 압력이 대원들을 무섭게 압박했다.

"Los! Los! Los!"

크게 지르는 고함 소리가 들려왔다. 무슨 소리인지 정확한 의미는 모르겠지만, 앞으로 나가라고 다그치는 줄은 알 수 있었다.

"망할 양놈들!"

땅바닥에 납작 엎어져 있던 광복군 제4지대 2중대 소속 정호찬 참위가 욕지거리를 퍼부었다. 전속하자마자 이런 꼬라지를 겪게 될 줄은 몰랐다. 이렇게 위험할 줄 알았으면 원래 하던 대로 일본군 문서나 번역하고 있었을 것을, 괜히 전속 신청을 했다.

"으아아악!"

비명소리에 놀라 고개를 돌리자 저편에 있던 1중대 소속 이욱현 참교가 탄환에 맞아 나뒹구는 모습이 보였다. 어깨에서 피가 솟았다.

"망할 놈들!"

적개심이 치솟았다. 이렇게까지 내몰아야 할 이유가 뭐란 말인가? 꼭 죽을 지경으로 내몰아야만 대원들이 전력을 발휘한다고 생각하는 건가?

철조망 저편에서 고함 소리가 들려왔다. 일장기가 꽂혀 있는 기관총 진지에서 머리를 내민 기관총수가 이쪽을 향해 손가락질을 하더니 마구 기관총을 소사(掃射)했다. 전후좌우를 휩쓰는 탄환 때문에 도무지 고개를 들 수가 없었다.

"벌써 기관총좌 제압 목표 시간이 지났다! 뭐 하는 거야!"

뒤쪽에서 질러 대는 고함 소리가 자꾸 귀를 울렸다. 젠장, 고개만 들면 머리가 날아갈 것 같은데 어쩌라고? 대포로 지원사격이라도 해주는 것도 아니면서!

불평해 봐야 상황이 나아질 일은 없었다. 정호찬은 살짝 고개를 들고 적 기관총이 향한 방향을 살폈다. 마침 기관총은 한껏 왼쪽으로 돌아가서 그편에 있는 아군을 향해 쏘고 있었다.

기회를 포착한 정호찬은 필사적으로 기었다. 철조망 아래를 통과하고, 무릎 위까지 쌓인 눈 속을 기고, 바위그늘 밑을 지나서 기과총좌 바로 정면까지 도달했다. 천을 덧댄 군복 팔꿈치와 무릎이 다 해질 정도였지만 고통도 느끼지 못했다.

"씨발, 코앞에서 보니 더 무섭네."

모래주머니로 구축하고 철조망으로 겹겹이 둘러싸인 기관총좌는 철옹성이었다. 하지만 그 철옹성을 지키는 기관총수들은 아직 멀찍이 떨어져 있는 다른 대원들에게 사격하느라 바로 코앞에 있는 정호찬을 보지 못하고 있었다.

물론 정호찬은 그 안으로 직접 기어들어갈 의사가 없었다. 대신에 그는 허리춤에 꽂고 있던 독일제 방망이수류탄을 꺼내 안전핀을 뽑았다.

"뒈져버려!"

하늘로 치솟은 수류탄은 멋진 포물선을 그리면서 기관총좌 안으로 들어갔다. 기관총수들이 당황한 외침 소리가 들리나 싶더니 곧바로 새빨간 연막이 피어올랐다. 곧이어 삑삑거리는 호각 소리가 사방을 채웠다.

"훈련 종료! 훈련 종료!"

녹초가 된 정호찬은 얼음장 같은 바위 위에 누운 채 훈련 종료를 알리는 고문관들의 고함 소리를 들으며 이를 갈았다.

"니미 옘병, 훈련에서 실탄을 난사한다는 미친 생각을 승인한 게 도대체 어떤 난장 맞을 놈이야? 이건 정말 제 사(四)지대가 아니고 제 사(死)지대잖아!"

## *2*

"오늘은 부상자가 3명'뿐'이라고?"

"네. 갈수록 대원들의 숙련도가 높아지면서 훈련 중 발생하는 부상자가 줄고 있습니다."

보고서를 들고 온 이우 앞에서 이범석이 인상을 찌푸렸다.

"이 부령, 감소 추세라고는 하지만 훈련 중에 사상자가 너무 많이 발생하는 것 아닌가? 우리는 자네에게 120명을 줬네. 헌데 벌써 그중에 27명이 각종 부상을 입고 의무반에 누워 있어. 이건 좀 심하지 않은가. 출동하기도 전에 부대를 전멸시킬 셈인가?"

이범석이 심기가 불편함을 깨달은 이우가 입을 다물었다. 인상을 찌푸린 이범석이 이야기를 계속했다.

"귀관과 독일 고문단이 어떻게 생각하고 있는지는 모르겠네만, 제4지대로 보낸 대원들은 나름 군사 경험도 있고 왜적을 물리치자는 의기에 불타는 이들로 선발했네. 지금 하는 실탄훈련 같은 건 사상자를 낼 뿐, 그들에게는 전혀 필요가 없는 훈련이야!"

이범석은 김구와 지청천을 설득해서 제4지대를 편성하느라 정말 애를 먹었다.

일단 주요 후원자인 독일에 대한 거부감을 해결해야 했다. 장제스식 파시즘 체제에 한참 전부터 물들어 있던 이범석으로서야 독일로부터 지원을 받는 데 대해 전혀 거리낌이 없었다. 고맙고 또 고마울 뿐이었다.

하지만 상당수 임정 요인들이 보기에 독일은 바로 직전까지 일본과 동맹이었던 믿지 못할 존재였다. 처지가 처지다보니 지원은 받지만, 군사조직까지 그들이 직접 관할할 수 있게 해주고 싶지 않았다. 혹시 일본과 짜고 광복군을 내부에서 장악할 의도라면 어쩌겠는가?

그리고 이우가 직접 작전에 참가한다는 부분에서도 충돌이 있었다. 이범석은 자기가 독립을 위해 직접 싸워 우리민족의 영웅이 되어야 한다는 이우의 주장에 동의했다. 그렇게 하면 모든 동포들이 영웅의 출현에 환호하며 이우를 중심으로 단결할 수 있었다.

하지만 김구는 이우가 전선에 나가는데 반대했다. 만약 이우가 나서서 싸우다가 전사하거나 일본군에게 포로로 잡힐 경우 초래될 후폭풍이 걱정되었기 때문이다. 김구는 이우가 후방에서 선전활동에만 종사해도 충분하다고 판단하고 있었다.

여기까지만 해도 큰 난관이었는데, 여기서 제기된 지대장 자리를 이우가 맡는다는 계획에 이르러서는 주도권 문제와 더불어 사병화가 아닌가 하는 문제가 겹쳐 임시정부 내에서 폭풍 같은 논란이 벌어졌다.

지금 임시정부가 확보한 광복군은 겨우 400명 정도였다. 여기서 최정예 전투요원만 100여 명 이상을 뽑아 편성하는 제4지대를 기존 간부가 아닌 이우가 지휘하게 하고, 그것도 작전 및 운영에서의 전권을 부여한다는데 논란이 없을 수가 없었다. 이런 반대여론에 갑자기 나타나 급부상한 이우에 대한 다른 인사들의 견제심리가 포함되었음은 물론이다.

이범석 자신도 이우가 지대장까지 맡을 필요는 없다고 여겼다. 상징적인 의미에서 전투에 참여하고 실제 지대 지휘는 다른 이가 맡아도 된다고 생각했지만 차마 나서서 주장할 수가 없었다. 임시정부에 대한 최대 후원자인 독일 측에서 은근한 압박이 있었기 때문이다.

"이우 대공이 최선봉에서 대일전을 수행하길 바란다고 총통께서 전언을 보내셨습니다. 따라서 저로서는 이우 대공이 제4지대를 이끌도록 해주심이 타당하다고 생각합니다."

노골적인 협박은 아니었다. 하지만 이범석과 독대하는 자리에서, 슈코르체니는 '총통의 희망'이라는 단어를 사용해서 히틀러가 이우를 지지하고 있음을 은연중에 드러내 보였다.

이범석은 독일이 어떤 전략적인 요인 때문이 아니라 순전히 히틀러 개인의 호의 때문에 임시정부를 돕고 있음을 잘 알았다. 애초에 독일이 일본을 적대해야 할 이유가 어디에도 없었기 때문이다. 때문에 그는 히틀러의 소망을 가능한 들어주려고 전력을 다했다.

"이우 부령이 제4지대를 사병화하리라는 우려는 전혀 하실 필요가 없습니다. 제가 거느린 심복들이 제4지대 안에서 이우 부령의 태도를 감시할 거고, 그가 허튼 행동을 한다면 그 즉시 보고할 겁니다. 문제가 생기면 그때 가서 지대장 직위에서 해임하면 됩니다."

이범석이 필사적으로 변호한 덕분에 광복군 총사령관 지청천이 일단 찬성으로 돌아섰다. 탐탁잖아 하긴 했으나 김구도 결국에는 동의했다. 다른 정부 요인들도 이우를 철저하게 감시한다는 조건부로 제4지대 편성과 이우의 지대장 임명을 인정했다.

그렇게 힘들게 부대를 편성해줬으면 아껴 가면서 소중하게 다뤄야지, 제대로 첫 출전도 하기 전에 훈련이랍시고 모조리 깎아먹으면 어쩌란 말인가?

"하지만 총참모장 각하, 훈련에서 흘리는 땀 한 방울은 실전에서 피 열 방울에 상당한다고 하지 않습니까?"

"그것도 정도껏이지! 지금은 훈련 중에 피 열 방울을 흘리고 있지 않나!"

이범석이 역정을 냈다. 이우가 처음 충칭에 올 때만 해도 이범석은 이 귀하게 자란 풋강아지 왕자를 자기 손아귀에 틀어쥘 수 있을 줄 알았다. 다소는 멋대로 하도록 놓아두되, 살살 구슬려 가면서 목줄을 잡으면 될 줄 알았더니 이우는 풋강아지가 아닌 호랑이였다.

슈코르체니와 이우는 함께 타이위안에서 여기까지 오는 동안 완전히 단짝이 되어 버렸다. 그리고 얼마나 둘이 죽이 잘 맞아 돌아가는지, 이범석이 감독관으로 집어넣은 부하들은 전혀 부대 운영에 개입하지 못했다. 감시업무가 제대로 될 리도 없었다.

"그건 그만큼 대원들이 지금 가진 능력이 부족하다는 이야기밖에 되지 않습니다. 그동안 수행해온 정도, 또는 일본군에서 받은 초급훈련 정도로는 앞으로 제4지대가 수행해야 할 특수작전을 감당할 수 없다는 것이지요."

지금도 이우는 고개를 빳빳이 든 채 이범석의 질책을 무시하고 있었다. 아니, 이범석에게는 그렇게밖에 해석되지 않았다.

"그렇다면, 훈련으로 쌓은 그 능력을 당장 증명해 보게! 정말로 맹훈련 덕분에 전력이 강해졌는지 말이야!"

이우는 이제까지 훈련이 완료되었다고 보고한 적이 없다. 이범석은 이우가 아직 출동할 수 없다고 대답하면 여태 출동할 수 없을 정도면 그 훈련은 무슨 의미가 있느냐고 나무랄 작정이었다. 그리고 당연히 모든 훈련 일정을 중단시키면 될….

"알겠습니다, 각하. 그럼 지금 바로 출동하겠습니다."

"뭐, 뭐라고? 그럼 훈련이 다 끝났다는 소린가? 왜 보고하지 않았나?"

"훈련은 저와 슈코르체니 참령이 만족할 만큼 끝나지 않았습니다. 다만 시범 차원에서 가벼운 전투 정도는 치를 수 있을 수준이 되었을 뿐입니다."

예상과 다른 반응에 접하고 당황해하는 이범석을 향해 이우가 자신에 찬 태도로 대답했다.

"목적지까지 이동, 타격 후 무사 철수까지 완벽하게 수행해 보이겠습니다. 저희 제4지대가 단 한 명도 잃지 않고도 충분한 전과를 올리고 무사히 돌아온다면, 각하께서도 저희가 수행하는 훈련방법이 유용함을 인정하시리라 확신합니다."

## 3

저녁 어스름이 사방을 덮었다. 숲속, 높직이 자란 마른 관목숲 옆에 엎드린 정호찬 참위가 조용히 시계를 보았다. 같은 조원인 홍순동 일등병이 조그맣게 속삭였다.

"여기가 우리가 대기할 곳입니다, 참위님. 칠까요?"

"아직 지시받은 시각까지 6분 남았다. 대기한다."

"알았습니다."

일본군복을 입은 정호찬 참위는 주변을 슬쩍 둘러본 후 휴대한 MP18을 점검했다. 이 총은 지난 세계대전에서 개발된 세계 최초의 기관단총이다. 패배한 독일군이 베르사유 조약으로 무장을 해제하면서 막대한 물량이 잉여장비가 되었고, 이들 중 상당수가 중국에 판매되었다.

중국 현지에서 부품과 탄약을 구하기 쉬운 데다 위력도 충분한 이 총은 제4지대가 주무장으로 삼기에 적당했다. 제4지대는 훈련시에는 무거운 중정식 소총[1]을 들었고 사격훈련 때는 소총, 권총, 기관총 등 다종다양한 무기를 모두 썼지만 첫 실전인 이번에는 MP18을 들었다.

"참위님, 긴장 안 되십니까?"

정호찬 옆에 엎드린 홍순동 일등병은 조국 독립에 기여하겠다는 일념으로 일본군에서 탈출, 충칭으로 온 사람이었다. 중국에 오기 위해서, 그리고 군사훈련을 받기 위해서 일부러 일본군에 지원병으로 입대했다는 이야기에 대면한 광복군 간부 전원이 혀를 내둘렀었다.

"저는 일본군에서 도망칠 때까지 전투를 치르지 않았습니다. 그래서 이번이 첫 실전입니다. 왜놈을 위해 싸우지 않은 건 다행이지만 막상 싸울 때가 되니 또 어떻게든 경험해 보는 편이 좋지 않았나 하는 생각도 듭니다. 참위님은 싸움을 많이 해 보셨습니까?"

---

1 中正式小銃. 정식 명칭은 한양 88식(漢陽88式) 소총이다. 독일군이 1차 세계대전 이전에 사용한 제식소총인 Gew88을 라이센스한 중국제 소총으로 청나라 말기 및 중화민국 초기 중국군 제식소총이었다. 사용하는 탄환은 2차 대전 당시 독일군 제식소총인 Kar98k와 같다.

"홍 일병, 시끄럽네. 홍길동이면 홍길동답게 좀 굴어 봐."

정호찬이 굳은 얼굴로 지적하자 홍순동은 바로 입을 다물었다. 하지만 가만히 있기는 싫은지 10초도 지나지 않아 다시 입을 열었다.

"제가 정말 홍길동이면야 좋게요. 동에 번쩍 서에 번쩍 하면서 일본군 사령관들 목을 줄줄이 따고 잘나신 덴노 헤이까(천황 폐하) 뒤통수에도 권총을 박아드릴 게 아닙니까. 그리만 되면 조국 광복은 정말 제 손으로 이뤄낼…."

"아, 씨발 좀 닥치라고."

험한 말을 쓰고서야 비로소 홍순동이 조용해졌다. 훈련 중에는 지금처럼 수다스럽지는 않았는데, 자기 말마따나 첫 출전이라 긴장한 모양이었다. 별명인 홍길동은 당연히 이름이 비슷한 데서 붙었다.

하지만 정호찬으로서도 딱히 홍순동을 위로해 줄 만한 말을 해줄 수가 없었다. 왜냐하면 자기도 첫 실전이었으니까.

잠시 심호흡을 하던 정호찬은 시계를 보았다. 그리고 시계바늘이 정확히 6시에 도달했음을 확인했다. 1943년 12월 9일, 목요일 오후 6시였다.

"시간 됐다. 작전 개시!"

홍순동에게 지시를 내리자마자 정호찬은 곧바로 자기 위치에서 뛰어나갔다. 수송대 정문을 지키고 있던 일본군 병사들은 모두 소음총에 맞아 죽어 있었다. 저격조가 정확한 시간에 솜씨를 발휘한 결과였다.

"따라오게, 홍 일병!"

"예!"

기지 내 주요 시설 위치는 모조리 외우고 있었다. 모퉁이를 두어 개 돌아서자 목표인 부대장 집무실이 나타났다. 그 앞에 서 있던 위병들이 갑자기 나타난 두 사람을 보고 총을 겨눴지만, 일본군복을 입은 모습을 보고는 아군이라고 생각했는지 총구를 다시 들어올렸다.

"뭐야, 너희들! 갑자기 나타나니 놀랐잖아!"

"미안하네. 일이 좀 급해서 말이야."

두 사람은 유들거리며 위병들에게 다가갔다. 역시 두 명인 위병들은 정호찬 일행이 보초교대를 하러 온 인원이라고 생각했는지 스스럼없이 대했다.

"처음 보는 얼굴인데, 자네들은 누구지? 인원이 보충됐다는 이야기는 못 들었는데. 그리고 그 총은 뭔가? 우리 부대엔 그런 총이 한 자루도 없을 텐데, 왜 그런 걸 들었어?"

"우린 오늘 왔다네. 그리고 이 총은 우리가 북지(北支, 북중국)에서 노획한…."

정호찬이 슬쩍 입을 떼려는 순간 갑자기 저만치 늘어서 있는 차량들 사이에서 단발 총성이 울렸다. 일본군이 사용하는 38식 소총 총성이었다. 뒤이어 침입자가 들어왔다고 외치는 일본말 고함소리가 들려왔다. 정호찬과 홍순동은 그대로 머리카락이 곤두서는 느낌을 받았다.

"침입자? 그럼 혹시 네놈들도!"

깜짝 놀란 것은 이들뿐이 아니었다. 일본군 위병들도 총성을 듣고 움찔하더니, 곧바로 들었던 총구를 다시 내렸다. 생각할 여유도 없이 반사적으로 정호찬이 손가락을 움직였다. 연발로 울리는 총성과 함께 일본군 두 명이 피범벅이 되어 그대로 나뒹굴었다.

"참위님! 벌써 총소리를 내면 어떡합니까!"

"어쩔 수 없었다고!"

승강이를 벌일 여유가 없었다. 침입을 경보하는 고함 소리가 울린 데다, 총성이 연발로 울리기까지 하자 사방에서 고함 소리와 호각 소리,

우당탕거리는 발소리가 들려왔다. 기왕 시작한 일이라면 가능한 빠른 속도로 해치워야 했다.

"중대장! 적습입니다!"

정호찬이 곧바로 문을 열고 들어가 목청껏 소리치자 아직껏 책상 앞에 앉아 있던 일본군 중대장이 허겁지겁 일어섰다.

"뭐, 뭐야? 누가 감히 우리 중대를 쳐?"

3단위로 편제된 일본군 병종사단에는 치중연대 예하에 자동차중대 2개, 만마(輓馬, 말이 끄는 수레를 이용하는 수송부대)중대 1개가 있다. 사단에 2개 밖에 없는 자동차중대니만큼 나름 가치가 컸다. 당연히 주변에는 보병을 비롯한 다른 전투부대가 보호를 위해 전개하고 있었다.

"저희도 모릅니다. 하지만 지금 밖에서 울리는 저 총성을 들어보십시오!"

이제 밖에서는 사방에서 비명과 폭음, 총성이 연달아 들리고 있었다. 계급은 대위지만 수송병과라 실전 경험이 전혀 없는[1] 일본군은 중대장은 그 소리를 듣고 사시나무 떨 듯 떨었다.

"지금 팔로군 수백 명에게 전면 기습을 당해 부대가 괴멸당할 상황입니다. 어서 탈출하셔야 합니다! 차를 준비해 놓았습니다."

밖에서 연신 들려오는 비명과 총성은 설득을 재촉하는 훌륭한 효과음이 되었다. 잔뜩 질려버린 중대장은 두 사람을 따라 나서려다 말고 갑자기 그 자리에 섰다.

"잠깐! 네놈들은 누군가? 우리 중대에서 한 번도 본 적이 없는데!"

잠시 망설이던 정호찬이 인상을 쓰면서 총구를 돌렸다.

---

1 전투병과를 최우선으로 두고 기타 지원병과는 말 그대로 보조부대로 취급했다. 전투병과가 아닌 병과에 속한 장교는 지휘교육을 아예 받지 않았고, 전투병과 중에서도 보병 이외의 병과는 매우 간략한 교육을 받았다. 때문에 실전 상황에서는 보급부대 대령이 보병 소위에게 지휘를 받아야 하는 경우조차 있었다.

"아, 난 눈치 빠른 놈들이 참 싫더라. 잘 가슈, 이노우에 대위."

"뭐, 뭣?"

멍한 표정을 짓던 중대장은 그제야 깨달은 듯 허리춤에 차고 있던 권총집으로 손을 뻗었다. 하지만 정호찬의 MP18은 이미 이쪽을 겨누고 있었다. 연발로 울리는 총성과 함께 벌집이 된 일본군 중대장이 그 자리에 나자빠졌다.

"참위님, 이놈은 포로로 잡으라는 지시를 받았잖습니까!"

"자네 같으면 낌새를 깨달은 이놈을 끌고 무사히 빠져나갈 수 있겠나? 얼른 거기 쌓인 서류나 챙기라고."

두 사람은 집무실에서 눈에 띄는 서류란 서류는 모조리 급히 챙겨 메고 온 잡낭에 넣었다. 그리고 집무실 안에 시한폭탄을 장치한 다음 문 밖으로 뛰쳐나갔다.

"이건 완전히 아수라장입니다!"

깜짝 놀란 홍순동의 외침이었다. 이들이 중대장을 끌어내려고 시도하는 사이, 일본군 자동차중대 주둔지는 전체가 뒤집혀 있었다. 곳곳에서 총성과 비명이 울리고, 줄지어 늘어서 있던 화물차들은 모조리 불타고 있었다. 건물들 중에도 성한 놈은 거의 없었다.

"연료고도 날려 버렸군. 이봐, 홍 일병! 우리 지대장님, 샌님 왕족인 줄만 알았더니 생각보다 강단 있지 않나? 좋아! 우리도 약속된 지점으로 철수한다!"

다른 연기들에 비하면 압도적으로 굵은 연기 기둥을 보고 좋아하던 정호찬이 앞서서 달렸다. 툴툴거리며 그 뒤를 따르려던 홍순동이 갑자기 몸을 돌려 탄환을 퍼부었다. 중대장실에서 나오는 그들을 향해 손가락질을 하던 일본군 하나가 그대로 고꾸라졌다.

## 4

"가장 숙련된 대원 40명을 투입, 일본군 자동차수송중대 하나를 박살내고 중대장을 포함한 적 사살 48명, 차량 파괴 18량, 건물 소각 7동, 그리고 추격하는 적 보병중대와 접전하여 21명을 사살했습니다. 첫 전투에서 올린 전과로는 이만하면 괜찮지 않나 합니다."

이우는 작전에서 돌아오자마자 당당하게 이범석을 찾아가 보고서를 제출했다. 이우가 입은 일본군 전투복이 먼지와 땀, 초연으로 절어 있는 것을 본 이범석은 차마 말을 잇지 못했다.

"귀, 귀관이 정말로 작전에 참가했는가?"

"물론입니다. 직접 조국 광복을 위해 뛰어들지 않겠다면, 무엇 때문에 제가 다른 대원들과 함께 훈련을 받았겠습니까?"

이범석은 당연히 이우가 실전에서는 빠질 줄 알았다. 훈련이야 다른 이들에게 보여주기 위해서라도 받겠지만, 지대장 자리를 얻어 신변을 안전하게 유지할 명분을 확보한 이상 뒷전에서 지휘만 하리라고 여겼던 것이다.

"소관이 앞에 서기 때문에 대원들도 제 뒤를 따릅니다. 만약 안전한 후방에서 이래라저래라 지시만 내린다면 대원들은 절대 충심으로 저를 따르지 않을 것입니다. 그래서 저는 대원들과 함께 나가면 언제나 선두에 설 작정입니다. 이끄는 이란 응당 그래야 하는 법이니까요."

잠시 할 말을 찾지 못하던 이범석이 화제를 돌렸다.

"전과는 알겠네. 그럼 아군이 입은 손실은?"

"아군이 입은 손해는 부상자 3명뿐입니다. 작전에 참가한 독일 고문관 6명 중에는 한 명도 상하지 않았습니다."

"그 전과를 올리고 겨우 부상자 3명이라고?"

입을 딱 벌린 이범석을 향해 이우가 즐거운 듯이 설명했다.

"완벽한 기습이었고, 자동화기를 보유해서 화력에서 우위였습니다. 또한 동일한 복장을 하고 있으니 적이 피아를 구분하지 못해서 제대로 대처하지 못했습니다."

"귀관이 착용한 복장을 보니 그 효과를 확실히 알만 하네. 헌데 저녁 어스름 속에서 아무 표식도 없는 일본군복을 입으면 우리 대원들끼리도 오인사격을 벌였을 것 아닌가? 그리고 왜 국제법으로 문제가 될 수 있는 이런 작전을 본관에게 승인도 받지 않고 실시했나?"

"들고 있는 총기 형상이 전혀 다르므로, 숙련되기만 하면 피아식별은 어렵지 않습니다. 제대로 훈련되지 않은 일본군이나 혼동하겠지요. 그리고 국제법이라면."

이우가 쓴웃음을 지었다.

"이미 이 중국대륙에서는 무용지물이 된지 오래 아닙니까? 어차피 놈들은 우리를 비적으로 취급합니다. 우리 대원들이 어떤 제복을 입건, 생포되었을 때 결과에는 아무런 차이가 없을 겁니다. 국민정부군과 벌인 교전에서 붙잡은 명백한 정규군 포로들도 학살한 놈들 아닙니까?"

"으음."

이범석이 신음을 토했다. 그 역시 6년 전에 난징에서 무슨 일이 있었는지 생생하게 기억하고 있었다. 중화민국 수도 난징을 함락시킨 일본군은 중국군 도망병 색출이라는 명분으로 피바다를 만들었다. 남녀노소 중국인 30만 명 이상이 무자비하게 학살당했다.

난징 한 곳만이 아니었다. 일본군이 가는 곳마다 죽음과 파괴가 넘쳐났고 제대로 된 포로 대우 따위는 존재하지 않았다. 일본군 후방에서 활동하는 유격대의 경우, 포로로 잡힌다는 말은 비참하게 죽는다는 말과 동의어였다.

"게다가, 특수작전이란 원래 적을 속이면서 진행하는 겁니다. 각하께서 어떤 의도로 말씀하시는지는 이해하나, 제4지대 운영에 있어서는 제게 전권을 위임하겠다 말씀하시지 않으셨습니까? 믿고 맡겨 주시기 바랍니다."

"알겠…네. 그럼 보고서는 이리 주고 나가 보게. 대원들에게 내 치하를 전하도록 하고, 특식이라도 마련해 주도록."

"알겠습니다. 앞으로 대원 전체가 작전에 투입될 수준을 갖추게 되면 이런 일개 자동차중대 정도가 아니라 훨씬 값어치가 큰 표적을 타격할 수 있을 거라고 약속드립니다."

이우는 경례를 올리고 집무실을 나갔다. 이범석은 착잡한 표정을 지으며 이우가 놓고 간 보고서를 한 페이지씩 넘겼다.

## 5

"총참모장께서 뭐라고 하시던가요?"

"국제법 위반 우려, 피아 식별의 곤란성에 대한 질문, 뭐 그런 거였네."

오늘도 밖에서 슈코르체니가 면담이 끝나기를 기다리고 있었다. 이우는 웃으면서 그와 환담을 나누었다. 슈코르체니는 베를린과 얽힌 일이 있어 이번 작전에 직접 참가하지 못했다.

"자동화기가 가진 힘을 새삼 확인했네. 근거리에서 탄환을 퍼부어 대니 비록 탄환 하나하나는 위력이 약할지 몰라도 전체적으로는 단발 소총을 압도하더군. 소리까지 안 난다면 더 바랄 게 없을 텐데."

"그 문제는 해결이 가능합니다. 안타깝게도 독일제 기관단총은 소음 문제를 해결하지 못했습니다만, 영국군이 특수작전용으로 사용하는 물건이 있습니다. 코앞에서 총을 쏘아도 눈치 채지 못할 정도입니다."

관심이 동한 이우가 눈을 크게 떴다.

"호, 그런 물건이 있다면 꼭 좀 구해주게. 헌데, 영국군 장비가 어찌 귀공에게 있나?"

"반독 저항조직으로 위장한 게슈타포 네덜란드 지부가 놈들에게 뜯어낸 겁니다. 수백 정은 족히 쌓아놓고 있을 테니, 다음 정기편으로 50정 정도 보내달라고 신청해 두겠습니다. 구조가 무척 간단해서, 이곳 기술자들도 복제할 수 있을 겁니다."

"음, 그리고 개인이 휴대하는 소형 무전기가 있었으면 하네. 그러면 적에게 들킬 염려 없이 연락하며 중도에 계획을 수정할 수도 있지 않나. 모든 작전행동을 사전 계획대로만 한다는 건 너무 위험한 일일세. 총참모장께는 말하지 않았지만 몇 번이나 계획이 헝클어질 뻔했어."

슈코르체니가 머리를 긁었다.

"그 문제는 제가 어떻게 해드릴 수가 없겠습니다. 독일에서도 그렇게 작은 무전기는 아직 만들지 못해서요. 총참모장께 말씀드려 장제스 총통과 교섭해서 그쪽이 받은 미제 무전기를 좀 얻어 보도록 하시지요.[1] "

"좋아. 내 다음 회의에서 부탁드려 보지. 아, 이화."

계급장 없는 광복군 군복 차림을 한 이화가 이우 앞에 서서 정중히 허리를 숙였다. 그녀는 타이위안에서 충칭으로 온 후 계속 이우의 시중을 들고 있었다. 다른 이들의 시선을 감안하여 타이위안에서 입던 하녀복 대신 군복을 입고 있었지만, 자태는 여전했다.

"전하, 목욕물과 갈아입으실 옷을 준비해 놓았습니다."

---

1 2차 세계대전 당시 개인이 휴대할 수 있을 정도의 소형 무전기는 미국밖에 생산하지 못했다. 미국이 생산한 가장 작은 휴대용 무전기였던 SCR-536(일명 워키토키)은 모토롤라가 생산한 것으로, 배터리를 포함한 무게가 5파운드(2.23kg)였다.

"고맙네. 그럼 소령, 이따가 봅시다. 저녁 식사는 대원들과 함께 하겠소."

"알겠습니다, 대공 전하."

이우는 슈코르체니에게 손을 흔들어 보인 뒤 자기 방을 향해 걸어갔다. 이화가 그 뒤를 따르려 하자 슈코르체니가 농을 걸었다.

"이보게, 플로라[1]! 날도 추운데 뜨끈한 떡국 한 그릇 하겠나?"

"산적놈이 파는 떡국은 안 먹소."

이화는 흥 하고 콧방귀를 뀌더니 그대로 이우를 따라 사라졌다. 키득거리며 웃은 슈코르체니도 그 자리를 떠나 자기 사무실을 향했다.

## *6*

이범석은 총사령부 복도를 걸으며 생각에 잠겼다. 이우는 점점 통제를 벗어나고 있었다. 생각해보면 처음 이우를 구출할 때부터 그랬다. 이우를 빼와야 한다고 가장 강력하게 주장한 사람이 슈코르체니였다는 것부터가 이 모든 수수께끼의 출발점이었다.

슈코르체니 같은 일개 영관급 장교가 흑막일 리는 없다. 결국 그 뒤에 있는 히틀러 총통의 의지가 이 모든 사태를 이끌어낸 기원임이 틀림없었다.

독일은 지금 임시정부를 지원하는 사실상 유일한 열강이다. 중국 정부도 지원했다고는 하지만 엄격한 제약을 두고 조건부로 하는 지원이었으니만큼 무상으로 무기와 금괴, 고문관을 제공하는 독일과는 비할 수 없었다.

독일이 지원하는 이우는 과연 어떤 인물인가? 이범석은 이번 작전에

---

1 Flora, 로마 신화에 등장하는 꽃의 여신. 그리스 신화에서는 클로리스(Chloris)라고 한다.

서, 이우가 자신에게 이목을 집중시키기 위해 보인 행동은 지나치다고 생각했다. 이우가 습격한 일본군 기지에서 충칭까지는 수백km나 되었음에도 습격 때 입은 옷을 그대로 입고 나타난 것부터 그랬다.

하지만 그 행동력이나 지도력은 확실히 주목할 만했다. 독일 고문단이 전폭적으로 돕고 있다고 하나, 그 도움을 활용하여 휘하 대원들을 이끄는 건 분명 이우 자신의 능력이었다.

이범석 자신도 자기 수하들을 이용해 은밀히 알아보았다. 지금 제4지대 대원들은 이우를 대담할 뿐만 아니라 누구보다 솔선수범하는 모범적인 지도자로 여기며 따르고 있었다.

물론 광복군 내에서 이우는 이범석 자신보다, 그리고 총사령관 지청천보다 하급자다. 하지만 간덩이가 부은 행동을 하다가 전사하지 않고 살아남는다면, 그리고 해방된 조국으로 돌아간다면 어떻게 될까?

이우는 분명 영웅이 될 것이다. 황실의 적통 후손, 보장된 부귀영화를 버리고 독립전선에 뛰어든 단호함, 빛나는 군공. 절대 일반인으로 돌아가거나 단순한 군인으로 남을 리가 없었다. 분명히 정계로 진출할 것이고, 김구나 이승만과 맞먹는 정치 지도자가 될지도 몰랐다.

이범석 자신은 아무리 유명해져도 절대 정권을 잡을 정도의 지명도는 갖지 못했다. 누군가 다른 이가 권력을 잡았을 때 지분을 보장받는 정도가 한계일 것이다. 장래를 생각한다면, 이우와도 앞으로 좋은 관계를 유지하는 편이 유리하리라.

"뭐, 저렇게 간이 부은 작자가 끝까지 살아남을지는 모르겠지만."

〈3권에서 계속〉

# 내가 히틀러라니! 2

초판 1쇄 발행 2017년 4월 28일

**저자** 슈타인호프

**주간** 홍성완
**편집** 전준호
**감수** 주은식, 윤시원
**마케팅** 김정훈
**발행인** 원종우
**발행처** (주)이미지프레임

**주소** (13814) 경기도 과천시 뒷골1로 6, 3층
**영업부** 02-3667-2653 **편집부** 02-3667-2654 **팩스** 02-3667-2655
**메일** imageframe@hanmail.net **웹** imageframe.kr

**ISBN** 978-89-6052-083-7-02810 **(세트)** 978-89-6052-081-3

이 책은 작가와 (주)이미지프레임의 독점 계약으로 출간되었습니다.
저작권법에 의해 보호받는 저작물로서 허락없는 사용을 금합니다.